Sybille Baecker

# Mordsangst

Sybille Baecker

# Mordsangst

## Ein Baden-Württemberg-Krimi

Silberburg-Verlag

**Sybille Baecker** wurde 1970 im Emsland geboren, studierte BWL in Münster und Neu-Ulm und war mehrere Jahre als Pressereferentin eines Sportfachverbandes in Stuttgart tätig. Heute lebt und arbeitet sie als Schriftstellerin in Ammerbuch. Durch ihre Krimiserie mit dem Tübinger Kommissar und Whiskyfreund Andreas Brander wurde sie zur Fachfrau für »Whisky & Crime« – sodass auch ihre Lesungen immer wieder von Whiskyverkostungen begleitet werden.
www.sybille-baecker.de

*Für Frank*

1. Auflage 2016


Umschlaggestaltung: Christoph Wöhler, Tübingen.
Coverfoto: © Henk Badenhorst – Fotolia.com.
Druck: CPI books, Leck.
Printed in Germany.

ISBN 978-3-8425-1458-4

Besuchen Sie uns im Internet
und entdecken Sie die Vielfalt unseres Verlagsprogramms:
**www.silberburg.de**

*Er war nicht der Hellste, so viel stand fest. Aber er hatte ein Herz. Es klopfte stetig in seiner Brust, ganz ruhig, wenn er schlief; schnell und hart, wenn er aufgeregt war. Meistens schlug es jedoch, ohne dass er es wahrnahm. Es verrichtete seinen Dienst, pumpte stetig Blut durch seine Adern. Und durch sein Gehirn. Aber auch wenn er nicht der Hellste war, dumm war er nicht. Gedanken strömten unablässig durch seinen Kopf.*

*Jetzt hämmerte sein Herz heftig und aufgeregt. In seinem Kopf war ein Rauschen und machte das Denken anstrengend.*

*Würde man ihm glauben, dass das, was geschehen war, nicht seine Absicht gewesen war? Es war passiert. Und jetzt gab es kein Zurück mehr.*

*Man würde ihn bestrafen – Herz hin oder her.*

# 1

Die Glatze glänzte. Kriminalhauptkommissar Andreas Brander legte das Handtuch zur Seite und betrachtete sich im Spiegel. Obwohl er sich diesen kahlen Schädel bereits Ende Januar rasiert hatte, war der Anblick noch immer ungewohnt. Wenigstens hatte die Frühlingssonne inzwischen ein wenig Farbe auf die helle Haut gebracht. Bis August musste er noch durchhalten. Das waren noch sechzehn Wochen.

»Mach niemals einen unüberlegten Spruch in Gegenwart eines Teenagers«, empfahl er seinem Spiegelbild. Seine Pflegetochter Nathalie hatte ihn festgenagelt und seine Frau Cecilia hatte sich mit ihr verbündet. Bei der Erinnerung hob sich ein Mundwinkel zu einem schiefen Grinsen. Auf seiner Wange bildeten sich zwei tiefe Furchen, die fast vom Kinn bis zu den Augenwinkeln reichten. In seiner Jugend waren das Grübchen gewesen.

Nathalie hatte ihn im letzten Sommer aufgezogen, als er sich über sein stetig lichter werdendes Haar beklagte.

»Rasier dir doch ’ne Glatze, dann siehste’s nicht mehr«, hatte sie herzlos vorgeschlagen. Die Sechzehnjährige hatte sich vor wenigen Jahren selbst einmal die Haare abrasiert. Mittlerweile zierte ihren Kopf wieder eine dunkle Strubbelmähne. Aus dem wütenden, widerspenstigen Mädchen war in den anderthalb Jahren, die sie inzwischen bei Branders lebte, ein temperamentvoller Teenager geworden. Und Brander hatte ihren Ehrgeiz unterschätzt, als er damals erwiderte: »Das mach ich, wenn du einen Zweierschnitt im Zeugnis hast.«

Nathalie hatte die neunte Klasse der Realschule wiederholt und ein Halbjahreszeugnis mit einem Durchschnitt von zwei Komma null erhalten. Breit grinsend hatte sie ihm ihr Zeugnis samt Haarschneider auf den Tisch gelegt.

»Aus der Nummer kommst du jetzt nicht mehr raus«, war Cecilias spöttischer Kommentar gewesen. Der erhoffte Beistand blieb aus.

»Aber nicht nur für zwei Wochen, dass das klar ist«, hatte Nathalie gefordert. »Mindestens bis zu meinem siebzehnten Geburtstag.«

Der war im August.

Aber es war den Einsatz wert gewesen. Wenn es weiter so gut lief, bestand die Hoffnung, dass sie die Realschule doch noch mit einem ordentlichen Schulabschluss beenden würde.

Ein Klingeln an der Haustür drang zu ihm herauf. Er sah auf die Uhr. Kurz nach sechs. Karsten und Manuel hatten sich erst für neunzehn Uhr zum Abendessen angemeldet. Er hörte Cecilia zur Tür gehen, kurz darauf drang Peppis Stimme in den Flur. Brander runzelte verwundert die Stirn. Was machte seine Kollegin hier? Heute war der letzte Tag seines zweiwöchigen Urlaubs – eine Auszeit, die er bitter nötig gehabt hatte. Er hatte sich ausgebrannt gefühlt, müde, unzufrieden. Anfang des Jahres war die Polizeireform umgesetzt worden und statt morgens aufs Fahrrad zu steigen und durch das Ammertal zur Polizeidirektion nach Tübingen zu radeln, saß er nun täglich stundenlang im Auto auf dem Weg zur Kriminalpolizeidirektion nach Esslingen. Egal, ob er über die B27 oder die Autobahn fuhr – irgendwo war immer ein Stau. Er hasste die Autofahrerei. Durch die mangelnde Bewegung hatte er schon drei Kilo zugenommen. Aber es war nicht nur der Blick auf die Waage, der ihn frustrierte, auch der sportliche Ausgleich fehlte ihm. Und da es im Winter zeitig dunkel wurde, war auch das Joggen durch den Schönbuch kein erholsamer Spaß. Einziger Lichtblick war, dass er weiterhin eng mit seiner griechischen Kollegin Persephone Pachatourides zusammenarbeitete. Und die stand soeben unten im Hausflur. Sie waren zwar auch privat befreundet, aber unangemeldete Besuche gab es dennoch selten.

Er schlüpfte in Jeans und T-Shirt und stieg die Treppe hinunter. Die beiden Frauen sahen ihm entgegen. Cecilia hob ratlos die Schultern, als er zu ihr sah. Anscheinend hatte seine Kollegin noch nicht den Grund ihres Besuches verraten.

»Hallo Peppi, was machst du hier?«, fragte er.

Er musterte verwundert ihr grimmiges Gesicht. Die dunklen Augen verhießen nichts Gutes. Sie war ein Jahr älter als er, aber nur vereinzelt ließ sich ein graues Haar in ihrer dunklen Lockenpracht erahnen. Sie hatte den burgunderroten Mantel nicht abgelegt, am Halsausschnitt lugte ein heller Pulli hervor. Ihre Mimik war angespannt, als hielte sie sich nur mühsam unter Kontrolle.

»Kann ich dich bitte kurz unter vier Augen sprechen?«

»Klar, wir können ins Wohn…«

»Draußen.« Peppi deutete ein knappes Nicken in Cecilias Richtung an und stapfte hinaus.

Brander nahm seine Jacke vom Haken und folgte ihr. Die Luft zog ihm unangenehm über den Kopf. Es war April, und obwohl die Temperaturen tagsüber schon an die Zwanzig-Grad-Marke kratzten, kühlte es abends doch schnell ab. Peppi blieb bei ihrem Wagen stehen.

»Hat Nathalie was angestellt?«, fragte Brander vorsichtig.

Er hatte so gehofft, dass das Mädchen sich endlich gefangen hatte, dass ihre Alkoholeskapaden, ihre Prügeleien und Diebstähle der Vergangenheit angehörten. Aber nach Peppis Blick zu urteilen war etwas vorgefallen, dessen Klärung keinen Aufschub duldete. Sonst hätte sie nicht an einem Freitagabend bei ihm vor der Tür gestanden.

»Wie lange arbeiten wir schon zusammen?« Ihre Stimme hatte einen unheilvollen, drohenden Unterton.

Die Frage überraschte ihn. »Acht, neun Jahre …«

Peppi nickte mit bitterer Miene. »Acht Jahre und vier Monate.«

Acht Jahre bei der Kriminalinspektion eins in Tübingen, seit der Polizeireform in Esslingen. Brander wartete auf eine Erklärung für diese Frage. Aber Peppi schwieg. Ihr Kiefer arbeitete wütend.

Ihr Schweigen irritierte Brander. Normalerweise war sie jemand, der lautstark mit der Tür ins Haus polterte und sich schimpfend Luft verschaffte. Ein kurzes, reinigendes Gewitter, und das Problem war geklärt. Was war geschehen?

Er verstand ihre Frage nicht. Er strich sich mit Daumen und Zeigefinger unwohl über das Kinn. Der Aprilhimmel hing blassblau über dem Schönbuch, der sich im Osten des Dorfes erhob. Hätte er eine Mütze auf dem Kopf gehabt, hätte er noch eine ganze Weile stumm hier stehen können. Aber die Stille zwischen ihnen war nicht angenehm.

Peppi presste die Lippen aufeinander und wandte den Kopf zur Seite. Er meinte, einen feuchten Schimmer in ihren Augen zu sehen.

»Ist etwas passiert?«, durchbrach er nun doch ihr Schweigen.

Sie bewegte leicht den Kopf hin und her, aber es war kein »Nein«. Es war eher ein verständnisloses Kopfschütteln.

»Hast du mir nichts zu sagen?«, fragte sie mit gepresster Stimme.

»Ehrlich gesagt, ich steh gerade ein bisschen auf dem Schlauch …«

»Mehr als acht Jahre!«, fuhr sie ihn an. »Wir sind ein Team, ja?«

»Ähm … ja …«

»Und dann hast du nicht einmal jetzt den Anstand, es mir zu sagen?« Sie schüttelte erneut den Kopf. Die Zornestränen standen ihr inzwischen deutlich in den Augen.

»Peppi … Was denn?« Er hob ratlos die Hände. So aufgelöst hatte er sie selten gesehen.

»Gruß von Herrn Möhrle. Er hat mich gefragt, ob ich mich nicht *auch* beim LKA bewerben wollte.«

Noch ehe er reagieren konnte, wandte sie sich ab, stieg ins Auto und schlug die Tür zu.

Brander sah den Rücklichtern ihres PT Cruisers hinterher. »Scheiße.«

Er blieb vor dem Haus stehen, starrte stumpf die Sackgasse entlang bis zum Herdweg, in dem der Wagen seiner Kollegin verschwunden war.

Ekkehard Möhrle. Sein ehemaliger Kollege aus Stuttgarter Zeiten, der mittlerweile beim Landeskriminalamt im Dezernat für Organisierte und Rauschgift-Kriminalität arbeitete. Seit Monaten lag er ihm in den Ohren, dass er ihn gern in seinem Team hätte. Die Bewerbung hatte Brander Anfang der Woche abgeschickt, noch immer unsicher, ob es tatsächlich das war, was er wollte. Er wusste nur, dass er irgendetwas tun musste, um diese innere Unzufriedenheit loszuwerden. Einen Moment lang hatte es sich sogar gut angefühlt. Er verfluchte Möhrle innerlich. Wieso erzählte er Peppi von seiner Bewerbung? Er hatte mit ihr reden, sie vorbereiten wollen.

Jetzt war es zu spät.

* * *

*Aus der Ferne sah er die blinkenden Lichter. Sein Herz klopfte hart, wie ein Presslufthammer schlug es im Akkord gegen seinen Brustkorb. Er konnte es schmerzhaft spüren. Bummbummbumm. Sein Atem war unruhig, als wäre er gerannt. Dabei saß er nur da und starrte auf die Lichter. So viele Lichter. Sie kreisten umher, einmal waren sie links, dann rechts. Das Licht zog über die Mauern, die Büsche, die Felder. Hektisch im kalten Blau durchbrach es die Dunkelheit. Er konnte nichts hören, war viel zu weit weg. Ihm wurde schwindelig. Ein bisschen, wie in einem Rausch. Aber es war kein angenehmes Stonedsein. Es war eher diese Karussellfahrt im Kopf, kurz bevor man kotzen musste. Er wandte sich ab, versuchte, sein Gehirn zum Denken zu bewegen. Denk nach. Denk nach! Aber außer diesen zwei Worten war da nur beängstigende Leere unter seiner Schädeldecke. Verflucht, er konnte nicht zurück.*

# 2

Karsten Beckmann tupfte sich mit der Serviette über die Mundwinkel. »Ein Gedicht, Amore.« Er strahlte Cecilia an und Brander sah seine Frau verlegen lächeln, als Karsten ihr auch noch eine Kusshand zuwarf. Manuel verdrehte nachsichtig die Augen.

»Ceci, das Essen war vorzüglich. Kein Wunder, dass Andi immer so auf sein Gewicht achten muss!« Beckmann konnte sich den Seitenhieb nicht verkneifen.

»Mein Gewicht ist genau richtig. Und jetzt hör auf, mit meiner Frau zu flirten«, beschwerte sich Brander. Er war froh, dass Karsten und Manuel gekommen waren und ihn auf andere Gedanken brachten. Noch immer saß ihm das schlechte Gefühl von Peppis Besuch im Nacken. Ceci hatte ein köstliches Drei-Gänge-Menü auf den Tisch gezaubert, aber sein Lob würde nach Karstens Schmeicheleien nur untergehen. Er würde es ihr später sagen, wenn sie zu zweit waren. Jetzt begnügte er sich damit, seine Hand auf ihre zu legen. Er spürte die zarte Haut unter seinen rauen Fingern. Sie trug einen weich fließenden, langen Rock, dazu ein legeres Shirt. Beides umschmeichelte sanft ihre frauliche Figur. Die dunkelbraun getönten Haare waren knapp schulterlang und die Spitzen verspielt nach außen geföhnt. Sie war dezent geschminkt. Eine dünne Halskette mit einem kleinen Stein als Anhänger zierte ihr Dekolleté. Sechzehn Jahre waren sie mittlerweile verheiratet. Was hatte er für ein Glück, ging es ihm verliebt durch den Kopf.

»Süß, oder?«, hörte er Karsten amüsiert flüstern.

»Wenn du mich nach so vielen Jahren auch noch so anschaust, werde ich der glücklichste Mann der Welt sein.« Manuel begann, das Geschirr zusammenzuräumen.

Brander fühlte sich ertappt, drückte Cecilias Hand und drängte seine romantischen Gefühle zurück.

Karsten warf einen Blick auf die Uhr. »Wann kommt die Jugend nach Hause?«

»Kurz nach elf, wenn die Ammertalbahn pünktlich ist.«

»Dann haben wir noch ein knappes halbes Stündchen. Ihr entschuldigt uns?« Karsten schob seinen Stuhl zurück und stand auf.

Brander folgte ihm in den Flur, nahm Jacke und Mütze von der Garderobe und schlüpfte in die Schuhe. Während er Sitzkissen auf die Bank neben dem Eingang zu seiner Doppelhaushälfte legte, ging Karsten zu seinem Wagen. Wenig später kehrte er mit zwei Gläsern und einer Flasche Whisky zurück.

»Den hab ich schon eine Weile im Regal stehen, aber noch nicht probiert. Ein Highland Malt.«

Brander nahm die Flasche entgegen. »anCnoc« stand auf dem Etikett, ein Whisky aus der Knockdhu Destillerie, destilliert im Jahr 2000, abgefüllt im September 2014.

»Es gab nur sechshundert Flaschen auf dem deutschen Markt und eine davon hältst du gerade in der Hand. Lass sie nicht fallen.« Beckmann setzte sich neben ihn und streckte ihm erwartungsvoll die Gläser entgegen.

Brander löste die Banderole und zog den Korken ab. Seine Nase erhaschte einen ersten Hauch des Aromas. Er versuchte, die Düfte zu identifizieren, Süße, vielleicht etwas Schokolade, aber auch eine leichte Würzigkeit. Und da war noch mehr. Brander seufzte zufrieden, obwohl er noch keinen Schluck getrunken hatte. Seit einer Eskalation mit Nathalie gab es im Hause Brander keinen Alkohol mehr. Mittlerweile war es schon Tradition geworden, dass Karsten einen guten Tropfen mitbrachte, den sie zu zweit irgendwann im Laufe des Abends vor der Tür genossen. Aber immer nur ein oder zwei Gläser, damit Nathalie sich nicht zwei betrunkenen Männern gegenübersah.

Sein Kumpel grinste über Branders genießerisches Schnuppern. »Ich hab gewusst, dass er dir gefallen wird.«

Brander goss die bronzefarbene Flüssigkeit in die Gläser, verschloss die Flasche wieder und stellte sie neben die Bank auf den Boden.

»Was ist los, Andi?«, fragte Beckmann, nachdem Brander sich zurückgelehnt hatte.

»Wieso?«

»Du wirkst bedrückt. Du hattest zwei Wochen Urlaub, du solltest entspannt und erholt sein.«

Brander brummte unbestimmt und prostete Beckmann zu. Sie kannten sich mittlerweile gut vier Jahre, ihre erste Begegnung war allerdings beruflich gewesen. Karsten Beckmann hatte von Anfang an ein Gespür für Branders Stimmungen gehabt, eine Feinfühligkeit, die ihn nicht nur als Kommissar, sondern auch persönlich verunsichert hatte.

Sie tranken einen Schluck. Brander ließ den Whisky einen Moment im Mund verweilen und spürte dem Geschmack nach, als er sanft die Kehle hinunterglitt. Er meinte, eine ganz leichte Torfnote zu schmecken.

»Hat was Schokoladiges, oder?«, überlegte Beckmann, während er das Glas vor seinen Augen zwischen den Fingern drehte.

Irgendetwas raschelte in den Sträuchern, eine Fledermaus flatterte lautlos an ihnen vorbei. Die kühle Nachtluft kroch in ihre Kleidung, während der Whisky von innen wärmte.

»Da ist aber auch was Frisches … Zitrone? … Orange?« Brander war sich nicht sicher. Er hob den Blick zum dunklen Himmel. Kein Mond, keine Sterne. Es war bewölkt. Vielleicht würde es in der Nacht noch regnen. Aprilwetter. Er mochte diese ruhigen Momente mit Karsten. Sie konnten nebeneinandersitzen, über Gott und die Welt reden oder einfach nur schweigend genießen.

»Und?« Karsten hatte anscheinend nicht vor, stumm in den Nachthimmel zu schauen.

»Und was?«

»Was ist los? Trouble mit Nathalie? Mit Ceci? Im Job?«

»Du nervst. Ich hab's mir mit Peppi verscherzt.« Er berichtete von ihrem Besuch.

»Du hättest mit ihr beizeiten reden sollen«, wiederholte Beckmann, was Ceci Brander vor wenigen Stunden bereits gesagt hatte.

»Ach was?« Brander trank erneut einen Schluck. Er schmeckte eine dezente Zitrusnote heraus, zumindest bildete er es sich ein. »Verrate mir lieber, wie ich das wieder geradebiegen kann.«

»Du kennst sie besser als ich. Allerdings …« Beckmann zögerte. »Wenn ein Mensch, den Peppi mag, sie sehr verletzt hat, kann sie ziemlich nachtragend sein … selbst wenn es unbeabsichtigt war.«

Brander wurde hellhörig. Er wusste, dass Peppi nicht gut auf Karsten Beckmann zu sprechen war, aber er hatte bisher nicht herausfinden können, warum. »Eigentlich ist sie nicht nachtragend.«

»Rede mit ihr, was anderes kann ich dir auch nicht raten.« Karsten nippte an seinem Glas und deutete auf den Weg. »Schau an, wer da kommt.«

Nathalie schlenderte den Weg entlang. Sie war groß und kräftig, kein kleines, zartes Mädchen. Seit einem Jahr ging sie regelmäßig zu Karsten Beckmann ins Dojang und lernte Taekwondo. Der Sport tat ihr gut. Brander hatte befürchtet, dass es sie noch aggressiver machen könnte, aber Karsten brachte ihr bei, mit Hilfe des Kampfsports ihre Gefühle zu kontrollieren. Im Training am Boxsack fand sie zudem ein Ventil, um die Wut, die in ihr steckte, rauszulassen. Seit Weihnachten hing ein großes, rotes Exemplar in Branders Keller. Neben Nathalie ging ein junger Mann, wenig größer, schlaksig, schwarz gekleidet – Julian, Branders Neffe. Der Neunzehnjährige war Ostern zu Besuch gekommen und würde am Sonntag wieder zurück zu seinen Eltern nach Düsseldorf fahren.

Ein Strahlen breitete sich auf Nathalies Gesicht aus, als sie Karsten entdeckte und ihr Schritt wurde etwas flotter. Tadelnd schüttelte sie den Kopf, als sie vor ihm stehen blieb. »Ey, Trainer, was is 'n das für 'n Scheiß? Alkohol ist voll ungesund und verlangsamt die Reflexe.«

»Um 'ne Göre wie dich auf die Matte zu schicken, reicht es allemal.«

Sie setzte spielerisch zu einem Tritt an. Beckmann parierte, packte ihr Bein und zog sie auf seinen Schoß, damit sie nicht zu Boden fiel.

»Leg dich nicht mit deinem Meister an.«

»Eines Tages krieg ich dich«, prophezeite die Sechzehnjährige selbstbewusst. Sie schmiegte sich an Karstens Schulter.

Brander registrierte es mit gemischten Gefühlen. Einerseits freute er sich, dass sie so viel Vertrauen zu Karsten gefasst hatte, andererseits befürchtete er, dass eine jugendliche Schwärmerei dahintersteckte. Karsten war humorvoll, galant, hatte einen durchtrainierten Körper, dazu ein markantes, männliches Gesicht und einen Blick, der die Frauen – und Mädchen – magisch anzuziehen schien.

Julian blieb vor der Dreiergruppe stehen und mimte den erwachsenen Mann, der so ein Geplänkel für Kinderkram hielt.

»Was is 'n eigentlich in Entringen los? Waren voll viele Bullen unterwegs.« Nathalie sah fragend zu Brander.

»Ein Viehauftrieb mitten in der Nacht?«, flachste Beckmann.

Nathalie verdrehte die Augen.

»Wie bist du eigentlich angezogen? Der Rock ist viel zu kurz.«

»Dass du danach guckst. Ich dachte, du bist schwul.«

»Aber nicht blind. So würde ich dir nicht erlauben, aus dem Haus zu gehen! Gut, dass du einen Aufpasser dabeihattest.«

Julian hob die Mundwinkel zu einem minimalen Lächeln.

Beckmann schubste das Mädchen von seinem Schoß. »Geh rein, damit du dich nicht erkältest, und lass uns hier mal in Ruhe Männergespräche führen.«

Nathalie zeigte streng mit dem Finger auf die Flasche. »Ey, aber nur noch ein Glas, damit das klar ist.«

»Jawohl, und jetzt zisch ab.« Brander deutete mit dem Kopf zur Tür, die sich im selben Moment öffnete.

Cecilia hielt ihm das Telefon entgegen. »Hendrik, er sagt, es wäre dringend.«

Hendrik Marquardt war zu Branders Tübinger Zeiten einer seiner engsten Kollegen gewesen. Der Achtunddreißigjährige war nach der Reform beim Kriminalkommissariat Tübingen geblieben, da seine Lebensgefährtin Anne Dobler, ebenfalls eine Kriminalpolizistin, und seine zwei kleinen Kinder hier lebten. Anne Dobler befand sich seit der Geburt des zweiten Kindes vor einem halben Jahr in Elternzeit.

Brander nahm den Apparat entgegen.

»Hallo Andi, ich bin gerade in Entringen, Autowerkstatt Stolze & Lütz, Ortsausgang Richtung Herrenberg«, begann Hendrik im eiligen Stakkato.

Branders Gehirn schaltete umgehend in den Dienstmodus. »Ja, kenn ich.«

»Wir haben ein vermisstes Kind. Der fünfjährige Niko Stolze. Vermutlich seit ein paar Stunden abgängig.«

Ein paar Stunden? Hatten die Eltern nichts gemerkt?

»Du kennst die Gegend, du kennst die Leute hier. Kannst du kommen?«

»Bin unterwegs.«

Deswegen hatte Nathalie die vielen Polizisten gesehen.

»Was ist los?«, fragte Cecilia.

»Der kleine Niko von den Stolzes ist anscheinend ausgebüxt. Hendrik ist vor Ort. Ich fahr hin.«

»Können wir helfen?«, bot Karsten an.

Brander zögerte. »Ich will mir erst einen Überblick verschaffen. Vielleicht könnt ihr noch ein wenig bleiben, falls wir mehr Leute für die Suche brauchen.« Er wollte seinen Freunden den Abend nicht verderben. Vielleicht war es nur ein falscher Alarm.

* * *

Da er schon einen Whisky getrunken hatte, nahm Brander sein Fahrrad. Er bog von der B28 in das kleine Gewerbegebiet ab. Penny und Tankstelle hatten längst geschlossen, auch im

Jugendclub war alles dunkel. Entringen war die älteste und mit knapp dreitausendsiebenhundert Einwohnern die größte der sechs Ammerbucher Gemeinden. Sie lag nur wenige Kilometer von Tübingen entfernt. Der Ort war überschaubar: Metzger, Bäcker, Hofladen, Apotheke, Supermarkt, ein kleiner Bahnhof – alles war selbst zu Fuß innerhalb weniger Minuten zu erreichen.

Mit dem Fahrrad war Brander ruckzuck vor Ort. In dem Gewerbegebiet im Nordwesten des Dorfes hatten sich kleine und mittelständische Unternehmen angesiedelt. Am Ende der Straße befand sich die Kfz-Werkstatt »Stolze & Lütz«, es war nicht die einzige im Ort.

Hendrik Marquardt stand neben seinem Dienstwagen und beendete eilig ein Gespräch, als er Brander auf den Hof kommen sah. Sämtliche Lampen und Strahler waren eingeschaltet und beleuchteten Werkstatt und Vorplatz. Alle zur Verfügung stehenden Beamten waren herangezogen worden und ausgeschwärmt, um das Gelände abzusuchen. Der Lichtkegel des Blaulichts kreiste über die Umgebung, zeichnete mal hier, mal dort kühle Umrisse der Gebäude und Sträucher um sie herum. Trotz des Aufgebots entdeckte er keine Schaulustigen. Vermutlich halfen diejenigen, die hinzugekommen waren, bei der Suche nach dem Kind.

»Gib mir eine kurze Zusammenfassung«, bat Brander, ohne sich mit Begrüßungsfloskeln aufzuhalten. Sie hatten sich seit Januar nicht mehr gesehen. Der sportlich durchtrainierte Kollege wirkte schmaler, als Brander ihn in Erinnerung hatte.

Hendrik strich sich nervös durch die dunklen Haare. »Kurz nach einundzwanzig Uhr ging ein Notruf ein. Ein Herr Markus Höschele hatte Felix Stolze verletzt aufgefunden. Stolze ist einer der Inhaber der Werkstatt. Er ist anscheinend in die Fahrzeuggrube gestürzt und hat sich dabei schwere Verletzungen zugezogen. Notarzt und Sanis konnten den Mann bergen. Er ist nicht ansprechbar und wurde in die Klinik nach Tübingen gebracht. Die hinzugerufenen

Kollegen haben seine Frau informiert. Sie ist auch gerade im Krankenhaus. Sie hat heute ihr zweites Kind bekommen. Ihr erstes Kind, der fünfjährige Niko, war nicht bei ihr in der Klinik. Die Kollegen haben umgehend eine Suchaktion eingeleitet, das war gegen zweiundzwanzig Uhr fünfzehn. Cory und ich waren noch in der Dienststelle und sind sofort rausgefahren, um zu übernehmen.«

Das erklärte, warum man nicht den Kriminaldauerdienst geholt hatte. Hendrik und Cory waren sicherlich schneller vor Ort als der KDD aus Nürtingen.

»Im Gebäude und in der Werkstatt haben wir den Jungen nicht gefunden. Wir haben herausgefunden, dass es ein Kindermädchen gibt, Selesta Fink, wohnt in der Gretchenstraße. Sie hat ausgesagt, dass Stolzes Partner Martin Lütz den Jungen gegen achtzehn Uhr bei ihr abgeholt hat, um ihn zum Vater zu bringen. Also hierher, Stolzes haben eine Wohnung über der Werkstatt.« Hendrik deutete auf das Gebäude hinter seinem Rücken.

»Wurde das Kind danach noch einmal gesehen?«

»Eine Nachbarin sagte aus, dass sie Niko gegen halb acht auf dem Hof der Werkstatt hat spielen sehen.«

»Was ist mit diesem Lütz? Hast du mit dem gesprochen?«

»Geht nur die Mailbox ran, am Handy ebenso wie an seinem Festnetzanschluss. Wir haben eine Nachricht hinterlassen.«

Branders Augen wanderten über den Hof. Stolze & Lütz war eine freie Werkstatt. An einer Seite standen mehrere Autos verschiedener Fabrikate. In einer Ecke waren alte Autoreifen gestapelt. Direkt vor ihm befand sich eine große Halle. Eines der drei Werkstatttore war geöffnet. Links an der Halle gab es einen Anbau, in dessen unteren Bereich anscheinend ein Büro war, darüber vermutete Brander die Wohnung. Das gesamte Gelände war von einem hohen Maschendrahtzaun eingefasst. Ein großes Metallschiebetor, durch das Brander gekommen war, stand offen.

Brander rieb sich nachdenklich übers Kinn. »Was hast du bisher unternommen?«

»Ich habe sämtliche verfügbaren Kräfte für die Suche angefordert, Rettungsdienste, Taxi- und Busunternehmen informiert …«

»Die Bahn?«

»Die Bahn?«, fragte Hendrik verwirrt.

»Hier gibt es eine Regionalbahn, naldo Verkehrsverbund, die fahren halbstündlich zwischen Tübingen und Herrenberg. Die Gleise sind nicht weit entfernt.« Brander streckte den Arm in die Richtung. Es waren vermutlich keine dreihundert Meter bis zu den Schienen. »Wir müssen die Zugführer informieren, falls der Junge an den Schienen entlangläuft.«

»naldo … Lass mich das kurz weitergeben.« Hendrik griff zum Funkgerät und gab den Auftrag an die Zentrale.

»Ist jemand bei der Mutter in der Klinik?«

»Ich habe Cory hingeschickt. Aber ich habe noch nichts von ihr gehört.«

Corinna Tritschler. Das war beruhigend. Brander wusste, dass die Kollegin eine Zusatzausbildung zur Betreuungsbeamtin absolviert hatte. Sie war geschult darin, Menschen in einem Ausnahmezustand Beistand zu leisten – und dies war für die frisch entbundene Mutter ganz sicher eine schreckliche Nacht.

»Verwandte, Bekannte, Freunde? Könnte der Junge dort sein?«

»Die Kollegen sind dabei, Familienangehörige abzutelefonieren. Sie fangen gerade erst an. Wir müssen uns die Daten zusammensuchen …«

Eine Windbö strich um ihre Köpfe. Hendrik hob besorgt den Blick zum nächtlichen Himmel. »Haben die Regen angesagt?«

»Sieht zumindest danach aus …«

Brander sah sich weiter um. Die Werkstatt lag zurückgesetzt rechts des Geländes der Firma Maisch, die sich mit Hochleistungsflüssigkeitschromatographie beschäftigte, was Brander in einem kleinen Ort wie Entringen für recht ungewöhnlich hielt. Auf der anderen Seite des Kfz-Meisterbetriebs grenzte das Grundstück der Firma Thurner Garten-

und Forsttechnik mit Verkaufsraum und Werkstatt. Schräg gegenüber war die Schreinerei Arnold mit Privathaus und großer Halle. Etwas weiter entfernt die Zimmerei Karl und die Rückseite der Tankstelle.

Grübelnd sah Brander zum Ortsrand. Wie weit konnte ein fünfjähriger Junge laufen? Und wohin würde er laufen, wenn er allein und verängstigt war? Sicher nicht ins Dunkle, auf die Felder oder in den Wald, sondern irgendwohin, wo Licht brannte. »Könnte der Junge bei einem Nachbarn sein?«

»Das hätte man uns wohl gesagt, oder?«

Da hatte Hendrik allerdings recht. Der Rohrbach fiel Brander siedend heiß ein. »Habt ihr am Bach nachgesehen?«

»Welchen meinst du, den, der hier direkt hinter den Firmen entlangfließt?«

»Ja.«

Es war nur ein schmales Bächlein und im Moment ohne starke Strömung, aber es waren schon Kinder in Pfützen ertrunken.

»Zwei Teams haben ein ganzes Stück abgesucht. Aber sie haben bisher nichts gefunden.«

Hendrik hatte alle notwendigen Sofortmaßnahmen eingeleitet. Was konnten sie noch tun?

Branders Blick wanderte erneut über die Umgebung. »Wir brauchen mehr Leute. Und mehr Licht.«

»THW?«

»Ja, und Feuerwehr. Die haben ihre Gerätschaft gleich da vorn, Bei der Schießmauer.«

»Bei der Schießmauer?«

»So heißt die Straße.«

Hendrik forderte die Unterstützung über die Zentrale an. »Ich habe alle unsere verfügbaren Einheiten herbeordert, aber das wird nicht reichen. Der Kleine kann theoretisch überall sein. Wir wissen nicht, wie lange er schon umherirrt. Mindestens drei Stunden, vermutlich aber mehr.«

Brander überlegte, wie sie die Suche am effektivsten ausweiten konnten. In der Ferne läuteten die Glocken der

Michaelskirche. Mitternacht. »Schick einen Streifenwagen durch die Straßen mit Lautsprecherdurchsage. Die Anwohner müssen wissen, dass wir nach Niko Stolze suchen, vielleicht ist er irgendwo untergekommen. Falls jemand den Jungen heute Abend gesehen hat, soll er sich umgehend hier melden. Kannst du ein oder zwei Streifenwagen abstellen? Die sollen auf den Durchgangsstraßen den Verkehr stoppen und die Fahrer aufmerksam machen. Nicht, dass der Junge überfahren wird, falls er irgendwo über eine Straße läuft.«

»Okay.«

»Es gibt einen Polizeiposten hier am Ort, der ist aber nur tagsüber besetzt. Die Zentrale soll die Kollegen informieren. Vielleicht können die uns unterstützen. Hast du einen Ortsplan?«

»Nein, noch nicht.«

»Die Feuerwehr hat sicherlich Übersichtspläne …«

Hendrik deutete auf das Innere seines Einsatzwagens. »Ich hab Google Earth.« Auf dem Beifahrersitz lag ein Notepad.

»Ich geb dir trotzdem einen kleinen Überblick.« Brander drehte sich zur Straße, sodass die Werkstatt in seinem Rücken lag. »Hier vorn hast du einige Gewerbebetriebe, wenige Wohnhäuser, die Firmengelände sollten wir vorrangig absuchen. Habt ihr die Firmeninhaber schon informiert?«

»Wir sind dabei, wohnen ja nicht alle hier.«

»Okay, die sollen alle ihre Außenbeleuchtung einschalten, damit wir mehr Licht haben. Das Kind könnte allerdings auch über die Schienen gelaufen sein. Auf der anderen Seite der Gleise sind Ackerland und ein paar Höfe, ein Reitstall, die Biogasanlage, ein Segelflugplatz, also große Flächen, kein Licht.« Brander zeigte nach Osten, ließ den Arm dann nach rechts gleiten. »Da hinten rüber, direkt an den Gleisen, ist ein Recyclingunternehmen, ein Stück weiter westlich beginnt der Hartwald.« Brander wandte sich um zur Werkstatt. Es wäre auch möglich, dass der Junge auf die andere Seite der Bundesstraße gelangt war, über die Landwirtschaftswege nach Breitenholz, zum Schönbuch oder durch den Ort, zum Freibad … Das Gebiet war unüberschaubar. Sie brauchten dringend mehr Helfer. »Ich ruf Ceci an, sie kennt eine Menge Leute vom Sportverein, sicher werden uns da einige bei der Suche helfen.« Brander überlegte. Er brauchte Menschen, die ein großes Netzwerk hatten, sodass Telefonketten initiiert und Suchmannschaften zusammengestellt werden konnten. Chorleiter, Vereinsvorsitzende … »Haben wir eine Beschreibung von dem Jungen?«

»Zirka einen Meter zehn groß, schlank, kurze, struppige Haare, wie Pumuckl, nur blond.« Hendrik zog ein Foto aus seiner Jacke und gab es Brander.

Ein kleiner Junge grinste verschmitzt in die Kamera. Er stand im Sand, trug Matschhosen, Gummistiefel und eine Regenjacke und hielt eine Schaufel in der Hand. Es sah aus, als wäre das Foto irgendwo an einem Strand aufgenommen worden – vielleicht Nord- oder Ostsee, vielleicht aber auch am Bodensee.

»Das Kindermädchen sagt, er hätte eine blaue Hose, einen weiß-blau geringelten Strickpulli und eine braune Cordjacke mit Flicken an den Ellenbogen getragen, als sie ihn an Martin Lütz übergeben hat.«

Brander gab ihm das Foto zurück. »Kannst du veranlassen, dass sie hierherkommt? Ich würde gern mit ihr sprechen.«

»Wenn ich sie sehe … Sie hilft bei der Suche.«

»Du sagtest, der Vater hätte in der Werkstatt in der Fahrzeuggrube gelegen?«

»Ja.«

»Hast du die Kriminaltechnik informiert?«

Hendrik verzog bedauernd das Gesicht. »Nein, noch nicht. Wir haben uns voll und ganz auf die Suche konzentriert.«

Auch wenn die Suche nach dem Kind Vorrang hatte, durften sie den Unfall in der Werkstatt nicht außer Acht lassen. Immerhin lag ein Mann schwerverletzt im Krankenhaus. Die Kriminaltechniker sollten sich die Spurenlage auf jeden Fall einmal anschauen.

»Ich lass die Werkstatt absperren und informier Freddy. Kümmere du dich um die Einteilung der Suchmannschaften. Ich werde ein paar Leute aus dem Ort anrufen. Ich denke, da sollten in Kürze einige herkommen, um zu helfen.« Er war sicher, dass sich zahlreiche Mitbürger an der Suche beteiligen würden.

»Danke.« Die Aussicht auf weitere Helfer entspannte Hendrik ein wenig.

»Wie hieß der Mann nochmal, der den Stolze gefunden hat?«

»Markus Höschele.«

»Ist der noch da?«

»Nein, die Kollegen haben ihn nach Hause geschickt. Wir haben aber seine Kontaktdaten. Er wohnt in Tübingen.«

»Warum war er hier?«

»Er wollte Felix Stolze zur Geburt gratulieren. Er kam von der Arbeit und hat einen kurzen Stopp hier gemacht.«

»Hat der was von dem kleinen Jungen gesagt?«

»Nein. Wir haben aber auch nicht gefragt. Dass das Kind abgängig ist, fiel erst auf, nachdem wir mit Stolzes Frau gesprochen hatten.«

Brander zog sein Handy hervor, wählte Cecilias Nummer und schritt auf die Werkstatt zu. Karsten und Manuel und auch Julian und Nathalie boten sofort an, sich an der Suchaktion zu beteiligen. Cecilia würde eine Telefonkette in Gang setzen. Die ersten Regentropfen fielen vom Himmel. Brander unterdrückte die aufsteigende Unruhe. Mehr als drei Stunden war das Kind verschwunden. Wo, um alles in der Welt, war der Kleine hingelaufen?

Die Werkstatt war taghell erleuchtet. Nahe dem offenen Tor befand sich die erste Stolperfalle – die Vertiefung des Bremsenprüfstandes. Ein unachtsamer Tritt und man klemmte mit dem Fuß zwischen Prüf- und Tastrolle und geriet ins Straucheln. Wenige Meter entfernt war die Fahrzeuggrube. Vorschriftsmäßig mit Metallleisten in gelb-schwarzen Signalfarben umrandet, jedoch nicht abgedeckt. Eine steile Treppe führte in den knapp anderthalb Meter tiefen Schacht. Brander trat näher heran, entdeckte dunkle Flecken auf dem Boden. Vielleicht Öl und Benzin, vermutlich auch Blut. Ein kalter Schauer kroch ihm über den Nacken, während er in die Grube sah. Die feuchtkalte Luft war durchbrochen von Gerüchen nach Treibstoff, Metall und Gummi. Der Wind blies durch das offene Tor. Er schüttelte sich fröstelnd und hob den Blick wieder. Rechts neben der Grube befanden sich zwei Hebebühnen, am Ende eine Reifenmontiermaschine. Messgeräte auf Rollwagen standen an der langen Rückwand. Eine Tür mit einem Schild verriet, dass es dahinter zum Lager ging und nur Befugten der Zutritt erlaubt war. Zu seiner Linken befand sich eine langgezogene Werkbank, daneben waren zwei weitere Türen. Eine stand offen und führte – wie Brander vermutet hatte – in ein Büro. Die andere Tür zierte ein Toilettenschild.

Brander zog Schutzhandschuhe an, umrundete die Grube und ging zu der Tür, die in den Lagerraum führte. Er drückte die Klinke. Es war nicht verschlossen und er trat ein. Ersatzteile stapelten sich in den Regalen bis unter die Decke. Er ließ den Blick sorgfältig über die Bretter gleiten. In einem Regal lagen kistenweise Scheibenwischer, in einem anderen zahllose verschiedene Glühbirnen, daneben einige Scheinwerfer, Kisten mit Seiten- und Rückspiegeln. Dann gab es kleinere Behälter, mit diversen Schrauben, Schläuchen und anderem Kleinzeug gefüllt. Ersatzteile für alle möglichen Fabrikate. An der linken Wand war ein Reifenlager. Hatte sich der Kleine irgendwo zwischen diesem ganzen Material versteckt? Aber dann hätten die Kollegen ihn längst entdeckt. Sie hatten sicherlich alles sorgfältig abgesucht.

Er beendete seinen Rundgang, verließ den Lagerraum und öffnete die verschlossene Tür neben dem Büro. Sie führte in einen schmalen Flur und von dort zu einer Toilette und in einen Umkleideraum mit mehreren Spinden sowie einem Waschraum. Ein Potpourri aus Schmieröl, kaltem

Schweiß und Lavendelduftstein hing in der Luft. Brander rümpfte die Nase und kehrte in die Werkstatt zurück. Grübelnd blieb er an der Tür stehen. Ein Mann stürzt in die Fahrzeuggrube. Ein Kind verschwindet. Instinktiv stellten sich seine Nackenhaare auf. Was war hier geschehen? Er ließ den Blick durch die Halle gleiten. Auf der gegenüberliegenden kurzen Seite entdeckte er Scherben auf dem Boden. Er stutzte, ging dort hin und beugte sich hinunter, um sie genauer zu betrachten. Leichter Alkoholgeruch stieg ihm in die Nase. Der Korken lag einen knappen Meter entfernt, die Glasscherben waren noch feucht. Es war eine Sektflasche gewesen. Er wandte den Kopf und sah zu der Grube.

»Was machst du da?« Hendrik war in die Halle gekommen. Seine Jacke glänzte nass, der Regen war stärker geworden und trommelte auf das Dach.

Brander erhob sich aus der Hocke. »Hast du gesehen, wie Stolze in der Grube lag?«

»Nein, als wir kamen, war er schon auf dem Weg ins Krankenhaus.«

»Einer der Kollegen, die als Erste vor Ort waren?«

Hendrik schüttelte gereizt den Kopf. »Andi, wir suchen nach einem Kind! Was willst du denn jetzt …«

»Ich versuche herauszufinden, was hier geschehen ist. Vielleicht bringt uns das zu dem Jungen.«

»Ich hol den Kollegen.« Noch immer verständnislos den Kopf schüttelnd verließ Hendrik die Werkstatt wieder.

Der Mann in Uniform hieß Tobias Richter, Anfang dreißig, sportlich-schlank, kurze, aschblonde Haare, wache Augen. Brander meinte, sein Gesicht zu kennen.

»Hatten wir schon mal miteinander zu tun?«, fragte er.

Richter nickte. »Vor einigen Jahren, der tote Jogger am Hartwald.«

Brander erinnerte sich mit Unbehagen. Er hatte damals eine Stichverletzung an der Schulter davongetragen. »Sie waren heute Abend als Erster vor Ort?«

»Nicht ganz, mein Kollege und ich trafen kurz nach RTW und Notarzt ein.«

»Haben Sie gesehen, wie der Verletzte in der Grube lag?«

»Ja, wir haben bei der Bergung geholfen. Wir haben auch Fotos gemacht.«

Das konnte hilfreich sein. »Die brauchen unsere Techniker.«

»Soll ich die Kamera holen?«

Brander schüttelte den Kopf. »Später. Beschreiben Sie mir, wie der Mann hier gelegen hat.«

»Der Kopf lag in die Richtung, das Gesicht seitlich nach unten, er war rechts gegen die Wand geschlagen.« Richter zeigte in die Mitte der Grube. »Er hat geblutet. Die Füße lagen zum Tor, halb auf den unteren Stufen. Der linke Arm war verdreht, vermutlich gebrochen. Der Notarzt sprach auch von einer Schädelverletzung. Was kein Wunder wäre, wenn er mit dem Kopf auf den harten Boden geknallt ist.«

Brander versuchte, das Bild vor seinem inneren Auge zu rekonstruieren. »Das heißt, er ist vermutlich von dieser Seite gekommen.« Er deutete auf die Werkbank.

»Das kann ich nicht sagen.«

Brander sah zur anderen Seite der Halle. Die Scherben lagen noch nicht lange dort, der Sekt war nicht verdunstet. »Irgendwelche Hinweise auf einen möglichen Kampf?«

Richter zog verwirrt die Augenbrauen zusammen. »Was für ein Kampf?«

»Das weiß ich nicht. Ich frage mich nur, wie und warum der Mann in die Grube gestürzt ist.«

»Unachtsamkeit«, schlug der junge Beamte vor.

Gut möglich. Auch wenn die gelb-schwarzen Leisten warnen sollten, waren sie doch gleichzeitig eine Stolperfalle, wenn man nicht darauf achtete, wohin man trat. »Was ist mit dem Kind? Gab es irgendeine Spur? Eine Mütze, ein Spielzeug, irgendwas?«

»Nein, nichts.«

»Das Tor … stand das offen?«

»Welches meinen Sie?«

»Draußen, die Zufahrt.«

»Es stand offen, als wir kamen, aber ich weiß nicht, ob der Rettungsdienst es geöffnet hat oder ob es die ganze Zeit schon offen war.«

»Und das Tor zur Werkstatt?«

Richter hob bedauernd die Schultern. »Wie gesagt, der Rettungsdienst war vor uns da. Kann sein, dass die alles aufgemacht haben ...«

Zumindest hatte er nun eine ungefähre Vorstellung von dem Bild, das sich den Beamten beim Eintreffen geboten hatte. Er musste mit dem Mann sprechen, der den Verletzten gefunden hatte.

»Können Sie Absperrband besorgen?«, bat Brander. Bei der Anzahl der Leute, die hier in den letzten Stunden herumgelaufen waren, waren mögliche Spuren höchstwahrscheinlich bereits vernichtet. Aber vielleicht fanden die Kriminaltechniker ja doch noch etwas, das ihnen weiterhalf. »Und wir sollten das Tor schließen.«

»Ich kümmere mich darum.«

»Danke.« Brander ging in das Büro der Autowerkstatt. Zwei Schreibtische standen aneinander, auf beiden waren Computermonitore und Telefone. Die Schreibtischunterlagen waren vollgeschrieben mit Notizen, Telefonnummern, Namen, Autokennzeichen, dazwischen wildes, undefinierbares Gekritzel. Ein paar Kulis lagen auf dem Tisch. Ein Aktenordner. Eine benutzte Kaffeetasse. Der Bürobereich war durch eine schmale Theke vom Kundenbereich getrennt. Darunter befanden sich Regale mit Aktenordnern – Materiallisten verschiedener Fabrikate, erkannte Brander. Ein weiterer großer Schrank stand verschlossen an einer Wand, daneben war eine Tür. Ein ganz gewöhnliches Werkstattbüro.

Vom Kundenbereich führte eine dritte Tür direkt in den Hof. Der Schlüssel steckte und Brander ging hin und schloss sie auf. Dann nahm er ein leeres Blatt aus dem Drucker und stellte sich an die Theke. Er skizzierte die Werkstatt in groben Zügen. Felix Stolze stürzt in die Grube. Wie? Warum? Hatte das Kind ihn gefunden? Wie reagiert es? Rennt es los, um Hilfe zu holen? Wo würde es hinlaufen? Er versuchte, sich in den Schrecken eines Fünfjährigen hineinzuversetzen, aber es gelang ihm nicht.

»Andi, Frau Fink ist da.«

Brander fuhr herum. Er hatte Hendrik nicht kommen hören. Der Kollege betrat mit einer jungen Frau an seiner Seite den Raum. Sie war Ende zwanzig, hatte dunkelbraunes, langes, glattes Haar und blasse Haut. Im Kontrast dazu hatte sie einen knallig roten Lippenstift aufgelegt. Sie reichte den Kommissaren kaum bis zum Kinn. Ihre Jacke stand offen, darunter trug sie eine bis zum Hals zugeknöpfte bunte Strickjacke. Die Hände hatte sie in den Taschen vergraben. Unsicher wanderten ihre hellen Augen zwischen den Beamten hin und her. Sie fühlte sich anscheinend nicht besonders wohl in der Gesellschaft. Brander brauchte einen Moment, um sich zu erinnern, dass Frau Fink Nikos Kindermädchen war.

»Schön, dass Sie da sind.« Er faltete das Blatt zusammen und steckte es in die Jackentasche, dann wandte er sich an Hendrik. »Ich hab die Bürotür aufgeschlossen, es soll niemand mehr durch die Werkstatt gehen. Die Techniker sind unterwegs. Jemand muss im Krankenhaus schauen, ob Herr Stolze inzwischen ansprechbar ist. Und ich brauche die Nummer von Herrn Höschele. Habt ihr schon Unterstützung für die Suche bekommen?«

»Es trudeln nach und nach immer mehr Leute ein, die helfen wollen. Die Feuerwehr ist dabei, zusätzliche Scheinwerfer aufzustellen. Ich versuche, die Mannschaften zu koordinieren. Ich muss wieder raus …«

Branders Blick fiel auf die nasse Kleidung des Kollegen. »Vielleicht könnte auch irgendjemand Kaffee oder Tee für die Suchmannschaften organisieren.«

»Klar, ich hab ja auch sonst nichts zu tun«, erwiderte Hendrik gestresst.

Brander hob abwehrend die Hand. »Ich werde Ceci bitten, sich um die Verpflegung zu kümmern. Du solltest versuchen, einen Hundeführer ranzukriegen.«

»Ich habe Hundestaffel und Heli angefordert, aber das dauert. Es ist Freitagnacht …« Hendrik wandte sich ab.

»Nicht durch die Werkstatt!«

»Ist doch eh schon alles kontaminiert«, knurrte der Kollege und stapfte durch die Kundentür hinaus in den Regen.

Brander sah zu Selesta Fink. Ein laufender Meter fünfzig, schätzte er. Sie hatte sich keinen Millimeter von der Stelle gerührt.

»Setzen Sie sich.« Er deutete auf einen der Schreibtischstühle.

Sie schüttelte den Kopf.

Auch gut, blieben sie beide eben stehen. Brander lehnte sich mit dem Rücken gegen den Tresen. »Sie wissen, worum es geht?«

»Wir suchen Niko.« Sie hatte eine sanfte, dunkle Stimme mit einem kehligen Akzent.

»Ja.« Er sah in das blasse Gesicht mit den grauen Augen. »Sie sind keine Deutsche, oder?«

»Ist wichtig?«

»Nein.« Brander lächelte entschuldigend. »Ich war nur neugierig.«

Sie musterte ihn argwöhnisch, als frage sie sich, wie weit sie dem Mann vor sich vertrauen konnte. Brander ließ ihr die Zeit.

»Ich bin Russin«, erklärte sie schließlich.

Brander nahm es mit einem Kopfnicken zur Kenntnis, froh darum, dass sie anscheinend beschlossen hatte, ihm zu vertrauen. »Sie sind Nikos Kindermädchen?«

»Ja.«

»Schon lange?«

»Seit der Geburt. Lisa … Frau Stolze arbeitet im Büro. Sie braucht jemand, der mal auf Niko aufpasst.«

»Gibt es Lieblingsplätze, einen Ort, wohin Niko gelaufen sein könnte?«

»Das habe ich dem anderen schon gesagt.« Sie deutete mit dem Kinn unbestimmt nach draußen. »Aber die sagen, er ist da nicht.«

»Von welchem Ort sprechen wir?«

»Wie?«

»Was haben Sie meinem Kollegen gesagt, wo Niko sein könnte?«

»Der Platz, wo Kiesel und Schotter sind. Dahinten, in der Zeppelinstraße. Das gefällt ihm. Er will da immer klettern, wenn wir vorbeigehen. Aber er darf nicht. Das ist gefährlich.«

Das Firmengelände des Bauunternehmens Kamer. Das war sicherlich faszinierend für viele kleine Jungen. Wenn Niko von der Werkstatt zu seinem Kindermädchen laufen wollte, hätte er dort vorbeikommen können, es sei denn, er wäre an der Bundesstraße entlanggelaufen. Aber konnte ein fünfjähriges Kind sich so einen Weg merken? Und würde es sich von den Kiesschütten ablenken lassen, wenn er doch voller Sorge um seinen Vater war? Brander hatte keine Erfahrung mit kleinen Kindern.

»Herr Lütz hat den Jungen heute Abend bei Ihnen abgeholt. Um wie viel Uhr war das?«

»So kurz nach sechs.«

»Hat Herr Lütz Niko öfter bei Ihnen abgeholt?«

»Manchmal. Meistens kommt Lisa oder ich bringe ihn.«

»Wie lange war Niko bei Ihnen?«

Selesta Fink hob die Schultern. »Gestern Morgen sieben Uhr ruft Felix an und bittet, Niko zu holen. Felix fährt mit Lisa ins Krankenhaus. Heute Nachmittag bekommt sie das Baby. Felix ruft an und sagt, dass Martin kommt und Niko holt. So ich kann zum Sport gehen.«

»Was machen Sie für Sport?«

Brander wusste, dass die Volleyballer freitagabends in der Sporthalle waren, Cecilia spielte hin und wieder mit. Aber sie hatte noch nie von einer Selesta Fink erzählt.

»Ist wichtig? Oder Sie sind wieder neugierig?«

Brander schmunzelte. »Neugierig.«

»Gymnastik. In der Kelter.«

»Herr Lütz kam also zu Ihnen und holte den Jungen ab. Hat er gesagt, wohin er Niko bringt?«

»Ja, er …« Ihr Blick ging an die Wand hinter Brander. Kleine Fältchen bildeten sich auf ihrer glatten Stirn, während sie versuchte, sich zu erinnern. Sie schürzte die roten Lippen. »Er sagt zu Niko, dass sie nach Hause fahren, zu seinem Papa.«

»Nach Hause … meinte er damit die Werkstatt oder seine Wohnung, also das Haus von Herrn Lütz?«

»Nach Hause … seine Wohnung.« Sie wedelte mit den Händen durch den Raum.

»Okay.« Brander machte sich gedanklich eine Notiz, dass er mit Hendrik noch einmal über Stolzes Kompagnon reden musste. Warum war der Mann nicht erreichbar? »Ist Herr Lütz zuverlässig?«

»Wie? Zuverlässig?« Selesta Fink sah ihn fragend an. Die helle Iris war von einem dunklen Kranz umrandet und ließ die Augen noch kräftiger leuchten. Sie hatte ein rundes, offenes und sehr aufmerksames Gesicht. Brander gefiel es, dass sie sofort nachfragte, wenn sie etwas nicht verstand. Er fand diese kleine Frau sympathisch.

»Könnte es sein, dass er Niko bei Ihnen abgeholt hat, ihn hierher in die Wohnung gebracht und dann allein gelassen hat? Vielleicht in der Annahme, dass Herr Stolze jeden Augenblick nach Hause kommt.«

»Nein!« Sie schüttelte entschieden den Kopf. »Das macht er nicht. Er liebt Niko. Er setzt ihn immer auf Schoß und fährt mit ihm so Auto.« Sie presste erschreckt die Lippen zusammen. »Nur auf dem Hof, müssen Sie wissen.« Sie senkte die Augenlider. »Niko ist ganz verrückt mit Autos …«

»Nachdem Herr Lütz Niko abgeholt hat, haben Sie den Jungen nicht mehr gesehen?«

»Nein.« Ihre Mundwinkel zogen sich nach unten und ihre Augen wurden traurig. Sie sah zum Fenster. »Wenn ich wüsste …«

»Gibt es noch irgendeinen anderen Ort, an dem wir nach ihm suchen könnten? Hat er irgendwo einen Freund oder jemanden, den er besonders gern hat?«

»Er kommt zu mir.«

»Gibt es hier im Ort Verwandte, bei denen er sein könnte?«

Sie schüttelte den Kopf. »Felix … also Eltern von Herrn Stolze, sind beide gestorben.«

»Und die Eltern von Lisa Stolze?«

Frau Fink hob die Schultern. »Die wohnen nicht hier.«

»Und wo Lisa Stolzes Eltern wohnen, wissen Sie nicht?«

»Weiß ich nicht. Nein.«

»Andi?«, drang Cecilias Stimme durch die Werkstatthalle.

»Im Büro«, rief Brander.

Er stand auf und ging zur Kundentür, um seine Frau hereinzulassen. Tobias Richter hatte die Werkstatt inzwischen abgesperrt. Wasser tropfte von Cecilias Jacke. Der Regen war noch stärker geworden. Brander fluchte innerlich. Dunkelheit, Regen, Kälte. Sie mussten das Kind unbedingt schnell finden.

»Es sieht so aus, als ob die Suche andauert. Könntest du heiße Getränke für die Suchmannschaften organisieren?«

»Hm … ja … ich denke schon …«

»Ich kann helfen«, bot Selesta Fink an. »Die Kirche kann helfen. Ich kenne viele Frauen. Wir haben große Kannen.« Sie zeigte mit den Händen die Größe.

Brander lächelte die junge Frau dankbar an. »Das wäre prima. Ceci, könnt ihr zwei …?«

Cecilia nickte. »Kommen Sie, Frau …«

»Selesta Fink. Kann ich gehen, Herr Polizist?«

Brander stutzte, dann rieb er sich verlegen über den Nacken. »Ich habe mich gar nicht vorgestellt, oder? Entschuldigen Sie, Andreas Brander. Ja, Sie können gehen. Wenn Ihnen noch etwas einfällt, was uns helfen könnte, melden Sie sich bitte bei mir.« Er suchte einen Zettel auf dem Schreibtisch und notierte ihr seine Handynummer.

Brander trat vor die Werkstatt. Der Dachüberhang schützte ihn ein wenig vor der Nässe. Mittlerweile wimmelte es überall von Menschen, die nach Niko suchten. Die Firmen in der

Umgebung hatten ihre Beleuchtungen eingeschaltet. In ihrem Schein zog der Regen mit feinen Fäden eine lose Verbindung zwischen Himmel und Erde. Taschenlampen flackerten über den Asphalt, in dunkle Ecken und in der Ferne auf den Landwirtschaftswegen. Nikos Name wurde gerufen. Mal lauter, mal leiser. Brander spürte das Fieber, das in der Luft lag, die ungeduldige Hoffnung, das Kind bald zu finden, irgendwo in der Dunkelheit, es auf den Arm zu nehmen und seiner Mutter zu bringen. Er sah die strahlenden, unschuldigen Augen des Kleinen, die Erleichterung darüber, ein Abenteuer unbeschadet überstanden zu haben.

Aber was war, wenn sie den Jungen nicht fanden?

Die Feuerwehr hatte auf einer Freifläche neben der Werkstatt zusätzliche Strahler aufgestellt und zwei Pavillons aufgebaut. Unter einem entdeckte er Hendrik im Gespräch mit einigen Helfern. Zwischen sich hielten sie eine Karte und teilten die Suchtrupps in verschiedene Abschnitte ein. Die Luft war kalt, vermutlich zwei, drei Grad, mehr nicht. Brander zog den Kragen seiner Jacke enger um den Nacken. Er nahm sein Handy, suchte die Nummer von Corinna Tritschler heraus, in der Hoffnung, dass sie ihr privates Mobiltelefon bei sich hatte. Ihre neue dienstliche Nummer hatte er nicht parat. Nach dem dritten Klingeln meldete sie sich mit leiser Stimme.

»Ich bin's, Andi. Hendrik hat mich informiert.«

»Oh, gut.« Sie klang erfreut, seine Stimme zu hören. Sie hatten zu Tübinger Zeiten einige Male zusammengearbeitet und Brander schätzte ihre geradlinige Art. »Warte einen Moment«, wisperte sie in den Apparat.

Brander hörte, wie sie ein paar Schritte ging, eine Tür öffnete und wieder schloss. »Habt ihr den Jungen?«

»Leider nicht. Wie sieht's im Krankenhaus aus?«

»Lisa Stolze ist völlig aufgelöst. Die Ärzte wollten ihr etwas zur Beruhigung geben. Aber sie hat jegliche Mittel abgelehnt, dabei ist sie von der Geburt noch total geschwächt. Sie will nach Hause und nach ihrem Kind suchen. Und sie will zu ihrem Mann. Sie ist verzweifelt.«

Das war nur verständlich.

»Weißt du was von Felix Stolze?«

»Er wurde in die BG gebracht.« Damit meinte sie die Berufsgenossenschaftliche Unfallklinik auf dem Schnarrenberg. »Er ist noch im OP. So schnell werden wir nicht mit ihm sprechen können. Er hat eine Schädelfraktur mit Blutungen. Die Ärztin, mit der ich gesprochen habe, prophezeite, dass es unter Umständen Tage dauern kann, bis er ansprechbar sein wird. Und ob er sich an etwas erinnert, was unmittelbar vor seinem Unfall geschehen ist, ist ungewiss.«

»Kannst du noch im Krankenhaus bleiben, oder sollen wir eine Ablösung schicken?«

»Ich bleib hier. Ihr braucht da draußen jeden verfügbaren Kollegen. Aber wenn wir Frau Stolze nicht ans Bett fixieren, sehe ich wenig Chancen, dass wir noch lange in der Klinik sind.«

»Melde dich, wenn irgendetwas ist.«

»Melde du dich lieber, und sag mir, dass ihr das Kind gefunden habt.«

Brander wartete, bis Hendrik sein Gespräch mit zwei Feuerwehrleuten beendet hatte, und berichtete ihm von dem Gespräch mit Corinna Tritschler. Dann richtete er seine Aufmerksamkeit wieder auf den vermissten Jungen. »Hendrik, du hast gesagt, ihr habt versucht, den Lütz anzurufen. War auch jemand bei ihm zu Hause?«

»Ja. Er hat eine Wohnung oben in Hagelloch. Er lebt allein. Es war niemand zu Hause.«

»Wurden die Nachbarn befragt?«

»Was? Wieso das denn?«, fragte Hendrik gereizt, sein Blick huschte unruhig über die Umgebung. »Wir brauchen jede Hilfe, die wir kriegen können. Es regnet, es ist kalt. Wir müssen das Kind so schnell wie möglich finden! Ich kann hier niemanden abziehen.«

Der Wagen der Kriminaltechniker rollte auf den Hof. Einer der Kollegen, die ausstiegen, war Manfred Tropper, wie Brander erfreut feststellte.

Er wandte sich wieder Hendrik zu: »Es könnte doch sein, dass Niko immer noch bei Lütz ist. Das sollten wir überprüfen.«

»Ich …« Hendrik biss die Zähne zusammen.

Diese Option hatte er anscheinend nicht in Erwägung gezogen, nachdem sie den Mann nicht erreicht hatten.

»Schick nochmal eine Streife hin.«

* * *

»Du machst mir Spaß. Hier sind zig Menschen achtlos herumgelaufen, haben Spuren verwischt und verschleppt. Und jetzt soll ich dir mal geschwind anhand von ein paar Fotos und einer zerschlagenen Sektflasche verraten, was hier geschehen ist?« Der hagere Kriminaltechniker zog seine ohnehin zerfurchte Stirn in Falten und zupfte am Ärmel seines zerknitterten weißen Schutzanzuges. »Soll ich dir auch noch die Lottozahlen für morgen vorhersagen?«

»Irgendwas stimmt hier nicht, Freddy.« Anders konnte Brander seine Bitte nicht begründen.

»Können wir dieses ›irgendwas‹ vielleicht ein bisschen konkreter formulieren?«, bat Tropper dennoch.

»Es ist … so ein Gefühl.« Brander seufzte ratlos. Vom ersten Augenblick an, als er die Werkstatt betreten hatte, hatte sich ein unangenehmes Kribbeln in seinem Nacken festgesetzt. Es mochte an der feuchtkalten Luft liegen. Aber vielleicht meldete sich auch sein sechster Sinn. Das konnte er nicht ignorieren. Er hatte schon so viele Tatorte gesehen.

»Dann fasse dein Gefühl bitte in Worte. Du bist kein Schwabe, du müsstest das können«, verlangte Tropper.

Brander war Westfale, war aber mit fünfzehn Jahren mit seiner Familie in den Süden der Republik verpflanzt worden. Während sein Bruder zum Studium wieder zurückgegangen war und mittlerweile in Düsseldorf lebte, war er im Ländle geblieben. Dennoch würde er wohl für alle Ewigkeit ein »Rei'gschmeckter« bleiben. Er stellte sich mit verschränkten Armen ans Werkstatttor, sah in die Halle und suchte nach der richtigen Beschreibung für sein Unwohlsein.

»Felix Stolze kommt aus dem Krankenhaus«, begann er zögernd. »Er ist vermutlich überglücklich über die Geburt seines zweiten Kindes ...«

»Überglücklich und total erschöpft«, unterbrach Tropper ihn. »Wenn ich es richtig mitbekommen habe, war er seit Donnerstag früh auf den Beinen. Mehr als sechsunddreißig Stunden.«

»Wie auch immer ... Er kommt nach Hause, Lütz gratuliert ihm, übergibt ihm seinen Jungen. Irgendwann verlässt Lütz die Werkstatt ...« Branders Blick glitt durch die Halle. »Warum liegen dort Scherben einer Sektflasche?«

Tropper war seinem Blick gefolgt und zuckte die Achseln. »Vielleicht ist ihm die Flasche aus der Hand gerutscht.«

»Dahinten?«, fragte Brander skeptisch.

»Es muss nicht Stolze gewesen sein. Vielleicht war es auch sein Kompagnon. Nennen wir es Ungeschick. Soll ich dir sagen, was ich denke?« Der Kriminaltechniker reckte sich. »Folgendermaßen: Stolze ist völlig k. o., als er aus der Klinik kommt. Er hat Sekt mitgebracht, aber die Flasche geht – warum auch immer – zu Bruch.«

»Wie kommst du drauf, dass er den Sekt mitgebracht hat?«

»Bei den Scherben liegt der Korken, also war die Flasche vermutlich noch verschlossen. Und ich sehe keine Gläser ... Er geht mit der Flasche in die Werkstatt, und bevor er Gläser holen kann, geht sie kaputt.«

»Gut kombiniert, Sherlock.« Brander hatte bisher auch keine Sektgläser gesehen, weder in der Werkstatt noch im Büro.

»Sie beschließen also, am nächsten Tag anzustoßen. Lütz fährt nach Hause oder sonst wohin. Stolze bringt das Kind ins Bett, geht nochmal in die Werkstatt, um die Scherben zusammenzufegen oder was weiß ich. Er ist müde, unaufmerksam, mit den Gedanken bei seiner Frau, passt nicht auf, wo er hinläuft.« Tropper deutete auf die Umrandung der Grube. »Stolpert. Bumm.«

Brander bewegte abwägend den Kopf.

»Vielleicht ist ihm auch einfach nur schwindelig geworden. Ein Schwächeanfall, Kreislaufversagen nach den anstrengenden Tagen im Krankenhaus.«

»Und was ist mit dem Jungen? Der liegt nicht im Bett«, erinnerte Brander den Kollegen an das dringlichste Problem.

»Niko hat seinen Papa zwei Tage nicht gesehen. Also schläft er nicht, er will mit Papa kuscheln. Papa ist aber nicht in der Wohnung. Der Kleine tappt runter in die Werkstatt und findet seinen Vater dort reglos in der Grube. Er erschrickt ganz fürchterlich, läuft los, um Hilfe zu holen. Er ist ein kleiner Junge, verwirrt, verängstigt, und ehe er sich versieht, hat er sich verlaufen.«

»Wäre es nicht logisch, dass er einfach zum nächsten Nachbarn rüberläuft?«

»Vermutlich schon, aber Kinder handeln nicht unbedingt rational. Vielleicht war drüben gerade niemand oder er hatte eine bestimmte Person im Kopf, zu der er wollte. Vielleicht hat jemand den Jungen allein herumlaufen sehen und mitgenommen.«

»Wenn irgendwo ein kleiner Junge aufgegriffen worden wäre, wären wir ja wohl die Ersten, die das erfahren.«

»Dich hat man auch nicht umsonst auf die Polizeischule geschickt, was?«, stimmte Tropper ihm zu. Er sah durch die Tür auf den Hof der Werkstatt. »Dahinten steht schon die Journaille.«

»Freddy, warum finden wir den Jungen nicht? Da sind zig, was sag ich, mittlerweile hunderte Leute draußen und suchen ihn. Wie weit kann denn so ein Rotzlöffel laufen? Der muss doch hören, dass wir ihn rufen!« Er strich sich mit den Händen über den Schädel, wieder einmal irritiert über die fehlenden Haare, und schnaufte unzufrieden. Es war bald drei Uhr nachts. Wie weit mussten sie die Suche ausweiten? Konnte

Niko bis nach Reusten gelaufen sein? Bis zu dem Dorf waren es gut vier Kilometer. Oder hatte er die Landstraße überquert und sich im Hartwald verirrt? War er gar über die Bundesstraße gelaufen und bis zum nächsten Dorf nach Breitenholz gelangt? Hatte irgendein Autofahrer das Kind angefahren und war geflüchtet? Hatte er Niko frierend und schwerverletzt in einem Straßengraben zurückgelassen? Oder hatte irgendjemand das Kind einfach mitgenommen? Aber man nahm doch nicht einfach ein Kind mit und meldete es dann nirgends! Brander spürte ein unangenehmes Magenzwicken.

Er wandte sich wieder an Tropper. »Ich geh rauf in die Wohnung, vielleicht haben die Kollegen was übersehen.«

»Tu das. Schau in den Kleiderschrank. Vielleicht hat sich der Kleine darin versteckt, weil hier so viele fremde Leute herumrennen«, versuchte Tropper Optimismus zu verbreiten.

# 3

Brander ging durch die Verbindungstür, die vom Büro in den schmalen Hausflur führte. Jacken hingen an einer Garderobe, Schuhe in verschiedenen Größen standen in einem Regal. Man sah, dass jemand in Eile aufgebrochen war. Zwei leere Kleiderbügel hingen schief über den anderen Jacken, eine Strickmütze lag auf dem Boden. Ein einzelner Kinderschuh lag verwaist vor dem Regal. Brander besah sich die Kleidungsstücke. In der Beschreibung, die Selesta Fink Hendrik gegeben hatte, stand, dass Niko eine dunkelbraune Cordjacke mit bunten Flicken auf den Ellenbogen getragen hätte. Es hing keine braune Cordjacke in Kindergröße an der Garderobe. War ein Fünfjähriger schon so vernünftig, eine Jacke über seinen Schlafanzug anzuziehen, wenn er seinen Vater in der Werkstatt suchte?

Brander öffnete die Haustür. Sie lag an der kurzen Seite des langgezogenen Gebäudes. Über einen gepflasterten Fußpfad konnte man hierhergelangen, ohne das Werkstattgelände zu betreten. Rechts der Tür befand sich ein schmales Stück Garten mit einem kleinen Holzturm samt Rutsche und Sandkasten. Drumherum ein wenig Rasen, am Rand vereinzelt ein paar Narzissen. Ein Zaun grenzte das Grundstück ab, dahinter lagen der Rohrbach und Ackerland. Er kehrte zurück in den Flur und stieg die Treppe hinauf zur Wohnung. Er gelangte in einen langgezogenen Korridor mit sieben Türen, drei links, drei rechts, eine am Ende des Ganges. In der Wohnung war es so still, als wäre das Leben abrupt zum Erliegen gekommen. Nur der Regen klopfte stetig an die Scheiben. Er ging durch den Flur, öffnete nacheinander die Türen und warf einen Blick in die Räume. Ein großzügiges, modernes Wohnzimmer mit offener Küche, von der ebenfalls eine Tür in den Flur führte, eine Abstellkammer, das Bad, Elternschlafzimmer, ein neu eingerichtetes Zimmer für das Baby, Nikos Zimmer. Weder im Schlafzimmer noch in Nikos Zimmer waren die Betten gemacht. Brander blieb an der Schwelle zu Nikos Zimmer stehen, lehnte sich mit der Schulter gegen die Zarge. Die Wände waren hellblau gestrichen, die Möbel weiß furniert. Das Kinderbett hatten die Eltern bereits gegen ein größeres Bett ausgetauscht. »Bob der Baumeister«-Wäsche war aufgezogen worden. Ein halbvoller Becher stand auf dem Nachttischchen. Den Boden bedeckte ein beige-blaumelierter Teppich, darauf war eine große Spielzeug-Autowerkstatt aufgebaut. Brander lächelte. Schon jetzt wollte der Kleine in die Fußstapfen seines Vaters treten. Es musste schön sein, für sein eigenes Kind ein Unternehmen aufzubauen und zu erleben, wie das Kind die Begeisterung teilte.

Er stieß sich vom Türrahmen ab und sah in den Flur. Eine schmale Kommode aus hellem Holz stand links zwischen zwei Türen. Darüber hingen Bilder an der Wand. Brander betrachtete die gerahmten Aufnahmen. Ein klassisches Hochzeitsfoto – sie in einem schmal geschnittenen, bodenlangen weißen Kleid, er im dunklen Anzug –, ein Babyfoto, Bilder vom letzten Skiurlaub, Familienaufnahmen, zwei Männer vor der Werkstatt – Felix Stolze und Martin Lütz, vermutete Brander. Er schätzte Felix Stolze auf Anfang oder Mitte dreißig, seine Frau schien wenige Jahre jünger zu sein. Sie war fast so groß wie ihr Mann, weder schlank noch dick, hatte dichtes blondes Haar und machte einen sehr lebensfrohen, aber auch energischen Eindruck. Felix Stolze sah man die körperliche Arbeit an: Er hatte kräftige Arme, breite Schultern, dazu einen leichten Bauchansatz. Die kurzen, dunkelblonden Haare ließen der Stirn viel Platz und wirkten selbst auf dem Hochzeitsfoto etwas zerzaust. Sein Kompagnon Martin Lütz war ein gutes Stück kleiner als Stolze. Seinen Kopf zierte eine dunkle Lockenpracht, der Oberkörper wirkte im Verhältnis zu den Beinen etwas zu lang. Pat und Patachon, ging es Brander durch den Kopf, als er das Bild betrachtete, das die beiden Männer im Blaumann mit stolz geschwellter Brust vor der Werkstatt zeigte. Obwohl er schon über acht Jahre in Entringen lebte, kannte er die Stolzes nicht. Vielleicht hatte er sie mal bei einem öffentlichen Fest oder einer anderen dörflichen Veranstaltung gesehen, gesprochen hatte er mit ihnen noch nicht. Martin Lütz war ihm nie begegnet.

Den Rat des Kriminaltechnikers befolgend ging er ins Schlafzimmer und öffnete die Türen des großen Kleiderschrankes. Er schob die Kleidungsstücke zur Seite. Aber dahinter verbargen sich nur ein paar Schuhkartons und die Schrankwand – kein kleiner Niko Stolze hockte ängstlich zusammengekauert in einer Ecke. Es wäre auch zu schön gewesen.

Brander ging auf die andere Seite des Flurs ins Wohnzimmer. Die Scheinwerfer, die den Hof erleuchteten, strahlten in den Raum und warfen Schatten an Wände, Möbel und auf das helle Parkett. Zu seiner Linken war eine Regalwand aus rötlichem Buchenholz samt riesigem Flachbildschirmfernseher und großen Boxen. In der Mitte des Raumes stand eine große, einladende Sofagarnitur mit zwei Sesseln und einem Glastisch, die Polstermöbel waren in einem hellen Beigeton gehalten. Ob die Eltern beim Kauf daran gedacht hatten, dass eines Tages zwei kleine Kinder mit ihren klebrigen Schokoladenfingern auf dem Sofa herumspringen könnten? Er ließ den Blick weiter über die Einrichtung schweifen, blieb an einem blinkenden roten Licht hängen. Das Telefon. Es war eine Nachricht auf dem Anrufbeantworter. Hatte Hendrik das übersehen? Eilig schritt er auf die Anrichte zu, studierte die Knöpfe und drückte auf die Wiedergabetaste.

Vier Anrufer, zwei hatten Nachrichten hinterlassen. Die erste Nachricht kam anscheinend von einer Freundin der Familie. Sie gratulierte den Eltern zur Geburt von Lukas. Anscheinend wusste sie noch nichts von den neuesten Entwicklungen. Die zweite Nachricht war keine halbe Stunde alt.

»Felix?« Stille. »Felix? Mann, geh ans Telefon!« Eine undeutliche Männerstimme, nervös, schwankend zwischen Ärger und Unsicherheit, interpretierte Brander in das Gehörte hinein. Das musste Martin Lütz gewesen sein! Brander drückte die Rückruftaste. Sein Anruf verhallte ungehört im

Orbit. Frustriert stieg er die Treppe hinunter zurück in die Werkstatt.

Als er ins Büro kam, fand er Hendrik im Gespräch mit einem Beamten.

»Nichts«, erklärte der Mann gerade. »Die meisten Freunde und Bekannten, die wir bisher erreicht haben, haben gegen siebzehn Uhr eine SMS oder WhatsApp bekommen, dass der kleine Lukas geboren wäre, Mutter und Kind wohlauf, das war's. Seither hatte keiner mit Felix Stolze gesprochen. Und von Niko keine Spur.«

»Was ist mit Lütz?«, fragte Brander.

»In seiner Wohnung ist alles dunkel«, wusste Hendrik. »Ein Nachbar hat ihn am späten Abend nach Hause kommen sehen, genaue Uhrzeit konnte er nicht sagen, vermutlich irgendwann zwischen neun und halb zehn. Sein Auto stand aber nicht auf dem Parkplatz, als die Kollegen gerade dort waren.«

»Komm mal mit.« Brander ging ihm voraus zurück in die Wohnung und spielte Hendrik die Nachricht vor. »Was hältst du davon?«

»Er klang irgendwie nervös ... oder vielleicht betrunken?«, überlegte Hendrik. Er kniff die Augen zusammen und rieb sich über die Stirn.

»Kopfschmerzen?«

»Ja.«

Brander ging in die Wohnküche, suchte zwei Gläser und füllte sie mit Leitungswasser. Eines reichte er dem Kollegen, der sich auf dem Sofa niedergelassen hatte. Hendrik leerte sein Glas in großen Schlucken, drehte es anschließend grübelnd zwischen den Händen.

»So viele Menschen sind da unten und suchen nach dem Kind. Wo steckt der Junge?« Er war selbst Vater von zwei kleinen Kindern, dem dreijährige Louis und der gerade mal sechs Monate alten Vivian. Die Sorge um den kleinen Niko war nicht nur beruflicher Natur.

Brander trat ans Fenster und sah in den Hof. Es hatte aufgehört zu regnen, aber es war kalt. Irrte der Kleine tatsächlich allein da draußen herum? War er warm genug angezogen? Hatte er vor dem Regen Schutz finden können? Oder saß er irgendwo durchnässt und unterkühlt herum?

Er hörte, wie Hendrik sich vom Sofa erhob, stehen blieb und schwer seufzte. Brander wandte sich zu ihm.

»Andi, ich will kein totes Kind finden.«

»Das will keiner von uns.«

Sie waren noch in der Wohnung, als die Melodie von Branders Handy erklang. Er sah auf das Display. »Cory? Was gibt's?«

»Sorry, aber Lisa Stolze will nach Hause. Sie lässt sich gerade auf eigenes Risiko entlassen. Sie wollte sich ein Taxi bestellen. Ich habe ihr gesagt, dass ich sie nach Hause fahre.«

»Du lieber Himmel. Ist das nicht zu gefährlich? Sie hat doch gerade erst entbunden!«

»Es war eine lange Geburt, aber es gab keine Komplikationen. So gesehen besteht aus ärztlicher Sicht kein erhöhtes Risiko, gutheißen tun sie es trotzdem nicht. Sie ist noch ziemlich schwach, auch wenn sie das durch den Schock gerade nicht merkt. Es sollte auf jeden Fall immer jemand bei ihr bleiben.«

Selesta Fink, ging es Brander durch den Kopf. Er würde sie bitten, sich um die Mutter zu kümmern.

»Wie sieht es bei euch aus? Irgendwelche Neuigkeiten?«

»Ich glaube, hier ist mittlerweile das gesamte Dorf auf den Beinen und sucht nach dem Jungen. Ich verstehe nicht, dass wir ihn nicht finden.«

»Er ist ein kleines Kind, der kann sich überall verkrochen haben. Vielleicht ist er gestürzt und hat das Bewusstsein verloren, sodass er gar nicht reagieren kann, wenn man ihn ruft.«

Es gab so viele Gefahren, die auf ein kleines Kind lauerten. Sie sollten zur Verstärkung eine Hundertschaft anfordern. Die Kollegen würden systematisch die Felder und den Hartwald durchkämmen. Eine Suchmeldung musste für die Presse vorbereitet werden. Dazu brauchten sie ein aktuelles Foto von Niko Stolze.

»Andi?«, drang Corys Stimme wieder an sein Ohr.

»Ja, ich bin noch dran.«

»Ich muss jetzt los, sonst flüchtet Frau Stolze ohne mich aus dem Krankenhaus.«

»Okay, bis gleich.« Er legte auf.

Auf Hendriks Gesicht zeichnete sich Missfallen ab. »Warum ruft Cory dich an?«

»Ich habe ihr gesagt, sie soll sich bei mir melden, wenn was ist.«

»Ich leite die Suche!«

»Hendrik ...«

»Ich habe dich um Unterstützung gebeten, damit du mir hilfst. Nicht, damit du hier das Kommando übernimmst! Sag es mir ins Gesicht, wenn du mich nicht für kompetent hältst!«

Brander wollte etwas erwidern. Er öffnete den Mund, aber Hendrik hatte sich bereits abgewandt und stampfte aus dem Zimmer. Er schloss den Mund wieder und trat zurück ans Fenster. Er wollte kein Kompetenzgerangel. Er wollte Hendrik auch nicht seine Verantwortung abnehmen. Er war ja nicht einmal offiziell im Dienst. Er war hinzugekommen, weil man ihn um Hilfe gebeten hatte. Weil Hendrik ihn um Hilfe gebeten hatte. Er stieß den Ärger mit einem Schnaufen von sich.

Unten eilte Cecilia die Straße entlang, zwei große Tüten in den Händen. Er erkannte sie an der Jacke, eine leuchtend orangene Outdoorjacke. Sie verschwand unter einer Zeltplane. Im Hof entdeckte Brander eine in jägergrüne Regenkleidung verpackte Gestalt, die mit einem Schäferhund ihre Runden drehte. Kaminski, erinnerte sich Brander, war der Name der Hundeführerin. Der Name des Hundes wollte ihm nicht mehr einfallen. Wie Tobias Richter war auch sie damals bei dem Fall mit dem toten Jogger im Hartwald vor Ort gewesen. Sie hatte hervorragend ausgebildete Mantrailer-Hunde und Brander hoffte inständig, dass der Hund sie auch dieses Mal auf die richtige Fährte brachte.

* * *

»Hast du eine Minute?« Brander trat an die Tür zur Werkstatt, wo die Kriminaltechniker noch mit der Spurensuche beschäftigt waren.

Tropper, der in ungesund gebeugter Haltung in der Grube arbeitete, brummte ein »Ja«, legte sein Werkzeug zur Seite und kam zu ihm. Er stemmte die Hände in die Lenden und drückte das Kreuz durch. »Verflucht, mein Rücken bringt mich um.«

»Augen auf bei der Berufswahl.«

»Sehr witzig. Wir haben uns lange nicht gesehen. Hast du dich in Esslingen eingelebt?«

Die Kriminaltechniker waren zum Teil noch in der Tübinger Dienststelle, sodass sie sich nicht mehr so häufig über den Weg liefen.

»Nicht wirklich. Das Gebäude ist nett, schöner als der hässliche Plattenbau in Tübingen. Die Kollegen sind okay, aber die Fahrerei kotzt mich an.«

»Ich warte ja immer noch darauf, dass du mit Peppi eine Privatdetektei in Tübingen aufmachst«, flachste Tropper. »Vielleicht macht RegioTV eine Reality-Soap mit euch.«

»Davon habe ich schon immer geträumt.« Den Disput mit Peppi hatte Brander völlig verdrängt. Er arbeitete gern mit ihr zusammen. Die Chemie zwischen ihnen hatte vom ersten Tag an gestimmt. Sie ergänzten sich wunderbar. Er mochte ihr Temperament und ihre ruppige Herzlichkeit. Dass sie jetzt so enttäuscht von ihm war, deprimierte ihn. Aber dieses Problem musste warten. Er deutete mit dem Kinn auf die Grube. »Habt ihr was gefunden?«

»Wenn wir wüssten, wonach wir suchen …« Tropper schüttelte den Kopf. »Also, ich würde vermuten, dass der Mann einfach gestolpert und in die Grube gestürzt ist.«

»Und die Flasche?«

Tropper zuckte die Achseln.

»Könnte die jemand dort hingeworfen haben?«

»Vor lauter Freude über die Geburt des Babys?«, fragte Tropper zynisch.

»Vielleicht hat es nichts mit dem Baby zu tun. Vielleicht gab es einen Streit?«

»Zwischen Stolze und seinem Kompagnon?«

»Zwischen wem auch immer.«

Wenn das Tor offen gestanden hatte, hätte jeder x-Beliebige hier hereinspazieren können.

Troppers Blick glitt über die Werkbank, die verschiedenen Werkzeuge und Maschinen. Schließlich rieb er sich grübelnd über das Kinn. »Also, ich weiß nicht, wie es hier sonst aussieht, aber es wirkt alles sehr ordentlich und aufgeräumt, das Werkzeug hängt allem Anschein nach an seinem richtigen Platz, es ist nichts offensichtlich verschoben, da sind keine Spuren eines Kampfes ... Weiß der Kuckuck, warum die Flasche dahinten zu Bruch gegangen ist.«

»So einfach können wir uns das nicht machen. Ich hab einfach ...«

»... kein gutes Gefühl«, vollendete der Kriminaltechniker seinen Satz.

Brander sah durch die offenstehende Werkstatttür in den Hof, in dem die Hündin noch immer ihre Kreise drehte. »Wenn der Kleine seinen Papa in der Grube liegen sieht, warum rennt er dann nicht schreiend zum nächsten Haus? Das wäre doch die natürlichste Reaktion, oder?«

Tropper runzelte die faltige Stirn. »Nein, nicht unbedingt. Wenn Kinder Angst haben, suchen sie nach etwas Vertrautem. Hast du mal ein Kind beobachtet, das sich erschreckt hat oder sich wehgetan hat? Die meisten schreien nach der Mama.«

»Aber zu seiner Mutter konnte er nicht. Und so fremd sind ihm die Nachbarn ja sicher auch nicht.«

»Wusste der Junge, dass seine Mutter in Tübingen in der Klinik liegt?«

Brander riss die Augen auf. »Mach keinen Scheiß! Wie soll er denn nach Tübingen kommen?«

»Mit der Ammertalbahn?«

»Das fällt doch auf, wenn ein fünfjähriger Steppke allein in der Bahn sitzt.«

»Aber deswegen ruft man nicht unbedingt gleich die Polizei. Vielleicht hat er sich irgendeinem Erwachsenen oder ein paar Jugendlichen angeschlossen, sodass gar nicht auffiel, dass er allein unterwegs ist.«

»Du lieber Himmel, wo sollen wir denn da anfangen zu suchen? Der Kleine könnte ja theoretisch überall ausgestiegen sein! Falls er überhaupt in die richtige Richtung gefahren ist.« Brander fuhr sich mit beiden Händen über die Glatze und fragte sich einen kurzen Moment lang, wo er seine Mütze abgelegt hatte. »Ich werde Hendrik bitten, ein Team loszuschicken, das die einzelnen Bahnhöfe anfährt, die Leute informiert und befragt.«

Tropper sah ihn irritiert an. »Wieso ordnest du das nicht einfach an?«

»Weil Hendrik der Hauptverantwortliche ist. Ich bin privat hier.«

»Willst du mich verarschen?«

Brander hob die Mundwinkel zu einem bissigen Lächeln. »Vermisste Kinder sind ohnehin nicht mehr mein Ressort. Das machen die Kollegen von der K2.«

»Ha no, was bisch 'n du jetzt für 'n Korinthenkacker?«

Brander zuckte die Achseln.

Troppers Blick fiel auf die Fahrzeuggrube vor ihnen. »Aber wenn es ein Gewaltverbrechen gab, dann bist du wieder zuständig, ja?«

»So sieht's aus.«

Hendrik hörte sich Branders Worte mit zunehmendem Unbehagen an.

»Die Ammertalbahn fährt allerdings nicht die ganze Nacht durch. Das heißt, die Zugführer, die diese Nacht Dienst hatten, sind längst zu Hause und an den Bahnsteigen wird im Moment nicht viel los sein.«

Der Kollege rieb sich unschlüssig über den Nacken.

»Willst du meine Meinung?«, bot Brander an.

»Ich schicke einen Streifenwagen los. Nicht auszudenken, wenn der Kleine irgendwo einsam und verlassen an einem Bahnsteig hockt!«

Brander hätte genauso gehandelt. Sie durften keine Spur außer Acht lassen. Sein Blick wanderte über den Hof und blieb am Wagen der Hundeführerin hängen. »Konnte Lassie schon eine Fährte aufnehmen?«

»Der Hund heißt Susi«, wusste Hendrik. »Nein, sie suchen noch. Im Moment hat es den Anschein, als wäre der Junge im Hof stundenlang im Kreis gelaufen.«

Vielleicht war er das tatsächlich, irgendwann beim Spielen.

»Die Kaminski hat weitere Kollegen angefordert«, fuhr Hendrik fort, während sich ein Polizeiwagen im Schritttempo einen Weg auf den Hof bahnte. Kurz darauf streckte Corinna Tritschler ihre langen Beine heraus. Sie ging um das Auto herum, öffnete die Tür zum Fond und nahm ein kleines Bündel entgegen. Eine junge Frau stieg aus, nur wenig kleiner als die einen Meter achtzig große Beamtin. Ein Mantel umhüllte die Schultern der Frau. Sie stand leicht vorgebeugt, stützte sich auf die Kante der Wagentür, als müsste sie für die nächsten Schritte Kraft sammeln. Selesta Fink kam auf sie zugestürzt und schloss sie in ihre Arme. Der Rücken der anderen begann zu zittern. Brander befürchtete, dass sie zusammenbrechen würde, und eilte mit Hendrik herbei.

»Wir finden Niko«, flüsterte Selesta Fink der Frau zu, während sie ihr beruhigend über den Rücken strich. »Alle sind gekommen, um zu helfen. Wir finden Niko. Alle sind hier. Pscht. Alles gut. Pscht.«

Cory wiegte den Säugling in ihren Armen. Zum Glück schlief der Kleine und schien nichts von dem Drama um ihn herum wahrzunehmen.

»Frau Stolze? Ich bin Kommissar Hendrik Marquardt.« Hendrik trat näher an die Frauen heran. »Meine Kollegen und ich suchen nach Ihrem Sohn. Wir haben sehr viele Helfer und suchen jeden Millimeter ab. Wir werden Ihren Jungen finden.«

Lisa Stolze hob den Kopf. Das Gesicht war von den Strapazen und Sorgen der letzten Stunden gezeichnet. Ihre Augenlider waren geschwollen, die Nase glänzte rot, die blonden Haare hingen ihr wirr und strähnig in die Stirn. Sie war völlig übermüdet, geschockt, hilflos. Es schnürte Brander das Herz zu.

»Wo ist mein Kind?« Ihre Stimme war rau, heiser. Vielleicht vom Weinen, vielleicht von den Folgen der anstrengenden Geburt.

»Wir suchen Ihren Sohn, Frau Stolze«, erklärte Hendrik.

»Wo ist mein Kind?« Ihre Stimme hob sich bebend. Tränen schwammen in ihren Augen. In ihrem Blick lagen Verzweiflung, Angst und Brander meinte, auch Wut zu erkennen.

Hendrik wich einen Schritt zurück. »Wir wissen es nicht ...« Er klang verunsichert.

Brander trat vor. »Frau Stolze, lassen Sie uns hineingehen«, mischte er sich ein. Er griff sanft, aber bestimmt den Ellenbogen der Frau. Sie versteifte sich. »Ihr Baby muss ins Haus. Hier draußen ist es zu kalt. Kommen Sie.« Er verstärkte seinen Griff, schob sie ein Stück vorwärts. Sie blinzelte.

»Niko ... wo ist Niko?« So schnell, wie die hilflose Wut in ihr aufgeflammt war, fiel sie wieder in sich zusammen. Sie drehte den Kopf zurück. »Bitte, finden Sie mein Kind.«

»Wir tun alles, was in unserer Macht steht«, versprach Hendrik. Er sah zu Brander. »Gehst du mit ihr mit? Ich muss hier ...« Er deutete unbestimmt auf die provisorische Einsatzzentrale unter der Zeltplane.

Brander nickte und dirigierte Lisa Stolze zur Bürotür. Er war froh, dass Selesta Fink an ihrer Seite blieb. Cory folgte mit dem Säugling auf dem Arm. Es kostete die junge Mutter viel Kraft, die Stufen hinauf in die Wohnung zu gelangen. Brander führte sie ins Wohnzimmer zum Sofa. Sie setzte sich, behielt ihren Mantel an und streckte die Arme nach ihrem Baby aus. Cory legte es vorsichtig in ihre Hände.

»Ich komme gleich wieder«, wisperte sie Brander zu. »Ich brauch kurz etwas frische Luft.«

»Wollen Sie nicht erst einmal den Mantel ausziehen?«, schlug er der jungen Mutter vor.

Sie schüttelte stumm den Kopf.

»Lisa, komm, das ist zu warm ...«, versuchte es Selesta Fink.

»Mein Kind ist allein da draußen. Allein.« Sie presste ihren Säugling schützend an ihre Brust. Tränen liefen über ihre Wangen.

Brander drang nicht weiter auf sie ein. Er hatte eine Ahnung, warum sie den Mantel nicht ausziehen wollte. Sie wollte es sich nicht bequem machen und darauf warten, dass man ihr Kind zu ihr nach Hause brachte. Sie wollte bereit sein, sofort hinauszugehen, mitzuhelfen, ihn zu suchen, und ihren Jungen so schnell wie möglich wieder in ihre Arme schließen.

Selesta Fink ging in die Küche und füllte einen Wasserkocher, um Tee zu bereiten.

Brander ließ einige Sekunden verstreichen, bevor er begann: »Frau Stolze, darf ich Ihnen ein paar Fragen stellen?«

Die Frau nickte stumm.

»Wenn Niko Angst hatte, wo könnte er dann hingelaufen sein?«

»Wovor sollte er denn Angst haben?« Die Stimme war kaum mehr als ein heiseres Flüstern. Die kurze Attacke gegen Hendrik schien ein letztes Aufbegehren gewesen zu sein.

»Ihr Mann lag schwer verletzt in der Werkstatt. Es könnte sein, dass das Niko sehr erschreckt hat.«

Die Schultern sackten minimal herab. »Mein Mann liegt im Koma, sagen die Ärzte. Ich kann nicht mit ihm sprechen.«

Selesta Fink kam zurück zu ihnen. »Ich hole den Kinderwagen, ja? Dann kannst du Lukas hineinlegen.«

Lisa Stolze blickte zu ihr. »Ich will in Nikos Zimmer.« Sie stand auf, geriet ins Schwanken.

Brander war sofort bei ihr, um sie zu stützen.

»Schön langsam.« Branders Herz hämmerte hart gegen seine Brust. Nicht auszudenken, wenn sie mit dem Säugling gestürzt wäre. »Soll Frau Fink den Kleinen hinübertragen? Das ist vielleicht besser, was meinen Sie?« Er erkannte in den Augen von Lisa Stolze, dass sie noch immer mit Schwindel kämpfte, und nickte der Russin zu, damit sie das Baby nahm.

»Ich lege ihn in den Wagen, dann bringe ich ihn dir, ja?«

Brander sah die kleine Frau vor sich mit dem Säugling auf dem Arm. Sie war so resolut, versprühte Zuversicht und Herzenswärme. Ihre Augen trafen sich. Er lächelte dankbar. Sie erwiderte scheu das Lächeln und wandte sich ab.

Während sie mit Lukas verschwand, geleitete Brander Lisa Stolze ins Kinderzimmer. Sie sank auf die Bettkante nieder, nahm eines der Plüschtiere und hielt es in den Händen. Brander blieb im Raum stehen.

»Er wäre zu Selesta gegangen.«

Er brauchte einen Augenblick, um zu begreifen, dass das die Antwort auf seine Frage gewesen war.

»Aber dort ist er nicht hin. Gibt es noch eine andere Person? Vielleicht jemand aus der Nachbarschaft?« Eine überflüssige Frage. Wenn der Junge zu einem Nachbarn gelaufen wäre, dann hätten sie ihn längst gefunden.

Die Frau schüttelte abwesend den Kopf. »Ich muss ihn suchen.« Sie versuchte, aufzustehen.

Brander legte eine Hand auf ihre Schulter, drückte sie sanft zurück auf die Bettkante. »Sie sind viel zu geschwächt.«

»Nein, ich muss mein Kind ...« Sie wurde wieder lauter, die Atmung wieder gefährlich flach. »Ich muss ...«

»Frau Stolze, Sie werden hier gebraucht«, unterbrach Brander sie streng. »Sie müssen hier sein, damit wir Niko sofort zu Ihnen bringen können, wenn wir ihn gefunden haben.«

»Aber, ich ... ich kann nicht hier sitzen ...«

»Sie werden in Ihrem Zustand nicht da draußen herumlaufen! Damit ist niemandem geholfen!«

Sie sah verstört zu ihm auf.

»Frau Stolze, bitte seien Sie vernünftig«, fügte er sanfter hinzu.

Wieder liefen Tränen über ihr Gesicht. Brander suchte ein Taschentuch, fand eine Packung auf Nikos Schreibtisch und reichte sie ihr. »Wo könnte Ihr Sohn hingelaufen sein? Gibt es etwas, was er gut kennt? Wo er gern ist?«

»Niko wäre nie allein vom Hof gelaufen.«

Und doch war er es. Ein Notfall. Eine Ausnahmesituation. Oder? »Was ist mit Ihren Eltern? Könnte er dort sein?«

Sie hob den Blick, als hätte er gefragt, ob Niko in eine Rakete gestiegen und zum Mond geflogen wäre. »Nein.«

»Aber ...«

»Meine Eltern leben in Albstadt. Wie hätte er dorthinkommen sollen?« Ihre Stimme war hart geworden.

Offensichtlich war die Beziehung zu ihren Eltern nicht besonders positiv besetzt.

»Gibt es Plätze, die Niko vertraut sind? An denen Sie häufiger mit ihm waren?«

Sie senkte den Kopf, zog sich in sich zurück, zupfte gedankenverloren an den Ohren des Plüschtieres. Ein lila Drache mit grünen Punkten.

»Frau Stolze ...«

»Er geht gern in den Kindergarten. Und manchmal bringe ich ihn sonntags zum Kindergottesdienst. Das macht ihm Spaß. Er mag die Geschichten und die große Kirche findet er toll.«

Damit konnte sie nur die Michaelskirche meinen, deren grüne Kirchturmspitze weithin sichtbar war. Konnte der Junge tatsächlich die Bundesstraße überquert haben und zur Kirche hinaufgelaufen sein? Aber warum? Um zu beten, dass sein Papa wieder aufsteht? Warum nicht? Kinder hatten ihre eigene Logik.

»Wie gut ist Nikos Orientierungssinn? Würde er allein zu der Kirche finden?«

»Das ist ja nicht schwer. Wir kommen jeden Tag daran vorbei, wenn ich ihn in den Kindergarten bringe.«

Sie würden die Suche umgehend in die Richtung ausweiten.

»Sind Sie auch schon mit Niko mit der Ammertalbahn gefahren?«

Lisa Stolze hörte auf, an dem Stofftier zu zupfen. »Manchmal, aber nicht oft. Meistens fahren wir mit dem Auto.«

Selesta Fink kam mit einem Kinderwagen und Brander wich zur Seite, um sie ins Zimmer zu lassen.

»Ich habe ihn in das Wägele gelegt. So hübsches Baby. Schau, wie lieb er schläft.« Sie schob den Wagen dicht neben Lisa Stolze, setzte sich zu ihr und nahm eine ihrer Hände zwischen die ihren. »Deine Finger sind ganz kalt. Ich hole eine Tasse Tee.« Sie legte die Hand der Frau auf den Rand des Kinderwagens und stand wieder auf. »Möchten Sie auch eine Tasse Tee?«, wandte sie sich an Brander.

»Nein, danke.« Er würde sich später unten an der Verpflegungsstation einen starken Kaffee besorgen. In der warmen Wohnung kroch ihm allmählich die Müdigkeit in die Knochen. Es wurde Zeit, dass er wieder hinauskam.

»Wusste Niko, dass Sie in Tübingen in der Klinik waren?«

»Wir haben es ihm gesagt.« Sie strich abwesend über das Deckchen, unter dem der Säugling schlief. »Warum fragen Sie das?«

Sollte er ihr sagen, welche Überlegungen sie in den letzten Stunden gehabt hatten? Er entschied sich dagegen. »Wir sind auch auf der Suche nach dem Kompagnon Ihres Mannes, Martin Lütz. Wissen Sie, wo wir ihn finden könnten?«

Sie hob ihren Blick wieder zu ihm. »Wieso? Ist er auch verschwunden?«

»Nein … Aber er ist vermutlich der Letzte, der Ihren Mann und Niko gesehen hat. Vielleicht ist Niko ja noch bei ihm?« Brander hatte das Gefühl, sich auf sehr dünnem Eis zu bewegen. Er wollte der Frau keine falschen Hoffnungen machen. Niemand wusste, was in der Werkstatt geschehen war und was mit Niko war.

Ihre Stimme blieb ausdruckslos, als sie erwiderte: »Er wohnt oben in Hagelloch … Manchmal geht er abends in die Stadt, zum Essen oder auf ein Bier.«

»Hat er ein Stammlokal?«

»Ich weiß es nicht. Vielleicht im Boulanger ... Felix kann Ihnen ...« Sie schloss die Augen, kämpfte um ihre Selbstbeherrschung. »Bitte ... kann ich ... ich möchte ... ich muss einen Moment allein sein.«

Sie brauchte eine Pause. Er verließ das Zimmer.

Selesta Fink stand in der Küche. Sie verharrte vor der Arbeitsplatte und schien so in sich versunken, dass er stumm am Türrahmen stehenblieb, um sie nicht zu stören.

Sie wandte den Kopf zu ihm, als sie ihn bemerkte. »Ich habe gebetet. Ich mache mir große Sorgen.«

Er nickte verstehend. »Ich möchte Sie bitten, noch eine Weile hierzubleiben. Ich schicke gleich meine Kollegin, Frau Tritschler, wieder herauf, aber ich glaube, es ist wichtig, dass jemand bei Frau Stolze ist, den sie kennt, der ihr ein bisschen Halt gibt. Und Sie machen das sehr gut.«

»Ja, natürlich. Ich bleibe.«

Brander beobachtete, wie sie Tee aus einer Kanne in eine Tasse goss. Sie tat es mit so routinierten Bewegungen, dass er spürte, wie er allein durch das Zusehen ruhiger wurde. »Haben Sie Familie?«

Sie warf ihm einen kurzen Seitenblick zu. »Ja, meine Familie lebt in Wladiwostok. Aber mein Mann kommt von hier. Er hilft suchen.« Ihre Lippen verzogen sich schmerzhaft. »Es ist so traurig. Ich mache mir Sorgen.«

»Ja.« Die machten sie sich alle.

Brander informierte Hendrik und Cory über sein Gespräch mit Lisa Stolze. Cory ging wieder zu ihr hinauf, während Hendrik zwei Leute zur Michaelskirche schickte. Die Nacht war bald vorbei und Branders Augen brannten vor Müdigkeit. Er suchte den Verpflegungsstand, um sich mit einem starken Kaffee zu versorgen. Cecilia stand unter einem Zelt, das an drei Seiten mit Planen zugehängt war, um es vor Wind und Regen zu schützen. Es tat ihm gut, sie zu sehen. Im Zelt waren zwei Biertische aufgebaut worden, beladen mit Bechern, großen Kaffeekannen und Tüten voller Brezeln. Er schenkte Cecilia ein Lächeln und wurde mit einer Tasse dampfendem Kaffee und einer Butterbrezel belohnt.

»Wir haben beim Euper die Backstube geplündert. Sie sind noch warm«, pries sie das Laugengebäck an.

»Du bist ein Engel.« Er gab ihr einen Kuss und biss herzhaft in die Brezel. Erst jetzt bemerkte er, dass er Hunger hatte.

»Habt ihr schon irgendeine Spur?«

Brander schüttelte bedauernd den Kopf. »Sind Karsten und Manu noch hier?«

»Ja, Nathalie und Julian sind auch noch mit den Suchtrupps unterwegs.«

»Nathalie hat ja Erfahrung darin, sich draußen herumzutreiben und zu verstecken. Vielleicht hat sie eine gute Idee, wo der Kleine stecken könnte.«

»Ich denke, bei dem kleinen Niko liegt die Sache etwas anders.«

Da hatte Cecilia allerdings Recht. Es war ein Unterschied, ob ein kleiner, verstörter Junge nach Hilfe suchte und sich verirrte oder ob ein vernachlässigter Teenager von zu Hause ausriss, um vor ihrer betrunkenen Mutter und deren Liebhaber zu flüchten. Nathalie war ein starkes Mädchen, eine Kämpferin. Aber unter der rauen Schale versteckte sich ein sensibler junger Mensch. Brander trank einen Schluck Kaffee. Die Wärme und das Koffein durchströmten seinen Körper und nahmen den Kampf gegen die Müdigkeit auf.

»Wir haben keinen einzigen Hinweis gefunden. Ich verstehe das nicht. Es war doch nicht mitten in der Nacht, als das Ganze passiert ist. Irgendjemand muss das Kind doch gesehen haben.« Er seufzte ratlos. »Wir haben schon die Befürchtung, dass er sich in die Ammertalbahn gesetzt hat und nach Tübingen gefahren ist.«

»Und wenn ihn tatsächlich jemand aufgegabelt hat?«, überlegte Cecilia.

»Warum meldet der sich dann nicht bei uns? Man nimmt doch nicht einfach so ein Kind mit.«

Sie sah ihn mit besorgter Miene an, zögerte mit einer Antwort. »Vielleicht liegt demjenigen nicht daran, das Kind den Eltern wieder zurückzugeben …«

Brander sah seine Frau nachdenklich an. Es war eine Option, an die auch er schon gedacht hatte. Da war wieder dieses unangenehme Gefühl, das ihn in der Werkstatt überkommen hatte. Was war dort vorgefallen? Die Unruhe krallte sich ihm mit spitzen Klauen in den Nacken.

* * *

Brander lehnte am Wagen der Hundeführerin, die gerade ihren Vierbeiner in einer Box im Heck unterbrachte. Die Hündin streckte hechelnd den Kopf heraus, wirkte aufgeregt und erschöpft zugleich. Vermutlich war sie ebenso unzufrieden mit ihrer Arbeit wie ihre Besitzerin.

»Sie findet keine brauchbare Fährte«, berichtete Kaminski frustriert.

»Woran kann das liegen?« Brander streckte ihr einen Becher mit heißem Kaffee entgegen, den sie dankbar entgegennahm.

»Da können viele Faktoren reinspielen, obwohl ich es eigentlich nicht verstehe. Sie ist ein sehr erfahrener Hund.«

»Vielleicht hat sie Schnupfen?«

»Nein, sie ist kerngesund. Sie nimmt ja eine Fährte auf: Sie beginnt auf dem Hof, läuft in die Werkstatt, läuft zur Grube, läuft zur Werkbank, zurück auf den Hof, dreht da eine Runde im Kreis … aber das war es.« Die Frau zuckte ratlos die Achseln. »Als wäre ein Ufo gekommen und hätte das Kind weggebeamt. Die Kollegen sind unterwegs. Ich hoffe, sie haben mehr Erfolg.«

»Einen Versuch ist es wert.« Es war halb sechs. Die Nacht lag noch dunkel über den Feldern, verschluckte Formen und

Konturen. Nicht nur, dass es bewölkt war, es war Neumond. Und es war verflucht kalt.

Scheinwerfer blendeten sie, als ein Wagen auf den Hof fuhr. Susi spitzte die Ohren und stellte kurz ihr Hecheln ein. Brander beobachtete ebenfalls aufmerksam das Geschehen. Zwei Beamte stiegen aus, öffneten die Tür zum Fond des Wagens und holten einen Mann vom Rücksitz. Brander erkannte die Person von dem Foto in Stolzes Flur.

# 4

Martin Lütz war Anfang dreißig, einen Kopf kleiner als Brander, mit stämmigem Körperbau. Er trug Jeans, die an den Oberschenkeln spannten, eine abgewetzte Lederjacke und eine Wollmütze auf dem Kopf. Die Augen waren blutunterlaufen, das Kinn unrasiert. Sein Atem roch nach Bier und Schnaps, gepaart mit Kaugummiminze. Die beiden Kollegen von der Schutzpolizei, die ihn endlich vor seinem Haus angetroffen hatten, brachten ihn unter die Zeltplane zu Hendrik. Brander gesellte sich hinzu.

Lütz' Augen flackerten nervös umher. »Was ist hier los, verdammt noch mal? Was machen die Leute alle …?« Seine Stimme hatte einen kratzigen Ton, was von Alkohol und Schlafmangel kommen konnte.

»Ist Niko Stolze bei Ihnen?«, unterbrach Hendrik ihn.

»Nein! Ihre Kollegen haben mich das auch schon gefragt.« Er blinzelte ein paar Mal und stieß die Luft aus den Lungen.

»Ist Ihnen nicht gut?« Brander musterte sein Gegenüber. So, wie der Mann aussah, hätte er direkt aus einer Hamburger Hafenkneipe kommen können.

»Hab 'n paar Bierchen getrunken … Das ist mir alles zu viel Gewusel. Was ist denn los? Warum ist da Licht in der Werkstatt? Wo ist Felix?«

»Das erklären wir Ihnen gleich. Hendrik, lass uns reingehen. Kommen Sie bitte mit«, forderte Brander den Mann auf.

»Was soll das denn?« Lütz hatte die Kriminaltechniker in der Werkstatt entdeckt. »Was machen die da? Die können doch nicht einfach in unserer …«

»Kommen Sie bitte, Herr Lütz. Wir werden Ihnen gleich alles erklären.« Er dirigierte den Mann in das Büro.

»Setzen Sie sich, bitte.« Brander deutete auf einen Stuhl und nahm auf der anderen Seite des Schreibtisches Platz. Hendrik blieb an der Wand gelehnt stehen.

Lütz bedachte ihn mit einem misstrauischen Blick. »Wo ist Felix?« Er drehte den Kopf zurück zur Tür, die in die Werkstatt führte. An der Wand über der Türzarge hing eine Uhr: ein roter Cadillac, in dessen Vorderrad die Ziffern und Zeiger eingearbeitet waren.

»Herr Lütz, wir sind auf der Suche nach Niko Stolze«, erklärte Brander.

Der Kfz-Meister nahm die Mütze ab, unter der die dunklen Locken plattgedrückt zum Vorschein kamen. »Warum?«, knurrte er, während sein Blick weiter unruhig umherstreunte.

»Ihr Partner, Felix Stolze, wurde gestern Abend gegen einundzwanzig Uhr schwer verletzt in der Werkstatt aufgefunden. Von Niko fehlt seither jede Spur.«

»Wie bitte? Felix …?« Lütz wurde aschfahl.

Brander war sich sicher, endlich die volle Aufmerksamkeit des Mannes zu haben. »Herr Stolze ist im Krankenhaus. Er ist nicht bei Bewusstsein …«

»Ach du Scheiße!« Lütz rang nach Luft. »Ach du Scheiße«, wiederholte er fassungslos. Er stand auf, trat an den Verkaufstresen, stützte sich mit den Händen auf der Arbeitsplatte ab. »Das kann doch nicht … das kann nicht … Scheiße, verfluchte Scheiße«, zischte er weiter vor sich hin.

»Herr Lütz, haben Sie eine Ahnung, was hier passiert ist?« Brander beobachtete den Rücken des anderen. Die kräftigen Schultern hoben und senkten sich angestrengt mit jedem Atemzug.

»Ich … ich weiß es nicht. Ich weiß es nicht.« Die Stimme war kaum mehr als ein ungläubiges Flüstern. »Wurde … wurde Felix überfallen? Hat man ihn zusammengeschlagen?«

Sofort meldete sich wieder dieses kalte Kribbeln in Branders Nacken. »Wir wissen nicht, was hier geschehen ist. Herr Stolze lag in der Fahrzeuggrube, als man ihn gefunden hat. Er ist im Krankenhaus und wurde operiert. Wir konnten noch nicht mit ihm sprechen.«

»Oh Gott, nein, dass …« Lütz verstummte, atmete stoßweise.

Brander wäre es lieber gewesen, wenn er dem Mann während des Gesprächs in die Augen hätte sehen können. »Wie kommen Sie darauf, dass Ihr Kompagnon überfallen wurde?«

»Lisa … weiß Lisa Bescheid?«

»Frau Stolze ist oben.«

»Sie ist … Oh Gott …« Lütz wandte sich gehetzt um. »Ich muss zu ihr.«

»Erst müssen Sie uns ein paar Fragen beantworten.«

»Ich muss zu ihr!«

»Das muss warten. Ein fünfjähriges Kind irrt da draußen allein umher!«, herrschte Hendrik Marquardt den Mann ungeduldig an.

»Was? Wieso? Ich verstehe nicht.«

Betrunken. Der Schock. Brander deutete auf den Schreibtischstuhl. »Bitte setzen Sie sich hin«, forderte er energisch.

Widerstrebend gab Lütz den Platz am Tresen auf, setzte sich vorgebeugt auf den Drehstuhl und strich sich mehrmals durch die Haare. Die Locken standen nun wirr in alle Richtungen. Sein Blick wanderte immer wieder zur Tür, die zu Stolzes Wohnung führte.

»In welcher Beziehung stehen Sie zu Familie Stolze?«, fragte Brander.

»Felix und ich sind Freunde. Wir haben uns in der Lehre kennengelernt, haben gemeinsam unseren Meister gemacht … Vor drei Jahren haben wir die Werkstatt eröffnet. Wir sind Partner.« Der Schreck schien den Alkohol in seinen Adern zu vertreiben. Die Sätze wurden deutlicher.

»Sie haben Niko Stolze gestern Abend gegen achtzehn Uhr bei seinem Kindermädchen abgeholt?«

»Ja.«

»War Herr Stolze hier?«

»Nein, deswegen sollte ich ihn doch abholen. Er hatte mich aus dem Krankenhaus angerufen.«

»Wo sind Sie mit Niko hin?«

»Ich war den ganzen Tag in der Werkstatt, bin nur kurz rüber, um den Jungen zu holen, und dann wieder hierher. Ich hatte zu tun. Felix war zwei Tage ausgefallen, da ist einiges liegengeblieben. Die Kunden warten nicht gern.«

Brander bemerkte, wie Hendrik unruhig mit dem Fuß wippte. Die Befragung dauerte ihm zu lang.

»Sie haben also noch in der Werkstatt gearbeitet«, fuhr Brander fort. »Was haben Sie gemacht?«

Lütz schnaufte ungeduldig. »Was wohl? Ein Auto repariert. Wenn Sie es genau wissen wollen: Frühjahrscheck für den Wagen eines Kunden, der am Sonntag in den Urlaub fahren will. Reifenwechsel, Ölwechsel, Kühlwasser, Lichtcheck, das ganze Programm.«

»Und Niko?«

»Wie?«

»Wo war Niko, während Sie gearbeitet haben?«

»Bei mir in der Werkstatt.« Er fuhr sich mit der Zunge über die Lippen. »Hat mir Werkzeug angereicht.«

»Ist das nicht gefährlich, so ein kleiner Junge …?«

Lütz schüttelte den Kopf. »Er weiß, dass er nichts anfassen darf ohne unsere Erlaubnis.«

»Wann kam Herr Stolze aus dem Krankenhaus?«

»Keine Ahnung.« Der Mann rieb sich durch das Gesicht und strich sich erneut mehrere Male durch die Haare. Dann senkte er den Kopf und starrte auf den Boden zwischen seinen Füßen. Seine Stimme wurde wieder undeutlicher, als er antwortete: »Irgendwann so gegen acht vielleicht. Ich hab nicht auf die Uhr gesehen.«

»Wie lange waren Sie dann noch hier?«

»Ich … hm …« Der Mann zuckte unbestimmt mit den Achseln. »Zehn, zwanzig Minuten vielleicht. Ich weiß nicht genau.« Er starrte noch immer zu Boden und begann, an seinem Daumennagel zu knibbeln. Die Arbeit in der Werkstatt hatte Spuren an den Händen hinterlassen, die mit Wasser und Seife nicht so einfach verschwanden. Trauerränder zeichneten sich schwarz unter den Nägeln ab. Ein Kratzer zog sich über den Handrücken.

»Und dann sind Sie gefahren?«

»Ja.«

»Wohin?«

»Nach Hause, hab geduscht und bin noch auf ein paar Bierchen los.« Noch immer galt seine Aufmerksamkeit seinem Daumennagel.

Hendrik verdrehte die Augen. »Wir haben versucht, Sie zu erreichen. Warum haben Sie sich nicht bei uns gemeldet?«

Lütz hob die Schultern. »Hab's nicht mitgekriegt.«

»Sie haben es nicht mitgekriegt?«, fuhr Hendrik ihn an. »Sie hätten es sehen können, als Sie versucht haben, Ihren Kompagnon zu erreichen. Da waren Anrufe von uns auf Ihrem AB!«

»Ich wusste doch nicht, worum es geht!« Lütz hatte den Kopf hochgerissen und erwiderte grimmig den wütenden Blick des Beamten.

Brander gab Hendrik ein Zeichen, sich zu mäßigen. »Wir suchen Niko. Es hätte gut sein können, dass der Junge noch bei Ihnen war.« Er ließ einige Sekunden verstreichen, musterte den Partner von Felix Stolze. Er mochte diesen Mann nicht, ohne dass er hätte sagen können, warum. Etwas Linkisches lag in seinem Blick.

»Wir haben eine zerschlagene Sektflasche gefunden«, fuhr er mit der Befragung fort. »Waren Sie dabei, als die Flasche kaputt ging?«

»Wieso kaputt? Wie? Wo?« Lütz sah ihn verständnislos an.

»In der Werkstatt.«

»Keine Ahnung. Felix hatte eine Flasche mitgebracht, als er aus dem Krankenhaus kam. Aber die Flasche war heil, als ich ging. Sie stand auf der Werkbank. Warum ist die kaputt? Jetzt sagen Sie mir doch endlich, was hier passiert ist! Was ist mit Felix? Hat man ihn zusammengeschlagen? Ist er schwer verletzt?«

»Das kann ich Ihnen nicht sagen. Die Flasche stand also auf der Werkbank, als Sie gingen?«

»Ja, verdammt noch mal. Sie war heil. Und wir haben nichts getrunken, falls Sie das auch noch wissen wollen!«

»Ist es normal, dass die Fahrzeuggrube nicht abgedeckt ist?«

»Nein. Wenn wir Feierabend machen, decken wir die immer ab. Ist Vorschrift.«

Aber am Abend zuvor hatte niemand die Grube abgedeckt.

Brander überlegte sich seine nächste Frage, als Hendrik ihm dazwischenfuhr: »Sie haben Niko also an Herrn Stolze übergeben und sind dann nach Hause gefahren?«

»Was? Ja.« Die Hände glitten wieder durch die Locken. »Hat man Felix … wurde er überfallen? Ich meine, Ihre Leute da in der Werkstatt … was suchen die?«

»Wir suchen nach Niko! Er ist verschwunden. Sie kennen den Jungen. Haben Sie eine Idee, wo er hingelaufen sein könnte?«

Hendrik fehlte die Geduld für eine lange Befragung. Er wollte wissen, wo er noch nach dem Kind suchen konnte.

»Wenn ich wüsste, wo er ist …« Lütz sah zum Fenster. »Die Leute da draußen, die suchen alle nach ihm?«

»Ja.«

»Martin?«, erklang vom Treppenhaus eine heisere Stimme. Kurz darauf erschien Lisa Stolze im Büro. Noch immer trug sie ihren Mantel.

Lütz sprang auf und eilte zu ihr. »Lisa, oh Gott, Lisa, es tut mir so leid.« Er zog die Frau, die ein Stück größer war als er, in seine Arme.

Cory sah entschuldigend zu Brander. »Sie hat eure Stimmen gehört …«

»Schon okay.«

Lütz nutzte die Chance, schob Lisa Stolze zurück in den Flur und die Treppen hinauf. Die drei Beamten blieben im Büro.

»Worauf wolltest du eigentlich hinaus?«, blaffte Hendrik ihn an, als sie unter sich waren.

»Irgendetwas stimmt hier nicht.« Noch immer konnte Brander sein Gefühl nicht konkreter beschreiben. »Der Lütz hat was zu verbergen. Er konnte mir nicht in die Augen sehen.«

»Der war stockbesoffen!« Hendrik schlug mit der Faust gegen die Wand. »Wir suchen nach einem Kind, und du machst hier ein Bohei um eine beschissene Sektflasche ...«

»Jetzt mal langsam!«, schnauzte Brander zurück. »Du kannst nicht blindlings nach einem Kind suchen, ohne zu wissen, was hier geschehen ist!«

»Und du verschwendest kostbare Zeit! Geh raus und such nach dem Kind, verdammt noch mal!«

»Stopp!« Cory trat energisch zwischen die Männer und sah von einem zum anderen. »Wir hatten alle keinen Schlaf, wir machen uns alle Sorgen, wir sind alle ein wenig gereizt. Hendrik, komm bitte mit.« Sie deutete mit dem Kopf zur Tür und ließ ihn voraus das Büro verlassen. An der Tür wandte sie sich noch einmal um. »Bin gleich wieder zurück.«

Brander nickte stumm. In seinem Hals pochte das Blut. Er ließ einige Minuten verstreichen, um sich selbst wieder zu beruhigen. Hendrik war ein guter Polizist, aber manchmal ließ er sich einfach zu sehr von seinen Gefühlen leiten. Es war nicht das erste Mal, dass sie dadurch aneinandergerieten. Geh raus und such nach dem Jungen. Sie konnten nicht kopflos nach dem Kind suchen! Er wusste, dass Hendrik die Suche nicht kopflos betrieb, aber der Ärger und die Müdigkeit ließen ihn ungerecht werden.

Aus der Werkstatt hörte er die leisen Stimmen der Kriminaltechniker. Draußen vor dem Fenster ließ sich die Dämmerung erahnen. Es war schon nicht mehr ganz so finster. Vielleicht würde das Tageslicht helfen, eine Spur zu finden, wohin der Junge verschwunden war.

Er sollte seinen Vorgesetzten anrufen, überlegte er. Noch immer war er nicht offiziell im Einsatz. Käpten Huc – ein Spitzname, den der Inspektionsleiter den Initialen seines Namens verdankte: Hans Ulrich Clewer – hatte nicht viel übrig für Alleingänge seiner Leute. Er wollte informiert sein. Er wollte, dass alles korrekt ablief. »Sie sind bei der Polizei, und das bedeutet nicht nur, dass Sie für Recht und Ordnung sorgen, sondern dass Sie sich auch an die Vorschriften halten«, war ein Standardspruch, den Brander in den wenigen Monaten schon mehr als einmal gehört hatte. Er ahnte, dass dieser Satz auch während des anstehenden Gesprächs fallen würde, fraglich war nur, wie lange es dauern würde. Dreißig Sekunden? Sechzig Sekunden? Brander schloss mit sich selbst eine Wette ab und nahm sein Handy.

Er wollte gerade die Nummer wählen, als es in der Wohnung über ihm laut wurde. Er hörte Geschrei und Getrampel.

Er stopfte das Handy in die Jacke und sprang die Treppe hinauf, immer zwei Stufen auf einmal. Der Lärm kam aus dem Kinderzimmer. Er stürmte hinein. Lütz hielt schützend die Hände vor das Gesicht. Lisa Stolze schlug auf ihn ein. Selesta Fink hing an ihrem Arm und versuchte, sie von ihm wegzuziehen. Der Säugling in der Wiege schrie aus Leibeskräften.

»Lisa, Lisa …«, rief Selesta Fink.

Lisa Stolze schlug zornbebend weiter auf den Mann ein.

Lütz stammelte hilflos, wirkte kleiner, als er ohnehin war.

Brander ging dazwischen, stieß ihn aus dem Raum. Ein Schlag der Frau erwischte ihn an der Wange. Er packte sie hart an den Handgelenken. »Hören Sie auf! Beruhigen Sie sich«, forderte er mit militärischem Drill in der Stimme.

»Bitte, Lisa, du darfst nicht …«, kam es aus dem Flur.

»Raus hier!«, fuhr Brander den Mann an. »Gehen Sie nach unten, sofort!« Noch immer umklammerte er mit festem Griff die Arme der Frau. Aber Lisa Stolze hatte längst aufgehört, um sich zu schlagen.

Lütz schlich davon. Selesta Fink stand bleich vor Schreck neben ihm. »Das Baby … das Baby …«, wisperte sie.

Brander vergewisserte sich, dass Lisa Stolze tatsächlich wieder ruhiger war, und lockerte langsam seinen Griff. Sie sank zurück auf das Bett. Das Kindermädchen hob den schreienden Säugling aus der Wiege, wippte ihn liebevoll in den Armen.

Frau Stolze vergrub das Gesicht in den Händen und begann zu weinen. Ein unkontrolliertes Schluchzen, das lauter wurde. Ihre Schultern zuckten, ihr ganzer Körper wurde von Krämpfen geschüttelt. Sie rutschte auf den Boden, kniete zusammengekrümmt vor dem Bett ihres Kindes. Brander sah auf die Frau herab, wünschte sich Cory oder Peppi herbei.

»Frau Stolze, was ist geschehen?«, versuchte er, die Frau zu erreichen.

Sie reagierte nicht, heulte – laut, verzweifelt, hysterisch. Ehe er sich versah, hatte Selesta Fink ihm das Baby in die Arme gedrückt. »Gehen Sie durch die Wohnung. Ich kümmere mich um Lisa.«

Er tat wie ihm geheißen, sah auf den wimmernden Winzling in seinen Armen. Oh bitte, hör auf zu weinen, kleiner Mann, dachte er unbeholfen, während er, den Säugling wiegend, durch den Flur lief. Hendrik und Cory kamen herauf. Sie blieben abrupt in der Tür stehen, als sie Brander mit dem Kind sahen. Lukas wurde ruhiger, schmatzte leise vor sich hin. Brander wurde es leichter ums Herz.

»Das machst du gut«, stellte Cory fest. »Soll ich ihn jetzt nehmen?«

»Einen Moment noch«, flüsterte er besorgt. »Nicht, dass er gleich wieder losschreit.«

Sie standen beieinander und beobachteten das kleine Bündel in Branders Armen.

»Wenn der die Augen aufmacht und drei so große Köpfe über sich sieht, kriegt er gleich wieder einen Schreck«, prophezeite Hendrik. »Was war denn los?«

»Ich hab keine Ahnung. Die Stolze hat wie eine Furie geschrien und auf den Lütz eingeschlagen. Dann ist sie zusammengebrochen. Cory, vielleicht kannst du mit ihr sprechen. So von Frau zu Frau?«

»Ich versuch's. Ich bringe ihr das Baby zurück. Gib mal her, den kleinen Scheißer.« Sie nahm ihm den Säugling ab.

»Schick Frau Fink bitte zu mir.«

»Mach ich«, erwiderte Cory. Noch immer ganz verliebt auf den Säugling schauend fügte sie hinzu: »Vertragt euch, Jungs.«

»Ja, Mutti«, erwiderten die beiden Männer einträchtig. Der Disput kurz zuvor war vergessen.

»Ich hab den Lütz weggeschickt«, berichtete Brander. »Schau mal, ob du ihn unten irgendwo findest, und frag ihn, was los war.«

Brander ging ins Wohnzimmer und stellte sich ans Fenster. Das Adrenalin baute sich langsam wieder in seinen Adern ab, bereitete der Erschöpfung einen willkommenen Weg. Er fragte sich, was sich gerade vor seinen Augen abgespielt hatte? Dass Lisa Stolze verzweifelt war, war verständlich. Aber warum hatte sie Lütz so heftig attackiert?

Es dauerte einige Minuten, bis sich die Tür zum Kinderzimmer öffnete und Selesta Fink herauskam. Sie stellte sich neben ihn und starrte ebenfalls eine Weile schweigend hinaus in den Hof. Er ließ ihr die Zeit.

»Hui«, gab sie schließlich mit einem lauten Seufzer von sich.

Brander sah zu der Frau neben sich. »Ja, hui«, stimmte er zu. Er gab ihr noch zwei Atemzüge Zeit. »Was ist passiert?«

Sie blickte zu ihm auf. »Ich weiß nicht. Ich war im Wohnzimmer. Martin sagt, ich soll mich ausruhen. Er bleibt bei Lisa. Ich war sehr müde. Ich habe auf dem Sofa gelegen. Und dann schreit Lisa. Ich renne in das Zimmer und da schlägt sie Martin.« Sie rieb sich fröstelnd die Arme. »Ich habe so einen Schreck gekriegt! Gut, Sie waren schnell da.«

»Hat Frau Stolze sich wieder etwas beruhigt?«

»Sie weint. Sie weint ganz schrecklich.«

»Hat sie Ihnen gesagt, warum sie so wütend auf Herrn Lütz war?«

»Nein.«

»Irgendeine Andeutung? Haben Sie irgendetwas mitbekommen, was diesen Streit verursacht haben könnte?«

Die junge Frau schüttelte den Kopf. »Sie hat geschrien und immer wieder Martin geschlagen. Sie hatte Angst um Niko.«

»Hat sie das früher schon mal getan? Herrn Lütz geschlagen … oder jemand anderes?«

»Nein. Ich habe sie noch nicht so gesehen.«

»Gibt es irgendwelche Probleme zwischen ihr und Herrn Lütz?«

»Ich weiß nicht. Nein.« Sie wandte sich wieder zum Fenster. »Ich verstehe nicht, was hier passiert.« Ihre Stimme wurde leiser. »Alles ist falsch.«

* * *

Alles ist falsch. Die Worte echoten in Branders Kopf, als er über den Hof ging und Ausschau nach Hendrik Marquardt und Martin Lütz hielt. Die Schwärze der Nacht wich im Osten einem helleren Grau, gegen das sich Büsche, Bäume und Häuser dunkel abzeichneten. Die feuchtkalte Luft kroch ihm unangenehm unter die Kleidung. Alles ist falsch. Der Wind trug das Grollen eines herannahenden Zuges herbei. Die Ammertalbahn war auf dem Weg. Ein Hund bellte.

Das Handy vibrierte in seiner Tasche. Er zog es heraus. Käpten Huc. Verdammt. Es wäre besser gewesen, wenn der Anruf von ihm ausgegangen wäre.

»Ja«, brummte er in den Apparat.

»Herr Brander, ich hoffe, ich störe nicht?« Es klang nicht danach, als wäre sein Gesprächspartner tatsächlich besorgt, im falschen Moment anzurufen.

Ein Anruf seines Vorgesetzten, Samstagmorgens, kurz nach halb sieben. Welche Reaktion war wohl die richtige? Bevor er sich eine Antwort zurechtgelegt hatte, fuhr Clewer bereits fort: »Dürfte ich erfahren, wieso Sie an einer Vermisstensache arbeiten? Und das auch noch in Ihrem Urlaub?«

»Ich wurde …«

»Wenn ein Kollege Urlaub hat, gibt es eine Urlaubsvertretung. Und ein vermisstes Kind fällt im Übrigen in die Zuständigkeit der Kriminalinspektion 2.«

»Die Tübinger Kollegen haben mich letzte Nacht angefordert. Ein Kind ...«

»Angefordert? Seit wann fordert man Sie persönlich an? Da gibt es Dienstwege! Wer hat Sie angefordert?«

Brander riss der Geduldsfaden. »Das Kind ist hier an meinem Wohnort verschwunden. Ein Kollege hat mich um Hilfe gebeten, weil ich hier wohne! Was hätte ich sagen sollen? Tut mir leid, ich habe Urlaub, schaut zu, wie ihr klarkommt?«

»Herr ...«

»Ich werde alles tun, was in meiner Macht steht, um bei der Suche nach dem Jungen zu helfen. Da können Sie sich Ihre verfluchten Dienst...« Er zuckte zusammen, als ihm jemand von hinten eine Hand auf die Schulter legte.

Als er sich umdrehte, sah er Karsten Beckmann mit besorgter Miene vor sich stehen. Er deutete mit einer Geste an, dass Brander sich mäßigen solle. Brander atmete tief durch.

»Hallo? Herr Brander?« Käpten Huc befürchtete anscheinend, dass die Leitung unterbrochen worden war.

Kurz spielte Brander mit dem Gedanken, das Gespräch tatsächlich einfach wegzudrücken.

»Ich bin noch dran.«

»Was wollten Sie gerade sagen?«

»Dass ich den Kollegen helfen werde«, erwiderte Brander etwas ruhiger. Im Hintergrund hörte er das Zischen einer Kaffeemaschine. Dann folgte Stille.

»In den Meldungen steht noch etwas von einem schwer verletzten Mann?« Clewer schlürfte seinen Kaffee. Anscheinend war er in der Dienststelle oder las er die Ereignismeldungen morgens zu Hause beim Frühstück?

»Ja, der Vater des Kindes.«

»Liegt ein Gewaltverbrechen vor?«

»Das können wir zum gegenwärtigen Zeitpunkt noch nicht sagen. Ich habe ... Die Techniker waren vor Ort. Die Spuren müssen noch ausgewertet werden.«

»Geben Sie mir ein paar mehr Details, bitte.«

Es gab kaum mehr Details.

Clewer gab ein langgezogenes Seufzen von sich. »Ich werde diese Informationen an die Kollegen von der K2 weiterleiten. Der Vermisstenfall wird ja ohnehin schon von der Tübinger Dienststelle bearbeitet. Sollen die sich untereinander absprechen, wer da federführend agiert. Da Sie ja bereits an der Sache dran sind, werde ich denen offiziell Ihre Unterstützung anbieten, sofern das nötig wäre. Ist das für Sie in Ordnung?«

»Ja.«

»Gut. Herr Brander …«

»Ja?« Was denn noch?

»Ab jetzt sind Sie offiziell im Dienst. Halten Sie sich bitte an die Vorschriften.«

Das Gespräch war beendet.

»Habe ich dich gerade vor einer Abmahnung bewahrt?«, fragte Beckmann mit selbstgefälligem Grinsen.

»So ein verfluchter Kontrollfreak!«, schimpfte Brander. Halten Sie sich an die Vorschriften. Dieser Korinthenkacker! Was dachte der denn?

»Gut, dass dir solche Ambitionen völlig fern sind.« Der Spott war nicht zu überhören. »Manu und ich brauchen eine Pause. Wir können aber später nochmal wiederkommen, wenn ihr den Jungen bis dahin noch nicht gefunden habt.«

»Ich hoffe, wir haben ihn bald. Ist nicht das beste Wetter, um sich nachts draußen rumzutreiben. Der Kleine muss völlig durchgefroren sein.«

Beckmanns Grinsen war einem besorgten Blick gewichen. »Du siehst so aus, als ob du auch ein paar Stunden Schlaf gebrauchen könntest.«

»Später.«

Karsten nickte verstehend. Er schien noch etwas sagen zu wollen, überlegte es sich und hob nur zum Abschied die Hand. Dann gab er sich doch einen Ruck. »Wenn das hier länger dauert, solltest du vielleicht Peppi informieren.«

Peppi … Er hätte sie jetzt gern an seiner Seite gehabt. Aber es reichte schon, dass er Ärger mit Clewer hatte.

Beckmann stieß ihn gegen die Schulter. »Ruf sie an. Noch teilt ihr euch ein Büro. Soll da die Eiszeit ausbrechen?«

Brander sah seinem Kumpel hinterher. Er hatte recht. Hatte Peppi nicht erst vor ein paar Stunden vor ihm gestanden und sich beschwert, dass er sie nicht über einen – mehr oder weniger – dienstlichen Belang informiert hatte? Er nahm sein Telefon. Nach dem dritten Freizeichen war sie am Apparat.

»Entweder du kannst vor schlechtem Gewissen nicht pennen oder wir haben eine Leiche«, murrte die Kollegin verschlafen ins Telefon.

»Keine Leiche, ein vermisstes Kind.«

»Nathalie?«

»Nein, ein fünfjähriger Junge.«

»Warte, lass mich gerade mal wach werden.«

Das Abweisende aus Peppis Stimme war umgehend verschwunden, stellte Brander erleichtert fest.

»Was ist passiert?«

Wie zuvor Clewer gab er auch ihr eine kurze Zusammenfassung.

»Ich bin unterwegs.«

»Klär das bitte vorher mit Käpten Huc, der ist schon sauer, dass ich hier bin.«

Brander entdeckte Hendrik, der eilig Richtung Werkstatt lief, und folgte ihm.

»Was hat Lütz gesagt?«, erkundigte er sich, nachdem er den Kollegen eingeholt hatte.

»Nichts. Ich hab ihn nämlich nicht gefunden.«

»Ist der Kerl etwa …?« Das war jawohl nicht zu fassen! Brander schnaufte frustriert.

Während Hendrik die Toilette aufsuchte, blieb er vor der Fahrzeuggrube stehen. Die Kriminaltechniker hatten ihre Arbeit beendet und sie vorschriftsmäßig abgedeckt. Er starrte auf die Bretter, hob den Blick zur gegenüberliegenden Wand, an der er die Glasscherben entdeckt hatte. Was war hier geschehen? Was hatte das Kind so erschreckt? Warum hatte Lisa Stolze auf den Kompagnon ihres Mannes eingeprügelt? Und wohin war der jetzt verschwunden? Immer stärker meldete sich in ihm das Gefühl, dass sie es nicht mit einem simplen Vermisstenfall zu tun hatten.

Cory kam herunter. Sie lehnte sich gegen die Werkbank, ließ den Kopf in den Nacken fallen und atmete tief durch. Als sie Branders fragenden Blick bemerkte, erklärte sie: »Die Frau ist völlig am Ende. Frau Fink ist bei ihr. Wir haben den Hausarzt angerufen.«

»Hast du aus ihr herauskriegen können, warum sie so ausgerastet ist?«

»Nein. Sie hat geweint und nach Niko geschrien. Sie ist mit den Nerven völlig runter.« Cory rieb sich durch das Gesicht. Es war eine lange Nacht. »Und dann auch noch dieser verfluchte Unfall ihres Mannes!«

»Ohne den Unfall wäre das Kind nicht verschwunden.« Hendrik wischte die nassen Hände an der Hose ab.

»Das ist nicht sicher«, murmelte Brander.

Die Kollegin sah ihn überrascht an. »Wie meinst du das?«

Er hatte Mühe, seine Gedanken zu sortieren. »Martin Lütz holt den Jungen bei seinem Kindermädchen ab und bringt ihn hierher«, begann er. »Er arbeitet an einem Wagen und angeblich ist ihm Niko als Handlanger behilflich. Lütz hat gesagt, Stolze kam gegen acht und er wäre zehn oder zwanzig Minuten später gefahren. Wo war Niko die ganze Zeit?«

»Wenn er seinen Vater zwei Tage nicht gesehen hat, wird er ihm an den Fersen gehangen sein«, sagte Hendrik. »Louis klebt immer an mir, wenn ich von der Schicht nach Hause komme, und will mir alles Mögliche zeigen und erzählen.« Bei dem Gedanken zeichnete sich ein zärtliches Lächeln auf seinem Gesicht ab.

Brander zupfte sich grübelnd am Kinn. »Wann wurde Niko zuletzt gesehen?«

»Wir haben eine Zeugin, die Niko gestern Abend gegen halb acht hier im Hof hat spielen sehen.«

»Halb acht«, wiederholte Brander. »Lütz sagte, der Junge wäre die ganze Zeit bei ihm in der Werkstatt gewesen …«

»Und?«, forderte Hendrik, der schon wieder ungeduldig wurde.

»Stolze kam gegen acht. Niko wurde um halb acht auf dem Hof gesehen. Das heißt, er war nicht die ganze Zeit bei Lütz in der Werkstatt. Könnte es sein, dass Niko bereits verschwunden war, als Felix Stolze aus der Klinik kam?«

Sie dachten eine Weile über diese Option nach.

»Zwei Fragen.« Cory strich sich die rotgefärbten Haare zurück. »Warum sollte uns Lütz das verschweigen? Und welche Indizien sprechen dafür?«

»Lütz will nicht schuldig sein am Verschwinden des Jungen, schließlich hatte er die Verantwortung für das Kind übernommen. Indizien: Irgendjemand hat dort hinten eine Flasche Sekt zerschlagen. Warum? Vielleicht Felix Stolze, als er erfuhr, dass sein Kind verschwunden war. Und Lisa Stolze geht auf ihn los, kaum dass er fünf Minuten mit ihr allein war.«

»Ich habe auch eine Frage«, kam es von Hendrik. »Was ändert das an der Situation?«

»Nicht viel. Allerdings wäre der Junge dann zum Zeitpunkt seines Verschwindens nicht verängstigt gewesen, weil er seinen Vater schwer verletzt in einer Grube gefunden hat, sondern nur ein neugieriges Kind, das sich auf den Weg macht, die Welt zu erkunden.«

Hendrik gab ein unschlüssiges »Hm« von sich.

»Das könnte erklären, warum das Kind nicht heulend zum Nachbarn gerannt ist, sondern einfach nicht auffindbar ist. Ein Kind, das die Welt erkunden will, marschiert vermutlich einfach aufs Geratewohl los, fröhlich und unbeschwert, oder?«

Auch Cory wippte skeptisch mit dem Kopf. »Aber dann haut man doch nicht einfach ab! Dann fährt man nicht nach Hause, duscht und geht ein paar Bierchen trinken! Warum hat Lütz seinem Kompagnon nicht geholfen, nach Niko zu suchen? Warum haben die nicht sofort die Polizei alarmiert oder die Nachbarn befragt oder sonst irgendwas unternommen?«

Brander sah auf die Grube. »Vielleicht gab es einen handgreiflichen Streit zwischen den beiden?«

»Du meinst …« Die Beamtin riss die Augen auf.

»Möglich.«

»Das hilft uns aber nicht dabei, den Jungen zu finden!«, warf Hendrik energisch ein. »Lass uns erst den Kleinen finden, danach schauen wir, was hier passiert ist. Das kann uns dann ja vielleicht auch Felix Stolze selbst sagen, wenn er wieder ansprechbar ist.«

»Okay … ja …«, gab Brander nach. Das Wohl des Kindes hatte oberste Priorität.

Cory gähnte herzhaft. »Ich bin todmüde. Ich brauch nachher unbedingt mal 'ne Stunde Schlaf. Zum Glück ist Sofie dieses Wochenende bei ihrem Papa.« Die Kollegin war geschieden und hatte eine dreizehnjährige Tochter.

Von draußen schallten Rufe über den Hof.

# 5

Die Stimmung hatte sich verändert. Unruhe keimte auf. Die Luft schien in der Dämmerung zu vibrieren. Tobias Richter stürmte auf sie zu, als sie aus der Halle kamen.

»Eine Suchmannschaft hat bei der Biogasanlage einen Teddy gefunden«, berichtete er atemlos.

»Wo ist die Anlage?«, fragte Hendrik.

»Nicht weit von hier.«

Die Biogasanlage stand auf der anderen Seite der Bahngleise, westlich von Entringen inmitten von Ackerland. Ein Marsch von einem guten Kilometer. Die Anlage war erst vor wenigen Jahren auf dem Lindenhof errichtet worden. Der Landwirt hatte zwei große Gärsilos gebaut, die mit zerkleinertem Mais, Grünsilage und Schweinegülle gefüttert wurden. War der Junge tatsächlich dort hingelaufen? Die Welt erkunden ... Brander mochte sich seine Gedanken nicht weiter ausmalen.

»Ich schicke mehr Leute hin. Wir müssen Frau Stolze informieren«, beschloss Hendrik.

Brander hob bremsend eine Hand. »Lass uns erst prüfen, was genau gefunden wurde. Auf den Landwirtschaftswegen gehen viele Leute spazieren. Vielleicht ist es ein alter Teddy, der da schon ewig im Dreck liegt. Wir fahren hin und schauen es uns an.«

»Aber ...«

»Die Frau hatte gerade einen Nervenzusammenbruch. Was, wenn das hier falscher Alarm ist?«

Nur widerwillig gab Hendrik nach.

»Cory, geh bitte rauf zu Frau Stolze. Sorg dafür, dass nichts von hier unten zu ihr heraufdringt, solange wir nicht wissen, was genau gefunden wurde.« Brander wandte sich Hendrik wieder zu. »Wir nehmen deinen Wagen.«

Hendrik lenkte den Einsatzwagen über den Landwirtschaftsweg. Die Fenster waren heruntergekurbelt. Der Morgendunst tanzte im Licht der Scheinwerfer. Suchend glitten ihre Augen über die Umgebung. Links lagen ein paar kleine Schrebergärten, dahinter waren Felder, rechts standen eine Scheune und ein altes Bauernhaus. Dann kam die Anlage in Sicht. Alle vorhandenen Scheinwerfer waren bereits eingeschaltet. Hendrik bog links ab. Sie entdeckten eine Gruppe von vier Männern am Wegesrand. Einer winkte ihnen aufgeregt zu. Als sie ausstiegen, kroch ihnen der Geruch der vergorenen Silage in die Nase.

Einer der Männer hielt einen Plüschbär in der Hand. Ein trauriger Anblick: Das einst vermutlich helle Fell war durchnässt und vom Schlamm völlig verdreckt. Im matten Licht war es schwer zu sagen, ob das Stofftier erst ein paar Stunden oder schon mehrere Tage im Graben gelegen hatte.

»Wir haben dem Betreiber Bescheid gegeben«, erklärte der Mann. »Die Familie ist auf und hilft suchen.«

»Was ist mit dem Vielfraß? Kann der Junge da reingeklettert sein?«, hakte Brander nach.

Der Mann schüttelte den Kopf. »Da haben wir als Erstes nachgesehen. Eher unwahrscheinlich.«

»Ein Vielfraß?« Hendrik sah fragend zu Brander. »Was soll das sein?«

»Ein Häcksler. Da kommt das ganze Zeugs für die Vergärung rein«, erklärte Brander.

Der »Vielfraß« sah von außen aus wie ein großer Container, darin befand sich jedoch ein Schneckensystem, mit dem die Silage zerkleinert wurde, damit sie leichter in den Silos vergären konnte.

»Und wenn der Junge doch …?«

»Ich glaube nicht, dass so ein kleiner Junge da allein reinklettern kann«, erklärte einer der Männer bestimmt.

»Es ist mir scheißegal, was Sie glauben. Ich will, dass da gründlich nachgesehen wird!«, verlangte Hendrik. »Das gesamte Gelände muss abgesucht werden. Wir schicken die Kriminaltechniker her. Zeigen Sie denen, wo Sie den Teddy gefunden haben.«

Brander packte den Teddy in eine Asservatentüte. Gehörte dieses zottelige, nasse Vieh dem kleinen Niko? Und wenn dem so war, warum hatte er ihn hier verloren? »Wir sollten mit Frau Fink sprechen, um herauszufinden, ob Niko so ein Stofftier besitzt.«

»Frau Fink?«, rief Brander in die Wohnung, als er den Flur betrat.

Sie streckte den Kopf aus dem Kinderzimmer.

»Könnten Sie kurz mit mir kommen?«

»Ja.« Sie wandte den Blick ins Zimmer. »Ich bin gleich wieder da.«

Brander lotste die Russin aus der Wohnung, die Treppen hinunter. Erst, als sie unten angekommen waren, hob er die Tüte mit dem Teddy.

Selesta Fink riss die Augen auf.

»Gehört der Niko?« Er flüsterte, weil er nicht wollte, dass Lisa Stolze etwas von diesem Gespräch hörte.

Er bemerkte, dass die junge Frau vor ihm sich zwingen musste, das Stofftier genauer zu betrachten.

»Ich … ich weiß nicht … Er hat viele Spielsachen.« Mit spitzen Fingern nahm sie die Tüte, drehte sie von links nach rechts. »Ich weiß nicht. Wirklich. Leider …« Sie gab Brander das nasse Bündel zurück.

»Dann müssen wir wohl Frau Stolze fragen.«

Brander hätte es der jungen Mutter gern erspart. Schweren Herzens stieg er die Treppe wieder hinauf.

Lisa Stolzes Anblick war zum Gotterbarmen. Die Augen, die Nase, ihr ganzes Gesicht schienen geschwollen, die Haut war blass und fleckig. Die Haare wild zerzaust und strähnig. So sah Verzweiflung aus. Noch immer trug sie den Mantel. Cory saß bei ihr. »Bitte bring gute Nachrichten«, las Brander in ihrem Blick, als er das Zimmer betrat.

Er zog sich einen Kinderstuhl heran, setzte sich darauf, in der Hoffnung, dass das Möbel nicht unter seinem Gewicht zusammenbrach. Lisa Stolze sah ihm in banger Erwartung entgegen. Brander hielt die Tüte in den Händen. Seine Finger waren klamm.

»Frau Stolze, eine unserer Suchmannschaften hat ein Stofftier gefunden. Einen Teddybär. Wir müssten wissen, ob dieser Teddybär Niko gehört.«

Sie blinzelte mit den Lidern zum Zeichen, dass sie ihn verstanden hatte. Mit angehaltenem Atem wartete sie, was er ihr zeigen würde. Er hob die Tüte in ihr Blickfeld.

Lisa Stolze sah nur kurz auf das nasse Fell, dann wieder in sein Gesicht: »Nein.«

»Sind Sie sicher?« Hatte sie überhaupt erkannt, was er da in den Händen hielt?

»Ja.« Ihre Stimme klang leer. Verschloss sie die Augen aus Angst davor, was dieser Fund bedeuten könnte?

»Frau Stolze, bitte schauen Sie sich diesen Teddybären genau an. Wir müssen sicher sein, dass er nicht Ihrem Sohn gehört.«

Ihr Blick verhärtete sich. »Das ist nicht Nikos Teddy!«, stieß sie zornig hervor.

Ihre Atmung wurde flacher. Sie stand erneut vor einem Wutausbruch. Brander senkte die Arme wieder. Er würde das Plüschtier Tropper zur Spurensicherung geben.

»Danke.« Er erhob sich.

Ihr Blick folgte ihm. »Was machen Sie jetzt?«

»Wir werden mehr Leute anfordern, damit wir großflächiger suchen können.«

»Bitte …« Ihre Stimme versagte, die Lippen begannen zu zittern, die Augen füllten sich wieder mit Tränen.

»Ja?«

Sie schüttelte den Kopf, schlang die Arme fest um sich und senkte den Blick auf den Boden. Der kleine Lukas schlief friedlich in seinem Wagen.

* * *

*Er hatte nicht damit gerechnet, dass es so laufen würde. Nicht damit gerechnet. Er hatte überhaupt nicht nachgedacht. Er hatte es einfach getan und sich gut dabei gefühlt. Es war so einfach gewesen … Ein Spiel. Easy.*

*Sie würden ihn ins Gefängnis stecken. Dabei war es doch gar nicht seine Schuld. Aber das wäre denen egal. Sie würden ihm nicht glauben. Verdammt. Gefängnis. Er wollte nicht ins Gefängnis. Gefängnis hielt er nicht aus. Die kleine Zelle, die harte Pritsche, das Klo mitten im Raum. Ein Scheißhaus mit Bett. Er wollte da nicht rein. Sein Herz hämmerte nervös in seiner Brust. Er musste irgendwie aus dieser Sache wieder rauskommen. Aber wie? Verflucht nochmal, wie?*

# 6

Peppi stand auf dem Hof, als Brander herunterkam. Ihm wurde es leichter ums Herz – zumindest für einen kurzen Augenblick.

»Ich hab mit Käpten Huc gesprochen. Er ist ziemlich sauer auf dich«, knurrte sie statt einer Begrüßung.

»Der kriegt sich auch wieder ein.« Er musterte die Kollegin. Viel geschlafen hatte sie nicht. Und er meinte, eine Alkoholfahne zu riechen. »Hast du getrunken?«

»Gestern Abend, ja.«

»Viel?«

Sie verzog schnippisch den Mund. »Genug.«

»Und wie bist du hergekommen?«

»Wie schon?«

»Herrgott, Peppi! So etwas kann dich deinen Job kosten!«

»Was interessiert dich das?«, fauchte sie wütend.

Brander wollte keinen Streit. Er war froh, dass Peppi gekommen war. Anscheinend hatte er gerade ein Talent dazu, seine Kollegen gegen sich aufzubringen.

»Hallo Peppi, da ist unser altes Team ja bald wieder komplett«, erklang Hendrik Marquardts Stimme hinter ihnen. Ein Mann in dunkelblauer Stoffhose und grauem Blouson begleitete ihn, gut eins achtzig groß, einige Kilos zu viel auf den Rippen, graue Haare, grauer Schnauzbart, kurz vor der Pensionierung.

Hendrik stellte seinen Begleiter vor. »Polizeihauptmeister Schätzle, Polizeiposten Ammerbuch.«

»Amadeus Schätzle, der Zauberer.« Der Schnauzbart hob sich zu einem Grinsen. »Ich wäre schon früher gekommen, aber ich hatte gestern Abend einen Auftritt und habe erst heute Morgen von der Sache erfahren.«

Zauberer? Auftritt? Brander musterte sein Gegenüber argwöhnisch. Was war das für ein seltsamer Kauz?

Schätzle schob die Hand hinter seinen Rücken, holte sie im nächsten Augenblick wieder hervor und streckte Peppi ein zur Blume gezupftes Taschentuch hin. »Buenos días, Señora!«

Peppi lächelte gequält. »Ich bin Griechin.«

»Oh, das tut mir leid.« Die Linke verdeckte kurz die Taschentuchblüte in der Rechten, und als er die Hand wieder wegzog, war statt der Blume eine Zwei-Euro-Münze zwischen seinen Fingern. Er schaute so treuherzig wie ein alter Riesenschnauzer.

Peppi bedachte ihn mit einem finsteren Blick. »Sehr witzig.«

»Was hat sie gesagt?«, unterbrach Hendrik die Show und deutete mit dem Kopf Richtung Stolzes Wohnung.

Brander hob die Schultern. »Sie sagt, es wäre nicht Nikos Teddy.«

»Aber?«

»Das Stofftier sieht ziemlich mitgenommen aus und sie hat es kaum angesehen. Wir sollten es trotzdem zur Spurensicherung geben.«

Hendrik gähnte. »Das Gelände des Lindenhofs muss weiträumig abgesucht werden und wir müssen eine Hundertschaft anfordern. Die sollen die gesamte Umgebung noch einmal durchforsten.«

»Wir sollten auch die anliegenden Ortschaften informieren«, schlug Brander vor.

Hendrik nickte.

Es war heller geworden. Das Rauschen des Verkehrs auf der Bundesstraße drang zu ihnen herüber. Der Tag hatte begonnen, die Betriebsamkeit auf den Straßen nahm zu. Einige Mitarbeiter der ansässigen Handwerksunternehmen machten sich auf den Weg zu ihren Baustellen. Die Auftragslage war gut, sodass viele Firmen samstags Zusatzschichten einlegten. Vögel zwitscherten munter in den Sträuchern. Etwas weiter entfernt stand finster der Hartwald. Das Waldstück war nicht groß, aber ausreichend, um zahlreiche Beamte mit einer stundenlangen Suche zu beschäftigen. Nicht auszudenken, wenn der Kleine es auf seinen kurzen Beinen tatsächlich in die andere Richtung bis zum Schönbuch hinauf geschafft hatte. Der Naturpark war mehrere Tausend Hektar groß.

»Hast du jemanden zur Kirche geschickt?«, fiel Brander ein.

»Zwei Kollegen waren dort. Sie sind mit der Pfarrersfamilie das ganze Gelände abgegangen, aber keine einzige Spur von dem Jungen. Drinnen war er auch nicht. Die Türen sind außerhalb des Gottesdienstes in der Regel verschlossen und nachts sowieso.«

Brander rieb sich über den steifen Nacken. Die Müdigkeit wollte auch bei ihm allmählich die Oberhand gewinnen.

»Ich habe eine Info bekommen, dass ihr beide uns jetzt offiziell zur Verfügung gestellt wurdet. Um halb elf habe ich eine Sitzung anberaumt.«

»Okay.« Brander registrierte ein seltsames Rumoren in sich. Bis vor Kurzem wäre er in Tübingen der leitende Ermittler gewesen. Nun hatte Hendrik diese Rolle übernommen. Ein Rollentausch, von dem er noch nicht wusste, wie er damit umgehen sollte.

»Herr Schätzle, könnten Sie die nächsten Stunden bei Frau Stolze bleiben?«, wandte sich Hendrik an den Kollegen. »Ich möchte, dass immer ein Beamter bei ihr ist, falls irgendetwas sein sollte, wenn ein Anruf kommt, ein Arzt gebraucht wird oder was auch immer.«

»Ja, natürlich kann ich bei ihr bleiben.«

»Ich bring Sie rauf.«

»Verrate mir noch, wo ich die Frau finde, die Niko zuletzt gesehen hat«, rief Brander ihm hinterher.

Hendrik zögerte. »Frau Hefele? Sie wohnt dahinten links. Sie betreibt eine kleine Schmiede. Warum?«

»Ich möchte mich mit ihr unterhalten.«

Eine Schmiede. Brander hatte nicht gewusst, dass es so etwas in Entringen gab. Er eilte mit Peppi die Straße entlang. Die Kollegin hatte die Hände tief in den Jackentaschen versteckt und starrte stur auf den Weg vor sich. Ihre dunklen Locken hatte sie im Nacken zusammengebunden. Das Schweigen zwischen ihnen gefiel Brander nicht, er meinte, die Wand, die sie vor ihm aufgebaut hatte, förmlich zu spüren. Aber jetzt war nicht der richtige Zeitpunkt für ein klärendes Gespräch. Er zermarterte sich das Gehirn, wo sie noch nach Niko suchen konnten. Gehörte der Teddybär tatsächlich nicht dem Jungen? Irgendwo in ihm nagten Zweifel an der Reaktion von Lisa Stolze. Und wo zur Hölle trieb sich dieser Lütz herum? Er hatte ihm gesagt, er sollte nach unten gehen und nicht, dass er sich davonmachen sollte. An dieser ganzen Geschichte stimmte etwas nicht. Irgendetwas war nicht richtig.

Ein grauer Plattenweg führte zu einem schmalen Häuschen, das vor den umliegenden größeren Gebäuden in Deckung zu gehen schien. Das Haus war erst wenige Jahre alt. Links von der Tür war ein mit Schmuck dekoriertes Fenster, rechts der Tür verbargen Vorhänge den Blick ins Innere. Brander hatte kaum geklingelt, als ihm geöffnet wurde. Eine dralle Brünette stand vor ihnen. Knapp eins siebzig groß und mindestens hundert Kilo schwer. Ein volles, herzförmiges Gesicht mit Doppelkinn und warmen braunen Augen. Sie trug dunkle Kleidung aus einem weich fließenden Stoff. In der Linken hielt sie eine Tasse, die Kaffeeduft verströmte.

»Frau Vera Hefele?«

»Ja, das bin ich.«

Ihre Stimme war voluminös. Sie passte zu ihrem runden, vollen Körper. Brander hätte sie sich ohne Weiteres auf einer großen Opernbühne vorstellen können.

»Kriminalhauptkommissar Andreas Brander«, stellte er sich vor.

»Ich weiß«, erwiderte die Frau. »Sie wohnen auf der anderen Seite in einer der Stichstraßen vom Herdweg.«

»Ja.« Entringen war ein Dorf. »Das ist Kriminalhauptkommissarin Pachatourides. Mein Kollege sagte, dass Sie Niko Stolze gestern Abend noch gesehen haben?«

Sie nickte. »Kommen Sie herein.« Sie wich einen Schritt zur Seite, um die Beamten in ihr Haus zu lassen. »Kaffee?«

Da an Schlaf vorläufig nicht zu denken war, nahm er dankbar an. Wenig später saß er mit Peppi und Vera Hefele in einer gemütlichen kleinen Küche: weiß getünchte Schränke im Landhausstil, die Wände in einem dezenten Fliederton gestrichen, eine zarte Blümchenborte zog sich einmal oberhalb der Arbeitsplatte längs herum. Auf dem Tisch stand passend dazu eine Vase mit fliederfarbenen Seidenblumen, die zum Verwechseln echt aussahen. Einige Schmuckstücke lagen auf einem quadratischen weißen Teller, daneben ein Poliertuch und eine Schachtel, als sollte der Schmuck gerade für den Versand vorbereitet werden. Hinter den Vorhängen gingen die Fenster zur Straße.

»Sie haben Niko immer noch nicht gefunden, oder?« Die Hefele holte Tassen aus einem Schrank und das Mahlen und Zischen des Kaffeeautomaten erfüllte den Raum.

Brander beobachtete ihre Bewegungen, die trotz ihrer Leibesfülle flink und mühelos wirkten. »Leider nicht. Wie es aussieht, sind Sie die Letzte, die ihn gesehen hat.«

Sie war nicht glücklich darüber und schob das Kinn ein Stück vor. »Er hat im Hof gespielt.«

»Um wie viel Uhr war das?«

»Gegen halb acht.« Die Tassen waren gefüllt und sie setzte sich zu den Kommissaren an den Tisch.

»Haben Sie sonst noch jemanden gesehen? Herrn Lütz oder Herrn Stolze?«

»Nein. Da war nur der Junge.«

»Können Sie uns die Situation bitte einmal so genau wie möglich beschreiben?«

»Was gibt es da zu beschreiben?« Ihr Blick ging zu den Vorhängen vor ihrem Fenster. »Ich war einkaufen, zu Fuß. Ich kam vom Penny, und wenn man die Straße entlangläuft, sieht man fast automatisch auf den Hof von der Werkstatt. Das Tor stand offen. Ich wusste, dass Lisa im Krankenhaus war, und hab geschaut, ob ich das Auto von Felix sehe. Es war aber nicht da. Dann habe ich Niko über den Hof laufen sehen.«

»Allein?«

»Ja.«

»Und Herr Lütz?«

»Ich vermute, dass er in der Werkstatt war.«

»Gesehen haben Sie ihn nicht?«

»Nein, aber es war Kundschaft da.«

Brander richtete sich ein Stück auf. »Kundschaft?«

»Ja, also, ich vermute, dass es ein Kunde war. Ein Wagen stand mitten auf dem Hof. Es kommt immer mal vor, dass jemand spät in die Werkstatt kommt, wenn dort noch Licht brennt. Lisa gefällt das nicht so, aber als kleiner Unternehmer bist du auf jeden Kunden angewiesen. Da muss man immer mal wieder Überstunden machen …« Sie sprach wohl aus eigener Erfahrung.

»Leben Sie allein?«, mischte sich Peppi ein. Sie hob einen Ring von dem weißen Tablett und betrachtete ihn anerkennend.

»Ja, glücklich geschieden.« Die Hefele lächelte, aber es war nicht klar, ob ihre Antwort ironisch gemeint war.

»Haben Sie den Fahrer des Wagens auch noch gesehen?«, fragte Brander.

»Nein, ich denke, der wird in der Werkstatt gewesen sein, und ich habe ja nur kurz rübergeschaut.«

Brander kratzte sich nachdenklich über das Kinn, spürte die Bartstoppeln unter den Fingerkuppen. Lütz hatte nichts von einem späten Kunden erzählt. »Was für ein Auto war das, das Sie auf dem Hof gesehen haben?«

»Es war groß, so ein Auto mit Ladefläche hinten. Pick-up, oder wie nennt man die Dinger?« Sie hob abwehrend die Hände. »Fragen Sie mich nicht nach der Marke. Ich glaube, er war silber … silbergrau vielleicht. Es war ja schon recht dunkel, und so genau habe ich nicht drauf geachtet.«

Brander rief sich die Autos in Erinnerung, die auf dem Hof der Werkstatt gestanden hatten. Ein Fünfer-BMW, zwei Kombis, irgendein SUV … aber definitiv kein großer, silbergrauer Pick-up. Also war der Kunde wieder gefahren.

»Könnte das der Wagen von Herrn Lütz gewesen sein?«

»Nein, der fährt so eine alte, braune Klapperkiste. Eine Schande für einen Kfz-Meister. Aber er bastelt wohl gern.«

»Der ist schön.« Peppi legte den Ring zurück auf das Tablett. »Haben Sie den gemacht?«

»Ja, der ist allerdings schon verkauft.« Die Schmiedin lächelte erfreut über das Lob. »Meine Werkstatt ist nebenan.«

Brander sah zu seiner Kollegin. Seit wann interessierte sie sich für Ringe? Wurde es doch langsam ernster zwischen ihr und Staatsanwalt Marco Schmid?

Peppi bemerkte seinen Blick und verzog minimal verachtend den Mund, als hätte sie seine Gedanken gelesen und für einfältig befunden. Er richtete seine Aufmerksamkeit wieder auf die Rubensfrau. »Haben Sie vielleicht gesehen, ob Niko den Hof verlassen hat?«

»Nein, ich hab ihn nur dort herumspringen sehen. Ich glaube, er fand den Pick-up sehr interessant.« Sie zog die Mundwinkel nach unten, was ihr Doppelkinn verstärkte. »Jetzt wünschte ich mir, ich wäre kurz rübergegangen und hätte mal nach dem Rechten geschaut.«

Auf dem Weg zurück zur Werkstatt sah Brander sich suchend um. »Wo steht dein Cruiser?«

»Wieso?«

»Wir haben gleich Sitzung in Tübingen. Ich fahre dich zurück. Ich will nicht, dass du …« Er brach ab.

Peppi war stehen geblieben und blies sich eine Strähne aus dem Gesicht. »Du hast ernsthaft geglaubt, dass ich besoffen Auto gefahren bin?«

Brander hob die Schultern. Wie war die Kollegin sonst nach Entringen gekommen? Mit der Bahn? Nicht Peppi.

»Du enttäuscht mich schon wieder.« Sie schnaufte abfällig. »Marco hat mich abgesetzt.«

* * *

Das vertraute Gebäude der ehemaligen Polizeidirektion in der Konrad-Adenauer-Straße zu betreten, war ein wenig wie nach Hause kommen. Es hatte sich kaum etwas verändert: Im kahlen Treppenhaus hing dieselbe kühle Luft wie eh und je, die Fahrstühle ratterten zuverlässig von Etage zu Etage, die Büros waren neu besetzt, aber nicht renoviert worden. Dennoch wollte sich kein angenehmes Gefühl der Rückkehr einstellen. Zu groß war die Sorge um den vermissten Jungen.

Nur eine kleine Ermittlungsgruppe hatte sich in dem provisorisch eingerichteten Raum eingefunden. Ein Großteil der Kollegen war draußen geblieben und suchte weiter nach dem Kind. Staatsanwalt Marco Schmid war anwesend, anscheinend hatte er an diesem Wochenende Bereitschaft. Er stand am Fenster, als Brander mit Peppi den Raum betrat, und schenkte seiner Freundin ein minimales Lächeln zur Begrüßung. Schmid war ein leidenschaftlicher Anzugträger, auch an diesem Samstagvormittag hatte er nicht darauf verzichtet. Zum graphitgrauen Zweiteiler trug er ein lindgrünes Hemd. Die Krawatte hatte er – wie so oft – in der Tasche seiner Anzugjacke verwahrt. Sein Gesicht mit den klaren blauen Augen war freundlich, fast ein wenig spitzbübisch, was nicht darüber hinwegtäuschen sollte, dass er hart durchgreifen konnte, wenn es sein musste. Er war überaus korrekt, aber nicht kleinkariert. Ein Zug, der Brander an dem Mann gefiel. Vor drei Jahren war er zur Staatsanwaltschaft Tübingen gekommen und Peppi hatte sich gleich am ersten Tag in den sieben Jahre jüngeren Mann verliebt. Eine Zuneigung, die auf Gegenseitigkeit beruhte, allerdings nicht frei von Konflikten war.

Hendrik gab den neu hinzugekommenen Kollegen einen Überblick über das bisherige Geschehen und die ergebnislose Suche. Es war ein seltsames Gefühl für Brander, nicht vorn zu stehen, die Ergebnisse zusammenzufassen, Aufgaben zu verteilen, weitere Vorgehensweisen zu besprechen. Hendrik machte seine Sache gut, stellte er fest, wenn der jüngere Kollege auch etwas nervös schien. Immer wieder huschte sein Blick flüchtig zu Brander, und er bemühte sich, nicht den Eindruck zu erwecken, als würde er jeden Satz des Kollegen genauestens prüfen.

»Eine Vermisstenmeldung wurde bereits an alle Einheiten weitergegeben und es stand zudem in den internen Ereignismeldungen.« Hendrik kam zum Ende seiner Ausführungen. »Es waren zwei Journalisten vom Tagblatt und vom Gäuboten vor Ort. Wir müssen eine offizielle Pressemeldung rausschicken. Auch wenn die nächste Zeitung erst am Montag erscheint. Es hilft vielleicht schon, wenn die Beschreibung von dem Jungen online verbreitet wird.«

»Facebook?«, fragte ein junger Kollege, den Brander noch nie gesehen hatte.

»Das sollen die Kollegen vom Öffentlichkeitsreferat entscheiden.« Hendrik hielt kurz inne. »Wir haben eine Hundertschaft angefordert, die die umliegenden Felder und Waldgebiete noch einmal systematisch absuchen wird.«

Schmid ließ den Kuli zwischen seinen Fingern kreisen und starrte auf seine Notizen. Schließlich hob er den Blick zu Brander: »Gibt es Hinweise auf ein Kapitalverbrechen?«

»Bis jetzt nicht, nein.«

Der Staatsanwalt schürzte abwägend die Lippen. »Was ist mit Felix Stolze?«

»Höchstwahrscheinlich ein Unfall. Freddy, habt ihr inzwischen andere Erkenntnisse?«, fragte Brander den Kriminaltechniker.

Aus den Augenwinkeln nahm er wahr, wie Hendrik die Zornesröte ins Gesicht stieg. Halt dich zurück, Andi, mahnte er sich innerlich. Auch wenn der Staatsanwalt ihn angesprochen hatte, durfte er jetzt nicht einfach das Zepter übernehmen.

»Aktuell nicht, aber wir stecken noch mitten in der Auswertung.«

»Kein Hinweis auf Fremdeinwirkung?«, hakte Schmid nach.

»Das kann ich zum gegenwärtigen Zeitpunkt nicht sagen. Wir müssen die Kleidung des Opfers untersuchen und jemand sollte sich die Verletzungen des Mannes genauer ansehen.«

Schmid verzog den Mund zu einem schmallippigen Lächeln. »Dann tun Sie das, bitte.«

»Um die Kleidung kann ich mich kümmern, um die Verletzungen nicht. Nicht mein Ressort.«

»Was sagen die Ärzte?«

»Bis jetzt noch gar nichts. Ich halte es für sinnvoll, wenn Maggie sich ihn einmal ansieht.« Damit brachte Tropper die Rechtsmedizinerin Margarethe Sailer ins Spiel. »Sie wird uns vermutlich am ehesten sagen können, ob der Mann Verletzungen durch Fremdeinwirkung aufweist.«

Schmid nickte zustimmend.

»Es gibt die Vermutung, dass der Junge vielleicht mit der Ammertalbahn gefahren sein könnte«, meldete sich Brander wieder zu Wort. »Zwei Kollegen sind die Bahnhöfe abgefahren, leider ohne Erfolg ...« Er zögerte einen Moment. Sein Antrag würde eine Sisyphusarbeit nach sich ziehen, die einige Kräfte mehrere Tage beschäftigen konnte. »Einige Bahnen und Bahnhöfe sind videoüberwacht. Die Aufzeichnungen sollten gesichtet werden.«

Peppi stieß Brander verstohlen gegen das Knie. Hendrik kochte bereits vor Wut.

Schmid zog die Stirn in Falten. »Ist das zum gegenwärtigen Zeitpunkt schon sinnvoll?«

»Alles ist sinnvoll«, kam Hendrik einer Antwort von Brander zuvor. »Wir haben keinen einzigen Anhaltspunkt, wo das Kind sein könnte.«

Der Staatsanwalt schien das Anliegen im Kopf abzuwägen, deutete schließlich ein vages Nicken an. »Ich versuche, einen richterlichen Beschluss zu bekommen.«

»Danke.« Hendrik sah in die Runde. »Ich will, dass sich alle verfügbaren Kräfte an der Suche beteiligen. Es hat zwischendurch mehrfach geregnet, die Temperaturen sind im Laufe der Nacht auf drei Grad gesunken. Wenn das Kind da draußen ist, dann ist es durchnässt und unterkühlt. Jede Minute zählt!« Sein Blick wurde eindringlicher und glitt über jedes einzelne Gesicht der anwesenden Beamten. »Ich will, dass wir dieses Kind lebendig zu seiner Mutter zurückbringen.«

Wenn das Kind da draußen ist … Was, wenn das Kind nicht »da draußen« war?

Hendrik passte Brander nach der Sitzung ab. Die Augen des Kollegen glühten vor Zorn. »Du hast mich gerade vor versammelter Mannschaft übergangen!«

»Das …«

»Mach das nicht noch einmal.«

»Es war nicht meine Absicht.«

Hendrik musterte ihn skeptisch. Schließlich biss er die Zähne zusammen, um seine Wut wieder in den Griff zu kriegen. »Ich will, dass wir das Kind finden. Ich bin froh, erfahrene Ermittler wie dich und Peppi dabeizuhaben, aber ich lasse mich nicht von dir übergehen. Du wurdest meinem Team zugestellt und nicht umgekehrt.«

Brander nickte stumm. Wäre die Sache andersherum, er wäre genauso verärgert gewesen.

»Ich habe jetzt hier noch einiges zu tun, um die Suchaktion voranzutreiben …« Hendrik rieb sich unentschlossen über den Nacken. »Cory braucht eine Pause. Mir wäre es recht, wenn einer von euch, Peppi oder du, zu Frau Stolze fahren würde. Ich will, dass jemand von uns bei ihr ist. Ich kann diesen Zauberer nicht richtig einschätzen, ich weiß nicht, wie gut er mit der Situation umgehen kann. Cory wird die Betreuung so schnell wie möglich wieder übernehmen, aber so lange …«

»In Ordnung.« Brander zögerte, konnte aber dann doch nicht an sich halten. »Wir sollten nicht nur in die eine Richtung …«

»Du hast Freddy doch gehört: Es gibt keinen Hinweis auf ein Gewaltverbrechen.« Hendrik wandte sich ab. Er war nicht bereit, sich weitere Ratschläge von Brander anzuhören.

* * *

Brander nahm sich in Tübingen einen Dienstwagen und fuhr mit Peppi zurück zur Autowerkstatt Stolze & Lütz. Entgegen ihrer jahrelangen Gewohnheit hatte er das Steuer übernommen. Die Fahrt wurde von kühlem Schweigen begleitet.

»Du hättest mir ruhig gleich sagen können, dass Marco dich gefahren hat.« Brander versuchte die Mauer zwischen ihnen zu durchbrechen, als er in Unterjesingen vor einer roten Ampel stand.

Peppi murrte ein undeutliches »hm«, was Brander deuten konnte, wie er wollte. Sie hatte ihm noch lange nicht verziehen.

»Peppi …«

»Wir sollten uns auf den Fall konzentrieren, okay?«, unterbrach sie ihn scharf.

»Okay.« Brander schluckte hart. Er hasste es, wenn Peppi sauer auf ihn war, und gerade jetzt brauchte er das freundschaftliche Geplänkel, das ihre Zusammenarbeit stets begleitete. Eine vertrauensvolle Atmosphäre, um die Belastungen auszuhalten, die dieser Fall mit sich brachte.

»Was hältst du von der ganzen Geschichte?«, fragte sie etwas weniger gereizt.

»Ich weiß es nicht. Es macht mich nervös, dass wir noch keine einzige Spur von dem Jungen haben.« Es machte Brander nicht nur nervös, es bereitete ihm allergrößtes Unbehagen.

»Warum hat der Lütz dir nicht gesagt, dass am Abend noch ein Kunde in der Werkstatt war?«

»Er war angetrunken und es ist für alle eine Ausnahmesituation.«

»Was ist der Lütz für einer?«

»Sieht aus wie ein Hamburger Hafenarbeiter.« Und benimmt sich auch so, ergänzte Brander im Stillen für sich, während er sich die Begegnung mit dem Mann in Erinnerung rief. »Er kommt mir unzuverlässig vor. Wir bitten ihn dringend, sich bei uns zu melden, und der geht gemütlich ein paar Bierchen trinken. Und vorhin sage ich ihm, er soll nach unten gehen, und er haut einfach ab.«

Die Kollegin gab ein zustimmendes Murmeln von sich. Sie löste die Spange aus ihren Haaren und raufte sich durch die Mähne. »Warum beteiligt er sich eigentlich nicht an der Suche?«

Das war eine sehr interessante Frage. Brander beschleunigte, als sie Unterjesingen hinter sich gelassen hatten. In der Gegenrichtung staute sich der Verkehr auf der einspurigen Bundesstraße Richtung Tübingen. Was war die natürlichste Reaktion, wenn man erfuhr, dass ein kleines Kind verschwunden war? Ein Kind, das man kannte, dem man nahestand. Man überlegte, wo das Kind sein könnte, wo man es suchen sollte, man stellte Fragen, man half suchen, überlegte Brander. Lütz hatte nichts davon getan. Er hatte nicht nach Niko gefragt, er hatte nach Felix Stolze gefragt, hatte befürchtet, dass er überfallen worden wäre, als er hörte, dass sein Kompagnon im Krankenhaus lag. Wieso war für ihn ein Überfall das Naheliegendste?

»Blitzer«, warnte Peppi ihn, als er mit siebzig in die Fünfziger-Zone beim Bahnübergang fuhr. Gerade noch rechtzeitig.

»Danke.«

»Warum geht die Stolze auf Lütz los?«, stellte Peppi die nächste Frage.

Auch darauf wusste Brander keine Antwort.

* * *

In der Werkstatt erwartete die Kommissare eine Überraschung: Martin Lütz. Er hatte seine Jeans gegen einen Blaumann getauscht und war dabei, einen Wagen auf die Hebebühne zu befördern.

»Darf man erfahren, was Sie da gerade machen?«, fragte Brander konsterniert.

»Wonach sieht's denn aus?«, kam es barsch zurück.

Lütz würdigte die Beamten keines Blickes, drückte auf einen Knopf und der Wagen wurde in die Höhe gestemmt.

»Das ist etwas …« Brander fehlten die Worte. Hatten die Kriminaltechniker die Werkstatt schon freigegeben? Er wusste es nicht. Der Schlafmangel ließ sein Gedächtnis träge werden. Er sah sich um. Das Absperrband war verschwunden. »Wo waren Sie?«

»Wann?«

»Nachdem Frau Stolze auf Sie losgegangen war und ich Sie gebeten hatte, die Wohnung zu verlassen und nach unten zu gehen.«

Lütz stoppte die Höhenfahrt des Fahrzeugs und ging zur Werkbank. Er zog einen kleinen Rollcontainer hervor und bestückte ihn mit Werkzeug. Die Bewegungen waren routiniert, dennoch meinte Brander eine leichte Unruhe zu erkennen.

»Herr Lütz?«, brachte er sich in Erinnerung.

»Irgendwo. Überall. Ich musste nachdenken.«

»Und worüber haben Sie nachgedacht?«

»Geht Sie das was an?«

»Ein Kind ist verschwunden. Mich geht alles etwas an!« Brander musterte den Mann, der mit vorgezogenen Schultern und fahrigen Fingern mit dem Werkzeug hantierte. Er trat neben ihn an die Werkbank. »Was ist hier gestern Abend passiert?«

»Was soll hier passiert sein?«, brauste Lütz auf. »Ich weiß es nicht!«

Brander wurde nicht schlau aus dem Kerl. Er stand unter Strom, das war offensichtlich. Aber sein ganzes Handeln schien irrational, nicht logisch. Er tat, was er immer tat, und versuchte anscheinend auszublenden, was geschehen war, dass ein Kind verschwunden war.

»Sie hatten gestern Abend noch Kundschaft.«

»Wer sagt das?«

»Ein Auto stand im Hof. Ein silbergrauer Pick-up. Gegen halb acht.«

»Und? Wenn das Tor nicht zu ist, kommen ständig irgendwelche Leute, weil sie denken, wir könnten noch geschwind eine kleine Reparatur durchführen.«

»Und konnten Sie dem Kunden helfen?«

Der Mann presste die Lippen zusammen. »Nein.«

»Wer war der Kunde?«

»Ich weiß es nicht.«

Brander hob zweifelnd die Augenbrauen.

»Ich kannte den Mann nicht. Ich hab ihm gesagt, dass die Werkstatt bereits geschlossen ist und er am Montag wieder kommen soll.«

»Und hat der Mann auch einen Namen?«

»Vermutlich schon, aber ...« Lütz zuckte unwissend mit den Achseln.

»Was für ein Problem hatte der Mann denn mit seinem Auto?«

Lütz zögerte. »Irgendwas mit den Bremsen.«

Brander nickte, als wäre diese Antwort korrekt. »Und seinen Namen hat er Ihnen nicht genannt?«

»Was spielt denn das für eine Rolle, verdammt noch mal?« Wütend schnaufend wandte er sich ab und schob den Werkzeugwagen rumpelnd zu dem aufgebockten Fahrzeug.

»Können Sie uns das Autokennzeichen nennen?«

»Ich war nicht einmal draußen, um mir die Kiste anzusehen. Ich stand in der Grube und habe einen Ölwechsel gemacht. Der Typ kam rein und ich habe ihn wieder weggeschickt. Ich habe gerade mal seine Schuhe gesehen!« Er begann, am Unterbau des Wagens zu arbeiten.

»Und dann ist der Mann wieder gefahren?«

»Ja.«

»Und wo war Niko?«

Der Schraubenschlüssel schepperte auf den Boden. »Was?«

»Wo war Niko?«

»Er ...« Die Worte blieben in Lütz' offenem Mund hängen.

Brander fixierte den Kfz-Meister mit den Augen. »War er hier, bei Ihnen?«

»Er war ... Er lief hier rum.«

Er wusste nicht, wo das Kind gewesen war.

»Sagten Sie nicht, er hätte Ihnen geholfen?«, fuhr Brander fort.

»Hat er ja auch.« Lütz hob das Werkzeug auf und begann wieder an dem Wagen zu arbeiten.

»Auch als der Kunde bei Ihnen war?«

»Was sollen diese Fragen? Der Junge war hier, lief herum. Ich guck doch nicht, ob er gerade links oder rechts in der Werkstatt steht.« Er hämmerte prüfend gegen das Blech, den Auspuff entlang bis zum Heck des Wagens. Es machte nicht den Eindruck, als erfüllte dieses Klopfen irgendeinen Zweck. »Es ist schlimm, was passiert ist.« Nur mit Mühe hielt er seine Stimme unter Kontrolle. »Felix ist im Krankenhaus, er liegt im Koma. Wir wissen nicht, ob und wann er wieder aufwacht. Die Ärzte konnten Lisa nicht viel sagen. Vielleicht kann er erklären, was hier geschehen ist.« Er holte bebend Luft. »Ich muss die gesamte Arbeit jetzt allein machen. Unsere Kunden warten auf ihre Autos. Und eine kleine Werkstatt wie unsere kann es sich nicht leisten, dass die Kunden sich jemand anderes suchen, weil wir zugesagte Termine nicht einhalten.«

»Unter den gegebenen Umständen …«

»Unter den gegebenen Umständen! Sie haben doch keine Ahnung! Wissen Sie, wie viele Werkstätten es hier in der Gegend gibt? Wir brauchen jeden einzelnen Kunden. Sonst können wir dichtmachen!« Er begann, eine Schraube am Unterbau zu lösen. »Tun Sie Ihre Arbeit und ich tue meine.«

Brander und Peppi stiegen die Stufen zur Wohnung hinauf. Selesta Fink huschte aus Nikos Zimmer, als die Kommissare den Flur betraten. Sie legte mahnend den Zeigefinger an die Lippen und deutete auf das Wohnzimmer. Die beiden schlichen auf Zehenspitzen dorthin. Schätzle saß auf dem Sofa und hantierte mit einem Stapel Karten herum.

Brander setzte sich ihm gegenüber auf einen Sessel. Ihm wollten die Augen zufallen. Der Zauberer mischte die Karten, fächerte sie auf, schlug das Blatt auf den Tisch, sodass eine Karte etwas hervorrutschte. Er warf einen Blick auf die Vorderseite der Karte, schüttelte unzufrieden den Kopf und begann von vorn.

»Man muss viel üben, flinke Finger sind das A und O bei der Zauberei«, erklärte er, während er die Karten mischte. »Ein Arzt war bei Frau Stolze. Sie hat sich geweigert, etwas zu nehmen, wegen des Babys. Er hat ihr dann was Pflanzliches verabreicht. Ziehen Sie mal eine Karte und merken Sie sich das Blatt.« Er streckte ihm die aufgefächerten Karten entgegen.

Brander war zu müde, um zu protestieren, und tat ihm den Gefallen. Kreuz Dame.

»Zeigen Sie mir die Karte nicht. Stecken Sie sie wieder zurück in den Stapel.« Schätzle mischte die Karten erneut, fächerte sie auf, schlug sie auf die Tischkante und zog die Karte, die sich hervorgeschoben hatte, heraus. Er streckte sie Brander entgegen. »War es die?«

Kreuz Dame.

Brander verzog keine Miene. »Nein.«

Schätzle schob die Unterlippe unter dem Schnauzbart hervor. Er sah sich die Karte an. »Das verstehe ich nicht.«

»Ich verstehe so manches nicht«, murmelte Brander, während er noch etwas tiefer in den Sessel sank. Einfach nur ein paar Minuten die Augen zumachen.

Peppi, die am Fenster stand und hinausgesehen hatte, wandte sich um. »Der verschweigt uns was.«

»Hm?«, murmelte Brander träge.

»Der Lütz weiß was. Der ...« Sie blies sich eine Strähne aus der Stirn. »Er fragt nicht nach Niko. Nicht mit einem Wort. Das ist doch nicht normal!«

»Verdrängung«, schlug Brander vor.

Peppi schüttelte den Kopf. »Er ist in der Werkstatt, behauptet, Niko wäre die ganze Zeit bei ihm gewesen, und kann aber nicht sagen, wo der Junge war und was er gemacht hat.«

»Die Kunst des Zauberns ist es, eine Illusion zu erschaffen und das Publikum glauben zu machen, das, was es sieht, wäre Realität«, faselte Schätzle. Er zog eine Karte aus seinem Stapel. »Es war die Kreuz Dame. Sie haben mich verarscht.«

Brander hob einen Mundwinkel zu einem schwachen Grinsen. Die Realität als Illusion. Welche Realität hatte er gesehen, als er die Werkstatt betreten hatte? »Kennen Sie hier am Ort jemanden, der einen silbergrauen Pick-up fährt?«, fragte er den Zauberer.

Während Schätzle noch überlegte, öffnete sich die Tür und Selesta Fink kam herein.

»Wie geht es Frau Stolze?«, fragte Brander.

»Sie schläft endlich. Sie ist ganz kaputt. Bitte, Sie lassen sie schlafen.«

Auch die junge Russin sah nicht so aus, als ob sie noch viel Kraft hätte.

Brander nickte und deutete auf das Sofa. »Setzen Sie sich bitte einen Moment zu uns.«

Sie setzte sich mit aufrechtem Rücken auf die äußerste Kante des Sofas. Ihre hellen Augen weiteten sich ängstlich. »Ist etwas mit Felix?«

»Nein, wir haben noch keine Neuigkeiten aus dem Krankenhaus«, beruhigte Brander sie. »Sie kennen die Familie Stolze sehr gut, oder?«

»Ja.«

»Wie ist die Beziehung zwischen Stolzes und Martin Lütz?«

Selesta Fink hob die Schultern. »Gut. Ist wie eine Familie.«

Und dennoch fragte Lütz nicht nach Niko.

»Kennen Sie jemanden, der einen silbergrauen Pick-up fährt? Das ist ein Auto mit einer Ladefläche.«

»Oh, ich kenne Pick-up. Mein Mann hat so einen.«

Lütz hätte Selesta Finks Mann doch sicher erkannt, auch wenn er nur die Stimme gehört hätte, oder?

»Silbergrau?«, hakte Brander nach.

»Nein, dunkelgrün und immer schmutzig. Felix schimpft immer, wenn Auto zu TÜV muss, er soll ihn besser waschen.«

Silbergrau, dunkelgrün, konnte man das so genau in der Abenddämmerung unterscheiden?

»War Ihr Mann gestern Abend noch hier in der Werkstatt?«

»Gestern? Nein.« Die Augen verengten sich misstrauisch zu schmalen Schlitzen. »Warum fragen Sie das?«

Konnte sie das so genau wissen? Hatte sie nicht gesagt, sie wäre abends zum Sport gegangen? Brander bemühte sich um ein unverfängliches Lächeln. »Routine«, nahm er eine Standardfloskel zu Hilfe.

Sie sah ihn ärgerlich an. »Ich mache mir große Sorgen um Niko, um Lisa, um Felix. Um alle! Ich hätte gesagt, wenn Boris in Werkstatt gefahren wäre!« Sie stand erbost auf, war jetzt wenig größer als er im Sitzen und sah auf ihn herab. »Sie sind enttäuscht!«

Wäre die Situation nicht so tragisch gewesen, hätte Brander sie schmunzelnd auf ihren Fehler hingewiesen. Noch eine Frau, die er enttäuscht hatte. Er hielt den Mund.

»Frau Fink«, schaltete sich Peppi ein. »Gestern Abend wurde ein Pick-up auf dem Firmengelände gesehen. Wir müssen mit dem Fahrer sprechen.«

»Aber es war nicht mein Mann!«

»Das sagt auch niemand.« Sie trat näher zu der Frau. »Wir haben Sie lediglich gefragt, ob Sie jemanden kennen, der einen silbergrauen Pick-up fährt. Vielleicht ein Kunde, der schon mal hier war, den Sie zufällig gesehen haben?«

Sie schüttelte den Kopf, ihre Unterlippe begann zu zittern. Sie kämpfte mit Tränen der Erschöpfung.

Brander sah voll Mitgefühl auf die junge Frau. Die Sorge, die Ungewissheit zerrte allen an den Nerven. »Sie haben uns heute Nacht sehr gut geholfen. Sie sollten sich jetzt etwas ausruhen.«

»Ich kann Lisa nicht allein lassen. Ich muss helfen mit dem Baby.«

»Sie können hierbleiben. Legen Sie sich auf das Sofa, versuchen Sie, ein wenig zu schlafen. Herr Schätzle …«

Eilig räumte der Zauberer seine Karten zusammen, erhob sich, klopfte das Kissen aus und deutete einladend auf das Sofa, als wäre es das gemütliche Bett für die zersägte Jungfrau.

»Bleiben Sie bitte hier«, bat Brander den Polizeihauptmeister. »Peppi, kommst du?«

»Zeigen Sie mir noch einen Trick, bitte?«, hörten sie Selesta Fink fragen, während sie die Wohnung verließen.

Der Wagen war noch aufgebockt, als sie die Werkstatthalle betraten, von Lütz fehlte jedoch jede Spur. Brander hätte schon wieder an die Decke gehen können. Die ganze verworrene Situation machte ihn reizbar.

Peppi stieß ihn mit dem Ellenbogen an und deutete mit dem Kinn in eine Ecke des Hofes. »Da ist er.«

Der Mann stand an einen Wagen gelehnt – ein alter rostiger Honda Civic – und beendete gerade ein Handygespräch. Er zündete sich eine Zigarette an, während seine Augen das Geschehen um ihn herum beobachteten. Die Hundertschaft war inzwischen eingetroffen und ausgeschwärmt. Die Feuerwehr hatte ihre Räumlichkeiten als Zentrale zur Verfügung gestellt, sodass sich der Betrieb um die Werkstatt reduziert hatte.

Brander meinte Missfallen, vielleicht auch eine gewisse Abscheu in Lütz' Gesicht zu lesen, aber wahrscheinlich interpretierte er seine eigenen Gefühle einfach nur in diesen Kerl hinein. Er ermahnte sich, sachlich zu bleiben, während er über den Asphalt auf den Mann zuschritt.

»Ich muss Ihre Pause leider stören.«

Lütz rauchte schweigend seine Zigarette, setzte eine Maske aus Überheblichkeit auf. Auf seinem Sweatshirt und dem Blaumann waren Schmier- und Ölflecken, gegen die die Waschmaschine den Kampf aufgegeben hatte.

»Das scheint Sie hier alles wenig zu interessieren«, fuhr Brander fort. Sein Blick wanderte zu den Zeltplanen, unter denen die Verpflegung für die Suchkräfte angeboten wurde. Irgendwo meinte er, einen Traktor zu hören.

Lütz zog an seiner Kippe, kniff die Augen zusammen und beschloss, weiterhin nichts zu sagen.

»Wie ist der Abend gestern tatsächlich abgelaufen, nachdem Sie Niko bei Frau Fink abgeholt hatten?«

Der Mann stieß genervt den Qualm aus seinen Lungen. »Ich habe Ihnen alles erzählt.«

»Das glaube ich nicht.«

»Was soll das heißen?« Lütz' Blick wurde eine Spur aggressiver.

»Ich habe das Gefühl, dass Sie mir etwas verschweigen. Ich frage mich, warum, und vor allem frage ich mich, was?«

Die beiden Männer starrten sich eine Weile in stummem Kampf an. Brander spürte, wie Ungeduld und Wut in ihm aufstiegen. Er war zu erschöpft, um dagegen anzugehen. Was hatte dieser Mann zu verbergen? Er brauchte mehr Informationen über Martin Lütz.

»Das Kind Ihres Kompagnons ist verschwunden, und es interessiert Sie einen Scheißdreck.«

Lütz' Kiefer malmte wütend.

»Wissen Sie, wo der Junge ist? Haben Sie es Felix Stolze gesagt, als er zu Ihnen kam? Hat er deswegen die Flasche durch die Halle geworfen? Oder waren Sie das? Gab es Streit? Haben Sie Ihrem Kompagnon einen Stoß versetzt?« Die Worte schossen ihm aus dem Mund, ohne dass er sich bremsen konnte.

Lütz stürzte auf ihn zu, wollte ihn am Kragen packen. Branders Abwehrreflexe kamen automatisch. Ein schneller Tritt gegen das Bein, ein Schlag gegen den Unterarm. Er packte Lütz' Rechte, verdrehte seinen Arm auf den Rücken, hatte ihn sicher im Armbeugehebel. Lütz krümmte sich unter dem Druck, schrie kurz auf.

Der Kampf hatte nur wenige Sekunden gedauert. Dennoch waren alle Augen der Umstehenden auf sie gerichtet. Das Blut pumpte durch Branders Adern, der Adrenalinschub verscheuchte die Müdigkeit. Aus den Augenwinken sah er Peppi, die im Reflex nach ihrer Waffe gegriffen hatte. Jetzt ließ sie die Hände wieder sinken.

»Haben Sie sich wieder unter Kontrolle?«

»Verfluchte Scheiße, Sie haben mich provoziert!«

Brander lockerte den Griff. »Kommen Sie mit.«

# 7

Brander hatte Lütz nicht in die Werkstatt geführt, sondern zu einem der Einsatzwagen der Polizei. Im Fond des Bullis saßen sie sich gegenüber.

»Ich habe Felix nicht in die Grube gestoßen. Das ist Schwachsinn«, knurrte Lütz grimmig.

»Wo war Niko, als Sie gefahren sind?«

Lütz schwieg.

»War der Junge bereits verschwunden, als Felix Stolze nach Hause kam?«

Der Mann starrte auf das schmale Tischchen zwischen ihnen und schüttelte den Kopf.

»Was ist mit dem silbergrauen Pick-up? Wer war der Kunde?«

»Ich weiß es nicht! Ich stand in der Grube, ich habe den Mann nicht gesehen. Ich habe ihm gesagt, dass die Werkstatt geschlossen ist und er am Montag wiederkommen soll.«

»Und der Mann war vorher noch nie bei Ihnen?«, hakte Brander nach.

Lütz hob die Schultern. Kleine Schweißperlen standen auf seiner Stirn. »Er kam mir nicht bekannt vor.«

»Sie haben sich den Wagen nicht angesehen? Vielleicht ein kurzer Blick auf das Nummernschild?«

»Herrgott nochmal, nein!«

Brander starrte nachdenklich aus dem Fenster der blauen Minna. Überschattete seine Antipathie seine Objektivität? Hatte er nur den Verdacht, dass dieser Mann log, weil er ihn nicht mochte? Oder wusste er tatsächlich etwas? Der Tag verwöhnte sie mit türkisblauem Himmel und Temperaturen über der Zwanzig-Grad-Marke, aber in der Ferne schlichen dunstig graue Wolken heran. Aprilwetter. Es würde heute noch regnen. Er sah wieder zu Lütz. Warum bekam er diesen Mann nicht zu fassen? Was verbarg sich hinter den dichten Locken und dem verkniffenen Gesicht?

»Ein Zeuge hat Niko auf dem Hof herumlaufen sehen, als der Pick-up dort stand.«

Lütz' Blick klebte weiterhin an der Tischplatte. Sein Kiefer war angespannt, als würde er die Zähne zusammenbeißen.

»Sie haben behauptet, Niko wäre die ganze Zeit bei Ihnen in der Werkstatt gewesen.«

»Niko ist ein Kind. Ist doch klar, dass der mal kurz rausläuft, wenn da ein großer Pick-up steht.«

»Er ging also raus, bestaunte das Auto und kam wieder zu Ihnen zurück.«

Sein Gegenüber deutete ein Nicken an, raufte sich durch die dunklen Haare. »War's das jetzt? Kann ich wieder an die Arbeit?«

»Haben Sie Familie? Eigene Kinder?«

»Nein.«

»Und Niko?«

»Was soll mit Niko sein?«

»Mögen Sie ihn?«

Lütz' Blick verfinsterte sich sogleich wieder und glitt zum Fenster. »Was ist denn das für 'ne Scheißfrage? Der Kleine ist für mich wie mein eigener Sohn. Ich hab ihm die Windeln gewechselt.«

Und dennoch … Brander schürzte abwägend die Lippen. »Warum haben Sie gefragt, ob Ihr Kompagnon überfallen wurde?«

Lütz zuckte erneut die Achseln. »Liest man doch immer wieder. Und hier draußen, abends allein, kriegt doch keiner was mit.«

»Gibt es hier denn was zu holen?«

»Nein.«

Trotzdem hatte er einen Überfall befürchtet. Brander deutete auf die Tür des Wagens und ließ ihn ziehen.

»Der lügt uns ins Gesicht«, sagte Peppi, sobald der Mann außer Hörweite war.

Brander schüttelte den Kopf. »Er kann uns nicht mal in die Augen sehen.«

* * *

Niko blieb verschwunden. Die Hundertschaft hatte Felder, Wälder und Gärten in der Umgebung abgesucht. Hunde hatten die Fährte aufgenommen und waren auf dem Hof gescheitert. Die Befragungen an den Bahnhöfen verliefen ergebnislos. Von dem Pick-up kannten sie nur die Farbe, es gab keine Hinweise auf Fabrikat, Kennzeichen oder den Namen des Fahrzeughalters.

Während Peppi bei Lisa Stolze blieb, verordnete Brander sich selbst zwei Stunden Schlaf. Als Cecilia ihn weckte, fühlte er sich, als hätte man ihn durch den Wolf gedreht. Der Abend dämmerte bereits, als er am Küchentisch saß und ein aufgewärmtes Mittagessen aß. Nathalie und Julian gesellten sich zu ihnen.

»Habt ihr noch immer keine Spur von Niko?«, fragte Nathalie.

»Nein.« Peppi hätte ihn angerufen, wenn es Neuigkeiten gegeben hätte.

»Wir könnten Flugblätter machen und verteilen«, schlug sie vor, während Brander Kartoffeln und Gulasch verspeiste. »Oder übers Internet suchen.«

»Überlasst das bitte uns.«

»Wir wollen aber helfen!«

»Ihr helft uns, indem ihr uns nicht dazwischenfunkt.«

»Aber …«

»Kein Aber.« Seine Argumentation war pädagogisch nicht besonders wertvoll. Nathalies Blick sprach Bände.

»So etwas muss mit der Familie des vermissten Kindes abgesprochen werden. Das ist eine sehr sensible Situation«, versuchte er es etwas diplomatischer. »Ihr könnt mit rauskommen und bei den Suchmannschaften helfen, aber nicht die ganze Nacht, dass das klar ist.« Er sah seine Pflegetochter eindringlich an.

Sie nickte widerspenstig.

Er wandte sich seinem Neffen zu. »Tut mir leid, eigentlich hatten wir andere Pläne fürs Wochenende.«

»Schon okay.« Er hatte eine leise, dunkle Stimme. Sie erinnerte Brander an seinen Bruder. Auch die Figur und die Gesichtszüge ähnelten dem jungen Daniel Brander.

»Wann fährt dein Zug morgen?«

»Ceci bringt mich um neun nach Stuttgart.«

»Da sehen wir uns vorher auf jeden Fall noch«, versprach Brander.

Julian deutete ein Lächeln an, und Brander beschlich das Gefühl, dass sein Neffe nicht gern wieder fortfuhr.

* * *

Die Werkstatt lag im Dunkeln, aber im Büro brannte Licht. Lisa Stolze saß vor dem Computer, Ordner lagen überall herum; auf dem Schreibtisch, auf dem Kundentresen, auf dem Boden.

Sie nahm ertappt die Finger von der Tastatur, als er den Raum betrat.

»Suchen Sie etwas?«, fragte Brander verwundert.

»Nein.«

Als er nichts weiter sagte, fügte sie hinzu: »Ich weiß gar nicht, was ich hier mache ...«

Er zog sich einen Stuhl heran und setzte sich ihr gegenüber. »Gibt es irgendwelche Neuigkeiten von Ihrem Mann?«

Sie schüttelte den Kopf, Verzweiflung im Blick. »Was soll ich tun? Ich sollte bei ihm im Krankenhaus sein. Aber ... ich ... Niko ...« Ihre Augen füllten sich mit Tränen. Sie konnte nicht weitersprechen, presste die Lippen zusammen. Ihre Finger waren so fest ineinander verschlungen, dass die Knöchel weiß hervortraten.

Fast vierundzwanzig Stunden war der Junge inzwischen verschwunden und sie hatten nicht den Hauch einer Spur.

»Kennen Sie jemanden, der einen silbergrauen Pick-up fährt?«, fragte er.

»Ihre Kollegin hat mich das schon gefragt. Mir fällt niemand ein.« Sie schluckte hart. Ihr Blick ging zum Fenster, in dem sich der Raum spiegelte, sich mit dem Geschehen draußen auf dem Hof auf surreale Weise vermischte. Hendrik war am Abend gekommen und hatte die Koordination der Suche wieder übernommen. »Wie lange werden Sie noch nach Niko suchen?«

Er ahnte den Hintergrund ihrer Frage. Wann würde man die Hoffnung aufgeben, das Kind noch lebend zu finden? Die Temperaturen waren nachts empfindlich kalt. Wie lang konnte ein kleines Kind dort draußen allein überleben? Sie wussten ja nicht einmal genau, womit der Junge bekleidet war.

»Wir werden so lange suchen, bis wir Ihren Sohn gefunden haben.«

Tot oder lebendig. Brander hoffte Letzteres.

Sie verfielen in Schweigen, nur die rote Cadillac-Uhr tickte über ihren Köpfen. Die Stille war erdrückend.

»Warum sind Sie letzte Nacht auf Herrn Lütz losgegangen?«

Der Schmerz in ihrem Gesicht verstärkte sich. Sie senkte den Kopf, stützte die Stirn auf die Hände. »Er … ich bin verzweifelt … ich war so …« Sie verstummte.

»Ihr Mann und Herr Lütz sind gut miteinander befreundet?«

»Ja.« Mehr brachte sie nicht heraus.

Diese Frau sollte nicht allein in diesem Büro sitzen und irgendwelche Aktenordner wälzen.

»Gehen wir rauf. Sie müssen sich ausruhen.«

»Ich kann nicht …«

»Sie müssen. Sie brauchen Kraft für Ihr Baby. Sie haben eine Verantwortung«, erinnerte Brander sie. »Ich helfe Ihnen beim Aufräumen und dann gehen wir hinauf, okay?«

»Lassen Sie nur. Ich …« Sie beugte sich vor, um einen Ordner vom Boden zu heben, zuckte zusammen, schnappte nach Luft und rutschte wimmernd vom Stuhl.

Brander sprang um den Tisch herum. »Frau Stolze?« Er beugte sich zu ihr.

»Es geht schon.« Sie griff nach seiner Hand, klammerte sich daran, aber sie hatte nicht die Kraft, aufzustehen. Ihr Körper zitterte, bebte. Die Tränen ließen sich nicht mehr zurückhalten. Sie schluchzte laut und verzweifelt.

Er kniete neben ihr nieder, legte den Arm um ihre Schulter und zog sie sanft an seine Brust. Es war unprofessionell, aber er konnte sie nicht so sitzen lassen. Ihre Verzweiflung erschütterte ihn. Die Zwischentür zur Werkstatt wurde geöffnet und Amadeus Schätzle kam herein. Brander gab ihm ein Zeichen, still zu sein. Er ließ Lisa Stolze so lange in seinen Armen weinen, bis wenigstens das Zittern etwas nachließ, dann fasste er sie an den Schultern, um sie wieder auf Abstand zu bringen.

»Wir gehen hinauf zu Ihrem Baby. Können Sie aufstehen?« Er half ihr auf die Beine. »Ist Frau Fink noch oben?«

»Ja«, presste sie mühsam hervor. Sie hielt die Hände über ihren Bauch. Sie hatte nicht nur psychische, sondern auch körperliche Schmerzen.

»Sollen wir einen Arzt holen?«, fragte Brander besorgt.

»Es geht schon. Ich muss mich nur etwas hinlegen.«

»Herr Schätzle, begleiten Sie Frau Stolze bitte in ihre Wohnung. Sorgen Sie dafür, dass Sie sich ausruht.«

Die beiden verschwanden im Treppenhaus.

Brander stützte die Hände auf den Schreibtisch. Dieses Leid in ihren Augen, diese hilflose Angst, diese unermessliche Sorge. Das Foto des blonden Jungen tauchte vor ihm auf. Er musste Abstand bewahren. Er schloss die Lider und atmete tief durch.

»Alles klar, Kollege?«

Kollege. Die Distanz, die Peppi zwischen sie beide schob, zermürbte ihn. Er biss die Zähne zusammen, hob den Blick. »Warum saß Frau Stolze allein hier im Büro?« Seine Frage kam hart, kritisierend.

»Sie sagte, sie brauche Ablenkung.«

»Sie hat gerade erst entbunden, ihr Mann liegt schwer verletzt im Krankenhaus, ihr Kind ist verschwunden – da könnt ihr die Frau nicht allein hier sitzen lassen!«

»Sie wollte arbeiten! Sie wollte allein sein! Was sollen wir denn machen? Sie verhaften?«

Sie funkelten sich beide zornig an.

»Verdammt noch mal!« Etwas anderes fiel ihm nicht ein. Er schlug frustriert mit der Faust auf den Tisch. Ein Ordner lag vor ihm. Automatisch erfasste er den Inhalt. Kontoauszüge. Er sah sich um, sah auf die anderen Ordner. Weitere Kontoauszüge, Rechnungen. Er berührte die Maus, um den PC aus dem Standby-Modus zu wecken.

»Andi, was tust du da?«

Eine Eingabemaske erschien auf dem Bildschirm. Er verstand nicht, was er sah, wagte nicht irgendetwas anzuklicken. Sein Blick glitt wieder über die Schreibtischunterlage. Auf einem Zettel waren Zahlen notiert. Beträge im vier- und fünfstelligen Bereich.

»Andreas Brander, wir haben keinen Durchsuchungsbeschluss!«, zischte Peppi .

»Ich durchsuche ja auch nichts.«

Die Kollegin spuckte ein ungläubiges »Tz« in den Raum.

»Wo ist der Lütz?«, fragte Brander.

»Nach Hause gefahren.«

Natürlich. Der fuhr einfach nach Hause, genoss sein Feierabendbier und scherte sich einen Scheißdreck um seinen Kompagnon und dessen Familie.

Wieder verstrichen Sekunden quälender Stille.

»Ich habe die Nachbarschaft wegen des Pick-ups befragen lassen«, durchbrach Peppi das grimmige Schweigen.

»Und?«

»Es gibt einen zweiten Zeugen, der den Pick-up gesehen hat. Ein Mitarbeiter der Zimmerei Karl. Er hatte noch etwas fertigstellen wollen und war deshalb länger in der Firma. Als er vom Hof fuhr, fuhr der Pick-up die Straße entlang, das war gegen drei viertel acht, vielleicht ein paar Minuten früher oder später, genau konnte der Mann es nicht sagen. Er meint, der Wagen hätte ein Esslinger Kennzeichen gehabt, war sich aber nicht ganz sicher. Niko hat er nicht gesehen.«

Brander setzte sich auf den Stuhl, auf dem vor wenigen Minuten noch Lisa Stolze gesessen hatte. »Warum sollte jemand aus Esslingen eine Werkstatt in Entringen aufsuchen?«

»Vielleicht war er unterwegs und hatte Probleme mit seinem Wagen.« Peppi lehnte sich mit verschränkten Armen gegen die Wand.

»Könnte das Kind unbemerkt in das Auto geklettert sein?«

»Denkst du nicht, der Fahrer hätte ihn dann längst zurückgebracht?« Peppi schüttelte skeptisch den Kopf. »So ein Kind kann nicht ewig unbemerkt in einem Auto sitzen.«

Da hatte sie recht. »Wir schreiben den Wagen zur Fahndung aus.« Ein silbergrauer Pick-up, vielleicht mit Esslinger Kennzeichen. Wie viele davon fuhren im Ländle herum?

»Wir? Du meinst wohl, Hendrik sollte das veranlassen.«

»Ja«, brummte Brander ungehalten.

Erneut legte sich eine lähmende Stille über sie. Wo konnten sie noch ansetzen? Es musste doch irgendeinen verfluchten Hinweis auf den Verbleib des Kindes geben!

Höschele fiel Brander ein, der Mann, der Felix Stolze gefunden hatte. Von ihm gab es nur eine kurze Aussage. Vielleicht wusste er mehr.

* * *

Markus Höschele lebte mit Frau und Sohn in einer Doppelhaushälfte am Herrlesberg in Tübingens Ortsteil Lustnau. Früher waren hier Weingärten bewirtschaftet worden. Zwischenzeitlich war der Flecken als Wohngebiet voll erschlossen und zugebaut. Weinreben rankten allenfalls noch zur Zierde an Pergolen und Hauswänden. Peppi hatte in der schmalen Straße eine Weile nach einer Parklücke suchen müssen.

Der Mann, der ihnen die Haustür öffnete, trug einen dunklen Anzug mit Hemd und Krawatte. Die kurzen Haare auf dem quadratischen Schädel waren an den Schläfen bereits leicht ergraut. Aus dem Inneren drangen fröhliche Stimmen zu ihnen vor. Anscheinend war Besuch im Haus.

»Wir werden Sie nicht lange stören«, erklärte Brander, froh darüber, dass Höschele ihn am Telefon nicht abgewimmelt hatte.

Doch der Mann machte nicht den Eindruck, dass ihm die späte Störung ungelegen kam. Sein Gesichtsausdruck war sachlich, freundlich konzentriert, als empfinge er einen Geschäftskollegen zu einer Besprechung.

»Kommen Sie in mein Büro, da können wir ungestört reden.« Er dirigierte Brander und Peppi in ein kleines Zimmer direkt neben der Eingangstür. Da es nur eine Sitzgelegenheit gab, blieb er im Raum stehen, die Hände locker ineinander gelegt. »Wie geht es Felix … Herrn Stolze?«

»Darüber kann ich Ihnen leider keine Auskunft geben.« Branders Blick glitt flüchtig über die Einrichtung: ein Aktenschrank, ein Schreibtisch mit Laptop, Telefon mit Headset. Alles war sorgfältig aufgeräumt, weder Ordner, Dokumente noch Zettel lagen herum. »Sie haben Herrn Stolze gestern Abend in seiner Werkstatt gefunden?«

»Ja. Ich kam spät von der Arbeit. Ich bin Prokurist in einem Logistikunternehmen in Gültstein«, erklärte er. »Felix hatte nachmittags eine Nachricht geschickt, dass sein Sohn geboren wurde, darum bin ich auf dem Rückweg bei ihm vorbeigefahren.«

»Sind Sie gut mit Familie Stolze befreundet?«

Er löste die Hände, rieb sich kurz über den Nacken. »Felix und ich kennen uns aus Schultagen. Er ging nach der Zehnten ab, ich machte das Abitur und studierte, er machte eine Kfz-Lehre. Wir haben uns dann ein wenig aus den Augen verloren. Wir hielten aber sporadisch Kontakt und die Geburt eines Kindes ist ja etwas Besonderes, da wollte ich ihm persönlich gratulieren. Die Werkstatt liegt auf meinem Heimweg.«

»Um wie viel Uhr kamen Sie in die Werkstatt?«

»Gegen kurz nach neun.«

»Stand das Tor offen, als Sie in die Werkstatt kamen?«, fragte Brander.

»Ja …« Höschele zog die Stirn in Falten. »Ja, es brannte auch noch Licht in der Werkstatt. Ich bin hineingegangen. Ich habe ihn nicht gesehen und rief nach ihm und dann …« Er holte tief Luft, sein Atem vibrierte noch immer vor Erschütterung. »Sein Körper war so verdreht. Ich dachte, er sei tot. Ich habe sofort den Notarzt gerufen, bevor ich überhaupt in die Grube bin.« Er rieb sich wieder über den Nacken. »Er wird doch überleben, oder?«

Das war nicht gewiss. »Und Niko?«, fragte Brander statt einer Antwort.

»Er war nicht dort. Ich hatte vermutet, dass er bei seinem Kindermädchen wäre. Sonst hätte ich Ihren Kollegen doch sofort etwas gesagt. Aber ich war … Gütiger Gott, ich habe mir Sorgen um Felix gemacht.«

»Was für ein Auto fahren Sie?«, erkundigte sich Peppi.

»Was? Einen Mercedes. B-Klasse. Warum?«

»Keinen silbergrauen Pick-up?«

Höschele verzog das Gesicht. »Ganz bestimmt nicht.«

»Kennen Sie jemanden mit einem silbergrauen Pick-up?«

Der Mann ließ sich einen Moment Zeit mit der Antwort. »Also, spontan fällt mir niemand ein.«

»Ist Ihnen vielleicht sonst noch irgendetwas aufgefallen? War noch jemand in der Nähe, als Sie in die Werkstatt kamen?«, fragte Brander.

»Ich weiß es nicht. Ich war völlig schockiert. Ich habe den Notarzt gerufen … ich hab geguckt, ob Felix lebt, ob er atmet …«

»Aber aufgefallen ist Ihnen nichts?«

Höschele schüttelte den Kopf. »Was hätte mir auffallen sollen?«

»Kennen Sie Herrn Stolzes Kompagnon?«

»Martin? Ja, flüchtig. Wir …« Höschele wog seine Worte ab. »Sagen wir, wir sind nicht vom selben Schlag.«

»Können Sie mir das etwas genauer erklären?«

»Hm … nein, eigentlich nicht.«

»Versuchen Sie es.«

Der Prokurist zögerte. »Verstehen Sie das bitte nicht falsch, aber wir leben in unterschiedlichen Welten. Ich weiß nie, worüber ich mit ihm sprechen soll. Er tut immer so, als ob die Firma eine Goldgrube ist, alles bestens, die Geschäfte laufen super … dabei weiß ich doch, wie schwierig es für so kleine Klitschen ist, zu überleben. Und seine Großspurigkeit geht mir gegen den Strich.« Unwohl rieb er die Hände ineinander. »Aber er ist fleißig. Er arbeitet oft bis spät in die Nacht.«

Auch jetzt sorgte er dafür, dass der Betrieb weiterlief.

»Sie haben keine Idee, wo Niko eventuell hingelaufen sein könnte?«

»Wenn ich das wüsste.« Höschele schüttelte bedauernd den Kopf. »So eng waren Felix und ich nicht mehr befreundet, dass wir uns privat viel getroffen hätten. Ab und zu bin ich nach der Arbeit mal bei ihm vorbei, aber sonst … Wissen Sie, mein Auto … ich habe einen Leasingvertrag, da muss ich zu Vertragswerkstätten.«

Stand es so schlecht um die Autowerkstatt Stolze & Lütz oder warum plagte Höschele das schlechte Gewissen?

Sie gingen zu ihrem Wagen zurück, sorgsam gepflegte Vorgärten flankierten den Weg. In vielen Fenstern der Einzel- und Doppelhäuser brannte Licht. Es war dunkel und die Temperaturen sanken von Stunde zu Stunde. Brander stieg nicht ein, legte stattdessen die Unterarme aufs Dach des Wagens und sah zu seiner Kollegin.

»Was hältst du von der Geschichte?«

Peppi zuckte die Achseln. »Und du?«

»Ich weiß es nicht.« Er hatte das Gefühl, sie drehten sich im Kreis. »Warum finden wir den Jungen nicht? Nicht ein einziger Hinweis …«

Peppi strich sich durch die dunklen Locken. »Vielleicht ist er gar nicht weggelaufen.«

»Und dann?«

»Was haben wir? Einen schwerverletzten Vater. Einen Pick-up von einem unbekannten Kunden. Und einen äußerst unkooperativen Kompagnon. Was hat Lütz zu verbergen?«

»Es könnte sein, dass Niko schon weggelaufen war, als er noch in seiner Obhut war.«

»Ja-a …« Peppi zog das Wort in die Länge. »Oder der Kunde hat ihn mitgenommen.«

»Was? Warum? Weil Lütz sein Auto nicht reparieren wollte?« Brander schüttelte verständnislos den Kopf.

Peppis Gesichtszüge verhärteten sich. »Weil er vielleicht auf kleine Kinder steht.«

Brander biss die Zähne zusammen. Konnte es so einen verfluchten Zufall geben? Jemand nutzte eine günstige Gelegenheit? Das Kind war da. Hatte er es geschnappt und mitgenommen? Aber der Junge hätte sich doch nicht widerstandslos mitnehmen lassen!

Er schüttelte energisch den Kopf. »Dann gehe ich nicht vorher in die Werkstatt und spreche mit dem Mechaniker.«

»Lütz ist nicht aus der Grube herausgekommen. Er sagt, er hat nur seine Schuhe gesehen. Er kann ihn nicht beschreiben.«

Brander wollte diese Option dennoch nicht gelten lassen. »Wenn ich ein Kind entführen will, achte ich darauf, dass mich niemand sieht. Schon gar nicht irgendwelche Angehörigen des Kindes.«

»Lütz ist kein Angehöriger. Und es war ihm egal, dass der Kleine draußen im Hof herumlief, obwohl das Tor anscheinend offen stand.«

»Trotzdem …«

»Andi, der Junge ist jetzt mehr als vierundzwanzig Stunden spurlos verschwunden. Wir können uns nicht darauf verlassen, dass er irgendwo allein herumstrolcht. Wir müssen alle Möglichkeiten in Erwägung ziehen.«

Eine Kindesentführung.

»Wir knöpfen uns den Lütz noch einmal vor«, entschied Brander.

Peppi nickte abwägend. »Wir sollten das vorher mit Hendrik besprechen.«

»Das können wir später immer noch.«

»Andi ...«

»Hast du Lütz' Adresse?«

»Ja, ab...«

Brander war schon im Wagen verschwunden. Peppi setzte sich mit einem genervten Seufzen hinters Steuer und streckte ihm ihr Handy entgegen. »Ruf ihn an. Sonst kannst du zu Fuß zu Lütz gehen.«

»Ich berichte ihm später ...«

»Hendrik leitet diese Ermittlungen. Reicht es dir nicht, dass du mich übergangen hast?«

Der Seitenhieb saß.

Hagelloch war ein Stadtteil am nordwestlichen Rand Tübingens, idyllisch nah zum Schönbuch gelegen. Ein beliebtes Wohngebiet. Da es sich nicht unmittelbar an Tübingen anschloss, sondern durch Streuobstwiesen und Äcker vom Stadtrand abgegrenzt war, hatte es sich seinen dörflichen Charakter erhalten. Es gab weder Durchgangsverkehr noch Industriebetriebe, stattdessen alte Häuser neben modernen und schmale Straßen mit schmalen Fußwegen, teils nur auf einer Seite.

»Man sollte meinen, hier gäb's 'ne Ausgangssperre«, kommentierte Peppi, während sie in der zugeparkten Panoramastraße Ausschau nach einer passenden Parklücke hielt.

»Wie kommst du darauf?«

»Ist dir aufgefallen, dass uns nicht ein einziger Mensch unterwegs begegnet ist? Wir sind quasi einmal quer durchs Dorf gefahren, aber die Straßen sind wie leergefegt. Keine Kids, kein Herrchen mit Hund, keine Oma mit Rollator ... Nix, keine Menschenseele. Nicht mal eine streunende Katze. Wo sind die alle?«

»Es ist halb elf …«

»Es ist Samstagabend.«

»Ist halt nicht dein Französisches Viertel, wo die Sozio-Ökologen nach Einbruch der Dunkelheit bei einem Gläschen Wein auf der Straße sitzen und über das politische Weltgeschehen palavern.«

»Ich glaube, es sind eher Sozioökonomen.«

»Haben die jetzt bei euch die Vorherrschaft übernommen?«

»Bei uns herrscht die kulturelle Vielfalt.«

»Ah.«

Peppi sah auf die leere Straße, gesäumt von Einfamilien- und Doppelhäusern, dazwischen kleinere Mehrfamilienhäuser mit Vorgärten, Carports und teils Garagen mit elektrischen Toren. »Passt eigentlich gar nicht zu dem Lütz, oder?«

»Nee, irgendwie nicht«, stimmte Brander zu. »Hätte ihn eher irgendwo Richtung Stadtzentrum angesiedelt.«

Das Haus, in dem Lütz wohnte, war älteren Datums, der Putz grau, der Garten wirkte im Verhältnis zu den umliegenden Häusern ein wenig vernachlässigt, Unkraut spross aus den Ritzen der Auffahrt, die Sträucher im Vorgarten benötigten einen Rückschnitt. Umso überraschter waren Brander und Peppi, als sie, wenn auch nicht besonders willkommen, von Lütz in dessen Wohnung gelassen wurden. Die Dachgeschosswohnung war mit edlen Hölzern sorgfältig ausgebaut und geschmackvoll eingerichtet: moderne Möbel, Kunstdrucke an den Wänden, ein gemütliches Ledersofa im Wohnzimmer unter dem Dachfenster, von dem aus man vermutlich einen wunderbaren Blick auf den Schönbuch hatte. Jetzt war es dunkel. Der Fernseher lief, war aber lautlos geschaltet. Ein Stapel Zeitungen und Papiere lag zusammengeschoben auf einem Tisch, daneben stand eine Flasche Whisky. Kein Supermarktfusel, ein edler Scotch, wie Brander mit anerkennendem Blick feststellte. Craigellachie, 17 Jahre, ein Speyside-Whisky.

»Möchten Sie auch einen?« Lütz war seinem Blick gefolgt.

»Bin leider noch im Dienst«, erwiderte Brander nicht ohne Bedauern. Er hätte einen Schluck vertragen können.

Lütz ließ sich auf das Sofa fallen und überließ es seinen Gästen, selbst zu entscheiden, ob sie stehen oder sitzen wollten. Er trug einen verwaschenen Jogginganzug, Bartstoppeln sprossen unregelmäßig über Kinn und Wangen. Sein Äußeres stand im herben Kontrast zu edlem Whisky und schicker Wohnungseinrichtung.

»Ist 'n guter Whisky. Ein Single Malt Scotch, kein billiger Blend«, erklärte er mit einer Kennermiene, als wäre er der Whiskyguru persönlich.

Dabei gab es durchaus hervorragende Blended Whiskys. Lütz leerte das Glas in einem Zug. Schade um den edlen Tropfen, dachte Brander bei sich.

»Was wollen Sie?« Lütz schlug einen herrischen Ton an, aber sein Blick, der unruhig zwischen den beiden Beamten hin- und hersprang, enttarnte seine Coolness als schlechtes Theater.

»Wir möchten mit Ihnen noch einmal über gestern Abend sprechen.«

»Gott, verflucht, wie oft denn noch?«

Brander setzte sich ihm gegenüber auf einen Sessel.

Peppi blieb stehen. »Können Sie die Kiste mal ausschalten?« Sie deutete auf den Fernseher.

Er drückte auf die Fernbedienung. Der Bildschirm wurde schwarz. »Und jetzt?«

»Sie sagten, Niko war gestern Abend die ganze Zeit bei Ihnen, bis Herr Stolze kam.« Brander beobachtete sein Gegenüber.

Der nahm den Whisky und schenkte sich nach. »Ja.«

»Darf ich?« Brander nahm den Korken und schnupperte daran. Fruchtig, ein kräftiger Hauch Vanille, vielleicht auch Toffee. Er gab Lütz den Korken zurück, damit er die Flasche verschließen konnte. »Was hat Niko gemacht, als sein Papa wieder da war?«

»Wie?« Lütz blinzelte.

»Was hat er gemacht? Wollte er sein Brüderchen sehen? Seine Mama? Wollte er seinem Vater etwas zeigen?«

»Ich …« Der Kfz-Meister wich Branders Blick aus und griff nach dem Glas.

»Was hat Niko gemacht?«

Lütz stieß die Luft aus den Backen. Das Glas noch immer auf halbem Weg in der Hand.

»Konzentrieren Sie sich, Mann!«, fuhr Brander ihn an. »Was hat Niko gemacht? Wo war er? War er bei Ihnen? War er auf dem Hof? Ich will eine Antwort! Wo war Niko?«

»Ich … Er …« Lütz stellte das Glas unberührt zurück auf den Tisch, beugte sich vor, den Kopf gesenkt, deutete ein Achselzucken an.

Brander sah zu Peppi. Hatte sie den richtigen Riecher? Bitte sag, dass du weißt, wo der Junge ist, flehte Brander innerlich. Äußerlich blieb er ruhig, musterte sein Gegenüber so aufmerksam, dass ihm nicht die kleinste Regung entging.

»Wo war Niko, als Herr Stolze aus der Klinik kam?«

Lütz presste die Hände auf den Hinterkopf, die Finger krallten sich in seine Locken. Eine Antwort gab er nicht.

»Kommen Sie. Wir setzen die Befragung in der Dienststelle fort.« Brander machte Anstalten sich zu erheben.

Lütz hob den Blick, starrte ihn entgeistert an. »Nein.«

»Dann beantworten Sie meine Frage: Wo war Niko?«

»Ich …« Er hob die Schultern. »Irgendwo.«

»Haben Sie das Ihrem Kompagnon auch gesagt? Und dann sind Sie gemütlich nach Hause gefahren und haben ein paar Bierchen gekippt?«, fragte Peppi spitz.

»Was wollen Sie von mir?« Es klang hilflos.

Das Handy auf dem Sofatisch begann zu vibrieren. Brander sah auf das erleuchtete Display. Rufnummer unterdrückt. Lütz starrte auf den Apparat, begann nervös an seinem Fingernagel zu knibbeln. Nach einer halben Minute erstarb das Vibrieren.

»Was haben Sie Herrn Stolze gesagt, als er aus dem Krankenhaus kam?«, hakte Brander nach.

Lütz starrte weiter stumm auf das Telefon.

»Kam es zum Streit? Ist er dabei in die Grube gestürzt?«

»Nein! Verdammt, nein! Das war ich nicht! Niko war die ganze Zeit bei mir.«

»Lügen Sie mich nicht an! Niko wurde im Hof der Werkstatt gesehen. Allein! Wann haben Sie das Kind zuletzt gesehen?«

»Er ... er war in der Werkstatt ... er hat mir Werkzeug angereicht ...«

»Was ist mit dem Fahrer des Pick-ups? Wer war der Mann?«

Martin Lütz hob abwehrend die Hände, schüttelte den Kopf. »Gehen Sie. Hauen Sie ab!«

»Was ist gestern Abend in der Werkstatt passiert?«

»Ich weiß es nicht!«, schrie Lütz. Die Augenlider flatterten.

Das Handy meldete sich erneut. Lütz' Stirn begann zu glänzen.

»Gehen Sie ran«, forderte Brander.

»Ich will, dass Sie meine Wohnung verlassen!«

Warum ging er nicht ans Telefon? Wer rief ihn an? Am liebsten hätte Brander das Gespräch selbst entgegengenommen. Aber das durfte er nicht. Welche rechtliche Handhabe hatte er? Beugehaft? Würden Sie den Mann zum Reden bringen, wenn sie ihn eine Nacht in eine Zelle steckten? Von seiner vorgetäuschten Abgeklärtheit war schon längst nichts mehr übrig.

»Wenn Sie wissen, was mit Niko geschehen ist, dann müssen Sie uns das sagen.«

»Ich kann Ihnen nichts sagen! Ich weiß nicht, wo Niko ist. Und jetzt hauen Sie endlich ab!« Er sprang auf und streckte energisch den Arm zur Tür. »Ich werde mich über Sie beschweren! Sie ... Raus hier!«

Brander erhob sich, taxierte sein Gegenüber grimmig. »Wir werden herausfinden, was mit Niko passiert ist.«

»Das hat uns ja jetzt richtig viel gebracht.« Peppi lenkte den Wagen durch das Wohngebiet zurück Richtung B 28.

Branders Kiefer malmte, noch immer kochte das Blut in seinen Adern.

»Wer ihn wohl angerufen hat?«

»Bin ich ein Hellseher?« Er stöhnte entnervt auf. »Er weiß etwas. Verflucht, ich hätt's am liebsten aus ihm rausgeprügelt.«

»So aggressiv kenne ich dich ja gar nicht.« Peppi warf ihm einen konsternierten Seitenblick zu: »Ach, ich kenne dich ja sowieso nicht wirklich.«

Das auch noch! Brander biss die Zähne zusammen. »Halt an.«

»Wie, hier?«

»Ja, hier!«, forderte Brander mühsam beherrscht.

Peppi setzte den Blinker und lenkte den Wagen an den Straßenrand.

»Wir suchen nach einem fünfjährigen Kind. Ein Kind, das womöglich in großer Gefahr ist! Und du zickst hier rum, nur weil ich dich ein einziges Mal nicht umgehend über einen meiner Schritte informiert habe. Ich habe ein Bewerbungsformular ausgefüllt – ja und?« Er war laut geworden. Peppi wollte etwas erwidern, aber er hob die Hand. Jetzt war er an der Reihe. »Es ist überhaupt nichts entschieden. Ich habe mich beim LKA beworben, ja. Ich habe es getan, ohne vorher mit dir darüber zu sprechen, ja, verflucht. Ich weiß doch noch nicht einmal, ob ich diesen Job tatsächlich will! Ich weiß nur, dass mich die tägliche Fahrerei nach Esslingen einfach tierisch ankotzt!«

»Ach so, und nach Stuttgart kannst du gemütlich mit dem Fahrrad fahren, ja?«

Brander wollte weiterbrüllen. Aber er war dermaßen in Aufruhr, dass alles, was ihm einfiel, Peppi nur verletzt hätte. Er stieg aus dem Auto und knallte die Tür hinter sich zu. Zornig schnaufend suchte er nach irgendetwas, in das er hineinschlagen konnte, ohne sich dabei die Hand zu brechen. Vergebens.

Peppi war so klug, ihm einige Atemzüge Zeit zu geben, wieder ruhiger zu werden. Dankenswerterweise fuhr sie auch nicht schmollend davon und ließ ihn wie einen ausgesetzten Hund am Straßenrand stehen. Er schloss die Augen, spürte, wie die kühle Nachtluft in seinen Körper strömte. Feuchte, kalte Frühlingsluft.

Schließlich öffnete sich die Wagentür. Peppi trat neben ihn, lehnte sich gegen die Seite des Fahrzeugs. Sie legte den Kopf in den Nacken, den Blick in den bewölkten Himmel, die Hände in den Jackentaschen vergraben. Im matten Schein der Straßenbeleuchtung nahm er nur ihre Silhouette neben sich wahr.

»Soll ich mich jetzt auch noch schuldig fühlen, weil du mich enttäuscht hast?«, murmelte Peppi leise neben ihm.

»Nein«, erwiderte er zermürbt.

Eine Gruppe Teenager kam die Straße entlang, lief ausgelassen krakeelend an ihnen vorbei. Auf dem Weg zu abendlichen Vergnügungen in die Stadt. Einige von ihnen trugen Flaschen bei sich – Bier, Sekt, Cola. Einen winzigen Moment lang dachte er an Nathalie. So oft hatte sich das Mädchen besinnungslos betrunken. Seit vierzehn Monaten hatte sie keinen Tropfen Alkohol mehr angerührt.

»Anscheinend gibt es in Hagelloch doch Menschen«, stellte Peppi fest.

»Ich wollte dich nicht anschreien. Entschuldige.« Brander schnaufte schwer und strich sich über die Glatze. »Ich brauche jetzt einfach eine zuverlässige Partnerin an meiner Seite, keine schmollende …« Er verstummte.

»Xanthippe, sag's ruhig.«

Er schüttelte den Kopf. Irgendwie konnte er Peppi auch verstehen. Wie hätte er sich an ihrer Stelle gefühlt? Übergangen? Ausgegrenzt? Er verfluchte Ekki und seinen unnötigen Anruf.

»Wieso hat Ekki es dir überhaupt erzählt?«, fragte Brander. Eigentlich fiel so etwas unter Datenschutz.

»Er ist mir auf den Leim gegangen, rief am Freitag an und wollte dich sprechen …« Peppi blies sich eine Strähne aus dem Gesicht. »Und weil du in letzter Zeit so schlecht drauf warst, habe ich eins und eins zusammengezählt. Ich hab ihn gefragt, ob es um deine Bewerbung geht. Da dachte er, ich wüsste Bescheid.«

Da konnte er seinem ehemaligen Kollegen nicht einmal einen Vorwurf machen.

»Was ist los mit dir, Andi? Du warst schon vor dem Urlaub so unzufrieden, so unausgeglichen. Das kann doch nicht nur an der Fahrerei liegen.«

Er fand keine Antwort. Es gab so vieles, was ihn nervte.

»Midlife-Crisis? Du wirst nächsten Monat siebenundvierzig ...«

Er zuckte die Achseln. Vielleicht war es das. Vielleicht war er aber auch einfach nur ausgebrannt von all den Veränderungen, den Problemen, dem Bürokratismus, dem immer wiederkehrenden Blick in den Abgrund menschlichen Seins. Ausgebrannt, Burnout. Er sollte mit Cecilia sprechen. Sie war Psychotherapeutin. Allerdings würde sie seine Behandlung ablehnen – keine Therapie innerhalb der Familie. Aber sie könnte ihm sicherlich jemanden empfehlen. Burnout. Midlife Crisis. Blödsinn. Es war bald Mitternacht und er hatte in den letzten vierzig Stunden kaum geschlafen. Er war einfach nur müde und machte sich verflucht noch mal Sorgen um diesen fünfjährigen Jungen.

»Lass uns dieses Kind finden.«

Peppi wandte sich ihm zu, schien zu überlegen, ob sie weiter versuchen sollte, in ihn zu dringen. Schließlich stieß sie sich vom Wagen ab. »Wir werden darüber reden, Andi. Nicht jetzt, aber später. So einfach lasse ich dich nicht davonkommen.«

# 8

Das halbe Dorf beteiligte sich weiterhin an der Suche, auch die Hundertschaft der Polizei war noch im Einsatz. Brander und Peppi berichteten Hendrik von den Gesprächen mit Höschele und Lütz, als Corinna Tritschler sich mit dem Zauberer zu ihnen gesellte.

»Theo hat uns rausgeschmissen«, erklärte Cory.

»Wer ist Theo?«, fragte Brander.

»Theodor. Felix Stolzes Bruder. Er lebt in Magdeburg. Lisa hat ihn letzte Nacht angerufen. Er hat sich heute Morgen in den Wagen gesetzt und ist hergefahren. Er war erst im Krankenhaus und ist danach hergekommen. Und jetzt hat er uns freundlich, aber bestimmt hinausgebeten. Er sagt, Lisa käme nicht zur Ruhe, wenn ständig fremde Menschen im Haus ein- und ausgingen.«

»Wir suchen nach deren Jungen und die schmeißen uns raus?« Hendrik schüttelte verärgert den Kopf.

»Ist Frau Fink noch oben?«, fragte Brander.

»Nein, sie ist vor einer Stunde gegangen.«

Brander gefiel es nicht, dass niemand bei der jungen Mutter war. »Jemand muss Frau Stolze doch mit dem Säugling helfen.«

»Der gute Theo meint, es würde reichen, wenn er da ist, und falls sie doch Hilfe brauchen, würde er Frau Fink anrufen.«

»Was soll das?« Hendrik umkreiste mit einem Arm die Umgebung. »Hier sind Hunderte Menschen im Einsatz und die …?«

»Vielleicht braucht sie wirklich mal ein bisschen Ruhe«, ergriff Cory Partei.

Branders Handy meldete sich. Die Nummer auf dem Display war ihm unbekannt. »Entschuldigt.« Er entfernte sich ein Stück von seinen Kollegen. »Brander.«

»Habe ich richtige Nummer?«

Er brauchte einen Moment, bis er die Stimme Selesta Fink zuordnen konnte. »Sie sprechen mit Kriminalhauptkommissar Andreas Brander.«

»Bitte, Sie können in mein Haus kommen? Jetzt?«

Sie war aufgeregt. Er hörte die Anstrengung, die es sie kostete, die deutschen Worte zu finden.

»Wo wohnen Sie?«

Sie gab ihm die Adresse in der Gretchenstraße. »Bitte, Sie kommen allein.«

»Das …« Er schob die Vorschriften zur Seite. Warum war sie so nervös? »Ich bin gleich da.«

So viele Menschen waren selten nachts um eins auf Entringens Straßen unterwegs. Normalerweise kamen höchstens ein paar Nachzügler von der letzten Bahn, eventuell irgendwo noch zwei, drei Jugendliche, die beieinanderstanden und keine Lust hatten, den Abend zu beenden. Auf dem kurzen Stück von der Autowerkstatt zu dem Mehrfamilienhaus, in dem Selesta Fink wohnte, herrschte Betrieb wie sonst beim Tübinger Sommerfest am Anlagensee.

Finks Wohnung war dekoriert mit farbigen Tapeten, dicken Teppichen und allerhand Zeugs auf Anrichten und Regalen: Fresken, Ikonen, Kerzenständer, Stickereien, selbst eine Matrjoschka fehlte nicht. Selesta Fink hatte ihre russischen Wurzeln exzessiv in diese Wohnung einfließen lassen. Sie hatte Brander eilig in den Flur gezogen, nachdem er die Stufen hinaufgestiegen war. Jetzt stand sie vor ihm und sah mit ihren hellen Augen zu ihm auf, wie ein Schulkind zum Direktor. Ein Duft, der ihn an Weihrauch erinnerte, stieg ihm in die Nase.

»Ich war böse mit Ihnen, weil Sie diese Fragen gestellt haben«, erklärte sie streng.

»Es war nicht böse gemeint.« Nur mühsam unterdrückte Brander ein Gähnen. In dem warmen Raum überfiel ihn die Müdigkeit mit Gewalt.

Sie fuhr eilig fort: »Sie haben ehrliche Augen. Darum vertraue ich jetzt Ihnen.«

»Gut.« Er bemühte sich, entsprechend vertrauenswürdig auszusehen, damit sie weitersprach. Aber sie zupfte nur unschlüssig am Saum ihrer Strickjacke. »Frau Fink, was möchten Sie mir Dringendes sagen?«

Sie nickte, als hätte er die richtige Frage gestellt, und wandte sich um. »Kommen Sie.«

Sie führte ihn durch den Flur in eine kleine Küche. Ein Mann saß am Tisch. Er stand auf, als Brander den Raum betrat. Sie hatten dieselbe Größe. Er war jedoch wesentlich dünner als Brander, trug Jeans, dazu ein dunkles Sweatshirt mit einer Berglandschaft und dem Konterfei eines Wolfes davor, die dunkelblonden Haare waren etwas zu lang und sein Kinn zierte ein Dreitagebart.

»Bitte, mein Mann, Boris«, stellte Selesta Fink ihn vor.

Die Männer reichten sich die Hände und musterten sich gegenseitig einen Augenblick lang. Boris Fink hatte einen festen Händedruck. Ein Mann, der zupacken konnte.

Er zeigte einladend auf einen Stuhl.

»Möchten Sie essen, trinken? Ich habe Tee gekocht.« Ohne Branders Antwort abzuwarten, stellte Frau Fink eine Tasse vor ihm auf den Tisch und einen Teller mit Gebäck, das er nicht kannte.

Boris Fink beobachtete seine Frau, halb besorgt, halb genervt. »Bitte, Selesta, setz dich.«

Die junge Frau setzte sich auf einen Stuhl, die Knie zusammengepresst, angespannt bis in die Haarspitzen. »Haben Sie jemand gesagt, dass Sie gehen zu uns?«

»Nein.« Er hatte sich von den Kollegen verabschiedet, um ein paar Stunden Schlaf zu bekommen. Peppis Angebot, ihn nach Hause zu fahren, hatte er abgelehnt.

»Gut.« Sie entspannte sich dennoch nicht.

Branders Blick wanderte fragend von der jungen Russin zu ihrem Mann. Er wirkte entspannter, wohl fühlte er sich dennoch nicht.

»Trinken Sie, essen Sie«, forderte Selesta Fink. »Piroschki. Schmeckt gut.«

Brander nahm eines der Teigstücke. Zu seiner Überraschung war es nicht süß, sondern herzhaft, als er hineinbiss. Der Hefeteig war gefüllt mit einer kräftig gewürzten Mischung aus Hackfleisch, Kohl und Zwiebeln. Ein leckerer Mitternachtssnack.

»Ich wüsste gern, warum Sie mich gebeten haben, zu Ihnen zu kommen?«

Boris Fink räusperte sich und rutschte unwohl auf dem Stuhl hin und her. »Es ist … Selesta hat mir erzählt, dass Sie nach einem silbergrauen Pick-up suchen, der Freitagabend noch in der Werkstatt war.«

Branders Sinne schärften sich. »Wissen Sie etwas darüber?«

»Nein, ich …« Er zögerte. »Ich möchte nicht, dass Felix Schwierigkeiten bekommt …«

»Sag ihm!« Seine Frau sah ihn streng an, dann wandte sie sich wieder an Brander. »Sie dürfen aber niemandem sagen, dass Boris Ihnen gesagt hat.«

Diese zwei Leute hatten Angst. Wovor hatten sie Angst? Unwillkürlich dachte er an die russische Mafia und schalt sich selbst ob dieser Vorurteile, nur weil er mit einer Russin am Tisch saß. Brander nippte an seinem Tee.

»Was wissen Sie über den Pick-up?«

Der Mann seufzte unschlüssig. »Ich muss Montag wieder auf Tour. Dann ist Selesta allein. Sie will nicht mitkommen, weil sie Lisa mit dem Baby helfen will. In ihrer Heimat war Selesta Hebamme.«

Die junge Frau knetete nervös ihre Finger. Was fiel den beiden so schwer zu erzählen? Er wartete geduldig auf eine Fortsetzung, während sein Gegenüber die Tasse vor sich hin und her drehte. Die Zeit verstrich.

»Sag ihm! Er ist Polizist. Er muss das wissen«, forderte Selesta Fink. Dann lächelte sie Brander an. »Sie sind guter Polizist, ja? Lisa und Felix sind gute Menschen, ja, müssen Sie wissen.« Das Lächeln verschwand und ein russischer Wortschwall brach aus ihr heraus.

»Selesta.« Boris legte eine Hand auf ihren Arm, um sie zu unterbrechen.

Es entspann sich ein kurzer Disput zwischen den beiden. Es hörte sich grob an in Branders Ohren, aber das lag vielleicht daran, weil er die Sprache nicht verstand. Anerkennend stellte er fest, dass Boris Fink die Muttersprache seiner Frau anscheinend gut beherrschte.

»Warum wollten Sie, dass ich herkomme?«, fragte er, als beide wieder still waren.

»Es ist so … vor zwei Wochen war unser Wagen bei Felix in der Werkstatt. Ich hatte neue Reifen bestellt, und er sollte sie aufziehen. Als ich den Wagen holen wollte, stand er noch in der Halle. Ich bin rein. Felix war im Gespräch mit einem Kunden. Es ging ziemlich laut zu und sie verstummten, als ich reinkam. Felix wirkte gestresst. Das war nicht ungewöhnlich. Er und Martin, die schaffen Tag und Nacht, um sich über Wasser zu halten. Oft arbeiten sie bis spät in die Nacht. Der Kunde fragte mich, ob das mein Pick-up wäre und ob ich zufrieden wäre. Er hätte auch einen, allerdings einen echten Chevrolet. Das hat er betont. Ein echter Chevrolet. Ich habe einen Nissan.«

»Kannten Sie den Kunden?«

»Nein.«

»Können Sie ihn mir beschreiben?«

»Ich weiß nicht … Er war etwas kleiner als ich, schien Sport zu treiben. Kein Muskelprotz, aber drahtig … kurze Haare, dunkelblond oder so, glaube ich. Genau weiß ich es nicht mehr.«

»Deutscher?«

Fink zuckte die Achseln. »Vermutlich.«

»Wie alt war der Mann?«

»Noch nicht so alt. Anfang, Mitte zwanzig, schätze ich. Für mich war er ein kleiner, neureicher Angeber mit Segelohren.«

»Segelohren?«

»Ja.« Fink grinste und drückte mit den Zeigefingern seine Ohren nach vorn. »Solche, nicht zu übersehen.«

»Und haben Sie auch seinen Pick-up gesehen?«

»Flüchtig. Der Wagen stand auf dem Hof, als ich kam.« Er presste kurz die Lippen zusammen. »Es war ein silberner Chevrolet.«

Ein silbergrauer Pick-up. Es war kein unbekannter Kunde. »War Martin Lütz auch dabei?«

»Nein.«

Brander verfiel ins Grübeln. Wenn Felix Stolze den Pick-up-Fahrer kannte, nützte ihm das nichts. Stolze war nicht ansprechbar. Allerdings müsste er Lisa Stolze noch einmal zu diesem Thema befragen. Aber warum hatte das junge Paar so große Sorge, ihm diese doch recht unspektakuläre Begegnung zu erzählen? War da noch etwas?

Er sah Boris Fink eindringlich an. »Erzählen Sie.«

Der Mann seufzte, als müsse er ein Geständnis ablegen. »Felix war mit meinem Auto noch nicht fertig. Der Mann ging, ich sah ihn im Hof kurz mit Niko sprechen. Niko quatscht immer alle Leute an. Der ist neugierig. Will immer wissen, was für ein Auto die fahren, wie schnell der Wagen ist – was kleine Jungs halt interessiert. Ich hatte mich ein bisschen über den Kerl geärgert. Ich meine, der Nissan ist kein schlechtes Auto. Kann sich ja nicht jeder eine amerikanische Protzkiste leisten. Dieser Jungspund hatte die Kohle doch eh nur von seinem Vater bekommen. Woher soll er das Geld sonst haben?« Er sah Brander nach Bestätigung heischend an.

Brander deutete ein Achselzucken an.

»Na, ich war jedenfalls ein bisschen angepisst und fragte Felix, wer der Typ gewesen wäre. Und er sagte: 'n Kumpel von Martin.«

* * *

*Er hatte die Sessel zur Seite geschoben und auf dem Teppich seine alte Autorennbahn aufgebaut. Sie war noch gut in Schuss. Im rasanten Tempo drehten die kleinen Wagen ihre Runden. Autos hatten ihn immer fasziniert. Große, teure, schnelle Autos. Mit viel PS. Viel Hubraum. Röhrenden Motoren.*

*Er fror. Er hatte zu wenig geschlafen in den letzten Nächten. Vorhin hatte er einen Albtraum gehabt, war hochgeschreckt, verschwitzt, zitternd. Alkohol half gegen die Kälte.*

*Was sollte er tun? Gefängnis – da war immer nur dieses eine Wort in seinem Kopf. Gefängnis. Als hätte er alle anderen Worte verlernt … Er drückte so fest auf den Knopf, dass der Wagen zu schnell in die Kurve raste und herausflog. Er stand auf, setzte ihn wieder auf die Bahn. Der Sportwagen raste weiter. Er könnte abhauen, sich verstecken. Die Welt war groß. Irgendwo gab es einen Platz für ihn. Er würde einfach irgendwo von vorn anfangen. Ein neues Leben.*

*Sein Herz wurde leichter. Ja, er würde von hier fortgehen. Die Rennbahn, die könnte er ja mitnehmen.*

# 9

Brander saß am Küchentisch, ein Blatt vor sich, einen Bleistift in der Hand, und zeichnete. Er skizzierte die Werkstatt aus der Vogelperspektive, positionierte ein Strichmännchen vor die Fahrzeuggrube – Felix Stolze? Martin Lütz? Er war sich nicht sicher. An der gegenüberliegenden kurzen Wand Scherben, auf dem Hof ein Pick-up, daneben ein kleineres Männlein mit einem Teddy. Niko. Gehörte der Teddy, den sie auf dem Landwirtschaftsweg gefunden hatten, wirklich nicht dem Jungen? Oder hatte Lisa Stolze gelogen, aus Angst davor, was es bedeuten könnte? Oder war Niko heimlich in diesen Pick-up gestiegen? Aber warum meldete sich der Fahrer dann nicht? Konnte das Kind ebenso heimlich und unbemerkt wieder aus dem Wagen ausgestiegen sein? Lütz kannte den Fahrer, und dennoch leugnete er es. Warum? Peppis Verdacht kam ihm in den Sinn. Jemand nutzt eine günstige Gelegenheit. Das durfte einfach nicht geschehen sein!

Es war so still um ihn herum, dass ihm das Ticken der Küchenuhr unnatürlich laut erschien. Und da war noch ein Geräusch, ein leises Tröpfeln. Er sah zum Fenster. Es hatte wieder zu regnen begonnen. War der Fünfjährige jetzt die zweite Nacht allein da draußen? Aber wo? Wo konnte sich ein kleiner Junge so gut verstecken, dass niemand ihn fand?

Er hörte Schritte im Flur. Kurz darauf stand Julian vor ihm, barfuß, nur in Boxershorts bekleidet. Branders Blick fiel auf ein Piercing in der Brustwarze des Jungen. Allein der Anblick verursachte ihm Schmerzen. »Tut das nicht weh?«

»Nur wenn's entzündet ist.« Er ließ sich auf einen freien Stuhl sinken. »Oder wenn jemand ganz fest dran zieht.«

Brander verzog das Gesicht.

Julian grinste flüchtig. »Habt ihr den Kleinen gefunden?«

»Leider nicht.«

»Aber ihr findet ihn, oder?«

»Wir tun unser Bestes.«

Julian zog den linken Arm, den er hinter seinem Rücken verborgen hatte, hervor und stellte eine in Papier gewickelte Flasche auf den Tisch. »Ist für dich.«

»Für mich? Ich hab doch noch gar nicht Geburtstag«, wunderte sich Brander. Er ahnte, was da vor ihm stand.

»Bist halt mein Lieblingsonkel.«

Brander bedachte ihn mit einem schiefen Lächeln. »Ich bin dein einziger.«

Sie sprachen leise, was ihrem nächtlichen Beisammensein eine intime Note gab. Er nahm das Geschenk und wickelte es vorsichtig aus. Julian stand auf und holte zwei Gläser.

»Du bist erst neunzehn«, protestierte Brander.

»Ist nicht mein erster Whiskey.«

Nun, aus dieser Flasche hatte er noch nicht getrunken. Glendalough, Single Malt Irish Whiskey, 13 Jahre.

»Karsten meint, der wäre gut. Die Natti weiß, dass ich dir ’nen Whiskey schenke, und sie hat mir hoch und heilig versprochen, die Finger davon zu lassen.«

»Ich werde ihn trotzdem gut verstecken.« Brander öffnete die Flasche. Ein honigsüßes Aroma vermischt mit einem Hauch Zitrusfrüchte stieg ihm in die Nase. Karsten Beckmann hatte seinen Neffen gut beraten. Er fragte sich, wo Julian so viel Geld herhatte. Der Whiskey war nicht billig. Vielleicht hatten Becks oder Ceci etwas dazugegeben. Er sah zu dem jungen Mann, der ihm erwartungsvoll gegenübersaß. »Whiskey trinkt man nicht aus Wassergläsern. Hol mal die Tumbler, stehen ganz hinten links im Schrank.«

Julian tauschte die Gläser und Brander schenkte die goldene Flüssigkeit ein. Er hob sein Glas, schnupperte nochmals das Aroma, hielt es dann seinem Neffen entgegen.

»Danke. Womit habe ich das jetzt tatsächlich verdient?«

Julian prostete ihm zu. »Eine Woche happy family.«

Er sagte es locker, aber da war so viel Schmerz hinter dem Lächeln, dass Brander kaum etwas von dem fruchtigen Geschmack des Whiskeys bemerkte.

Eine Woche happy family. Was sollte das bedeuten? Er wusste, dass seine Schwägerin mit Depressionen zu kämpfen hatte. Er wusste, dass sein Bruder als Senior Consultant einer Unternehmensberatung viel – zu viel – arbeitete, er wusste, dass Julian noch keine Ahnung hatte, was er nach dem Abitur machen wollte.

»Ist das jetzt ein guter Whiskey?« Julian sah ratlos auf sein Glas. Er hatte den Inhalt in einem Zug geleert.

»Sag mal! Das ist Whiskey, den schüttet man nicht einfach in sich rein. Einen Whiskey genießt man langsam und ganz bewusst. Pass auf: Nimm einen kleinen Schluck, lass ihn im Mund verweilen. Lass ihn kreisen, spür, welche Aromen da sind – süß, herb, holzig …« Brander machte es ihm vor. Dieses Mal schmeckte er deutlich eine starke Süße und feine fruchtige Nuancen. Pfirsich? Aprikose? »Und erst dann abschlucken und den Nachklang spüren.«

»Im Ernst?« Julian hielt ihm sein leeres Glas hin. Ein amüsiertes Funkeln lag in seinen Augen.

»Ja, im Ernst. Ich will nicht, dass du dich damit besäufst. Whiskey ist ein Genussgetränk. Und außerdem viel zu teuer, um es einfach in sich reinzukippen.« Nicht, dass Brander das noch nie getan hätte. Aber das musste er Julian ja nicht auf die Nase binden.

»Okay. Also, verweilen lassen, kreisen … Lass nochmal probieren.«

Brander goss ihm einen winzigen Schluck ein. Julian befolgte brav seine Anweisungen.

»Und?«

»Hm … Vanille und vielleicht auch … Apfel-Zimt? … Im Nachklang …« Er sah nachspürend an die Decke, schmatzte ein-, zweimal. »Currywurst … eindeutig fruchtige Currywurst.«

»Du Banause!« Brander zauste ihm durch die schwarzgefärbten Haare.

Julian lachte kurz auf. »Ich muss noch ein bisschen üben.« Er schob das Glas zu ihm. »Krieg ich noch einen?«

»Nein.« Brander verschloss die Flasche sorgfältig wieder.

»Warum schreibt man den Irish Whiskey eigentlich mit e und den Scotch ohne?«

»Weil die Schotten geiziger sind, ein Buchstabe weniger spart Tinte.«

»Klar.« Julian grinste schief. »Und was ist der wahre Grund?«

»Ich befürchte, mein Junge«, Brander klopfte ihm auf die nackte Schulter, »das wird eines der großen Geheimnisse der Menschheit bleiben.«

Wieder entlockte er seinem Neffen ein Grinsen.

»Was hast du vorhin gemeint mit ›happy family‹?«

Julian senkte die Lider. Der Moment der Unbeschwertheit verflüchtigte sich.

»Julian?«

Der Junge knibbelte mit dem Daumen am Rand des Glases. »Die zoffen sich nur. Wegen jedem Scheiß. Ich glaub, Mama will weg.«

»Weg?«, fragte Brander begriffsstutzig.

Julian zuckte die Achseln. »Scheidung.«

Es verschlug Brander die Sprache, und er war froh um den Whiskey, den er gerade getrunken hatte. Die ganze Woche war Julian bei ihnen gewesen und hatte nicht ein einziges Wort gesagt. Auch Daniel oder Barbara hatten nichts erwähnt, wenn sie mal miteinander telefoniert hatten. An Weihnachten hatten sie sich alle bei Branders Eltern getroffen und zusammen gefeiert. Gut, Barbara hatte sich häufig zurückgezogen, aber er hatte es auf ihre psychischen Probleme geschoben. Sie lebten einfach zu weit voneinander entfernt. Sie wussten zu wenig vom Leben des anderen. Verdammt, sie waren doch eine Familie!

»Warum hast du nichts gesagt?« Es lag kein Vorwurf in seiner Frage. Es war eher ein Bedauern, das er überhaupt nichts bemerkt hatte.

»Ich wollt einfach mal 'ne Woche chillen. Kein Gemecker, kein Geschrei, keine Probleme wälzen.« Er drehte das leere

Glas zwischen den Fingern. »Wenn ich könnt, würd ich noch länger bleiben, aber das Fuck-Abi …«

Sie saßen eine Weile still in der Küche. Was sollte er machen? Am liebsten hätte er Daniel sofort angerufen und zur Rede gestellt. Er verstand diese Geheimniskrämerei nicht. Wusste Julian, dass er keine Ahnung von dem hatte, was in Düsseldorf vor sich ging? Hatten sie ihm womöglich verboten, etwas zu erzählen?

»Kann ich irgendwas für dich tun?«

Julian schüttelte den Kopf.

»Du bist hier jederzeit willkommen, Julian. Wenn irgendwas ist …«

»… ruf an. Weiß ich doch«, unterbrach der Junge ihn. »Erzähl's den anderen erst, wenn ich weg bin. Ich hab keinen Bock auf Mitleid.«

»Okay.« Brander nahm die Flasche und besah sich das Etikett, auf dem die Zeichnung einer Mönchsgestalt mit ausgebreiteten Armen dargestellt war. »Ist wirklich ein guter Whiskey. Ich werde an dich denken, wenn ich ihn trinke.«

Julian schob ihm unschuldig grinsend sein Glas wieder näher.

»Keine Chance. Den werde ich jetzt gut verstecken, damit Nathalie ihn nicht findet. Und du auch nicht. Und jetzt ab ins Bett.«

»Sag mal, hat die Natti dich echt mal so fest getreten, dass du vom Stuhl gekippt bist?«

»Wie bitte?« Brander riss ungläubig die Augen auf. Was war denn das für eine aufgeputschte Story? Erzählte sie das anderen auch? Er würde wohl mal ein ernstes Wörtchen mit dem Mädchen reden müssen.

»Hat sie?«

»Jetzt erzähl ich dir mal, wie es wirklich war …« Und Brander berichtete seinem Neffen von seiner ersten Begegnung mit seiner Pflegetochter.

# 10

Brander stellte sein Fahrrad in den Unterstand gegenüber dem Plattenbau des Polizeigebäudes. Da Cecilia den Wagen brauchte, um Julian nach Stuttgart zu bringen, hatte er die Wahl zwischen Bahn und Fahrrad gehabt. Die Entscheidung war ihm nicht schwergefallen. Er hasste Bahnfahren. Dreimal hatte er versucht, mit dem Zug nach Esslingen zur Arbeit zu fahren. Beim ersten Mal gab es Probleme mit dem Triebwagen, beim zweiten Mal erwischte ihn ein Bahnstreik und beim dritten Mal musste er sich das Abteil mit grölenden Fußballfans teilen. Der VfB Stuttgart hatte an jenem Tag tatsächlich mal ein Spiel gewonnen.

Die Bewegung und die frische Luft halfen ihm, munter zu werden nach einer Nacht mit knapp drei Stunden unruhigen Schlafes. Die Sorge um das Kind und Julians Offenbarung über die Ehe seiner Eltern hatten ihn nicht zur Ruhe kommen lassen. Er schloss das Fahrrad ab und lief eilig zum Eingang des Gebäudes. Er war ins Schwitzen gekommen und wollte sich vor der Soko-Sitzung noch frisch machen. Peppi passte ihn ab, als er aus den Waschräumen kam.

»Guten Morgen, Kollege.«

»Guten Morgen«, erwiderte Brander zögernd. Sie hatte schon wieder diesen Wutblick im Gesicht. »Was habe ich heute verbrochen?«

Peppi verzog die Lippen zu einem grimmigen Lächeln. »War der Besuch letzte Nacht bei Selesta Fink privat oder dienstlich?«

Oha. »Spionierst du mir neuerdings nach?«

»Das ist keine Antwort auf meine Frage.«

»Dito.«

»Herrgott nochmal, Andi! Wollen wir jetzt Spielchen spielen, oder was?«

Brander hob beschwichtigend die Hände. »Es war dienstlich.« Er berichtete ihr knapp von Boris Finks Aussage.

»Die Information hättest du sofort weitergeben müssen!«

»Liebste Peppi, das habe ich – an Hendrik«, erinnerte er sie daran, wer der Ermittlungsleiter war. »Du schuldest mir eine Antwort.«

»Ich hab dich in das Haus gehen sehen, als ich auf dem Heimweg war.«

Als sie wenig später den Sitzungsraum betraten, sahen sie in eine Reihe übermüdeter Gesichter. Viele der anwesenden Beamten konnten kaum noch die Augen offen halten. Brander fragte sich, wie viele Stunden Schlaf Hendrik Marquardt seit Freitag bekommen hatte. Er stand an einem Whiteboard und versuchte, die Sitzung zu leiten. Sein Gesicht war gezeichnet von Erschöpfung und Entmutigung.

»Die Hundertschaften haben seit gestern Vormittag die gesamte Umgebung noch einmal Meter für Meter abgesucht und auch das Waldstück durchgekämmt. Wir hatten die Hundestaffel und einen Heli im Einsatz, zahlreiche Bürger haben sich an der Suche beteiligt. Nichts, keine einzige Spur«, berichtete Hendrik frustriert. »Alle umliegenden Ortschaften wurden informiert, um die Leute zu sensibilisieren. Aber auch da gab es bisher keine hilfreichen Rückmeldungen.«

»Gibt es Hinweise aus der Bevölkerung?«, fragte Brander.

Hendrik gab die Frage an einen Kollegen weiter, der zu dem Team gehörte, das die eingehenden telefonischen und elektronischen Meldungen sammelte.

Der Mann schüttelte den Kopf. »Wir hatten zwei mehr oder weniger interessante Anrufe, einmal Neustetten, einmal Pliezhausen. Beides Mal Fehlanzeige. Online gingen einige Informationen ein, von denen neunundneunzig, wenn nicht sogar hundert Prozent unbrauchbar sind. Zig Leute haben irgendwo einen kleinen Jungen herumstrolchen sehen. Die Suchmeldung ist seit gestern Abend in den regionalen Radionachrichten, vielleicht kommt da noch irgendetwas.«

»Was ist mit den Verkehrsbetrieben?«, fragte Hendrik.

Tobias Richter meldete sich zu Wort. Anscheinend hatte auch er seinen Feierabend auf einen unbestimmten Zeitpunkt in der Zukunft verlegt. »Bisher nichts. Wir haben mit den Zugführern gesprochen. Die haben nichts bemerkt. Bliebe höchstens noch die Auswertung der Überwachungskameras. Aber da liegt uns bisher noch keine Genehmigung vor.«

Die Gesichter wandten sich Marco Schmid zu. Der Staatsanwalt hob entschuldigend die Hände. »Der Richter befand, es sei zu früh und es sei zu unwahrscheinlich, dass das Kind allein in einen Zug gestiegen sei.«

»Das …« Hendrik schluckte seinen Ärger mühsam herunter. »Versuchen Sie es noch einmal. Wir müssen jeder möglichen Fährte nachgehen.« Er wandte sich an Manfred Tropper: »Hast du Neuigkeiten?«

»Ich habe Informationen von Maggie«, berichtete der Kriminaltechniker. »Sie war gestern im Krankenhaus, hat mit den behandelnden Ärzten gesprochen und sich Felix Stolze angesehen. Es gibt keinen Hinweis auf ein Fremdverschulden, keine Spuren von Gewaltanwendung. Keine Kratzer, keine typischen Blessuren et cetera, die auf einen Kampf hindeuten. Gleiches gilt für seine Kleidungsstücke, die wir untersucht haben. Die Beschädigungen weisen lediglich Spuren des Sturzes auf, Schleifspuren da, wo er an der Wand der Fahrzeuggrube entlanggerutscht ist. Hinzu kommt das Gesamtbild in der Werkstatt. Wenn da ein Kampf stattgefunden hat, hätte sich der Gegner die Zeit nehmen müssen, alles wieder aufzuräumen.«

»Das heißt, wir können ausschließen, dass Felix Stolze in die Grube gestoßen wurde?«, hakte Brander nach.

»Ausschließen will ich es nicht. Aber«, Tropper machte eine kurze Pause, »wenn Stolze nur einen kleinen Stoß bekommen hat und stürzte, würden wir keine auffälligen Hämatome finden.«

Brander murrte unzufrieden.

»Wie kommen Sie darauf, dass Stolze gestoßen worden sein könnte?« Der Staatsanwalt saß zurückgelehnt an seinem

Platz und ließ einen Kuli durch die Finger gleiten, während er auf Branders Antwort wartete.

Brander sah zu Hendrik. Er wollte sich nicht wieder vorwerfen lassen, den Kollegen vorzuführen. Hendrik nickte ihm achselzuckend zu.

»Wir wissen nicht, was in der Werkstatt geschehen ist, was der Junge gesehen hat.«

»Sie meinen, der Junge könnte ein Zeuge sein?«

Brander hob überrascht die Augenbrauen. Diesen Aspekt hatte er bisher noch überhaupt nicht in Erwägung gezogen. Der Junge – ein Zeuge? Ein Zeuge wovon? Lütz' erste Frage war gewesen, ob sein Kompagnon überfallen worden war …

»Vielleicht«, räumte er ein.

Schmids Gesichtsausdruck blieb unverändert, als er weitersprach, aber seine Stimme bekam einen schärferen Unterton: »Das heißt, es könnte sein, dass der Junge etwas gesehen hat und erschreckt geflüchtet ist.«

Brander dachte über diese Option nach. »Das könnte zumindest eine Erklärung sein, warum das Kind nicht zum nächsten Nachbarn gelaufen ist.« Er rief sich den Grundriss des Gebäudes in Erinnerung. »Angenommen, er ist aus der Wohnung durch das Büro in die Werkstatt gekommen, dann wäre der Weg durch die Halle vielleicht durch das, was er dort gesehen hat, was ihn erschreckt haben könnte, versperrt gewesen. Also dreht er um und läuft durch die Haustür. Die führt aber nicht in den Ort. Wenn er nicht an der Werkstatt vorbeiwollte, hätte der Junge auf die Felder laufen müssen.«

»Er ist verängstigt und hat sich dann verirrt«, setzte Hendrik den Gedankengang fort.

»Aber hätten wir nicht irgendeinen Hinweis finden müssen? Irgendeine Spur von der Richtung, in die der Junge gerannt ist?«, gab Schmid zu bedenken. »Was ist mit den Hunden? Die hätten doch seine Fährte aufnehmen müssen.«

»Es besteht noch eine andere Möglichkeit.« Brander sah zu seiner Kollegin.

Peppi verzog das Gesicht. »Der Junge konnte nicht flüchten.«

Brander nickte.

Die Müdigkeit auf den Gesichtern der Kollegen wich dem Schrecken. Das Adrenalin mobilisierte neue Kräfte.

»Entführung?«, brachte Schmid die Überlegungen auf den Punkt.

Brander hob die Schultern. »Es sind nur Überlegungen. Lösegeldforderungen gab es meines Wissens bisher nicht ...«

»Das muss es auch nicht. Wenn der Junge Zeuge eines Verbrechens ist, dann glaube ich nicht, dass wir ihn noch lebend finden ...« Der Kuli rutschte Schmid aus den Fingern und fiel auf den Tisch. »Sprechen Sie noch mal mit der Mutter, mit dem Schwager, mit ...« Er machte eine unbestimmte Handbewegung.

»Was ist mit dem Pick-up?«, wandte sich Peppi an Hendrik. »Es gibt ja anscheinend Hinweise, dass Martin Lütz den Fahrer des Wagens kennt.«

Brander stieß fassungslos die Luft aus den Lungen. Hatte Peppi ernsthaft gedacht, er hätte ihr etwas vorgeschwindelt?

»Wir haben noch nicht mit Lütz gesprochen«, erwiderte Hendrik. »Aber ehrlich gesagt sehe ich den Zusammenhang nicht. Was soll dieser Pick-up mit dem Verschwinden des Kindes zu tun haben?«

»Das wissen wir erst, wenn wir mit dem Fahrer des Wagens gesprochen haben«, beharrte Peppi.

»Könnten wir einen Verbindungsnachweis der Telefonanschlüsse von Familie Stolze und Martin Lütz anfordern?« Brander dachte an den Anruf, den Lütz am Abend zuvor bekommen und nicht angenommen hatte.

»Wofür?«, fragte Schmid.

»Um festzustellen, ob sich ein Entführer bei ihnen gemeldet hat.«

Schmid schüttelte den Kopf. »Das kriege ich nicht durch, solange wir keine stichhaltigeren Hinweise darauf haben, dass es sich tatsächlich um eine Entführung handeln könnte.«

»Aber …«, setzte Peppi an und wurde jäh von ihrem Lebensgefährten unterbrochen: »Nur weil ein silberner Pick-up in dem Hof stand, ist das kein Beweis, dass das Kind entführt wurde. Du hast es doch gerade gehört: Nichts deutet darauf hin, dass Felix Stolze mit Gewalt in die Fahrzeuggrube gestoßen wurde. Weder die Mutter noch der Schwager noch sonst irgendjemand hat in dieser Richtung auch nur einen Verdacht geäußert. Nichts deutet auf ein Verbrechen hin! Wir sprechen von einem fünfjährigen Kind. Das Wahrscheinlichste ist, dass der Kleine ausgebüxt ist und da draußen irgendwo umherirrt!«

Hendrik nickte zustimmend.

Peppi lehnte sich mit verschränkten Armen zurück. »Ich bete dafür, dass du dich nicht irrst!«, knurrte sie mit zusammengebissenen Zähnen.

* * *

Es gab minimale Indizien, die für eine Entführung sprachen. Wenn Lütz von der Entführung wusste, dann war das mit Sicherheit der Grund, warum er sich nicht an der Suche nach dem Kind beteiligte. Er wusste, dass sie Niko nirgends finden würden. Warum hatte er gefragt, ob Felix Stolze überfallen worden war? Hatte es Drohungen gegen die Familie, gegen das Unternehmen gegeben? Die Auseinandersetzung zwischen Lütz und Lisa Stolze fiel ihm wieder ein. Ihre Verzweiflung, ihre Beschimpfungen. Und der Anruf auf Lütz' Handy? Rufnummer unterdrückt. War das der Entführer gewesen? War Lütz der Mittelsmann?

»Dreißig«, mahnte Brander am Ortseingang Unterjesingen, während Peppi aufgebracht den Wagen über die Bundesstraße lenkte.

»Es muss ja nicht sein, aber wir können es doch nicht ausschließen!«, schimpfte sie.

»Schmid hat Recht – wir haben keinen einzigen Beweis, dass es sich um eine Entführung handelt. Es sind alles nur unsere Mutmaßungen. Ebenso kann sich dieses Kind sonst wo verirrt haben.«

»Und warum behauptet der Lütz, dass er den Fahrer des Pick-ups nicht kennt?«

»Nur weil Felix Stolze zu Boris Fink gesagt hat, der Mann wäre ein Bekannter von seinem Kompagnon, muss das ja nicht stimmen.«

»Warum sollte der lügen?«

»Keine Ahnung.« Brander seufzte frustriert. Die abgasergrauten Häuser des Tübinger Teilorts zogen an ihm vorbei, ein paar Menschen waren an diesem Sonntagmorgen unterwegs. Einige auf dem Weg zum Bäcker, andere zum Gottesdienst. Ganz normaler Alltag.

Wenn Niko Stolze tatsächlich entführt worden war, stellte jeder einzelne Schritt, den sie bisher unternommen hatten, eine Gefahr für das Überleben des Kindes dar. Was würde ein Entführer von dem riesigen Polizeiaufgebot halten, das seit Freitagnacht unübersehbar bei der Werkstatt gewesen war? Und was über die Vermisstenmeldung, die an Zeitungen und Radiosender gegeben worden war?

Keine Polizei, keine Medien – das waren die ersten Forderungen, die ein Entführer stellte. Verdammt, was hatten sich Martin Lütz und Lisa Stolze nur gedacht?

Oder waren sie auf dem Holzweg?

Klammerten sie sich an diese Möglichkeit, weil alles andere nur bedeuten würde, dass sie Nikos Leiche irgendwann, in Tagen, Wochen, Monaten, halbverwest in einem Waldstück finden würden? War er gestolpert und hatte sich verletzt, sodass er nicht mehr weiterlaufen konnte? Lag dieses Kind irgendwo hilflos wimmernd im Unterholz? Hatte es das Bewusstsein verloren und nach und nach auch den Rest seines Lebens?

* * *

Als sie an der Wohnungstür der Stolzes klingelten, öffnete ihnen ein fremder Mann.

»Theodor Stolze, ich bin Lisas Schwager«, stellte er sich vor. Er war einige Jahre älter als Felix Stolze, hatte locker zehn Kilo zu viel auf den Rippen, die jedoch ein gut sitzender, grauer Anzug einigermaßen kaschierte. Die Krawatte hing ihm lose um den Hals. Er hatte ein kräftiges Organ, als wäre er es gewohnt, sich Gehör zu verschaffen.

»Wir müssen mit Ihrer Schwägerin sprechen«, erklärte Brander und seine Stimme machte deutlich, dass er sich nicht abwimmeln lassen würde.

»Gibt es Neuigkeiten?« Hoffnung keimte im Blick seines Gegenübers auf.

»Nein, aber wir brauchen dringend ein paar Informationen.«

Der Mann gab den Weg frei. »Sie ist oben in Nikos Zimmer.«

Brander und Peppi stiegen vor ihm die Stufen hinauf. Lisa Stolze stand im Flur, als sie die Wohnung betraten. Ein Schatten ihrer selbst. Sie fragte nicht nach Neuigkeiten, starrte die Beamten nur kummervoll an, gebeugt, als könnte sie sich kaum auf den Beinen halten. Schließlich wandte sie sich ab, ging ins Wohnzimmer und setzte sich auf das Sofa. Sie lehnte sich nicht an, saß dort in sich zusammengesunken, die Finger zupften nervös aneinander. Ihr Blick huschte unruhig umher. Theodor Stolze, der ihnen gefolgt war, blieb im Türrahmen stehen.

»Konnten Sie ein wenig schlafen?«, erkundigte sich Brander mitfühlend bei der jungen Mutter. Sie hob die Schultern, als wüsste sie nicht, ob sie in der Nacht geschlafen hatte oder nicht. Wahrscheinlich war es tatsächlich so. Vermutlich wandelte sie durch einen Albtraum, aus dem es weder im Schlaf noch im Wachsein ein Entfliehen gab. Seine Fragen würden nicht dazu führen, dass sie sich besser fühlen würde.

»Frau Stolze, Ihr Kind ist seit Freitagabend verschwunden und wir müssen in alle erdenklichen Richtungen ermitteln.«

Sie sah zu ihm, versuchte zu begreifen, was er ihr sagte. Ihre Augen waren geweitet, groß und rund und gerötet.

»Es geht um Ihren Mann, um Ihre Firma. Wurden Sie in der Vergangenheit bedroht?«

Sie zog die Augenbrauen zusammen. »Wer sollte uns bedrohen?«

»Das frage ich Sie. Gab es jemanden, der vielleicht Geld von Ihnen wollte?«

Er hörte ein minimales Lufteinsaugen, ein leises Erschrecken. Ihre Augen suchten den Boden ab, als wäre dort die Antwort verborgen.

»Frau Stolze ...«

»Nein«, flüsterte sie. »Ich ... wir ... niemand bedroht uns.« Sie hob den Blick wieder, schüttelte kurz den Kopf und sagte nochmals: »Nein.«

»Wie kommen Sie darauf?«, fragte Theodor Stolze verwirrt.

Brander behielt die Frau im Auge. »Könnte es ... gab es ...« Er kam ins Straucheln.

Durfte er das tun? Sie würde zusammenbrechen. Auch wenn er seine Worte noch so behutsam aussprach, wenn er sie noch so mit Bedacht wählte. Diese Frau würde vor seinen Augen zusammenbrechen und es gab nichts, womit er sie trösten, womit er ihr Mut machen könnte.

»Könnte es sein, dass Niko entführt wurde?«

Der direkte Weg. Schonungslos. Hendrik und Schmid würden ihn gemeinsam vierteilen. Die Frage stand im Raum, dröhnte in seinen Ohren wie das Echo eines Kanonenschusses.

Lisa Stolzes Blick blieb leer. Kein Wort kam über ihre Lippen. Kein Nein, kein Ja, sie war erstarrt.

Theodor Stolze trat nun doch in den Raum und setzte sich neben die junge Frau. »Was ...?« Auch er wusste nicht recht weiter.

»Gab es in der Vergangenheit Drohungen gegen Sie, gegen Ihren Mann, gegen Martin Lütz?«, wiederholte Brander seine Einstiegsfrage.

Sie schüttelte den Kopf, kleine verkrampfte Bewegungen.

Brander musterte die beiden Menschen vor sich. Welche Reaktion hatte er erwartet? Den Schock über diese ungeheuerliche Vermutung. Sah die mögliche Reaktion so aus? Die beiden saßen nebeneinander. Lisa Stolze am Ende ihrer Kräfte. Theodor Stolze aufrecht und doch ratlos.

»Hat sich jemand bei Ihnen gemeldet?« Er taxierte die beiden.

»Nein«, kam es leise und doch hart aus Lisa Stolzes Mund.

Es war wie mit dem Plüschtier. Sie schob so viel Raum wie möglich zwischen sich und der Bedeutung, die ein »Ja« haben könnte.

»Hat jemand Lösegeld gefordert?«, hakte er nach.

»Nein!« Und noch einmal: »Nein!«

Theodor Stolze ergriff die Hand seiner Schwägerin, nahm sie schützend zwischen seine Hände. »Niemand hat Lösegeld gefordert«, erklärte er, bemüht darum, ruhig zu bleiben. »Wie kommen Sie darauf?« Und als Brander nichts erwiderte, fügte er hinzu: »Hier ist doch überhaupt nichts zu holen! Felix und Martin kommen gerade so über die Runden. Die Kredite sind noch lange nicht abgezahlt.«

Das musste ein möglicher Entführer nicht wissen. Aber ging es überhaupt um Geld? Schmid hatte gesagt, wenn der Junge ein Zeuge war, wäre er sicherlich nicht mehr am Leben. Peppis Bemerkung vom Vorabend fiel ihm wieder ein. Jemand nutzt eine günstige Gelegenheit. Jemand, der ein Kind missbraucht hatte, würde ebenfalls nicht hinterher anrufen und Lösegeld verlangen. Brander biss die Zähne zusammen, drängte die aufsteigende Unruhe mühsam zurück. Er brauchte Informationen, und die würde er nicht bekommen, wenn er seine Nerven nicht unter Kontrolle behielt.

»Wir dürfen diese Option im Moment nicht ausschließen«, erklärte Brander. Seine Stimme war so sachlich, dass es ihn selbst überraschte. »Frau Stolze, es geht noch einmal um den silbergrauen Pick-up, der hier am Freitagabend gesehen wurde.« Er suchte im Gesicht der Frau nach einer Regung, einem Zeichen, dass sie ihn hörte, seine Worte verstand.

Ihre Mimik blieb ausdruckslos. Sie stand unter Schock. Ein Dauerzustand, seit die Hiobsbotschaft sie Freitagnacht erreicht hatte. Wie viel konnte sie ertragen? Ein Arzt sollte hier sein, eine Psychologin, ein professioneller Beistand.

»Dieser Wagen war anscheinend schon einmal hier. Bitte versuchen Sie, sich zu erinnern. Wem könnte dieser Pick-up gehören? Gehört er einem Ihrer Kunden?«

»Warum ist das Auto so wichtig?«, fragte Theodor Stolze.

»Vielleicht ist es nicht wichtig, aber es könnte sehr gut sein, dass der Fahrer ein wichtiger Zeuge ist.« Oder der Entführer, ergänzte Brander still für sich und hoffte, dass diese Worte nicht zu offen in seinem Gesicht standen.

Lisa Stolze starrte stumpf vor sich hin. Ihre Augen waren so leer, dass keine Tränen mehr kommen wollten. Sie schüttelte den Kopf. Ganz langsam, hin und her, als würde sie es selbst gar nicht bemerken.

»Sie weiß es nicht«, sprang Stolze ihr bei.

Sie hob den Blick zu ihrem Schwager, suchte etwas in seinen Augen. »Warum Niko?«, wisperte sie kaum hörbar. »Warum mein Niko?«

Aus einem der Zimmer wimmerte der Säugling.

Brander wartete, bis Peppi mit Lisa Stolze den Raum verlassen hatte, um nach dem Baby zu schauen, dann wandte er sich an Theodor Stolze: »Stehen Sie Ihrem Bruder sehr nahe?«

»Wir sehen uns nicht oft, wenn Sie das meinen, aber wir telefonieren regelmäßig miteinander.«

Brander dachte an seinen eigenen Bruder. Sie sprachen auch oft miteinander und dennoch hatte er nichts von Daniels Eheproblemen gewusst. »Hat Ihr Bruder mal irgendetwas erwähnt, etwas angedeutet? Dass er in Schwierigkeiten sei oder dass er sich Sorgen mache?«

Stolze überlegte einen Moment lang. »Nein, die üblichen finanziellen Schwierigkeiten, die ein Jungunternehmer hat – sie haben viel investiert, aber der Kundenstamm baut sich nicht so schnell auf wie erhofft, die Arbeit ist mehr als erwartet … Aber das ist doch ganz normal.«

»Ist Ihr Bruder inzwischen wieder bei Bewusstsein?«

»Nein.« Stolzes Blick verfinsterte sich.

»Wir haben noch nicht allzu viele Informationen über Ihre Familie. Gibt es noch weitere Verwandte, die wir benachrichtigen sollten?«

»Unsere Eltern sind tot. Unser Vater starb vor zwanzig Jahren, unsere Mutter vor vier Jahren.« Er rieb sich über den Nacken. »Lisa hat keinen Kontakt zu ihren Eltern.«

»Wo leben ihre Eltern?«

»In Albstadt.« Stolzes Stimme war fest.

Er war vermutlich jemand, der Probleme rational anging, jemand, der sich nicht von Gefühlen verunsichern ließ, aber dennoch nicht kalt handelte. Wenn das Kind tatsächlich entführt worden war, konnte er als Mittelsmann agieren? Brander konnte sich nicht vorstellen, wie Lisa Stolze mit einem Entführer verhandeln sollte. Ihr Mann war nicht ansprechbar und Lütz …?

»Kennen Sie den Kompagnon Ihres Bruders? Martin Lütz.«

»Ja, ein wenig.«

»Was halten Sie von ihm?«

»Was soll ich von ihm halten? Er ist Felix' Partner. Er ist fleißig, er … keine Ahnung.« Stolze stieß die Luft aus den Backen.

»Er hat sich nicht an der Suche nach Niko beteiligt.«

Die Augenschlitze des Mannes verengten sich minimal. Eine kaum merkliche Regung. Stolze war auf der Hut. »Er ist ebenso besorgt um Niko, wie wir es sind. Der Junge ist sein Patenkind.«

»Gab es in den letzten Stunden Anrufe?«

»Was für Anrufe?«

»Hat Herr Lütz mal angerufen?«

»Ja …« Theodor Stolze schnaufte ungehalten. »Natürlich hat er angerufen. Ich sagte doch, dass er sich ebenso sorgt wie wir. Ich verstehe Ihre Fragen nicht. Worauf wollen Sie eigentlich hinaus?«

Ein Klingeln an der Haustür unterbrach sie.

»Ich geh schon«, rief Peppi vom Flur her, bevor Theodor Stolze zur Tür gehen konnte.

»Kommen Sie und Ihr Bruder aus Sachsen-Anhalt?« Brander lenkte die Aufmerksamkeit des Mannes wieder auf sich.

Stolze, der irritiert über Peppis eigenmächtiges Vorgehen zum Flur gesehen hatte, wandte sich wieder dem Kommissar zu. »Nein, wir sind hier aufgewachsen. Die Arbeit hat mich nach Magdeburg verschlagen.«

»Was machen Sie dort?«

»Ich bin bei Enercon.«

»Enercon?«

»Das ist ein Hersteller von Windkraftanlagen«, erklärte Stolze. »Ich bin Wirtschaftsingenieur.«

Dem Ingenieur ist nichts zu schwer, ging Brander durch den Kopf. Peppi kehrte zurück. Selesta Fink war bei ihr. Sie sah in die Runde, unsicher, ob man sie wieder wegschicken würde.

»Bitte, ich muss schauen nach Lisa und dem Baby.«

»Es ist gut, dass Sie da sind.« Brander war erleichtert, die Russin zu sehen. »Frau Stolze wird froh sein, Hilfe zu haben. Sie ist im Kinderzimmer bei Lukas.«

»Ich gehe zu ihr. Ich kann bleiben«, sagte sie resolut und verließ mit aufrechtem Rücken das Zimmer.

Theodor Stolzes Blick verriet Unmut.

»Jemand muss den Säugling versorgen, und ich glaube nicht, dass Frau Stolze dazu im Moment ausreichend in der Lage ist«, wandte sich Brander an den Mann. »Sie steht unter Schock.«

»Ja, aber …«

»Ich möchte, dass Frau Fink so lange bleibt, wie es notwendig ist. Sie ist Hebamme, sie weiß, was zu tun ist. Es geht hier auch um das Wohl des Babys.« Er würde sich besser fühlen, wenn er wusste, dass wenigstens für den Säugling gut gesorgt war.

»Sie können doch nicht einfach so über unser Leben bestimmen.«

»Wir wollen helfen.«

Stolze presste die Lippen zusammen und schien zu überlegen, wie er mit Branders Forderung umgehen sollte.

»Sie waren gestern bei Ihrem Bruder?«, fragte Brander.

»Ja.«

»Konnten Sie mit den Ärzten sprechen?«

Stolze nickte. »Sie sind zuversichtlich, dass er wieder aufwacht, aber sie konnten nicht sagen, ob sein Gehirn bleibende Schäden erlitten hat.« Er kniff die Augen zusammen, rieb sich mit Daumen und Zeigefinger über den Nasenrücken. »Oh Gott, das klingt so absurd.«

Einen Moment schwiegen sie. Aus dem Kinderzimmer drangen leise Stimmen zu ihnen herüber.

»Wir brauchen die Kundenkartei«, meldete sich Peppi zu Wort. »Wenn sich Ihre Schwägerin nicht an den Fahrer des Pick-ups erinnert, müssen wir die Kunden durchgehen. Er war an dem Freitag nicht zum ersten Mal in der Werkstatt.«

»Da kann ich Ihnen nicht helfen. Ich kenne mich hier nicht aus.«

»Das kann ja vielleicht der Herr Lütz übernehmen.« Peppi zückte ihr Telefon und trat ans Fenster. »Was machen die denn da?«

Brander sah über ihre Schulter. Abrupt wandte er sich ab und sprang eilig die Treppen hinunter.

»Hey«, rief er die zwei Mädchen an, die mit gesenkten Köpfen an einem der Pfosten des Eisentores standen. Die beiden sahen zu ihm auf. Die langen Haare hingen ihnen in die Gesichter.

»Was macht ihr da?«, herrschte er sie an, als er vor ihnen stand.

Blumen lagen auf dem Boden, ein Teddy, eine Kerze brannte – zum Glück nur ein Teelicht in einem Glas und kein Grablicht. Die Mädchen waren vierzehn oder fünfzehn Jahre alt, schätzte Brander. Enge Jeans, kurze Jacken, ihrem

Alter entsprechend zu stark geschminkt. Sie blickten ihn verschreckt an.

»Habt ihr das da hingelegt?«

»Ja«, sagte eines der Mädchen, eingeschüchtert von seinem ruppigen Ton.

Er mäßigte seine Stimme. »Warum?«

»So etwas tut man doch. Um Anteil zu nehmen.« Unsicherheit und Trotz schwangen in der Stimme.

Brander schüttelte den Kopf. Sie hatten es gut gemeint, ohne sich Gedanken darüber zu machen, welchen Schock sie mit dieser Aktion bei der Mutter des Kindes auslösen würden. »Der Junge ist nicht tot«, erklärte er streng. »Er wird vermisst.«

»Wir wollten doch nur …«

»Kennt ihr Niko?«

Betreten nagten die beiden auf ihren Lippen.

»Kennt ihr Niko?«, wiederholte er.

»Nein«, kam es kleinlaut von dem kleineren der beiden Mädchen.

Brander verfluchte innerlich die Medien und sozialen Netzwerke. Hatten die Mädchen Fotos gemacht? Würden die Bilder demnächst irgendwo bei Facebook, Instagram oder Google auftauchen und globale, fadenscheinige Massenanteilnahme hervorrufen? Das moderne Gaffen – statt beim Unfall auf der Autobahn zuzuschauen, surfte man durch das Netz und ergötzte sich online vom Sofa am Leid der anderen. Nur mit Mühe hielt er seinen Ärger in Zaum. Die Mädchen hatten es vielleicht wirklich nur gut gemeint. Er konnte nicht die ganze Welt verurteilen, nur weil er müde, frustriert und ratlos war.

»Räumt das wieder weg. Da oben sitzt eine verzweifelte Mutter. Ihr helft ihr nicht, indem ihr so tut, als wäre ihr Kind bereits tot. Wenn ihr helfen wollt, dann beteiligt euch an der Suche oder geht in die Kirche und sprecht ein Gebet.« Das aus seinem Mund. Aber was half denn noch, wenn man nicht weiterwusste?

# 11

War er wirklich mit seinem Latein am Ende? Die Suche war bisher ergebnislos verlaufen, aber davon durfte er sich nicht entmutigen lassen. Es bestand noch immer Hoffnung, dass sie den Jungen lebend finden würden. Was war, wenn er tatsächlich entführt worden war? Ging es ihm gut? War es warm dort, wohin man ihn gebracht hatte? Kümmerte sich jemand um ihn, damit er sich nicht zu sehr ängstigte? Bekam er zu essen, zu trinken? Sein Blick glitt zur Wohnung über der Werkstatt. Misstrauen regte sich in seinem Hinterkopf. Hatte sich der Entführer bereits gemeldet? Hatte Theodor Stolze deswegen am Abend zuvor alle fortgeschickt? Keine Polizei. Keine Medien. Keine Aufmerksamkeit.

»Andi?« Hendrik Marquardt durchbrach seine finsteren Grübeleien.

Er sah sich suchend um, entdeckte den Kollegen in einem Einsatzwagen, das Fenster heruntergelassen.

»Wir haben einen Hinweis. Der Steinbruch in Reusten, sagt dir das was?«

»Ja.«

»Zwei Wanderer haben sich gemeldet. Sie haben einen Kinderschuh gefunden.«

Brander rief Peppi an und bat sie, bei Lisa Stolze zu bleiben und dafür zu sorgen, dass Selesta Fink nicht wieder fortgeschickt wurde, während er ins Auto stieg und Hendrik eilig anfuhr.

»Die Wanderer sind noch vor Ort. Sie stehen bei einer KZ-Gedenkstätte«, berichtete Hendrik. »Weißt du, wo das ist?«

»Ja.« Der Treffpunkt war gut gewählt. Die alte Kipplore stand nahe zur Straße, unweit vom Ortsausgang des Dorfes an der Landstraße nach Poltringen. Brander lotste den Kollegen über die Kreisstraße entlang des Hartwalds.

»Fahr nicht so schnell«, mahnte er Hendrik, der die enge, unübersichtlich geschlängelte Straße entlangjagte.

Nachdem sie die Schulsteige hinabgefahren waren, bogen sie links auf die Jesinger Straße und waren wenig später am vereinbarten Treffpunkt. Hendrik parkte am Straßenrand beim Bauhof. Kurz nach ihnen traf auch ein Wagen der Kriminaltechniker ein und Manfred Tropper gesellte sich zu ihnen.

Ein Pärchen, beide um die sechzig, gekleidet in atmungsaktive Funktionskleidung, wartete auf sie. Sie stellten sich als Bianca und Winfried Riedel vor und grüßten mit festem Händedruck.

»Das ist er.« Bianca Riedel streckte ihnen den Kinderschuh entgegen. Ein kleiner, lederner Turnschuh. Brander fluchte innerlich, weil die beiden den Schuh nicht dort liegen gelassen hatten, wo sie ihn gefunden hatten. Dadurch hatten sie womöglich wichtige Spuren vernichtet.

Tropper nahm ein Asservatentütchen und hielt die Öffnung des Beutels der Frau entgegen. Sie ließ den Schuh hineinfallen. Die Unsicherheit in ihrem Blick verriet Brander, dass sie ahnte, dass es ein Fehler gewesen war, den Schuh aufzuheben. Nachdem der Schuh in der Tüte war, betrachteten sie ihn etwas genauer. Schuhgröße dreißig, Nikos Schuhgröße. Getrockneter Straßendreck klebte an der Sohle und am Leder.

»Wo haben Sie den Schuh gefunden?«, fragte Hendrik.

»Dahinten.« Sie wandte sich um und deutete auf die Erhebung hinter ihnen.

»Zeigen Sie uns bitte die genaue Stelle.«

Sie liefen gemeinsam über den Grünstreifen. Links von ihnen stand ein hoher Maschendrahtzaun, der das Gewässer abgrenzte. Als der Grünsteifen schmaler wurde, gingen sie im Gänsemarsch hintereinander die Landstraße entlang, statt auf den Fußweg auf der anderen Straßenseite zu wechseln. Schließlich führte links ein breiter, staubiger Weg von der Straße ab. Eine alte Schranke verhinderte, dass Autos hinauffuhren. Ein Schild wies darauf hin, dass sie sich im Naturschutzgebiet Kochhartgraben befanden. Die Ammertalhänge erhoben sich steil vor ihnen. Ein tiefer Spalt im

Kalkfelsen erweckte den Eindruck, als wolle ein Teil jeden Augenblick wegbrechen. Die Beamten folgten dem Paar, das sich seitlich des Felsens einen Pfad zwischen Sträuchern und Büschen über eine unebene Fläche den Hang hinauf suchte. Gräser, Flechten und Moose bedeckten den Boden, hier und da blühten ein paar Küchenschellen, Weidensträucher trieben aus, dazwischen strebten junge Buchen und Birken im wilden Wuchs dem Himmel entgegen.

»Wir kommen manchmal her, um Vögel zu beobachten«, erklärte Bianca Riedel, während sie kräftig ausschreitend mit sicherem Tritt voranlief. »Oben auf den Obstwiesen gibt es Spechte und einen Raubwürger haben wir auch schon gesehen. In den Felsen nisten Wanderfalken.«

Auf halber Höhe blieben die Wanderer stehen. Brander richtete sich auf. Er war ins Schwitzen gekommen. Er blickte auf die gelb-graue Wand des Steinbruchs, der uferlos an den grün schimmernden See stieß, dessen Wasser still und unberührt unter ihnen lag. Das alte, grau verputzte Gebäude, das etwas tiefer auf ihrer Seite des Ufers stand, war von Pflanzen und Bäumen verdeckt. Links des Gewässers sah er die Straße, an der sie vor wenigen Minuten entlanggelaufen waren. Das Dach des Bauhofs schimmerte rot durch die Äste. Das Gestrüpp vor ihnen verbarg den Abgrund. Sie waren vielleicht dreißig, fünfunddreißig Meter über dem See, vermutete Brander.

»Und wo haben Sie den Schuh nun gefunden?«, fragte Brander die Riedels.

»Hier rechts, etwas unterhalb von der Stelle, an der wir jetzt stehen.« Bianca Riedel zeigte wenige Meter vor sich, »Da zwischen den Sträuchern hat er gelegen.«

Branders Blick folgte dem Fingerzeig. Die jungen Bäume waren noch kahl, die Sträucher begannen gerade erst zu blühen. Aus dem Boden sprossen zahlreiche Triebe, Stolperfallen, wenn man unbedacht hier entlanglief. Gehörte der Schuh dem Jungen? War der kleine Niko tatsächlich über die Felder, vorbei an den Aussiedlerhöfen, vorbei am Flugplatz, über die

Obstwiesen bis hierhin gelaufen? Hatte er den See entdeckt, die Höhe nicht bedacht? War er einfach in die Richtung gegangen, gestolpert, gestürzt … Ein Frösteln fuhr durch seinen Körper, als er hinunter auf das Gewässer schaute. Er wünschte sich, dass der kleine Rotzlöffel jetzt fröhlich pfeifend aus dem Dickicht trat, die Haare zerzaust, Dreck im Gesicht, glücklich und aufgeregt über das Abenteuer, das er bestanden hatte. Aber er hörte nur das muntere Gezwitscher der Vögel um sie herum, hin und wieder ein Auto, das hinter ihnen über die Landstraße fuhr, und seinen eigenen unruhigen Atem. Die Sonne schien von einem milchig blauen Himmel und der Wind trieb Schleierwolken gemächlich darüber hinweg. Das Wetter war zu schön, um an den Tod eines Kindes zu denken.

Brander fühlte sich nicht wohl, als sie sich auf den Rückweg zur Werkstatt machten. Auch Hendrik Marquardt war in Gedanken versunken. Wenn dies tatsächlich Nikos Schuh war, hatten sie eine Spur, einen Anhaltspunkt, wo sie weitersuchen konnten, versuchte Brander, sich selbst Mut zuzureden. Dass sie den Schuh in der Nähe des Sees gefunden hatten, musste nicht das Schlimmste bedeuten. Das Kind konnte irgendwo im Gestrüpp Schutz vor dem Regen gesucht haben. Und war es nicht ein Beweis dafür, dass der Junge nicht entführt worden war? Aber da war etwas, was ihn irritierte. Er zog die Asservatentüte vom Rücksitz, betrachtete den Schuh noch einmal von allen Seiten.

»Was machst du?«, erkundigte sich Hendrik gähnend.

»Nichts … ich denke nach.« Er warf einen besorgten Blick auf seinen Kollegen »Soll ich nicht lieber fahren?«

»Geht schon.«

Zu Branders Überraschung öffnete ihnen wenig später Amadeus Schätzle die Tür.

»Zu Hause wäre ich nur meiner Frau auf die Nerven gegangen«, erklärte er seine Anwesenheit. »Die Sache lässt mir keine Ruhe. Gibt es Neuigkeiten?«

Hendrik hob die Tüte mit dem Schühchen hoch. Schätzle verzog das Gesicht. »Wo …?«

»Am Reustener Steinbruch.« Brander sprach leise, weil er nicht wollte, dass jemand anderes diese Information hörte. Er stieg vor dem Kollegen die Stufen hinauf und fand Lisa Stolze im Wohnzimmer. Er setzte sich ihr gegenüber, stützte die Hände auf die Knie.

»Frau Stolze, wir haben vielleicht einen Hinweis gefunden …« Er zögerte. Wie sollte er seine Botschaft überbringen, die alles und nichts bedeuten konnte? Er brauchte unbedingt eine aufrichtige Antwort von ihr. »Ich möchte, dass Sie sich jetzt konzentrieren und dass Sie ehrlich zu mir sind.« Er machte erneut eine Pause, beobachtete die Frau vor sich, die ihn mit angespanntem Kiefer ängstlich musterte. Hendrik reichte ihm das Asservatentütchen. Brander hielt es der Frau entgegen. Sein Herz hämmerte hart in seiner Brust. »Gehört dieser Schuh Ihrem Sohn? Bitte schauen Sie sich den Schuh genau an und sagen Sie mir, ob er Niko gehört. Haben Sie mich verstanden?«

Sie nickte minimal, es war eher ein Zittern mit dem Kopf. Ihre Pupillen waren schon wieder riesig. Sie focht einen inneren Kampf aus, hob schließlich einen Arm, um die Tüte zu nehmen und den Schuh anzusehen. Sie wendete ihn zwischen ihren Händen hin und her. Die wenige Farbe, die ihr noch geblieben war, wich vollends aus ihrem Gesicht. Ihre Finger krallten sich in das Plastik. »Wo … wo ist Niko?«, wisperte sie kaum hörbar.

Es war sein Schuh! Kalter Schweiß kroch Brander in den Nacken, während seine Wangen gleichzeitig zu glühen begannen. Er nickte Hendrik zu und der Kollege verschwand eilig. Sie hatten noch im Wagen besprochen, welche Maßnahmen einzuleiten wären. Hendrik würde die Aktionskette in Gang setzen: Suchtrupps, Hundeführer, Taucher.

Im Zimmer hatten alle Anwesenden den Blick auf den kleinen ledernen Turnschuh gerichtet. Lisa Stolze umklammerte das Tütchen so fest, dass ihre Fingerknöchel weiß hervortraten. Sie hob den Blick zu Brander. Eine Mischung aus Angst, Verzweiflung und hilflosem Zorn spiegelte sich darin wider. »Wo ist Niko?«, presste sie mühsam hervor.

Brander suchte nach den richtigen Worten, nach der richtigen Frage, um die Informationen zu bekommen, die sie brauchten. »War Niko schon einmal bei dem Steinbruch in Reusten?«

Sie sog zitternd die Luft ein. Ihre Unterlippe bebte.

Theodor sah zu seiner Schwägerin. »Ist er dort? Geht es ihm gut?«

Was für eine sinnlose Frage. Wenn der Junge dort gewesen wäre, hätten sie Lisa Stolze sofort zu ihm gebracht.

»Kennt Niko den Steinbruch? Weiß er, wie man dort hinkommt?«, wiederholte Brander seine Frage.

Lisa Stolze schüttelte den Kopf.

»Kennen Sie den Steinbruch?«

»Natürlich kennen wir den Steinbruch. Felix und ich sind hier aufgewachsen«, erwiderte Theodor Stolze ungeduldig. »Was bedeutet das denn jetzt?« Auch in ihm schienen die Gefühle Achterbahn zu fahren.

»Mein Kollege ist bereits unterwegs und leitet dort eine umfassende Suchaktion ein«, wich Brander aus.

»Was soll das heißen?«, schrie Lisa Stolze auf. »Wo ist mein Junge? Wo ist er …? Ist er …?« Ihre Gesichtszüge verzerrten sich.

Brander hob beschwichtigend die Hände. »Wir wissen nicht, was mit Ihrem Kind ist. Zwei Wanderer haben heute Morgen diesen Schuh gefunden. Mehr haben wir im Moment nicht.«

»Niko war noch nie dort! Nein! Das ist nicht sein Schuh …« Sie schnappte nach Luft. »Das kann nicht …«

»Frau Stolze, ich weiß, das ist schlimm für Sie …«

»Was wissen Sie? Gar nichts! Niko …« Rote Flecken breiteten sich auf ihrer blassen Haut aus. »Sie wissen nichts!«

Er konnte mitfühlen, aber er wusste nicht, was tatsächlich in ihr vorging. Wie die Angst sie zerriss. Brander wollte ansetzen, etwas zu erwidern, als Schritte im Flur erklangen.

»Lisa?«

Noch ehe jemand reagieren konnte, sprang Frau Stolze auf und stürmte aus dem Zimmer. Es polterte, Schreie drangen aus dem Flur. »Er ist tot! Die haben … Wie konntest du?«

Brander war hinterhergesprintet. Er riss Lisa Stolze zurück, die wie von Sinnen um sich schlug. Amadeus Schätzle drängte sich zwischen sie und Martin Lütz. Brander packte ihre Arme, zog sie mit sich. Sie musste Lütz mit dem Ring an ihrer rechten Hand erwischt haben. Ein blutiger Kratzer zog sich über seine Wange.

Lisa Stolzes Gesicht war zu einer hässlichen Fratze verzerrt, ihre Stimme die einer Sirene. »Es ist deine Schuld! Warum? Warum?«

Brander hielt sie fest, schob sie aus dem Flur, zurück in das Wohnzimmer. »Nehmen Sie ihn mit runter«, rief er Schätzle zu.

Dann trat er die Tür mit dem Fuß hinter sich zu. Er drückte Lisa Stolze auf das Sofa, blieb vor ihr stehen, die Hände auf ihre Schultern gepresst, damit sie nicht sofort wieder aufsprang.

»Beruhigen Sie sich!«, forderte er hart. Mit freundlichen Worten war dieser Frau im Moment nicht beizukommen. »Und rühren Sie sich nicht von der Stelle!«

Sie starrte zornbebend zu ihm auf, die Arme schützend um ihren Körper geschlungen.

»Hören Sie mal«, schimpfte Theodor Stolze.

»Halten Sie sich raus!«

In Brander kochte das Blut. Er hatte Lisa Stolzes Worte deutlich gehört. Was hatten sie die ganze Zeit gewusst und ihnen nicht gesagt? »Es ist deine Schuld.« Was war Lütz' Schuld?

»Herr Stolze, setzen Sie sich bitte hin«, hörte er Peppi hinter sich sagen. Ihre Stimme war ruhig, sachlich, beschwichtigte auch den Aufruhr in ihm ein wenig.

Brander trat einen Schritt zurück, um sich und Lisa Stolze mehr Raum zu lassen. »Sie werden uns jetzt einige Fragen beantworten.«

Lisa Stolze schwieg. Sie hatte die Lippen fest zusammengepresst, als wollte sie verhindern, dass auch nur eine weitere Silbe aus ihrem Mund herauskam. Ihre Arme umklammerten noch immer ihren Körper. Sie saß auf dem Sofa vornübergebeugt und starrte auf den Boden. Ihr Oberkörper wippte leicht vor und zurück, eine kaum sichtbare Bewegung. Theodor Stolze knetete betreten seine Finger und sah ratlos auf den Rücken seiner Schwägerin. Es war nicht klar, ob sie trotzte, wütend war oder einfach nur wahnsinnig verzweifelt.

»Frau Stolze, wir müssen wissen, was hier geschehen ist, sonst können wir Ihnen nicht helfen!« Brander versuchte zum wiederholten Male diese Frau zum Reden zu bringen.

Er hatte es freundlich versucht, mitfühlend, streng, autoritär. Mittlerweile klang er ratlos. Sie sprach nicht mit ihm. Sie sprach mit niemandem. Er fragte sich, ob sie Schmerzen hatte. Dieser Aufruhr in ihr, der psychische Stress, die Attacke gegen Martin Lütz – konnte ihr Körper all diese Belastungen so kurz nach der Geburt verkraften?

»Warum beschuldigen Sie Herrn Lütz? Was ist seine Schuld? Was hat er Ihnen gesagt?«

Keine Reaktion.

»Bitte reden Sie mit uns.«

Nichts.

Warum sperrte sie sich so? Was war in diesem Haus vorgefallen? Welches Geheimnis verbarg sich zwischen diesen Wänden?

»Frau Stolze, bitte … Dass wir den Schuh gefunden haben, muss nicht bedeuten, dass Ihr Kind tot ist. Wir wollen Ihnen helfen. Aber Sie müssen uns sagen, was Sie wissen. Wie sollen wir Niko denn sonst finden?« Brander sah zu ihrem Schwager. »Wissen Sie etwas?«

Der schüttelte den Kopf.

»Was hat Herr Lütz mit Nikos Verschwinden zu tun? Was ist seine Schuld?«

Schweigen.

Schweigen. Schweigen. Schweigen. Es war zum Verzweifeln. Brander sah hilflos zu Peppi. Sie hob ebenso ratlos die Schultern.

»Ich brauch eine Pause.« Frustriert schnaufend wandte er sich ab und ging zur Tür.

»Lukas …«, hörte er Lisa Stolze hinter sich sagen.

Er drehte sich wieder zu ihr. Sie stierte noch immer auf den Boden, unfähig sich zu bewegen, am Ende ihrer Kräfte.

»Lukas …«, wisperte sie erneut.

Um Himmels willen! Niemand hatte sich um den Säugling gekümmert.

»Bleiben Sie hier. Ich …« Brander schritt eilig in den Flur. Er hörte ein leises Summen, je näher er Nikos Zimmer kam.

Selesta Fink saß auf dem Bett und hielt den Säugling tröstend in ihren Armen. Sie sah verstört zu ihm auf, als er das Zimmer betrat.

Die arme Frau hatte alles mitbekommen und saß die ganze Zeit allein mit dem Baby in diesem Zimmer, ohne zu wissen, was um sie herum geschah. Brander hatte das Gefühl, dass die Situation ihm entglitt. Die Suche nach dem vermissten Kind gestaltete sich zu einem Albtraum. Wie sollten sie die richtigen Schritte einleiten, wenn sie nicht wussten, was am Freitagabend geschehen war? Es ist deine Schuld. Was war Lütz' Schuld? Er verstand es einfach nicht. Erschöpft sank er neben Selesta Fink auf das Bett. Sie hatte ihn stumm angesehen, wandte sich jetzt wieder dem Baby zu und begann leise summend das Kind in ihren Armen zu wiegen. Ihre Stimme klang sanft, zärtlich … unschuldig.

»Es tut mir leid«, erklärte er, ohne zu wissen, was genau ihm eigentlich leidtat.

»Alles ist gerade sehr schlimm. Ich habe Schreck gekriegt, dass Lisa so böse wurde. Und Lukas hat geweint.«

»Gut, dass Sie da waren.« Er lehnte sich zurück gegen die Wand, lag halb auf dem Bett und schloss die Augen. Er brauchte einen Moment Ruhe. »Ich bin Ihnen sehr dankbar dafür.«

»Ist Niko tot?« Sie flüsterte ängstlich.

»Das wissen wir nicht«, erwiderte Brander ehrlich. Er öffnete die Augen wieder und sah die Frau neben sich aufmerksam an. »Wissen Sie, was hier am Freitagabend geschehen ist?«

»Nein. Wenn ich wüsste, ich hätte Ihnen gesagt. Sie sind ein guter Mensch. Oder?« Unsicherheit, ob sie ihren eigenen Gefühlen trauen durfte, schwang in der Stimme mit.

Kontakte zur Polizei waren anscheinend in ihrer Lebenserfahrung nicht besonders positiv besetzt.

Diese Frau rührte ihn. Ihre fast kindliche herzensgute Art.

»Können Sie Lukas zu seiner Mutter bringen?«

»Ja.« Sie hatte sich ihm zugewandt und sah ihn abschätzend an. »Sind Sie nicht so böse mit Lisa.«

»Sie spricht nicht mit uns. Und so kann ich ihr nicht helfen. So können wir Niko nicht helfen.« Wenn es denn noch Hilfe für den Jungen gab.

Selesta Fink stand auf, blieb mit dem Baby auf dem Arm vor ihm stehen und sah auf ihn herab. Sie machte den Mund auf, schloss ihn wieder, seufzte unentschlossen. Vielleicht lag es daran, dass er so erschöpft war, sich so ausgelaugt fühlte. Es war eine surreale Situation. Er lag halb auf diesem Bett und vor ihm stand diese kleine, hübsche Frau mit dem Säugling auf dem Arm. Brander fühlte sich zweidimensional, als wäre er Teil eines uralten Gemäldes. Die dunklen Haare umrahmten Selestas blasses Gesicht mit den schön geschwungenen roten Lippen und den hellen Augen. Er dachte an Cecilia. Wie gern hätte er sie einmal so gesehen – mit einem Baby auf dem Arm. Mit seinem Baby auf dem Arm. Aber sie hatten keine Kinder bekommen können. Hatten sich arrangiert. Jetzt hatten sie Nathalie. Und auch diese Pflegschaft war nur auf Zeit, bis Nathalies Mutter sie wieder zurückwollte. Einen Moment lang verlor er allen Mut.

Er räusperte sich und richtete sich auf, um dieses Stillleben zu durchbrechen.

»Sie sind traurig«, stellte Selesta Fink fest.

»Nein«, widersprach Brander leise. »Nur ratlos.«

»Ich gehe zu Lisa und versuche zu helfen.«

Er sah ihr nach. Ein abgrundtiefer Seufzer schlich sich aus seiner Kehle. Sie sind guter Mensch. War er das?

Amadeus Schätzle hatte Martin Lütz in das Büro der Werkstatt gebracht und bewachte den Kfz-Meister wie einen auf frischer Tat ertappten Einbrecher. Lütz machte jedoch nicht den Eindruck, als wollte er sich wieder aus dem Staub machen. Er saß auf dem Bürostuhl, Mundwinkel und Schultern hingen herab. Die Haut war matt und grau. Auf seiner Wange war das Blut getrocknet.

»Kommen Sie«, forderte Brander ihn auf. Er durchquerte das Büro und lotste Lütz in den Toilettenraum. »Waschen Sie sich das Gesicht.«

Der Mann beugte sich über das Waschbecken, schüttete Wasser auf die Wangen und wusch die Kruste ab. Er griff blind nach dem Handtuchspender, zog ein paar Blätter heraus und rieb das Gesicht trocken. Als er sich aufrichtete, begegneten ihre Blicke sich im Spiegel. Brander stand an die Wand gelehnt schräg hinter ihm. Die Arme verschränkt. Lütz erstarrte einen Moment in der Bewegung.

Wäre er ein amerikanischer Kinoheld, hätte er jetzt Lütz' Locken gepackt und seinen Kopf gegen den Spiegel geschlagen, um ihn zum Reden zu bringen. Aber das hier war kein Kino. Er war ein deutscher Kripobeamter und so eine Aktion würde ihn seinen Job kosten. Er stieß sich von der Wand ab. Mit einer Kopfbewegung forderte er den Mann auf, ihm zu folgen.

In der Werkstatt, nahe der Fahrzeuggrube, in die Felix Stolze gestürzt war, blieb er stehen. Amadeus Schätzle gesellte sich zu ihnen.

»Wo ist Niko?«, fragte Brander.

Lütz war einige Schritte von der Grube entfernt stehengeblieben, starrte ihn verkniffen an. Er hatte seine Fassung zurückgewonnen und baute seinen Schutzwall wieder auf.

»Was ist Freitagabend hier geschehen?«

Schweigen.

Brander schnaufte ungeduldig. »Warum beschuldigt Frau Stolze Sie, am Tod ihres Kindes schuldig zu sein?«

Der Kfz-Meister hob zu einem Widerspruch an, beschloss dann aber, es Lisa Stolze gleichzutun und zu schweigen. Es war zum Haareausreißen – ein Ding der Unmöglichkeit, wenn man eine Glatze hatte. Brander vergrub sicherheitshalber die Hände in den Taschen seiner Jacke, zu gern hätte er den Mann am Kragen gepackt und die Antworten aus ihm herausgeprügelt.

»Denken Sie wirklich, Sie helfen dem Jungen, indem Sie schweigen?«

Lütz biss malmend die Zähne zusammen.

»Zwei Nächte und mittlerweile anderthalb Tage suchen hunderte von Beamten und das ganze Dorf nach einem kleinen Jungen. Sogar die Hubschrauberstaffel ist mehrfach ausgerückt. Was wissen Sie, verflucht nochmal?«

Schweigen. Nichts als Schweigen.

Brander wandte sich ab, ging einmal langsam und konzentriert um die abgedeckte Fahrzeuggrube herum, als wollte er mit den Schritten den Umfang der Grube vermessen. Er benötigte diese Runde einzig und allein, um seine Wut unter Kontrolle zu bringen. Schließlich kehrte er an seinen Ausgangspunkt zurück. Martin Lütz hatte sich nicht von der Stelle gerührt.

»Wissen Sie, wo Niko ist?«

»Nein«, wisperte er tonlos.

»Wir haben einen Schuh des Jungen am Reustener Steinbruch gefunden.«

Lütz wandte den Blick ab. »Niko lebt.«

Brander war nicht sicher, ob er die Worte an sich selbst oder an die Beamten gerichtet hatte. Was ging in ihm vor? Er wurde nicht schlau aus diesem Mann.

»Woher wollen Sie das wissen?«

Doch Lütz zog sich wieder hinter seine Schweigemauer zurück.

Brander schnaufte unzufrieden. »Woher wollen Sie wissen, dass Niko noch lebt?«, wiederholte er seine Frage mit

Nachdruck. Er machte eine Pause, um Lütz die Chance zu geben, sein Schweigen zu brechen. Als dies nicht geschah, fuhr er fort: »Jetzt, in diesem Augenblick, sind unsere Taucher auf dem Weg, um das Gewässer am Kochhartgraben abzusuchen. Was meinen Sie? Werden wir dort die Leiche des Jungen finden?« Seine Frage war brutal, aber er musste diesen Mann irgendwie dazu bringen, mit ihm zu reden.

»Ich stelle mir das so vor ...« Brander hielt erneut inne, um ein Szenario zu entwerfen. »Sie haben Freitagabend Niko von seinem Kindermädchen abgeholt. Sie hatten zu tun, Sie waren gestresst, alles hängt an Ihnen, weil Ihr Kompagnon so kurzfristig ausgefallen ist ...«

»Das können Sie mir nicht anhängen!«, brach es aus Lütz heraus. »Ich habe Niko nichts getan. Er war hier ... er ...« Lütz schüttelte panisch den Kopf.

»Wo war er, als Felix Stolze aus dem Krankenhaus kam?«

»Er ... er war ...« Suchend glitten die Augen des Mechanikers durch die Werkstatt. »Er war hier ... irgendwo ... Gott, verflucht, ich hab den Jungen doch nicht umgebracht!«

»Sagen Sie mir, wo der Junge war!«

Lütz presste die Lippen zusammen, schluckte trocken, dann hatte er sich wieder in der Gewalt. »Niko war hier, als ich gegangen bin. Ich habe keine Ahnung, was danach geschehen ist. Und jetzt werde ich gehen. Ich lass mich hier von Ihnen doch nicht zu einem Kindermörder machen!«

Brander spürte, wie ihm der Geduldsfaden endgültig zu reißen drohte. »Was für Schuhe trug der Fahrer des Pick-ups?«

»Was?«

»Sie sagten, Sie hätten in der Grube gestanden und nur die Schuhe des Fahrers gesehen. Welche Farbe hatten die Schuhe?«

Der Mann zuckte trotzig die Achseln. »Helle Turnschuhe, vielleicht. Hab nicht drauf geachtet. Wusst ja nicht, dass das wichtig wird.«

»Ach so, da haben Sie auch nicht drauf geachtet. Aber Sie wissen, dass Niko an dem Abend die ganze Zeit hier bei Ihnen in der Werkstatt war?« Grimmig erwiderte Brander den Blick des Kfz-Meisters. »Wie können Sie Lisa Stolze eigentlich noch in die Augen sehen?«

Über seinem Kopf wurde ein Bussard von einer Krähe gejagt. Ein kleiner schwarzer Vogel, weit über ihm, der sich furchtlos und penetrant auf einen größeren Gegner stürzte. Er gewann den Kampf. Der Bussard zog ab. Brander stand vor der Werkstatt und starrte Fragezeichen in den Himmel. Er brauchte frische Luft, um wieder einen klaren Kopf zu bekommen. Er hatte die Jacke geöffnet, sog die Frühlingsluft in die Lungen, als hätte er Wochen in einem vermoderten Verlies zugebracht. Diese Geschichte ging ihm unter die Haut. Er sah das Foto des kleinen Jungen vor sich. Fröhlich grinsend irgendwo an einem Strand. Und dann schob sich dasselbe Gesicht vor seine Augen, verschwommen unter grünem Wasser – stumm und tot. Er ballte die Hände zu Fäusten, schüttelte den Kopf, um das Bild zu verscheuchen. Es war zu früh, die Hoffnung aufzugeben.

Das Klingeln seines Handys holte ihn zurück. Er sah auf das Display: Käpten Huc. Jeder andere Anrufer wäre ihm lieber gewesen.

»Es wurde ein Schuh gefunden?«, begann der Leiter der Kriminalinspektion 1.

»Ja.«

»Und?«

»Er wurde in der Nähe eines Sees bei einem Steinbruch gefunden. Suchmannschaften und Taucher sind vor Ort.«

»Es könnte also sein, dass das Kind tatsächlich ausgebüxt und in den See gestürzt ist?«

»Ja.« Brander wandte sein Gesicht zur Hauswand und stützte eine Hand gegen die Mauer. Die Steine waren von der Sonne gewärmt.

»Ist der See stark frequentiert?«

»Nein, er ist abgesperrt und schwer zugänglich, gehört zum Kreisfischereiverein Böblingen.«

»Tiefe? Strömung?«

»Stellenweise bis fünfundzwanzig Meter, nur geringe Strömung, wird von Grundwasser gespeist. Die Suche ist nicht ganz ungefährlich für die Taucher, weil sich Gesteinsbrocken lösen können.« Die Informationen hatten sie von der Tübinger Feuerwehr bekommen, die den See hin und wieder zu Übungszwecken nutzte.

Er hörte Papiergeraschel im Hintergrund. »Was denken Sie, was geschehen ist?«

»Ich glaube nicht, dass der Junge allein dorthin gelaufen ist.«

»Sagt Ihnen das Ihr Bauchgefühl?«

War da Ironie? Sarkasmus? Oder sprach ehrliche Aufmerksamkeit aus seinem Vorgesetzten?

»Ja, vermutlich«, gab Brander zu. Aber da war mehr. Es war nicht nur ein Gefühl, er bekam es nur noch nicht zu fassen. »Wir hätten eine Spur gefunden, wenn er dort hingelaufen wäre.«

»Was ist mit diesem Pick-up?«

»Ich weiß es nicht.«

»Könnte der Fahrer ein Zeuge sein? Könnte er den Jungen gesehen haben?«

»Gut möglich …«

Clewer seufzte. »Eine verzwickte Geschichte … Was ist aus Ihrer Entführungstheorie geworden?«

Woher wusste der Mann denn das schon wieder? Ihre Entführungstheorie. Stand er so allein mit diesem Gedanken? Aber vielleicht irrte er tatsächlich. Vielleicht würden die Taucher in wenigen Stunden die Leiche des Kindes aus dem See bergen und vielleicht würde die Rechtsmedizin feststellen, dass es ein tragischer Unfall war. Vielleicht hatte Martin Lütz einfach nicht richtig aufgepasst und der Junge war tatsächlich heimlich abgehauen und auf Erkundungstour gegangen. Vielleicht hatte der Junge seinen Vater in der Grube gesehen und war entsetzt geflüchtet. Vielleicht …

Das waren zu viele Vielleichts.

»Sind Sie noch dran?«, brachte sich Hans Ulrich Clewer wieder in Erinnerung.

»Ja. Ich weiß im Moment nicht, in welche Richtung diese Ermittlungen laufen sollten«, gestand er ehrlich.

»Nun, die Ermittlungen leitet meines Wissens Kommissar Marquardt. Er muss diese Entscheidungen treffen.«

Hendrik. Wie würde der junge Vater damit klarkommen, ein totes Kind zu finden? Und was, wenn sie nicht herausfanden, was tatsächlich geschehen war? Wenn dieses Kind verschwunden blieb? Schon war er wieder bei Lisa Stolze und Martin Lütz. Warum mauerten die beiden dermaßen, obwohl sie gleichzeitig umkamen vor Sorge um den Jungen?

»Was würden Sie tun?«, fragte Brander.

»Solange das Kind nicht gefunden ist, würde ich jede noch so unscheinbare Spur verfolgen.«

Brander nickte grübelnd. »Der Pick-up ist vermutlich ein silbergrauer Chevrolet mit Esslinger Kennzeichen …«

»Esslingen? Interessant. Ich geb's hier intern mal weiter. Haben wir sonst noch etwas?«

»Nein …« Er zögerte. »Martin Lütz, das ist der Geschäftspartner der Familie Stolze. Ich wüsste gern, ob wir über den irgendetwas haben.«

»Ich kann mal eine Personenabfrage machen.«

»Danke.«

»Melden Sie sich, wenn Sie noch etwas brauchen.«

Käpten Huc ließ seine Mannschaft nicht allein auf offener See.

Amadeus Schätzle erschien neben ihm, nachdem das Gespräch beendet war. »Frau Fink kocht und lässt fragen, ob Sie auch etwas mitessen möchten.«

Brander zuckte die Schultern. Er hatte keinen Appetit.

Schätzle stellte sich vor ihn. »Fällt Ihnen etwas auf?«

»Was sollte mir auffallen?«

Der Mann schüttelte kaum merklich den linken Arm und zog eine kleine rote Rose aus dem Ärmel. »Und Tusch! Meinen Sie, ich könnte damit bei Ihrer griechischen Kollegin gut Wetter machen? Ich glaube, die Sache mit dem Euro kam nicht so gut bei ihr an …«

Brander runzelte die Stirn. Der letzte fremde Mann, der Peppi Blumen geschenkt hatte, hatte sie später ins Krankenhaus gebracht. »Lassen Sie's lieber.«

»Schade, diesen Trick habe ich lange geübt.« Vor Branders Augen verwandelte sich die Rose in ein weißes Taschentuch und verschwand in Schätzles Jackentasche.

»Der war nicht schlecht«, lobte Brander den Zauberer. Er wünschte sich, ein Stück von dessen Unbekümmertheit zu haben – einen Zaubertrick üben, während Taucher in einem See nach einem vermissten Jungen suchten. »Sind Sie schon lange beim Polizeiposten Ammerbuch? Ich hab Sie hier noch nie gesehen.«

»Seit Anfang des Jahres. Der Polizeireform sei Dank. Ich war vorher in Balingen. Aber so kurz vor der Pensionierung wollte ich es ein bisschen ruhiger haben. Noch anderthalb Jahre und dann geh ich auf Tour durchs Ländle oder nach Vegas.« Er grinste halbherzig. »Entschuldigen Sie, meine kleinen Tricks kommen Ihnen vermutlich pietätlos vor, aber es ist meine Art, mit dem Druck umzugehen. Ablenkung, um wieder klarer sehen zu können. Wie bauen Sie den Druck ab?«

»Mit einem guten Scotch«, wäre Brander beinahe herausgerutscht. Aber das hätte leicht zu Missverständnissen führen können. »Joggen«, sagte er stattdessen.

»In der Zauberei versuche ich, die Konzentration des Zuschauers auf ein bestimmtes Objekt zu lenken. Und während er ganz fasziniert dort hinschaut, kann ich ungestört direkt vor seinen Augen unbemerkt die Überraschung vorbereiten … Abrakadabra …« Er schürzte die Lippen, gab ein Schnalzen von sich. »Sind Ihnen eigentlich die vielen gebrauchten Ersatzteile hinten im Lager aufgefallen?«

Dass die Ersatzteile gebraucht waren, hatte er nicht registriert. Dass es viele verschiedene waren, schon.

»Das ist eine freie Werkstatt. Je mehr Ersatzteile im Lager sind, desto schneller können sie einen Wagen reparieren.«

»Mit gebrauchten Ersatzteilen?«

Sicher keine unberechtigte Frage.

»Meinen Sie, die bescheißen ihre Kunden?«

Schätzle zuckte die Achseln. »Es ist mir einfach aufgefallen. Und so, wie die Dinge stehen ...«

»Was hat das eine mit dem anderen zu tun?«

»Sie überlegen doch, ob es eine Entführung sein könnte ...«

»Ein Kunde, dem man eine gebrauchte Glühlampe einbaut, entführt doch kein Kind.«

»Es muss ja nicht nur eine Glühlampe gewesen sein.«

Zum zweiten Mal an diesem Tag glitt Brander ein kalter Schauer über den Rücken.

# 12

Brander fand Selesta Fink in der Küche, Peppi saß mit Theodor Stolze im Wohnzimmer. Lisa war bei Lukas im Kinderzimmer.

»Haben Sie Niko gefunden?« Stolzes Stimme zitterte. Er wollte die Antwort und gleichzeitig fürchtete er sich davor.

Brander schüttelte den Kopf und setzte sich auf den Sessel ihm gegenüber. Er lehnte sich zurück, die Arme locker auf den Sessellehnen, und musterte Theo Stolze. Branders prüfender Blick machte ihn nervös, er konnte ihn nicht erwidern, seine Augen wanderten unruhig im Zimmer umher.

Brander ließ ihn noch ein paar Sekunden schmoren, dann fragte er leise, aber bestimmt: »Was wissen Sie?«

Einen Moment standen die Augen des anderen still. Dann sah er zur Tür und senkte schließlich die Lider.

»Reden Sie mit mir.« Noch immer hielt Brander seine Stimme ruhig, fixierte den Mann ununterbrochen mit seinem Blick. »Bitte.«

Stolze starrte weiter auf den Boden.

Brander wandte sich zu der offenen Küchenzeile um. »Selesta, können Sie bitte nach Frau Stolze schauen?«

Selesta. Wie war ihm diese Vertraulichkeit herausgerutscht? Aber die junge Frau schien es nicht zu stören. Sie schob den Topf von der Kochstelle und verließ das Zimmer. Leise zog sie die Tür hinter sich zu. Theodor Stolze atmete kaum sichtbar auf.

»Reden Sie mit mir«, forderte Brander ein zweites Mal.

»Ich kann Ihnen nicht viel sagen. Ich weiß nicht, was ich Lisa glauben kann und was nicht. Sie ist so durcheinander.« Er flüsterte noch immer.

»Was hat Ihre Schwägerin Ihnen gesagt?«

Stolze kämpfte mit sich, ob und was er den Beamten sagen sollte. Schließlich räusperte er sich und begann: »Lisa rief mich Samstagmorgen in aller Herrgottsfrühe an. Ihre Kollegen hatten mich da schon über Felix' Unfall informiert. Ich hatte mich gerade auf den Weg hierher gemacht. Sie war völlig aufgelöst, faselte etwas davon, dass sie ganz dringend Geld bräuchten …«

»Geld? Wofür?«

»Ich dachte, für die Werkstatt. Sie sagt, sie wären in Zahlungsschwierigkeiten.« Stolze stand auf, durchschritt den Raum, trat ans Fenster, verschränkte die Hände hinter dem Rücken. Die Finger verkrampften sich ineinander. Eine Weile starrte er gedankenverloren hinaus.

»Zahlungsschwierigkeiten in der Firma?«, hakte Peppi nach. Sie warf Brander einen skeptischen Blick zu.

Ihr Kind war verschwunden, ihr Mann lag im Krankenhaus und Lisa Stolze machte sich Sorgen um die finanzielle Zukunft der Werkstatt?

»Was genau hat Ihre Schwägerin gesagt?«

»Ich sagte Ihnen ja schon, dass es in den ersten Jahren schwierig ist für Jungunternehmer«, erwiderte Stolze, ohne auf die Frage einzugehen. »Es ist viel Arbeit und sie können kaum davon leben. Aber das ist normal. Man muss die Zähne zusammenbeißen, da kann man keine großen Sprünge machen.«

Keine großen Sprünge … Unwillkürlich rief Brander sich Lütz' Wohnung in Erinnerung. Kein Luxusappartement, aber auch keine armselige Junggesellenbehausung. Die Flasche Whisky, die auf seinem Wohnzimmertisch gestanden hatte, kostete locker siebzig, achtzig Euro.

»Wie viel Geld braucht Ihre Schwägerin?«, fragte Peppi.

»Hunderttausend Euro.«

Die Beamtin tauschte erneut einen Blick mit Brander. Hunderttausend Euro. Als Lösegeld? Aber warum nicht? Sie hatten es schließlich nicht mit einem Millionär zu tun. Ein Kleinunternehmer.

»Und? Werden Sie ihr das Geld leihen?«

»Ich würde mein letztes Hemd geben. Aber so einen Betrag hebt man nicht mal eben am Geldautomaten ab. Dafür muss ich einen Kredit aufnehmen. Aber das braucht Zeit.«

Brander erinnerte sich daran, wie er Lisa Stolze unten im Büro angetroffen hatte. Aktenordner wälzend, das Buchhaltungsprogramm auf dem Monitor geöffnet, verschiedene Summen auf einem Zettel notiert.

»Wofür braucht sie das Geld? Und bis wann?«

»Ich weiß es nicht ... Vermutlich so schnell wie möglich.« Er drehte sich wieder zum Zimmer. »Es ist nur ...«

»Ja?«

Stolze schüttelte den Kopf.

»Herr Stolze, bitte reden Sie mit uns.«

Aber den Mann hatte der Mut verlassen.

»Gab es, seit Sie hier sind, irgendwelche Anrufe?«, hakte Brander weiter nach.

»Welche Anrufe?«

»Von Leuten, die Geld wollten.«

»Nicht, das ich wüsste ...«

Brander landete wieder bei seiner Einstiegsfrage. »Wurde Niko entführt?«

Stolze hob den Blick. »Und wenn? Glauben Sie wirklich, dass er noch lebt?«

Brander fuhr es heißkalt durch die Glieder. Und wenn. Sie brauchten eine Telefonüberwachung. Sie brauchten die Verbindungsnachweise! So schnell wie möglich. Verflucht, er musste Schmid überzeugen.

»Herr Stolze, was wissen Sie?«

»Ich weiß nur, dass ich meine Schwägerin nicht wiedererkenne ... und ich mache mir große Sorgen um Niko ... und um meinen Bruder.« Der sonst so gefasste Ausdruck auf Stolzes Gesicht war verschwunden. »Spricht etwas dagegen, dass ich zu Felix in die Klinik fahre? Ich möchte ihn sehen und noch einmal mit den Ärzten sprechen.«

Sollte er ihn gehen lassen? Oder konnte er noch mehr Informationen aus ihm herausbringen?

»Fahren Sie zu Ihrem Bruder. Nehmen Sie Ihre Schwägerin mit. Es könnte ihr vielleicht gut tun.«

Stolze schüttelte den Kopf. »Morgen vielleicht.«

Sie warteten, bis der Mann das Zimmer verlassen hatte.

»Fährt er tatsächlich ins Krankenhaus?«, fragte Peppi zweifelnd.

Brander zuckte die Achseln. »Wohin denn sonst?«

»Herr Stolze?«, rief Peppi in den Flur. »Warten Sie, wir fahren Sie in die Klinik.«

»Nimm den Schätzle mit, ich bleib hier.«

Brander nahm sein Telefon, wählte Schmids Nummer und berichtete ihm von dem Gespräch mit Theodor Stolze. »Wir brauchen die Verbindungsnachweise.«

»Mhm«, murmelte Schmid und verfiel ins Grübeln.

»Sehen Sie es denn nicht?«, fragte Brander ungeduldig. »Wir können nicht nur in die eine Richtung ermitteln. Wir brauchen mehr Informationen.«

»Hunderttausend Euro. Welcher Entführer gibt sich denn mit hunderttausend Euro zufrieden? Könnte es nicht auch sein, dass hier zwei verschiedene Dinge unglücklich zusammenfallen?«

»Herr Schmid, es geht um das Leben eines Kindes!«

»Und wenn ich hier auf blauen Dunst diesen Antrag genehmige, wird man uns das später bei einer möglichen Gerichtsverhandlung um die Ohren schlagen. Wenn es sich tatsächlich um eine Entführung handelt, brauchen wir vor Gericht verwertbare Beweise.«

Brander seufzte frustriert. »Warum sperren Sie sich so?«

Der Staatsanwalt schnaubte unschlüssig in den Apparat. »Außer Ihnen hat niemand den Verdacht einer Entführung in Erwägung gezogen oder geäußert. Weder der Ermittlungsleiter«, er machte eine Pause, damit Brander sich bewusst wurde, dass auch ein Tadel dahintersteckte, weil er Hendrik Marquardt mit seinem direkten Anruf wieder einmal übergangen hatte, »noch die Eltern, Verwandten oder irgendwelche Zeugen. Der Fund des Schuhs am Steinbruch spricht doch dafür, dass das Kind sich dorthin verlaufen hat …«

Ein Satz kam Brander in den Sinn, den Amadeus Schätzle vor wenigen Stunden geäußert hatte. Die Zuschauer konzentrieren sich auf die rechte Hand und achten nicht darauf, was die Linke tut. »Es ist eine falsche Fährte.«

»Aha.«

»Verdammt! Man lenkt unsere Aufmerksamkeit auf die Suche im Steinbruch, um vom eigentlichen Geschehen abzulenken.«

Schmid räusperte sich. »Herr Brander, ohne Ihnen zu nahe treten zu wollen: Wir stehen alle gerade mächtig unter Druck. Wir alle wollen dieses Kind wiederfinden. Lebendig. Aber könnte es vielleicht auch sein, dass Sie sich da in irgendetwas verrennen?«

* * *

Corinna Tritschler kam auf den Hof gefahren. Brander sah sie, als er im Wohnzimmer der Stolzes am Fenster stand. Sie war allein. Seine Finger wurden klamm und er fragte sich, welche Neuigkeiten sie hatte. Er ging hinunter und öffnete ihr die Tür.

»Hey, wie ist die Lage?«, begrüßte sie ihn.

»Beschissen. Und bei euch?«

»Oha.« Cory musterte ihn kritisch. »Was ist passiert?«

»Nichts.« Und genau das war das Problem. Oder hatte Schmid recht? Sah er etwas, was gar nicht da war? »Wie läuft die Suche?«

»Schwierig. Die Taucher werden noch eine ganze Weile beschäftigt sein. Hendrik bat mich, euch abzulösen. Er will nicht, dass Lisa Stolze allein hier sitzt und auf Nachrichten wartet …«

Brander war dankbar, dass Hendrik die Kollegin geschickt hatte. Wenn jemand mit dieser Situation umgehen konnte, dann sie. Corinna Tritschler war Mutter, sie war Kriminalpolizistin, sie war speziell geschult, um Menschen in Krisensituationen zu helfen.

»Kann ich dich hier allein lassen? Peppi und Schätzle sind mit Theodor Stolze in der Klinik und ich brauch ’ne Pause.«

»Kein Problem.« Sie klopfte ihm freundschaftlich auf die Schulter. »Sieh zu, dass du wirklich ein bisschen abschaltest.«

Er hatte die Hände in den Taschen vergraben und stampfte den Fußweg entlang. Er war noch nicht bei der Tankstelle angelangt, als er eilige Schritte hinter sich hörte.

»Herr Brander!« Ein gewisperter Ruf, um auf sich aufmerksam zu machen, aber in der Angst, zu laut zu sein, dass jemand es hörte, für den es nicht gedacht war.

Er blieb stehen und wandte sich um. Selesta Fink kam hinter ihm hergelaufen.

»Ich gehe nach Hause, Essen kochen für meinen Mann. Er muss fahren, morgen ganz früh.«

»Aha.« Was sollte er anderes dazu sagen?

»Sie begleiten mich ein Stück«, bestimmte sie und setzte sich in Bewegung.

Gemeinsam liefen sie nebeneinander den Weg entlang, folgten der Straße am Jugendhaus und der Feuerwache vorbei. Die junge Frau machte kleine, energische Schritte, als wollte sie ihm davonlaufen, und gleichzeitig hielt sie etwas zurück. Brander fragte sich, warum sie ihn gebeten hatte, sie zu begleiteten.

»Lisa ist sehr traurig«, begann sie mit einem Mal zu reden. Sie waren mittlerweile auf Höhe des Bauunternehmens Kamer. »Nein, das ist falsches Wort. Sie ist …«

»Verzweifelt«, half Brander aus.

»Ja. Verzweifelt.«

Wieder legte sie ein paar eilige Schritte zurück. Sie zog die Jacke enger um sich, als wäre ihr kalt, dabei waren die Temperaturen recht mild. »Ist Niko entführt?«

»Wie kommen Sie darauf?«

»Sie haben es gefragt. Heute Morgen.«

»Wir wissen nicht, was mit Niko ist.« Brander musterte die Frau neben sich. Ein großes Fragezeichen zierte ihr Gesicht. »Worüber denken Sie nach?«

»Wenn …« Sie zögerte. »Wenn jemand entführt ist, dann wollen die Geld, ja?«

»Ja, meistens schon.« Geld war nicht immer der einzige Grund für eine Entführung. Andere Gründe wollte er ihr aber nicht nennen.

»Wenn jemand mein Kind entführt, meine Familie, alle würden helfen.«

»Theodor Stolze will ja helfen …«

»Nein.«

»Nein?«

Sie blieb stehen, hob den Blick zum Himmel. »Doch, aber …« Sie seufzte unentschlossen. Ihre hellen Augen richteten sich direkt auf Brander.

Sie hatte ein hübsches Gesicht, ein wenig kindlich und doch Frau. Der rote Lippenstift war vielleicht etwas zu dick aufgetragen, aber … Brander schüttelte innerlich über sich den Kopf. Konzentrier dich!

Er räusperte sich. »Aber?«

»Fünfhunderttausend ist zu viel.«

»Was?«, entfuhr es Brander. Theo Stolze hatte von einhunderttausend gesprochen. Oder hatte er sich verhört? »Sind Sie sicher? Woher wissen Sie davon?«

Sie druckste herum. »Ich habe Gespräch gehört. Nicht Absicht. Lisa hat telefoniert. Sie braucht fünfhunderttausend.«

Eine halbe Million Euro! Das klang doch schon eher nach der Forderung eines Entführers. »Sind Sie sicher?«, wiederholte er noch einmal.

Sie ging nicht darauf ein, sagte stattdessen: »Lisas Eltern …« Sie hob die Schultern und schüttelte dabei den Kopf. Unverständnis im Blick.

»Soweit ich weiß, hat Frau Stolze keinen Kontakt mehr zu ihren Eltern.«

»Aber …« Sie verstummte.

Schon wieder dieses Aber.

Sie lief weiter, stampfte energisch voran. Brander blieb neben ihr, ließ sie ihren inneren Kampf ausfechten. Plötzlich stoppte sie mitten auf dem Weg. Er war zwei Schritte weitergelaufen, drehte sich zu ihr herum. Sie trat vor ihn, presste die flachen Hände auf seine Brust und sah zu ihm auf. Er spürte die Anspannung, unter der sie stand, durch seine Jacke hindurch. Ihre Hände übten Druck aus, um eine Verbindung herzustellen und ihn gleichzeitig auf Abstand zu halten.

»Ich sage Ihnen etwas.« Sie blickte entschlossen zu ihm auf.

Die Berührung, ihr Blick entfachte ein Kribbeln in seiner Brust. Nur knapp hatte er den Instinkt unterdrückt, ihre Handgelenke zu fassen, um ihre Hände von seinem Brustkorb zu ziehen. Ihr Verhalten irritierte ihn. Abwartend sah er auf sie herab.

»Lisas Vater hat Geld. Sehr viel Geld. Er kann helfen!« Sie löste ihre Hände.

Brander atmete auf.

Sie hob einen Zeigefinger, die Augen groß und rund. »Sie wissen nicht von mir!«

»Und woher wissen Sie …?«

»Nein. Ich gehe jetzt zu meinem Mann. Ich komme morgen wieder und helfe Lisa mit dem Baby.«

Und damit ließ sie ihn allein auf der Straße stehen.

* * *

Cecilia kam aus dem Wohnzimmer, als Brander wenig später das Haus betrat.

»Und?«

Brander schüttelte den Kopf. »Keine Spur von dem Kind.«

Sie trat zu ihm und er zog sie in seine Arme, hielt sie fest. Es tat gut, ihren warmen, vertrauten Körper zu spüren. Er vergrub sein Gesicht an ihrer Schulter. Noch immer war er verwirrt von dem Gespräch mit Selesta Fink. In seinem Gehirn schien ein Knoten zu sein. Hunderttausend. Fünfhunderttausend. Lisa Stolzes Vater hat Geld. Meine Familie, alle würden helfen. Lisa Stolzes Vater nicht? Er sog den vertrauten Duft seiner Frau ein.

»Wo ist Nathalie?«, fragte er, ohne sich aus der Umarmung zu lösen.

»Beim Steinbruch, schaut deinen Kollegen bei der Arbeit zu.«

»Wann kommt sie heim?« Es gefiel ihm nicht, dass sich das Mädchen das ganze Wochenende herumtrieb, so löblich ihre Gründe auch sein mochten. Die Osterferien waren vorüber, sie musste am Montag wieder in die Schule und sollte ausgeruht sein.

»Um acht. Ich glaub, sie war ein bisschen traurig, dass Julian wieder gefahren ist. Julian wäre wohl auch noch gern geblieben.«

Julian. Die Gedanken an seinen Neffen, an die Eheprobleme seines Bruders hatte er völlig verdrängt. Er musste unbedingt mit Daniel reden, musste wissen, was los war, ob Julians Sorgen begründet waren.

»Ist er gut zu Hause angekommen?«

»Ja, trotz Verspätung hat er die Anschlusszüge gekriegt.« Cecilia löste sich aus seinen Armen, legte die Hände auf seine Wangen und sah ihm prüfend ins Gesicht. »Du siehst ziemlich erledigt aus.«

»Das bin ich auch.« Aber bevor er sich einen Moment Ruhe gönnen wollte, musste er in Erfahrung bringen, was Selesta Finks Bemerkung zu bedeuten hatte.

Lisa Stolzes Vater hat Geld. Viel Geld. Was war »viel Geld«? Er musste mit Hendrik reden. Die Melodie seines Handys erklang aus seiner Jacke. Er zog es aus der Tasche. Das Display zeigte eine Handynummer, die er nicht kannte.

»Brander.«

»Andreas Brander?«, fragte eine forsche männliche Stimme am anderen Ende.

»Wer will das wissen?«

Er hörte ein Lachen. »Der Stephan, Stephan Klein, K4.«

Der Mann sprach, als müsste Brander wissen, wer am anderen Ende der Leitung war. Kriminalinspektion 4 – das war Organisierte Kriminalität, Rauschgifthandel. Ein Kollege von Ekki? Nein, K4 war in Esslingen. Aber er hatte kein Bild zu dem Mann.

»Pass auf …« Klein sog geräuschvoll die Luft ein. »Dein Capo hat vorhin mit meinem geschwätzt, und der mit mir. Ihr sucht einen silbernen Pick-up, einen Chevy, ja?«

Waren sie schon beim Du?

»Ja«, gab Brander einsilbig zurück.

»Esslinger Kennzeichen?«

»Ja.«

»Hmm«, murmelte es in der Leitung. »Wisst ihr sonst noch was über diesen Pick-up?«

»Moment mal …« Sein Gehirn war noch zu sehr mit Selesta Fink beschäftigt, als dass er seinem Gesprächspartner volle Aufmerksamkeit geschenkt hätte. Unschlüssig hielt Brander das Telefon in der Hand. Wen hatte er da am Apparat? Versuchte jemand, ihn auszuhorchen? Stephan Klein. Er kannte keinen Stephan Klein. Presse? »Kann ich gleich zurückrufen?«

»Hab ich dich auf ’m Klo erwischt, oder was?«

»Ich ruf zurück.« Brander drückte das Gespräch weg. Er hatte keine große Lust, Hans Ulrich Clewer anzurufen, aber wer sonst könnte ihm auf die Schnelle verraten, ob es einen Stephan Klein bei der Esslinger Kripo gab?

Wenig später hatte er die Bestätigung von seinem Vorgesetzten. Er wählte die gespeicherte Handynummer des vorherigen Anrufers. Klein nahm nach dem ersten Klingeln ab.

»Da sind wir wieder«, begrüßte er ihn schwungvoll, wie nach der Werbepause in einer Quizshow. »Und, Hände in Unschuld gewaschen?«

»Ich wollt nur sichergehen.«

»Guter Mann.« Es klang gönnerhaft-spöttisch, was Klein nicht unbedingt sympathischer machte. »Also, Pick-up, Chevy, silbern, Esslinger Kennzeichen, korrekt?«

»Vermutlich silbergrau, vielleicht metallic.«

»Okay, ist notiert. Sonst noch was?«

»Es könnte ein recht junger Fahrer sein«, rief Brander sich Boris Finks Aussage ins Gedächtnis.

»Jung … okay …« Klein schien mit einem Mal sehr aufmerksam zu sein. »Wie jung?«

»Zwanzig, Mitte zwanzig.«

»Noch was?«

»Nein … warte …« Der Schlafmangel machte das Denken schwer. Was hatte Fink gesagt? »Vermutlich sportlich, der Zeuge beschrieb ihn als drahtig.«

»Okay, weiter.«

»Haarfarbe … wahrscheinlich dunkelblond, abstehende Ohren.«

»Lalla-Ohren?« Klein schnalzte mit der Zunge. »Passt wie Arsch auf Eimer.«

»Das bedeutet?«

»In Beamtendeutsch?«

»Im Klartext.«

Wieder lachte der Mann am anderen Ende. »Andreas, ich guck mal, was ich für dich machen kann. Kann ich dich später noch anrufen, oder bist du dann schon im Nest?«

»Wenn du Informationen für uns hast, kannst du mich jederzeit anrufen«, gab Brander reserviert zurück.

Was war das für ein Schnösel? So ein obercooler Frischling von der Polizeihochschule, der meinte, mit lockeren Sprüchen den dicken Max markieren zu können, hatte ihm gerade noch gefehlt.

# 13

Sie waren zu einer späten Sitzung im kleinen Kreis in Tübingen zusammengekommen: Hendrik Marquardt, Peppi, Brander, Manfred Tropper, Tobias Richter und Staatsanwalt Marco Schmid. Cory war mit Amadeus Schätzle bei Familie Stolze geblieben.

Die Taucher hatten mit Einbruch der Dunkelheit ihre Suche erfolglos abgebrochen. Am nächsten Tag würden sie weitermachen. Die Hundeführer hatten mit ihren Tieren von der Fundstelle des Schuhs keine Fährte von dem Jungen aufnehmen können – für Brander eine Bestätigung, dass der Schuh dort absichtlich abgelegt worden war. Der einzige Hoffnungsschimmer war, dass es auch keine Spuren eines Absturzes in der Umgebung gab.

»Freddy, hast du dir den Schuh angesehen?« Hendriks Stimme schien zu leiern.

»Ja, es gibt ein paar Auffälligkeiten.« Der Kriminaltechniker kratzte sich mit dem Kuli hinterm Ohr. »Der Schuh ist nicht besonders stark verschmutzt, was er meines Erachtens jedoch sein müsste, wenn der Junge über die Felder zu dem Steinbruch gelaufen ist. Und der Schuh ist auch nicht so nass, wie er sein sollte, wenn er tatsächlich schon seit Freitagabend dort gelegen hätte. Es hat in den letzten achtundvierzig Stunden mehrere Male heftig geregnet …«

Das war es gewesen, was Brander unbewusst aufgefallen war, als sie den Schuh gefunden hatten.

»Was bedeutet das für uns?«, fragte Schmid.

»Dass der Schuh vermutlich erst zu einem späteren Zeitpunkt dort verloren oder abgelegt wurde.«

»Warum sollte jemand den Schuh dort ablegen?«

»Keine Ahnung.« Tropper zuckte die Achseln. »Ich habe ja nicht gesagt, dass er tatsächlich dort abgelegt wurde. Es ist lediglich eine Option.«

»Fingerabdrücke?«

»Keine brauchbaren. Wir suchen nach DNA in den Fragmenten. Aber das dauert …«

Hendrik Marquardt massierte sich mit energischen Bewegungen die Schläfen. Die Muskeln seiner breiten Schultern zeichneten sich deutlich unter dem T-Shirt ab, dennoch wirkte er kraftlos und matt. Brander beobachtete den jüngeren Kollegen besorgt. Der Mann brauchte unbedingt eine Pause, ein paar Stunden Schlaf.

»Lisa Stolze hat anscheinend ihren Schwager um eine größere Summe Geld gebeten«, berichtete Brander.

»Wie viel?«, fragte Hendrik.

»Hunderttausend Euro, aber …«

»Wofür?«

»Das weiß ich nicht. Aber meines Erachtens erhöht das den Verdacht auf eine Entführung.«

»Wer entführt denn ein Kind und verlangt dann nur hunderttausend Euro?« Hendrik zog eine skeptische Grimasse. Er schlug in dieselbe Kerbe wie der Staatsanwalt.

»Wahrscheinlich wollen sie mehr«, erwiderte Brander.

»Was heißt ›wahrscheinlich wollen sie mehr‹? Was weißt du?«, fragte der Kollege gereizt.

Brander zögerte: »Frau Fink hat mir erzählt, dass es vermutlich um fünfhunderttausend Euro geht. Sie hat es mir im Vertrauen erzählt, ich glaube nicht, dass sie bereit wäre, offiziell auszusagen.«

Peppi wandte ihm ganz langsam ihr Gesicht zu. »Wann hat sie dir das erzählt?«

»Vor zirka zwei Stunden.«

Hendrik stieß empört die Luft aus. »Und warum erfahren wir davon erst jetzt?«

»Zwei Stunden sind keine Ewigkeit, oder?«, blaffte Brander.

Hendrik wollte zurückschießen, aber Schmid hob bremsend die Hand. »Woher hat Frau Fink diese Information?«

»Sie hat ein Telefongespräch von Frau Stolze unbeabsichtigt mitgehört, bei dem es anscheinend um fünfhunderttausend Euro ging.«

»Haben Sie den genauen Wortlaut des Gesprächs?«

»Nein.«

»Und wie kommen Sie darauf, dass es sich hierbei um eine Lösegeldforderung handelt?«

»Ich weiß nicht, ob es eine ist. Aber was soll es denn sonst sein?« Auch in seiner Stimme konnte er die Gereiztheit nicht ausschalten. »Denken Sie, Frau Stolze spricht an einem Sonntagmorgen mit ihrem Bankberater über einen Firmenkredit, während ihr fünfjähriges Kind vermisst wird?«

»Immerhin liegt ihr Mann im Krankenhaus. Er wird längere Zeit ausfallen, da könnte die Werkstatt in finanzielle Schwierigkeiten geraten.«

Brander schüttelte ungläubig den Kopf. Warum sperrten sich alle gegen die Option einer Entführung?

»Hat Ihnen Frau Fink sonst noch etwas anvertraut?«

»Ja. Lisa Stolze stammt anscheinend aus einem wohlhabenden Elternhaus.«

Schmid lehnte sich zurück und tippte sich nachdenklich mit dem Zeigefinger gegen die Lippen. »Das ist interessant.« Er sah zu Hendrik. »Liegen uns da irgendwelche Informationen vor?«

»Nein.«

»Ich kann eine Datenabfrage machen«, erbot sich Tobias Richter.

Hendrik nickte ihm zu und der junge Mann verschwand eilig.

»Was ist mit Theodor Stolze? Hat er mit jemandem gesprochen, als er unterwegs war?«, fragte Brander Peppi.

Die Kollegin schüttelte den Kopf. »Er hat das Telefon nicht einmal in die Hand genommen. Wir sind in die Klinik gefahren, er saß eine Weile am Bett seines Bruders, hat mit der Stationsschwester gesprochen und dann sind wir wieder zurückgefahren. Felix Stolze ist noch immer nicht ansprechbar.«

Brander wandte sich wieder an den Staatsanwalt. »Herr Schmid, wir brauchen einen Verbindungsnachweis sowohl für Stolze als auch für Lütz. Wir müssen wissen, ob es irgendeinen Kontakt zu einem Entführer gibt«, bat er eindringlich.

Hendrik warf ihm einen grimmigen Blick zu. Die Luft begann, unheilvoll zu vibrieren.

»Ich schau, was sich machen lässt«, erklärte Schmid, mittlerweile anscheinend weniger abgeneigt, an Branders Theorie zu glauben.

Peppi reckte sich ausgiebig und schüttelte ihre dunkle Mähne. »Warum richtet sich Lisa Stolzes Wut gegen Martin Lütz? Zwei Mal hat sie ihn attackiert. Warum ihn? Und warum fragt sie Theodor Stolze nach Geld, wenn ihre Eltern anscheinend Kohle haben?«

»Sie hat laut Aussage ihres Schwagers keinen Kontakt mehr zu ihren Eltern«, bemerkte Brander.

»Ist das tatsächlich so? Wenn ja, seit wann? Und wer weiß das? Wenn es tatsächlich einen Entführer gibt, weiß er es? Oder spekuliert er darauf, dass Lisa Stolze ihre Eltern um Geld bittet?«

»Worauf willst du hinaus?«, fragte Schmid.

»Gehen wir davon aus, dass es um Geld geht, dann muss so eine Kindesentführung vorbereitet sein. Das macht man doch nicht spontan. Aber wie hätte man planen können, dass Niko am Freitagabend quasi unbeaufsichtigt auf dem Hof herumspaziert? Mir fällt nur einer ein, der problemlos so eine Gelegenheit nutzen könnte.« Peppi blies sich eine Strähne aus der Stirn. »Martin Lütz.«

»Wieso sollte er das tun?«, fragte Hendrik ungläubig.

»Geld«, erwiderte Peppi lapidar. Als Hendrik noch immer skeptisch dreinschaute, ergänzte sie: »Martin Lütz ist äußerst unkooperativ. Er beteiligt sich nicht an der Suche und verhält sich auch sonst … suspekt.«

Brander nickte zustimmend. »Er kennt Lisa Stolze, weiß vermutlich von ihren Eltern. Er geht in dem Haus ein und aus wie ein Familienmitglied …«

»Lütz war Freitagabend als Letzter in der Werkstatt«, fuhr Peppi fort. »Wissen wir denn, ob es nicht doch einen Streit zwischen ihm und Felix Stolze gab? Auch wenn Freddy keine Spuren gefunden hat – er hätte Zeit gehabt, die

Werkstatt aufzuräumen, er weiß genau, wo was hingehört …«

»Und wo soll der Junge sein?«, fragte Hendrik. »In seiner Wohnung? Ihr seid doch dort gewesen.«

»Wir haben uns aber nicht umgesehen.«

»Aber man entführt doch nicht das Kind seines Kompagnons und versetzt die Familie in Angst und Schrecken.« Hendrik schüttelte den Kopf. Er konnte diese Theorie nicht glauben.

»Was wissen wir über Lütz?«, fragte Brander. »Er hat eine schicke Wohnung, aber fährt eine Klapperkiste. Er ist eng mit Stolzes befreundet, aber schert sich einen Dreck darum, was mit Niko ist. Das passt doch alles nicht zusammen! Wenn du mich fragst, hat der was zu verbergen.«

»Du bist doch jetzt schon mehrfach mit ihm aneinandergeraten. Bist du noch objektiv?«

»Was soll das denn jetzt?«

»Was ist mit diesem Pick-up?«, versuchte Marco Schmid den aufkeimenden Disput zu verhindern.

»Da gibt's nichts Neues«, antwortete Hendrik.

Brander sog die Luft zwischen den Zähnen ein. Er hatte Hendrik noch nichts von Stephan Kleins Anruf erzählt.

Der Kollege stierte ihn mit lauerndem Blick an: »Was?«

»Nichts …« Es gab nichts zu berichten. Klein hatte gesagt, er würde sich umhören. Das half ihnen im Moment noch nicht weiter. Er könnte mit Hendrik reden, sobald er mehr Informationen hatte.

»Was weißt du über den Pick-up? Würdest du uns bitte an deinem Wissen teilhaben lassen?« Die Worte schossen aus dem Mund des Kollegen, seine Augen funkelten zornig.

»Die Esslinger Kollegen unterstützen uns bei der Suche.«

»Verfluchte Scheiße, was ziehst du hier eigentlich ab?«, brüllte Hendrik los. Er sprang wutschnaubend auf.

»Nichts, ich …«

»Ich leite die Ermittlungen! Sag es mir ins Gesicht, wenn du denkst, dass ich es nicht richtig mache!«

»Das denke ich nicht«, erwiderte Brander fest.

»Ach ja? Du versuchst doch die ganze Zeit, hier das Kommando zu übernehmen! Agierst auf eigene Faust, hinter meinem Rücken!«

»Herr Marquardt«, mischte sich Schmid ein.

»Du enthältst mir Wissen vor und dann präsentierst du es mal eben nebenbei in der Sitzung, damit ich dastehe wie ein Depp!«

»Das ...« Brander fehlten die Worte.

»Die Esslinger Kollegen helfen uns? Wer? Seit wann? Warum weiß ich nichts davon?«

»Herr Marquardt, bitte setzen Sie sich wieder hin«, forderte der Staatsanwalt ruhig, aber mit aller Strenge.

Wutbebend folgte Hendrik der Aufforderung, ohne den Blick von Brander zu nehmen. Im Raum herrschte betroffene Stille.

Sie waren alle übermüdet, überreizt, besorgt um das Leben des Kindes. Brander wollte Hendrik nicht bloßstellen, ihn nicht provozieren. Er wollte ihm auch kein Wissen vorenthalten. Gleichzeitig meldete sich sein Gewissen. Hatte Hendrik recht? Ein klein wenig? Handelte er auf eigene Faust? Kam er nicht damit klar, dass er bei diesen Ermittlungen nicht der leitende Beamte war? Hatte er versucht, den Kollegen auszubremsen? Nicht bewusst, aber ... Er traute sich selbst nicht mehr. Was war denn nur mit ihm los? Sie mussten zusammenarbeiten. Es ging darum, ein Kind zu retten.

Er schluckte trocken. »Es tut mir leid, wenn es den Anschein hat, dass ich dich übergehe. Das war nicht meine Absicht und ich entschuldige mich in aller Form.«

Hendrik starrte ihn wortlos an. Er schien zu überlegen, wie er mit dieser Entschuldigung umgehen sollte. Fühlte er sich nun noch mehr bloßgestellt? Die Kollegen um sie herum schwiegen betreten. Brander hatte sich selten so allein in einer Sitzung gefühlt. Die Stille füllte den Raum. Nicht einmal ein Atmen war zu hören. Und mitten in diese Stille drang die Melodie von Branders Handy. Er sah auf das Display, erkannte die Nummer. Das Timing hätte nicht besser sein können. Alle Blicke waren auf ihn gerichtet.

»Das … ähm …«, er musste sich räuspern, »ist ein Esslinger Kollege …« Am liebsten wäre er im Boden versunken. »Ich kann kurz raus …«

»Du bleibst hier«, befahl Hendrik. »Das Gespräch geht uns doch sicher alle an.«

Brander nahm den Anruf entgegen. »Ja?«

»Schon geschlafen?«, tönte es ihm entgegen.

»Wir sind mitten in der Sitzung.«

»Gruß an die Kollegen. Pass auf, Andreas …«

»Vielleicht dürfen wir mithören?«, forderte Hendrik.

»Warte, ich stell dich auf Lautsprecher.«

»Okay, hallo in die Runde. Könnt ihr mich alle hören?« Kleins Stimme schallte munter in den Raum.

»Klar und deutlich. Das ist Stephan Klein von der Kriminalinspektion 4 in Esslingen«, sagte Brander zu den Kollegen. »Leg los.«

»Also, pass auf … ihr sucht doch den Fahrer dieses Pickups.«

»Ja.«

»Ich hab hier vielleicht was. Von diesen Chevy-Pick-ups gibt es ja zum Glück nicht so viele in der Region. Und wie's der Zufall will, kenn ich da einen jungen Mann, der einen Chevy Silverado fährt, silver ice metallic, Esslinger Kennzeichen. Muss nichts heißen, ist aber kein Unbekannter bei uns. Ein paar kleinere Vergehen: Alkohol, Einbruch-Diebstahl, Körperverletzung … Der Junge heißt Sascha Ziesemann, dreiundzwanzig Jahre … Seid ihr noch alle wach?«

»Erzähl weiter«, forderte Brander.

»Hab ich mich natürlich gefragt: Was hat Saschi mit Kleinkleckersdorf zu tun? Und da les ich, dass es da bei euch irgendwie um eine Autowerkstatt geht.«

»Korrekt.«

»Jetzt passt mal auf: Der Sascha hat 'nen Onkel. Gunnar Rozanowski. Schon mal gehört?«

Brander sah in die Gesichter der Kollegen. »Nein.«

»Die Tübinger ...«, kam es mitleidig durch die Leitung. »Also, Kollegen, Rozanowski wird zurzeit von uns überwacht. Der vertickt nämlich Autos nach Polen, Tschechien, Russland und so weiter. Und es steht der Verdacht im Raum, dass die Autos nicht immer ganz legal für den Weiterverkauf erworben werden. Für den Transport braucht man aber Papiere ...«

»Das ist doch jetzt eine ganz andere Baustelle«, warf Hendrik ungeduldig ein.

»Wer bist du denn?«, fragte Klein in einem Ton, der Missfallen über die Unterbrechung ausdrückte.

»Hendrik Marquardt, ich leite die Ermittlungen.«

»Okay, dann pass mal auf, Hendrik«, der Plauderton verschärfte sich, »das sind vielleicht zwei Baustellen, aber dieselbe Familie, verstehste?«

Hendrik wollte etwas erwidern, aber Klein fuhr bereits fort: »Wir observieren hier also seit ein paar Monaten den Gunnar. Jetzt kommt ihr und sucht diesen Pick-up-Fahrer. Ich sag euch: Könnt der Sascha sein. Wenn ihr jetzt aber den Sascha besucht und Fragen stellt, da wird der Gunnar doch aufmerksam, oder? Da wird der sich fragen: Was wollen die Bullen von meinem Neffen? Wieso stellen die Fragen? Wollen die mir was anhängen? Zack, bumm, der macht dicht. Unsere ganze Arbeit für 'n Arsch. Verstehste?«

»Das ist mir scheißegal. Hier geht es um das Leben eines Kindes.«

»Weiß ich doch. Also, pass auf, Vorschlag: Ich schick euch ein aktuelles Foto von Sascha. Ihr fragt euren Zeugen, ob dass der Chevy-Fahrer ist. Okay? Wenn er es ist, dann können wir uns noch mal unterhalten. Wenn nicht, dann haltet ihr euch von dem Saschi fern. Alles klar?«

Hendrik sah ratsuchend zu Marco Schmid. Der nickte.

»In Ordnung. Schicken Sie das Foto an mich.«

»Hab's gerade an den Andreas geschickt. Der kann's dir ja geben. Hey, und ich verlass mich drauf, dass ihr nicht anfangt, ohne uns in unserem Teich zu fischen. Geht das klar?«

»Wir melden uns.«

Klein schnalzte ärgerlich mit der Zunge. »Hendrik, kein Alleingang, geht das klar?«

»Wir prüfen das Foto und melden uns.«

»Gut. Also dann, Andreas, wir sehen uns.«

Das Gespräch war beendet.

»Woher kennst du den denn?«, fragte Peppi verdutzt.

»Ich kenn ihn nicht.«

»Das hat sich aber ganz anders angehört.«

Ja, das hatte es und Brander verfluchte den Kollegen innerlich. »Wie gehen wir vor?«, wandte er sich an Hendrik Marquardt.

Hendrik rieb sich wieder über die Schläfen. Der Mann war todmüde, er hatte seit Verschwinden des Kindes vermutlich kaum ein Auge zugetan. Doch Brander würde der Letzte sein, der es wagen würde, ihm einen Ratschlag zu geben. Aber irgendjemand musste ihn bremsen.

»Herr Brander, Sie besorgen das Foto und befragen den Zeugen«, ergriff der Staatsanwalt das Wort. »Herr Marquardt, ich möchte Sie bitten, noch zu bleiben, damit wir das weitere Vorgehen besprechen können.«

»Was ist mit Lütz?«, fragte Peppi.

»Das bespreche ich gleich mit Herrn Marquardt.«

Sie fuhren zurück nach Entringen. Der spätabendliche Verkehr hielt sich in Grenzen und sie kamen zügig durch. Brander grübelte still vor sich hin. Die Eskalation in der Sitzung ließ ihm keine Ruhe. Als Peppi den Wagen in der Gretchenstraße parkte und aussteigen wollte, hielt Brander sie zurück. »Warte.«

»Was ist?« Sie hielt in der Bewegung inne und sah ihn fragend an.

»Sag mal, bin ich wirklich so ein Arsch?«

Peppi hob die Augenbrauen. »Ich bin wohl die Letzte, die du im Moment danach fragen solltest.«

»Ich frag dich aber trotzdem.«

»Wir stehen gerade alle mächtig unter Druck …«

»Gib mir eine ehrliche Antwort. Hab ich versucht, Hendrik auszubooten?«

Peppi lehnte sich wieder zurück in den Sitz und blies sich eine Strähne aus dem Gesicht.

»Na ja«, begann sie schließlich zögernd. »Irgendwie …«

Brander biss die Zähne zusammen.

»Das ist keine einfache Situation für ihn. Er hat viele Jahre in deinem Team gearbeitet, und jetzt ist es auf einmal umgekehrt. Ich könnte mir vorstellen, dass ihn das verunsichert. Und du lässt dir nicht unbedingt gern sagen, was du tun sollst. Du bist es gewohnt, das Kommando zu übernehmen. Du machst, was du für richtig hältst. Was gut ist, aber für Hendrik …« Sie presste kurz die Lippen zusammen. »Vermutlich sind wir alle ein bisschen mitschuldig. Niemand hinterfragt dich, wenn du sagst, dass dies oder jenes gemacht werden sollte, weil wir es von dir so gewohnt sind.«

»Das hört sich ja an, als wäre ich ein Diktator, der keine andere Meinung gelten lässt.«

»Bist du doch auch.«

Er blickte zu ihr und sah sie zu seiner Erleichterung grinsen.

»Andi, wenn du wirklich so ein Arsch wärst, würde ich nicht so gern mit dir zusammenarbeiten. Dann wäre es mir egal, ob du dich nach Stuttgart oder Kuba oder sonst wohin beworben hättest. Allerdings steckst du wohl gerade irgendwie in einer Krise.«

Boris Fink identifizierte, ohne zu zögern, den Mann auf dem Foto als den Fahrer des Pick-ups, den er vor zwei Wochen mit Stolze in der Werkstatt angetroffen hatte.

Brander wandte sich an Finks Frau. »Haben Sie den jungen Mann schon einmal bei Stolzes gesehen? Zu Hause oder in der Werkstatt?«

»Nein …« Sie zögerte. »Vielleicht mal … ich weiß nicht. Zu Hause nicht … aber vielleicht er war mal in der Werkstatt.«

»Das Telefongespräch, von dem Sie mir erzählt haben …«

Selesta Fink riss die Augen auf, schüttelte den Kopf, sah von ihm zu Peppi. Sie vertraute ihm, aber längst nicht seinen Kollegen und Kolleginnen.

»Wir müssen wissen, was genau Sie gehört haben«, fuhr Brander fort.

»Nein, nichts.«

»Frau Fink, bitte, denken Sie an Niko.« Das war kein fairer Zug von ihm und wurde umgehend mit einem bösen Blick von der jungen Russin geahndet.

»Lisa ist meine Freundin.«

»Wir werden Frau Stolze gegenüber nicht erwähnen, dass Sie uns von dem Telefongespräch berichtet haben. Das verspreche ich Ihnen.« Er sah zu Peppi, die bestätigend nickte. Brander hoffte, dass sie dieses Versprechen halten konnten.

Selesta Finks Schultern sackten herab. »Sie sagte, sie weiß nicht, wie sie so schnell so viel Geld bekommen soll. Mehr weiß ich nicht. Bitte!«

»Aber sie sprach von fünfhunderttausend Euro?«

»Sie sagte ganz leise … so«, sie senkte die Stimme zu einem ängstlichen Wispern: »Fünfhunderttausend! Ich weiß nicht, wie ich bekomme so viel Geld.« Sie verzog den Mund. »So ähnlich …«

»Wissen Sie, mit wem Frau Stolze telefoniert hat?«

»Nein.«

»Mit ihren Eltern? Mit Herrn Lütz?«

»Bitte, ich weiß nicht …«

Boris Fink legte den Arm um die Schultern seiner Frau. »Haben Sie noch Fragen? Ich muss morgen früh um vier Uhr raus. Ich würd gern vorher noch ein paar Stunden schlafen.«

»Mit wem hat sie telefoniert?«, fragte Peppi, als sie wieder im Auto saßen. »Mit dem Entführer?«

Brander hob skeptisch die Augenbrauen. »Kann ich mir irgendwie nicht vorstellen. Andererseits …« Aber wer war der Entführer? »Lass uns noch zu Vera Hefele fahren.«

Sie fuhren die paar Meter in das Gewerbegebiet und standen kurz darauf vor der Tür der Goldschmiedin.

»Ich möchte Ihnen gern ein Foto zeigen«, erklärte Brander den späten Besuch, aber die Hefele sah nicht so aus, als ob sie bereits im Bett gelegen hätte. Dem dunklen Kittel nach zu urteilen, den sie trug, hatte sie in der Werkstatt gearbeitet.

»Kommen Sie rein, in der Küche ist das Licht besser.«

Sie führte die beiden Beamten in den schon bekannten Raum. Brander zog das Bild hervor. Sie nahm es entgegen, betrachtete das Gesicht des jungen Mannes eingehend. »Ich bin mir nicht sicher … arbeitet der für einen Abschleppdienst?«

»Wie kommen Sie darauf?«

»Hin und wieder kommt ein Fahrer mit einem Anhänger zu Stolzes in die Werkstatt. Ich vermute, die Autos auf dem Anhänger sind Unfallautos. Der Fahrer hat Ähnlichkeit mit dem hier.« Sie tippte auf das Papier und gab es Brander zurück. »Sicher bin ich mir aber nicht.«

»Freitagabend, als Sie den Pick-up im Hof der Werkstatt gesehen haben, haben Sie diesen jungen Mann nicht zufällig auch irgendwo gesehen?«

»Nein. Warum fragen Sie nach ihm?«

Brander hob entschuldigend die Schultern. Er durfte ihr keine Auskunft geben.

»Ein Abschleppdienst …« Peppi zog die Stirn in Falten. »Andi, ich hab gar kein gutes Gefühl. Wo führt uns das Ganze hin?«

»Ich informiere Hendrik.« Brander wählte die Nummer und schaltete die Freisprechanlage ein.

»Und?«, fragte dieser, kaum dass er abgenommen hatte.

»Er ist es.«

Kurz wurde es still in der Leitung. »Ich stell dich mal auf Lautsprecher, Herr Schmid ist noch bei mir.«

Brander berichtete von den Gesprächen mit Finks und Vera Hefele.

»Was bedeutet das jetzt für uns?«, überlegte Hendrik laut.

»Kann alles bedeuten … oder nichts«, erwiderte Brander.

»Ruf mal diesen Stephan Klein an. Wir brauchen mehr Informationen über den Ziesemann«, forderte Peppi.

»Bleibt in der Leitung, ich mach 'ne Konferenzschaltung.«

Wenig später ertönte die muntere Stimme des Esslinger Kollegen durch den Äther. »Ja?«

»Hendrik Marquardt hier, Staatsanwalt Schmid, Herr Brander und Frau Pachatourides hören mit.«

»Frau wer?«

»Pachatourides«, wiederholte Hendrik. »Kollegin von der K1 in Esslingen.«

»Und hat Frau Pachatourides auch einen Vornamen?«

»Ja, hat sie«, erwiderte Peppi.

Klein wartete auf eine Fortsetzung. Als die ausblieb, lachte er laut auf. »Okay, 'n Abend, Ma'am.«

»Könnten wir dann mal bitte zur Sache kommen?«, kam es ungehalten von Schmid.

»Bin bereit. Macht mal 'ne Ansage. Was habt ihr rausgefunden, Kollegen?«

»Der Zeuge hat Sascha Ziesemann identifiziert«, erklärte Brander.

»Scheißdreck.« Mit einem Schlag schien Stephan Klein seine Fröhlichkeit abhandengekommen zu sein.

»Was ist der Ziesemann für ein Typ?«, fragte Hendrik.

»'ne kleine Nummer. Unbedeutend.«

»Wo finden wir ihn?«

»Stopp, jetzt mal langsam.« Sie hörten Klein schwer atmen. »Was genau wollt ihr eigentlich von ihm?«

»Er war höchstwahrscheinlich am Freitagabend in der Werkstatt Stolze & Lütz in Entringen. Freitagabend wurde Felix Stolze, der Vater des vermissten Kindes, schwer verletzt in der Werkstatt gefunden und von seinem Sohn fehlt seither jede Spur.«

»Und ihr denkt …?« Klein ließ die Frage offen.

»Er könnte etwas gesehen haben.« Brander zögerte. »Oder er könnte das Kind entführt haben …«

»Halt, halt, halt, mein Freund. Ich hör hier gerade Entführung.«

»Das Kind ist seit mehr als achtundvierzig Stunden abgängig. Wir haben absolut null Hinweise auf seinen Verbleib. Der Junge wurde zuletzt bei Sascha Ziesemanns Auto gesehen, das im Hof der Werkstatt parkte. Danach verliert sich seine Spur.«

»Leute, jetzt macht mal halblang! Der Sascha, das ist ein Kleinkrimineller. Ein kleiner Simpel. Der entführt doch kein Kind!«

»Weißt du's?«

»Scheißdreck. Andreas, das ist jetzt ...« Ganz so sicher schien sich Stephan Klein seiner Sache nicht.

»Wir haben Hinweise, dass eventuell eine Geldforderung gestellt wurde«, ergänzte Brander.

In der Leitung wurde es still. Peppi sah fragend zu Brander. Der hob die Schultern.

»Die Sache ist heikel«, meldete sich Klein schließlich wieder. »Was machen wir? Warum war Sascha in Kleinkleckersdorf in der Werkstatt? Euer Entringen taucht in unseren Ermittlungen nicht auf ...«

»Schlampig gearbeitet, würd ich sagen«, konnte sich Brander nicht verkneifen.

»Könnt was dran sein, werd den Kollegen nachher mal in den Arsch treten. Entringen. Wo ist das überhaupt?«

»Ein paar Kilometer nordwestlich von Tübingen.«

»Ja, hab's gerade gegoogelt. Bundesstraße ... Autobahn ...«, murmelte Klein vor sich hin.

»Sag mal, du hast vorhin was von Autoschieberei angedeutet. Die Sache mit den Papieren ...«

»Brauchst 'ne Erklärung? Die organisieren sich Unfallautos, nehmen die Papiere von den Kisten und übernehmen die Nummern für die geklaute Ware – weniger Probleme bei der Ausfuhr.«

»Schon klar, aber ... was macht man dann mit den Unfallautos?«

»Verschrotten.«

»Ausschlachten?«, schlug Brander vor.

»Ja, sicher. Kannst noch ein paar Euros extra verdienen.«

Brander kam ein Gedanke. »Indem ich meinen Kunden gebrauchte Ersatzteile einbaue?«

»Kleckerkram, ja, kannste machen. Aber nimm mal Katalysator oder Dieselpartikelfilter, da ist Platin drin. In der Schweiz wird da gerade ganz gut für gezahlt.«

»Können wir fürs Erste bei der Suche nach dem Kind bleiben?«, mischte sich der Staatsanwalt in das Gespräch.

»Ja, sicher. Also, passt mal auf ... Gibt so 'n paar Ecken, wo sich der Sascha gern rumtreibt. Ich schau mal, ob ich ihn da finde.«

»Ist das nicht zu riskant?«, fragte Peppi. »Wenn der Junge wirklich in seiner Gewalt ist ...«

»Undercover, Pachatourides. Denkst du, ich marschier hier mit gezückter Dienstmarke durch die Kneipen?«

»Das nicht, aber die wissen doch, wer zu uns gehört.«

»Meine Leute und ich, wir sind seit Monaten an der Bande dran. Wir haben Kontakte, Informanten. Wir wissen, wer wie und mit wem zusammenhängt. Gebt mir zwei Stunden. Und denkt dran, Leute: Nicht in fremden Teichen fischen. Ich verlass mich auf euch.« Er legte auf.

»Was ist das für ein Vogel?« Peppi tippte sich an die Stirn.

»Käpten Huc hat ihn aufgescheucht.« Noch immer war sich Brander unsicher, was er von dem Kollegen halten sollte. Würde der Kerl versuchen, den Helden zu spielen, und damit Nikos Leben in Gefahr bringen? Diese jungen Kadetten von der Polizeihochschule wussten noch zu wenig von der realen Arbeit und eine Entführung war kein Taschendiebstahl.

»Andi?«, drang Hendriks Stimme durch die Freisprechanlage. »Ihr seid noch in Entringen, oder?«

»Ja.«

»Ich weiß, es ist bald Mitternacht, aber fahrt bitte noch zu Frau Stolze und redet mit ihr. Ich versuch, den Lütz zu kriegen.«

* * *

*Der Kleine hatte geweint, wollte zu seiner Mama. Morgen, hatte er versprochen, morgen. Jetzt lag er im Bett und schlief. Er zog den Jungen an sich, die Arme um den kleinen Körper gelegt, die Decke über sie beide ausgebreitet. Er roch diesen süßlich kindlichen Duft und zog ihn noch etwas enger zu sich. Der Körper des Kindes war so warm, dass er zu schwitzen begann. Eine kleine, lebendige Heizung. Er lag ganz still, wollte ihn nicht wecken. Er hatte ihm die Autorennbahn geschenkt, und der Kleine hatte versprochen, niemandem etwas zu verraten.*

*Ihm wurde es zu warm. Er gab dem Kind einen Kuss. Der Junge rührte sich nicht, schlief tief und fest. Er stahl sich aus dem Bett, schlich ins Nebenzimmer, goss sich einen Drink ein. Er war müde und gleichzeitig hämmerte sein Herz so nervös, dass er nicht schlafen konnte. Er wollte weg. Er musste weg. Aber noch konnte er nicht. Morgen.*

*Er hatte schon einen Plan, wie alles ablaufen würde. Er leerte das Glas, füllte es erneut. Dann schaltete er den Fernseher ein und zappte durch die Programme.*

# 14

Sie waren im Wohnzimmer: Theodor Stolze lehnte an der Fensterbank. Er hatte der Dunkelheit hinter den Scheiben den Rücken zugewandt. Seinen Anzug hatte er gegen Jogginghose und T-Shirt getauscht. Lisa Stolze war mit Stoffhose und einer Bluse bekleidet. Die Haare hatte sie mit einem Band im Nacken zusammengebunden, aber einzelne Strähnen fielen ihr bereits wieder in das angespannte Gesicht. Die Strapazen der letzten Tage ließen sie wesentlich älter aussehen, als sie war. Sie saß mit dem Säugling auf dem Sofa und wiegte ihn sanft in ihren Armen. Brander fragte sich, wie viel der Kleine von dem Schrecken mitbekam, der um ihn herum herrschte.

Cory und Amadeus Schätzle saßen an der Theke, die das Wohnzimmer von der Küchenzeile trennte. Sie hatten Kaffee gekocht und Peppi nahm dankbar die Tasse an, die Cory ihr anbot.

Weder Radio noch Fernseher liefen. Die Stille im Raum ließ jedes Geräusch unnatürlich laut wirken.

Brander hatte hin und her überlegt, wie er das Gespräch führen sollte. Er hatte sich immer noch nicht zu einer Eröffnung entschlossen, als er nun der jungen Mutter gegenüberstand.

Frau Stolzes Schwager nahm ihm den Gesprächsanfang ab: »Haben Sie Neuigkeiten für uns?«

Brander sah kurz zu dem Mann am Fenster, dann wandte er sich wieder Lisa Stolze zu. »Sie wissen, dass wir keine Neuigkeiten haben.«

Die Frau hob alarmiert den Blick, senkte ihn aber sogleich wieder auf ihr Baby.

»Harte Zeiten, nicht wahr, Frau Stolze? Da kann man schon mal in schlechte Gesellschaft geraten.« Er hatte sich für die harte Tour entschieden.

»Was reden Sie da?« Theodor machte einen Schritt in den Raum, näher zu seiner Schwägerin.

»Wir wissen, wem der silberne Pick-up gehört, der Freitagabend hier gesehen wurde. Der Mann war nicht zum ersten Mal in Ihrer Werkstatt.«

»Was …?« Stolze räusperte sich, um seiner Stimme mehr Druck zu verleihen. »Was hat das Ganze mit Niko zu tun?«

»Ich bin nicht sicher. Frau Stolze, können Sie es mir erklären?« Brander heftete seine Augen auf die Frau.

Sie konzentrierte sich auf ihr Baby, verkroch sich in sich hinein. Es fiel Brander schwer, so hart zu ihr zu sein, aber mit Nettigkeiten kam er bei dieser Frau einfach nicht weiter. Er musste sie aus der Reserve locken, fixierte sie unbarmherzig mit seinem Blick. Sie musste es spüren.

»Nein«, flüsterte sie irgendwann in den Raum.

»Das glaube ich Ihnen nicht.«

Sie gab keine Antwort.

»Nun gut …« Er schnaufte enttäuscht. »Meine Kollegen sind gerade auf dem Weg zu Sascha Ziesemann. Vielleicht kann er ja einen Hinweis zum Verbleib Ihres Kindes geben.«

Ihr Körper hatte sich mit jedem Wort, das er sprach, stärker verspannt. Er sah es deutlich an ihren Schultern. Jetzt saß sie völlig erstarrt vor ihm. Sie wagte nicht, den Kopf zu heben.

»Das dürfen Sie nicht.« Ihre Worte waren kaum zu hören, obwohl es mucksmäuschenstill im Zimmer war.

»Und warum nicht?«

»Bitte, Sie dürfen das nicht.«

»Erklären Sie es mir.« Er sprach noch immer mit autoritärer Strenge, aber unterschwellig schwang Mitgefühl in seiner Stimme.

»Vielleicht … vielleicht lebt Niko ja noch.« Ihre Augen füllten sich wieder mit Tränen. Er hörte es aus der erstickten Stimme. Wie viele Tränen hatte diese Mutter in den letzten Tagen vergossen? Er wollte sie nicht so bedrängen, hätte ihr seine Fragen so gern erspart. Aber sie schien die Einzige zu sein, die Licht in diese Geschichte bringen konnte. Sie und Martin Lütz.

Cory ging zu ihr. Sie setzte sich neben die Frau und nahm ihr den Säugling aus den Armen. Lukas hatte wieder leise zu wimmern begonnen. Die Angst seiner Mutter übertrug sich auf ihn.

»Reden Sie mit uns«, bat Cory behutsam. »Nur so hat Niko eine Chance.«

Lisa Stolze starrte unschlüssig auf den Boden.

»Frau Stolze, helfen Sie uns, Ihr Kind zu finden. Wurde Niko entführt?«

Es verging eine weitere unendliche Minute, bis die Frau den Mund aufmachte. »Martin sagt, dass Niko bei Sascha ist.« Es war wieder nur ein kaum hörbarer, dahingehauchter Satz.

»Was redest du da?«, kam es fassungslos von Theodor Stolze. »Wer ist Sascha?«

Brander hob eine Hand in Richtung des Mannes, um ihn zu bremsen. Ihm war, als hätte er einen Stromschlag bekommen. Es kribbelte in seinen Schläfen, in seinem Nacken, in seinen Fingern. Von Anfang an hatte er das Gefühl gehabt, dass am Verschwinden des Kindes etwas nicht stimmte. Schon als er die Werkstatt betreten hatte. Dieser kalte Hauch der Vorahnung, der ihn erfasst hatte. Niko ist bei Sascha. Viel früher schon hätten sie diese Informationen haben müssen!

Was bedeutete das für die Suche? War Niko tatsächlich noch bei dem Mann? Warum hatte er ihn entführt? Ging es um Geld? Ging es um die Machenschaften seines Onkels? Wie war der Schuh zum Steinbruch gekommen? War dieser Sascha wirklich nur ein Kleinkrimineller, wie Klein es heruntergespielt hatte? Die Fragen in seinem Kopf überschlugen sich.

»Warum ist Niko bei Sascha?« Seine Stimme war jetzt ruhig, vermittelte Verständnis und Anteilnahme. Die kühle Härte war verschwunden.

Sie antwortete nicht.

»Wissen Sie, wo Sascha ist?«

»Nein.«

»Aber Sie wissen, dass Niko bei ihm ist?«

Sie deutete ein resigniertes Nicken an.

»Und er möchte jetzt Geld von Ihnen?«

Wieder ein zaghaftes Nicken. »Martin …« Sie stockte. »Wir haben Schulden bei ihm.«

Theodor Stolze biss die Zähne zusammen. Sein Blick verhärtete sich. Er ging zum Fenster, wandte den Menschen im Raum den Rücken zu.

»Wir … es ist alles …« Ihr Kopf bewegte sich leicht hin und her, während sie abwägte, was sie ihm sagen sollte. »Er will bis morgen sein Geld.«

»Wann soll die Übergabe stattfinden?«

»Ich weiß es nicht.«

»Haben Sie mit Sascha gesprochen?«

Sie schüttelte den Kopf.

»Wer dann? Herr Lütz?«

Nicken.

»Und Herr Lütz hat Ihnen gesagt, dass Niko bei Sascha ist? Und dass er Geld haben will?«

Wieder nickte Lisa Stolze.

»Haben Sie … hat Herr Lütz sich ein Lebenszeichen geben lassen?«

Sie sog bebend die Luft ein. »Wie meinen Sie das?«

»Wenn ein Kind entführt wird und ein Lösegeld verlangt wird, dann ist es üblich, dass man ein Lebenszeichen des Kindes von dem Entführer verlangt«, erklärte Brander so behutsam wie möglich.

Ihre Lippen begannen zu zittern, die Finger krallten sich in den Stoff ihrer Hose, rieben über die Schenkel. »Ich weiß es nicht«, wisperte sie. »Ich weiß es doch nicht.«

Hinter sich hörte er Peppi aufstehen und das Zimmer verlassen. Sie würde Hendrik und Stephan Klein informieren. Brander ließ der Frau nur wenig Zeit, ihre Gefühle wieder in den Griff zu kriegen.

»Frau Stolze, erzählen Sie mir bitte alles, was Sie wissen.«

Er musste sich einige Sekunden gedulden. Schließlich zog sie umständlich ein Taschentuch aus der Hosentasche, tupfte sich über die wunden Augen. »Wir ... wir sind da reingerutscht. Wir ... brauchten Geld ...« Sie putzte sich die Nase. »Bitte, Sie dürfen niemanden zu Sascha schicken. Wenn Niko lebt ...«

»Meine Kollegin kümmert sich gerade darum«, versuchte Brander sie zu beruhigen. »Was ist hier am Freitagabend vorgefallen?«

»Ich weiß es nicht.« Sie sah ihn flehentlich an. »Ich weiß es wirklich nicht. Ich war doch im Krankenhaus. Ich ... ich ...« Ihre Stimme brach. Sie rang nach Luft.

Amadeus Schätzle kam mit einem Glas Wasser aus der Küche, reichte es ihr. Ihre Hände zitterten so sehr, dass sie die Hälfte verschüttete.

»Martin hat gesagt, dass Niko bei Sascha ist und dass Sascha sein Geld haben will. Dass wir bis morgen unsere Schulden zahlen müssen. Mehr weiß ich nicht.«

»Wie viel schulden Sie ihm?«

Sie sah mit schlechtem Gewissen flüchtig zu ihrem Schwager, dann senkte sie den Blick wieder auf den Boden. »Hunderttausend.« Sie zerrupfte ihr Taschentuch. »Und dann ... jetzt auf einmal will er fünfhunderttausend.«

Eine halbe Million Euro innerhalb weniger Tage – dazu noch an einem Wochenende. Wie stellte sich das der Entführer denn vor?

»Und haben Sie das Geld?«

Ihr Blick huschte wieder flüchtig zu Ihrem Schwager. »Wir versuchen, es zusammenzubekommen.«

»Was heißt das konkret?«

»Ich versuche, das Geld von der Bank zu bekommen.«

Nie im Leben würden sie so schnell einen so hohen Kredit von der Bank bekommen.

»Warum haben Sie sich mit jemandem wie Sascha Ziesemann eingelassen?«

»Das ist alles ...«

»Lisa«, unterbrach Theodor seine Schwägerin hastig. Er hatte sich ihnen wieder zugewandt. »Das spielt jetzt keine Rolle. Jetzt geht es um Niko.«

»Aber …«

»Es spielt keine Rolle, warum und wie viel Geld dieser Kerl euch geliehen hat.« Sein Blick duldete keinen Widerspruch.

»Haben Sie mit Herrn Lütz irgendetwas ausgemacht wegen des Geldes?«, fragte Brander.

Die Vergangenheit musste warten. Jetzt ging es darum, das Kind zu retten.

»Ich habe ihm gesagt, dass ich mich bei ihm melde, sobald ich weiß, ob wir das Geld bekommen.«

»Und wenn nicht?«

Sie hob den Kopf, sah ihm trotzig ins Gesicht. »Wir werden das Geld bekommen.«

* * *

»Der Polizeipräsident ist informiert, die werden vermutlich einen Führungsstab in Reutlingen einrichten. Telefonüberwachung ist beantragt«, berichtete Peppi, während sie den Dienstwagen mit viel zu hoher Geschwindigkeit zurück nach Tübingen lenkte.

Cory war mit Schätzle bei Stolzes geblieben.

»Wie wollen die bis morgen an so viel Bargeld kommen? Das funktioniert nicht. Nie im Leben!« Brander rieb sich über die Schläfen. Die Anspannung gepaart mit dem Schlafmangel der letzten drei Tage verursachten ihm stechende Kopfschmerzen. »Keine Bank rückt mal eben so viel Bargeld raus.«

»Vielleicht reicht Sascha eine Überweisung?«

»Sehr witzig.«

Am Ortseingang Unterjesingen blitzte es.

Peppi fluchte. Beamter im Einsatz. Das gab wieder jede Menge Papierkram.

Brander zog den Ausdruck von Ziesemanns Foto hervor. Ein schlaksiger junger Mann mit abstehenden Ohren, wie ein junger Elefant. Blasses, sommersprossiges Gesicht, dessen Nase vermutlich schon ein oder zwei Mal gebrochen war.

»Seit wann weiß die Stolze, dass ihr Kind in der Gewalt von diesem Ziesemann ist?«, grübelte Peppi.

»Schwer zu sagen … Gut möglich, dass Lütz es ihr an dem Morgen gesagt hat, als sie aus der Klinik kam. Das war Samstagfrüh. Das war vielleicht der Grund, warum sie auf ihn losgegangen ist.« Brander ärgerte sich über sich selbst. Warum hatte er die Frau nicht intensiver ins Gebet genommen? Schon so viel eher hätten sie wissen können, was geschehen war. So viele Kräfte waren im Einsatz gewesen, um sich an der Suche zu beteiligen. Hätten sie von vornherein von der Entführung gewusst, hätten sie ganz andere Maßnahmen ergreifen können. Wie viel Zeit blieb ihnen jetzt bis zur Geldübergabe? Würde Lisa Stolze die Summe tatsächlich zusammenbekommen? Wie? Woher? Und was war, wenn nicht? Blieb ihnen genug Zeit, die Geldübergabe vorzubereiten? Würde sich der Entführer auf eine Fristverlängerung einlassen? Würde er Niko mitbringen im direkten Austausch oder hielt er ihn irgendwo versteckt? Lebte das Kind überhaupt noch? Der Schuh, den die Wanderer am Reustener Steinbruch gefunden hatten, fiel ihm wieder ein. In seinem Magen bildete sich ein Knoten. Konnten sie Niko noch retten? Sie standen ganz am Anfang und die Zeit rann ihnen durch die Finger.

»Wie kommt ein Kleinkrimineller dazu, denen mal eben hunderttausend Euro zu leihen? Woher hat der das Geld? So einen Betrag hat man doch nicht mal locker in der Hosentasche.«

Peppi bremste direkt vor dem Polizeigebäude, vollführte eine sportliche Wendung und parkte den Wagen gegenüber auf der Konrad-Adenauer-Straße.

»Du vergisst seinen Onkel.«

Rozanowski.

»Wir sollten dringend mit Stephan Klein sprechen.« Brander nahm sein Handy und wählte die Nummer.

Das Gespräch wurde weggedrückt.

Es waren dieselben Menschen im Sitzungsraum wie vor wenigen Stunden. Hendrik Marquardt schien sich etwas ausgeruht zu haben, er sah nicht mehr ganz so erschöpft aus. Vielleicht war es aber auch der Adrenalinschub, nachdem sich der Verdacht erhärtet hatte, dass Niko Stolze tatsächlich entführt worden war – und die Chance bestand, dass er lebte.

»Lütz hat unseren Kollegen nicht aufgemacht und er geht nicht ans Telefon«, war die erste schlechte Nachricht, die Hendrik verkündete.

»Ist er denn zu Hause?«, fragte Peppi.

»Das wissen wir nicht.«

»Verflucht, wo steckt der Kerl schon wieder? Marco, können wir da nicht rein? Ist das nicht Gefahr in Verzug?« Die Beamtin sah zum Staatsanwalt.

»Für wen?«, fragte Schmid.

»Für das Kind, verdammt!«

»Nach Stand der Dinge ist Niko nicht in seiner Gewalt.«

»Der Kerl verarscht uns nach Strich und Faden! Das kann doch nicht sein!«

»Peppi.« Schmid warf seiner Freundin einen mahnenden Blick zu.

»Die Wohnung wird überwacht«, berichtete Hendrik. »Sobald Lütz irgendwo auftaucht, geben die uns Bescheid.«

»Ich habe ein paar Informationen über Lisa Stolzes Herkunft«, meldete sich Tobias Richter zu Wort. »Ihre Eltern leben in Albstadt. Franz und Hiltrud Römer. Sie betreiben ein alteingesessenes Unternehmen: Verkauf, Vermietung, Verleih und Reparatur von Baumaschinen. Vom Kleingerät bis zum Großbagger. Das Unternehmen floriert – dem niedrigen Zinsniveau und dem Bauboom sei Dank.«

Der Name Römer war im Ländle bekannt. Kaum eine Baustelle, an der nicht ein Bagger oder Radlader mit Römer-Logo stand.

»Franz Römer ist Mitglied im Gemeinderat und im Schützenverein, er ist leidenschaftlicher Jäger. In den Neunzehnhundertneunzigern wurde die Familie anscheinend mal bedroht. Er hat eine Waffenbesitzkarte und neben zwei Jagdgewehren ist eine HK auf ihn registriert.«

»Das ist ja hoffentlich keine Waffe aus alten Bundeswehrbeständen«, lästerte Tropper in Hinblick auf den letzten Skandal des Oberndorfer Waffenherstellers.

»Die Familie unterstützt verschiedene karitative Einrichtungen, es gibt diverse Zeitungsberichte, in denen der Name der Familie lobend erwähnt wird. Sie zählen zu den Topverdienern und Toparbeitgebern im Ländle. Lisa ist das einzige Kind. Familie Römer lebt in einer schicken Villa mit großem Pool im Garten. Hab mir das mal über Google Earth angesehen.« Richter schürzte anerkennend die Lippen.

»Da wäre also viel Geld zu holen«, überlegte Peppi.

Richter nickte.

»Warum verlangt der Entführer dann nur fünfhunderttausend?«

»Vielleicht weiß er nicht, dass Lisa Stolze die Millionenerbin Römer ist«, schlug Brander vor.

»Wir schicken trotzdem jemanden hin«, entschied Hendrik. »Wir müssen herausfinden, ob die etwas von der Geschichte wissen, ob es im Vorfeld Drohungen gab …«

»Hast du Details zu dem Fall von damals?«, wandte sich Peppi an Tobias Richter.

»Ja, warte, hier … Es gab Briefe, in denen Geld gefordert wurde, sonst würde man die Tochter – Lisa – umbringen. Der Täter wurde gefasst. Es war der Lebensgefährte einer Frau, die im Hause Römer geputzt hat. Er war polizeilich bekannt und durfte ein paar Jahre einsitzen.«

»Vielleicht ist der jetzt etwas vorsichtiger geworden.«

»Das kann dann aber unmöglich Sascha Ziesemann sein. Der hat in den Neunzigern noch in die Windeln geschissen«, gab Brander zu bedenken.

»Was ist mit seinem Onkel?«, fragte Peppi.

Brander hob die Schultern. »Ich hab seine Akte noch nicht gelesen.«

»Fragen wir doch deinen Kumpel Stephan«, schlug Hendrik vor.

Brander zog sein Handy hervor, dessen Melodie im selben Augenblick einen Anruf ankündigte. »Wenn man vom Teufel spricht.« Er stellte den Lautsprecher an. »Du bist auf Sendung.«

»Danke für die Warnung. Sorry, war gerade ungeschickt. Was gibt's?«

»Lisa Stolze hat bestätigt, dass Niko sich in Sascha Ziesemanns Gewalt befindet. Wir müssen vorsichtig sein.«

Klein sog geräuschvoll die Luft ein, brummte unzufrieden. »Bestätigt meine Informationen.«

»Hier spricht Staatsanwalt Schmid. Welche Informationen haben Sie?«

»Also, pass auf, Sascha hat 'ne Nachbarin, wohnt in der Wohnung unter ihm, 'ne nette kleine Mutti«, begann Klein, der anscheinend alle Welt duzte, egal ob Kripokollege, Staatsanwalt oder Papst. »Und die hat er just gestern Morgen gefragt, was denn so ein kleiner Pups isst und trinkt. Er müsste nämlich ganz überraschend am Wochenende auf seinen Neffen aufpassen … Sascha hat aber gar keinen Neffen. Auch keinen kleinen Bruder. Weiß die Mutti nicht, aber ich.«

»Und wo ist Ziesemann jetzt?«, fragte Brander.

»Zuhause, sitzt im Wohnzimmer, trinkt, ich glaub, 'n Willi, und schaut in die Glotze. Wir sind gerade dort.«

»Bei Ziesemann?«

Klein schnalzte mit der Zunge. »Was denkst 'n du? Wir beobachten seine Wohnung ein bisschen aus der Ferne.«

»Habt ihr den Jungen gesehen?«

»Nein.«

»Das heißt, wir wissen nicht, ob das Kind tatsächlich bei ihm ist?«

»Andreas, bist 'n Fuchs.«

»Wo genau wohnt der Ziesemann?«, fragte Hendrik.

»Pliensauvorstadt. Mehrfamilienhaus, verkehrsberuhigter Bereich. Wohnung in der zweiten Etage. Gegenüber einer Schule.«

Das erklärte, wie Klein sich Einsicht in Ziesemanns Wohnung verschafft hatte – oder er benutzte unerlaubterweise eine Drohne und flog damit an Ziesemanns Fenster vorbei.

»Und diese Mutti rennt jetzt nicht rauf und erzählt ihm, dass da gerade ein paar Bullen vor der Tür standen und Fragen gestellt haben?«, fragte Peppi besorgt.

»Pachatourides, auch noch wach? Nee, Mutti ist nämlich Stephans kleine Informantin. Ich sag doch, wir sind schon länger an der Bande dran. Im Übrigen sind wir nicht zu ihr in die Wohnung gegangen.«

»Angeblich hat Ziesemann der Firma Stolze & Lütz einhunderttausend Euro geliehen, die sie ihm bisher nicht zurückzahlen konnten«, meldete sich Brander wieder. »Woher hat er so viel Geld?«

»Du nennst hunderttausend viel?« Das spöttische Grinsen des Kollegen war deutlich herauszuhören. »Vielleicht hat sein Onkel ihm ein bisschen Spielgeld gegeben, um zu sehen, wie weit er es bringt. Für Rozanowski sind das Peanuts.«

»Der Rozanowski, was ist das für einer? Hat der schon mal eingesessen?«

»Bin ich euer Telefonjoker von ›Wer kommt in den Knast?‹, oder was?«, stöhnte Klein auf. »Also, der Rozanowski … Warte mal … 2000 bis 2004 hat der eingesessen: Betrug, Steuerhinterziehung, diverse illegale Geschäfte. Ging damals auch schon um Autos, scheint sein Steckenpferd zu sein.«

»Und davor? Vielleicht mal wegen Erpressung?«

»Erpressung?« Klein schnaufte in die Leitung und verfiel kurz ins Grübeln. »Nein, ist uns nichts bekannt. Was wollt ihr 'n jetzt von Rozanowski?«

Hendrik berichtete ihm über Lisa Stolzes Elternhaus.

»Da seid ihr mit dem Rozanowski auf dem Holzweg. Der kommt aus der Mannheimer Ecke. Kam erst 2005 nach Esslingen. Albstadt taucht in seinem Lebenslauf nicht auf.«

»Ist das sicher?«

»Wie das Amen in der Kirche. Leute, der Gunnar ist 'n harter Bursche, der macht mit Autos und lässt auch schon mal

’n Kerl in die Mangel nehmen. Aber Kindesentführung gehört nicht zu seinem Geschäftsmodell.«

»Vielleicht hat er sein Portfolio erweitert«, schlug Brander vor. »Aus den einhunderttausend geliehenen Euro wurden nämlich über Nacht mal eben fünfhunderttausend Euro.«

Klein pfiff durch die Zähne.

»Wir müssen wissen, ob der Junge tatsächlich in der Gewalt von Sascha Ziesemann ist und ob er ihn in seiner Wohnung versteckt oder an einem anderen Ort.«

»Okay, Leute, passt auf … wir helfen euch mit dem Sascha, aber lasst die Finger von Gunnar Rozanowski. Ihr macht hier unsere Arbeit kaputt.«

»Wir haben das Kind nicht entführt!«, fuhr Hendrik auf. »Was passiert, wenn Stolze und Lütz das Geld nicht aufbringen können? Was macht Ziesemann dann mit dem Jungen?«

»Kann ich nicht sagen.«

»Ist er jähzornig? Gewalttätig? Unbeherrscht? Mann, ich denk, ihr habt ihn observiert!«

»Seinen Onkel, Hendrik, den Gunnar. Sascha ist ’ne kleine Nummer. Das lief nebenbei. Der ist viel zu einfältig, als dass Rozanowski ihn groß mitspielen lässt.«

Einfältig. Das machte ihn nicht berechenbarer. Hendrik gab ein abfälliges Schnaufen von sich.

»Jetzt mal nicht unsachlich werden, Kollege.«

»Der Mann ist offensichtlich der Entführer eines fünfjährigen Kindes. Und ich will, dass das Kind befreit wird. Und zwar so schnell wie möglich.«

»Und was ist, wenn das Kind bei ihm ist?«, fragte Klein den Ermittlungsleiter. »Was willste dann machen? SEK holen und Wohnung stürmen?«

Hendriks Kiefer malmte entschlossen. »Ja.« Er ballte die Hände so hart zu Fäusten, dass die Knöchel weiß hervortraten.

»Ich leg meine Hand nicht dafür ins Feuer, dass unser Saschi nicht durchdreht. Und ich hab keine Ahnung, ob er eine Waffe im Haus hat.«

»Wenn dieser Rozanowski vielleicht doch mit drinsteckt, könnte das Kind auch woanders untergebracht sein«, bemerkte Brander.

»Jetzt mal langsam«, mischte sich der Staatsanwalt bremsend ein. »Herr Klein, haben Sie die Wohnung noch unter Beobachtung?«

»Ja, aber ab sieben Uhr beginnt die Frühbetreuung im Schulbetrieb, das heißt, wir müssen spätestens um sechs wieder abziehen, wenn niemand etwas mitkriegen soll.«

»Versuchen Sie herauszufinden, ob sich das Kind tatsächlich in Ziesemanns Wohnung befindet, und wenn dem so ist, müssen wir wissen, wo genau es sich aufhält«, fügte Schmid hinzu. »Da Sie die Bande kennen und die Situation vor Ort am besten einschätzen können, wären wir Ihnen dankbar für Ihre Unterstützung.«

»Aber immer doch.«

»Was ist mit Rozanowski?«, beharrte Brander.

»Andreas, mein Freund, von dem lasst ihr die Finger! Ich schau, was ich hier mit meinen Jungs rausfinden kann, und geb euch die Infos, die ihr braucht.«

»Tun Sie das«, forderte Schmid. »Und tun Sie das bitte, ohne das Leben des Kindes zu gefährden.«

»Ich bin ja kein Anfänger«, brummte Klein in den Apparat.

»Wir wissen zu wenig«, zischte Hendrik Marquardt wütend und raufte sich durch die Haare. »Die lassen uns tagelang nach dem Kind suchen! Das kann doch nicht sein!« Er sah zu Brander. »Fahr noch mal zu der Stolze. Wir müssen wissen, was die mit dem Ziesemann ausgemacht haben. Wir können nicht handeln, solange wir nicht wissen, was da läuft.«

»Da wäre Lütz wohl der bessere Mann. Es scheint ja, dass er der Mittelsmann ist«, erwiderte Brander.

Aber niemand wusste, wo Lütz sich schon wieder herumtrieb.

»Wir brauchen eine Nachrichtensperre.« Peppi blies sich eine Haarsträhne aus dem Gesicht. Unter ihren Augen hingen tiefe Schatten. »Niemand darf erfahren, dass wir von der Entführung wissen. Nichts davon darf an die Medien. Solange die Entführer denken, wir suchen nach einem vermissten Kind, fühlen die sich sicher.«

Schmid nickte zustimmend und machte sich eine Notiz, dann tippte er mit dem Kuli auf das Blatt Papier. »Was ist am Freitagabend tatsächlich in der Werkstatt passiert?« Wieder tippte er mit dem Kuli auf seinen Block. »Für mich passt eine Sache nicht.«

Aller Augen wanderten fragend zu dem Staatsanwalt.

»Niko war in Lütz' Obhut, als mutmaßlich Sascha Ziesemann in die Werkstatt kam. Ob er es tatsächlich war, wissen wir nicht. Es wurde nur der Pick-up gesehen. Niko wird von einer Zeugin an diesem Wagen gesehen. Danach verliert sich seine Spur.«

»Ja, und?«, fragte Peppi ungeduldig. »Ziesemann hat ihn mitgenommen. So einen kleinen Bub hast du doch ruckzuck ins Auto gepackt.«

»Der zweite Zeuge, der den Pick-up wegfahren gesehen hat, hat aber nur den Fahrer gesehen.«

»Hast du dir mal den Chevy-Pick-up angeguckt? Das ist eine Riesenkiste. Der Kleine kann da doch gar nicht aus dem Fenster gucken. Oder er hat ihn irgendwo versteckt, im Fußraum, im Kofferraum, unter einer Decke, was weiß ich?«

»Und wer hat Felix Stolze in die Fahrzeuggrube gestoßen? Das geschah eindeutig erst, nachdem der Pick-up wieder fortgefahren war.«

»Freddy sagt, er ist höchstwahrscheinlich in die Grube gestürzt, kein Fremdverschulden«, erinnerte Brander den Staatsanwalt an die Erkenntnisse des Kriminaltechnikers.

»Mutmaßlich – er war sich nicht sicher.«

»Vielleicht ist Ziesemann nochmal wiedergekommen«, schlug Peppi vor.

Hendrik tippte auf seine Uhr. »Herr Schmid, wir sollten uns auf den Weg nach Reutlingen zur Besprechung mit dem Führungsstab machen.«

* * *

In der Polizeidienststelle war Ruhe eingekehrt. Peppi lag halb auf ihrem Stuhl, die Füße auf dem Tisch abgelegt, die Augen geschlossen. Brander starrte auf die Informationen auf dem Monitor vor sich. Er hatte die Akten von Rozanowski und Ziesemann überflogen, um mehr über die Männer zu erfahren, mit denen sie es zu tun hatten.

Klein hatte Recht. Kindesentführung passte eigentlich nicht zu Rozanowskis Geschäften, dennoch – ganz ausschließen ließ es sich nicht. Rozanowski war sechs Jahre alt gewesen, als seine Eltern aus Olsztyn nach Mannheim gingen. Sein Vater arbeitete in Ludwigshafen bei BASF, seine Mutter als Putzfrau. Seine kriminelle Laufbahn startete Gunnar Rozanowski mit vierzehn. Er war zu einer Zeit groß geworden, in der man Autos noch mit Drahtbügeln oder Tennisbällen öffnen konnte und Autoradios stahl. Man hatte ihn mehrfach erwischt. Dann kam der erste Autodiebstahl, Fahren ohne Führerschein, dafür mit reichlich Promille. Einige Monate Jugendarrest hatten ihn nicht läutern können. Er hatte seine Finger in allen möglichen windigen Geschäften. Hinzu kamen mehrere Anzeigen wegen Körperverletzung, Schlägereien in Diskotheken und Nachtclubs. Die Krönung war ein bewaffneter Tankstellenüberfall. Nach der letzten Gefängnisstrafe war es jedoch still um ihn geworden. Keine weiteren Anzeigen. Er betrieb einen kleinen Gebrauchtwagenhandel in Esslingen-Mettingen mit gelegentlichem Export in Ostblockländer, leistete sich allerdings im Verhältnis zu seinen Geschäften ein ganz gutes Leben. Ein hübsches Häuschen in Esslingen, häufige Reisen ins Ausland – vorzugsweise Polen und Tschechien, was die Kollegen von der K4 anscheinend auf ihn aufmerksam gemacht hatte.

Sascha Ziesemann war in Esslingen aufgewachsen. Seine Mutter – Rozanowskis Schwester – war fünfzehn Jahre mit dem Vater des Jungen, Jan Ziesemann, verheiratet gewesen. Es gab mehrere Vorfälle von häuslicher Gewalt. Vor elf Jahren hatte Papa Ziesemann sich aus dem Staub gemacht. Aufenthaltsort unbekannt. Das war kurz nachdem Gunnar Rozanowski aus dem Gefängnis entlassen worden und nach Esslingen gekommen war. Ein interessanter Aspekt. Wie Klein berichtet hatte, war Sascha wegen mehrerer kleinerer Vergehen in der Vergangenheit aufgefallen. Mal eine Körperverletzung im Rahmen einer provozierten Schlägerei, mal hatte man ihn erwischt, als er betrunken einen Zigarettenautomaten knacken wollte. Hinzu kamen zu schnelles Fahren, Falschparken, Störung der öffentlichen Ruhe. Kleinkriminell. Nach der Hauptschule hatte er eine Kfz-Lehre begonnen und abgebrochen. Er lebte seither von Gelegenheitsjobs und Hartz IV. Seine Mutter war vor zwei Jahren an Krebs gestorben.

Brander lehnte sich zurück, drückte den steifen Rücken durch. Er zog seine Skizze hervor, die er am Freitagabend in der Werkstatt angefertigt hatte. Das Blatt hatte in seiner Tasche arg gelitten. Er strich es glatt, ergänzte die Zeichnung um zwei Strichmännchen für die beiden Männer. Wie kam die Verbindung zwischen Ziesemann und der Werkstatt Stolze & Lütz zustande? Wer hatte den Kontakt gesucht? Ein Geräusch ließ ihn aus seinen Gedanken aufschrecken. Er sah zu seiner Kollegin.

»Peppi, geh nach Hause und schlaf dich aus.«

Die Kollegin reckte sich müde und rieb sich über den Nacken. »Ich hab nicht geschlafen.«

»Du hast geschnarcht.«

»Ich hab auch nicht geschnarcht!«

Brander schmunzelte. »Stimmt, eigentlich war es eher ein Grunzen.«

»Also! Ich grunz doch nicht!«

»Nächstes Mal lass ich's Diktiergerät mitlaufen.«

»Untersteh dich!« Sie warf erbost einen Kuli nach ihm.

Brander lächelte.

Peppi nahm die Füße vom Tisch und stützte träge das Kinn in die Hände. »Zeig mal.« Sie deutete mit einer kleinen Kopfbewegung auf sein Blatt.

Er schob es ihr hin.

»Das kannst du besser«, kommentierte sie.

»Ja.«

Er konnte gut zeichnen. Von jedem seiner Fälle gab es Skizzen. Peppi hatte ihm dafür irgendwann den Spitznamen Picasso verpasst.

Sie rieb sich über die Augen. »Haben sich die Kollegen aus Albstadt schon gemeldet?«

»Wenn's da Neuigkeiten gibt, werden sie es wohl direkt an Hendrik berichten.« Brander meldete sich von dem Rechner ab.

»Warum hat die Stolze nicht mit uns geredet?«, grübelte Peppi weiter.

»Angst, das Leben ihres Kindes zu gefährden.« Das war das Naheliegenste.

»Ich verstehe es trotzdem nicht.« Peppi ließ die Hände auf den Tisch fallen. »Das Kind hätte schon wieder bei ihr sein können, wenn wir nur gewusst hätten, wo wir suchen müssen.«

Es war frustrierend.

»Und jetzt?«

Brander musterte seine Kollegin. »Du fährst nach Hause und schläfst ein paar Stunden. Du kannst ja kaum noch geradeaus gucken.«

»Ich kann jetzt nicht schlafen.«

»Das habe ich ja gerade gehört.«

Statt den Dienstwagen zu nehmen, schwang Brander sich auf sein Fahrrad, mit dem er am frühen Morgen zur Dienststelle geradelt war. Er durchquerte die Stadt. Kaum jemand begegnete ihm auf den nächtlichen Straßen. Es war eine vertraute Strecke. So oft war er sie zu allen möglichen Tag- und Nachtzeiten schon gefahren. Wieder beschlich ihn Wehmut, dass er nicht mehr in Tübingen arbeitete. Die Bewegung brachte seinen Kreislauf in Schwung und milderte die Kopfschmerzen. Da er weder Spaziergängern, Schülern oder anderen Radfahrern ausweichen musste, trat er kräftig in die Pedale.

Das Kind hätte schon wieder bei der Mutter sein können, echoten Peppis Worte in seinem Kopf. Lebte der Junge noch? Wie war dieser Schuh zum Steinbruch gekommen? Hatten die Entführer tatsächlich versucht, eine falsche Fährte zu legen? War es eine Drohung an die Familie, dass sie Ernst machen würden, wenn sie nicht zahlten? Rozanowski war sicherlich niemand, der gern Geld verlor.

Er ließ Tübingen hinter sich, gelangte ins dunkle Ammertal. Stockfinstere Nacht umgab ihn, als er über die Landwirtschaftswege fuhr. An den Wegesrändern erfasste seine Radlampe hier und da wachsame Augenpaare, die aus dem dichten Gebüsch blitzten. Kaninchen, Marder, vielleicht auch eine Bisamratte. Der Himmel über ihm war bewölkt und verdeckte die Sicht auf die Sterne und die kleine Sichel des beginnenden Neumonds. In der Ferne sah er Wetterleuchten. Ein schönes Naturschauspiel, dennoch hoffte er, dass das Unwetter nicht seinen Weg kreuzte. In den Dörfern, die er durchquerte, war die Straßenbeleuchtung auf ein Minimum reduziert.

Sie wussten, wer die – mutmaßlichen – Entführer waren. Der Kleine war ein Zeuge. Er hatte Sascha Ziesemann höchstwahrscheinlich in der Werkstatt gesehen. Er könnte ihn identifizieren. Würden sich die Entführer darauf verlassen, dass das Kind sie nicht verraten würde? Großes Indianerehrenwort. Oder würden sie Niko umbringen, ihn irgendwo verschwinden lassen? Wieder kam ihm dieser verfluchte Schuh in den Sinn. Es hatte andere Entführungsfälle gegeben, bei denen die Täter kalte Füße bekommen hatten. Fehlgeschlagene oder keine Geldübergabe, irgendwann fand man die Leiche des Opfers, von den Tätern keine Spur. Wie groß war die Wahrscheinlichkeit, dass sie den Jungen retten konnten? Sie brauchten ein Lebenszeichen von dem Kind.

Kurz bevor er von dem Landwirtschaftsweg zum Bahnübergang abbog, über den er nach Entringen hineinfuhr, durchbrach die Melodie seines Handys die finstere Stille. Es schallte so unerwartet aus seiner Jackentasche, dass er aus dem Tritt kam. Er bremste hart, suchte eilig den Apparat.

»Wo steckst du?« Hendrik.

»Bin gleich bei der Werkstatt.«

»Kannst gleich wieder zurückfahren. Lütz ist zu Hause. Die Kollegen haben Licht in seiner Wohnung gesehen.«

»Und?«

»Fahr mit Peppi hin. Wir müssen wissen, was zwischen ihm und Ziesemann läuft.«

Brander sah auf sein Fahrrad. Er würde nach Hause fahren und sich das Auto holen. Hendrik wäre von der Polizeidirektion Reutlingen vermutlich schneller in Hagelloch als er, aber wahrscheinlich tagte der Führungsstab noch. »Bin unterwegs.«

»Gut, danke. Hast du was von Klein gehört?«

»Nein.«

»Wir haben das SEK informiert.«

Brander ahnte, was das bedeutete.

Peppi wartete bereits, als Brander mit dem Wagen in die Panoramastraße einbog, er entdeckte ihren PT Cruiser wenige Meter von Lütz' Wohnung entfernt. Statt selbst auf Parkplatzsuche zu gehen, stellte er seinen Wagen direkt vor die Garage. Gemeinsam gingen sie zum Haus und klingelten.

»Ich hatte mich gerade hingelegt«, stöhnte Peppi, während sie warteten, dass ihnen jemand öffnete. Als dies nicht geschah, drückte sie permanent auf den Klingelknopf.

Brander zückte sein Handy und rief Lütz an. Er bekam nur den Anrufbeantworter. »Wir stehen vor Ihrer Haustür. Machen Sie auf, verdammt noch mal.« Sein Blick wanderte die Hauswand hoch. Er musste einige Schritte zurückgehen, um das Dachfenster zu sehen. Licht. Dort brannte eindeutig Licht. Die Tür blieb dennoch verschlossen.

Peppi gab auf. »Welche Möglichkeiten haben wir?« Sie zählte an den Fingern ab: »Wir gehen davon aus, dass er nicht zu Hause ist und einfach nur vergessen hat, das Licht auszuschalten.«

Brander schüttelte den Kopf. »Dann hätte die ganze Zeit Licht brennen müssen.«

»Zeitschaltuhr?«

»Die nachts um drei das Licht einschaltet? Eher unwahrscheinlich, oder?«

»Dann gehen wir davon aus, dass sich der Mann in einer hilflosen Lage befindet, und rufen die Feuerwehr, damit sie uns Einlass verschafft.«

Diese Option war gar nicht mal so abwegig. »Dazu brauchen wir nicht die Feuerwehr.« Brander trat wieder an die Haustür und klingelte bei einem Nachbarn.

Sie mussten sich gedulden, bis sich schließlich eine verschlafene Stimme durch die Gegensprechanlage meldete. »Ja?«

»Kriminalpolizei Tübingen, entschuldigen Sie die nächtliche Störung. Können Sie uns bitte ins Treppenhaus lassen? Es handelt sich um einen Notfall.«

Peppi bedachte ihn mit einem Kopfschütteln und formte stumm das Wort »Esslingen«.

Brander hob die Schultern. Irgendwann würde er sich daran gewöhnen.

»Können Sie sich ausweisen?«

»Ja, ich bin Kriminalhauptkommissar Andreas Brander. Ich kann Ihnen meine Dienstnummer geben und Sie rufen auf der Dienststelle an. Da wird man Ihnen bestätigen …«

Der Türsummer wurde betätigt, das Licht im Treppenhaus ging an. Ein Mann im Morgenmantel erwartete sie am ersten Treppenabsatz. Brander zeigte ihm seinen Dienstausweis.

»Worum geht es denn?«

»Wir müssen zu Herrn Lütz.«

»Und warum klingeln Sie dann bei mir?«

»Wie gesagt, es tut uns leid, ein Notfall …«

Der Mann deutete mit dem Kopf nach oben. »Wohnt unterm Dach. Kann ich was helfen?«

»Nein, wir kommen klar. Vielen Dank, dass Sie uns hereingelassen haben. Gehen Sie bitte wieder in Ihre Wohnung.« Brander und Peppi schoben sich an dem Mann vorbei und stiegen die Stufen hinauf. Oben angekommen schlug Brander gegen die Tür. »Herr Lütz?«

»Und spätestens jetzt ist das ganze Haus wach«, kommentierte Peppi und betätigte den Klingelknopf.

Sie lauschten an der Wohnungstür.

Als nichts geschah, klopfte Brander erneut an der Tür. »Herr Lütz, machen Sie die Tür auf, sonst müssen wir uns gewaltsam Zutritt verschaffen.«

Sie warteten wieder.

»So, Superman, trittst du die Tür ein oder suchen wir den Hausmeister?« Peppi bedachte ihn mit einem süffisanten Grinsen, als sich doch noch etwas auf der anderen Seite regte.

Doch zu ihrer Überraschung war es nicht Martin Lütz, der wenig später vor ihnen stand. Stattdessen sahen sie sich einer halbnackten Frau im Oversized-T-Shirt gegenüber. Sie war vielleicht Mitte, Ende zwanzig, die langen, dunklen Haare waren zerzaust, als hätte sie geschlafen. Die Augen waren halb geschlossen und die Pupillen unnatürlich groß. Ihr Gesicht zierten kleine und größere Narben, Überbleibsel einer hartnäckigen Pubertätsakne oder Zeichen von Drogenmissbrauch. Im Dämmerlicht war es nicht so leicht zu bestimmen.

»Wer zur Hölle sin' Sie?«, maulte sie schlecht gelaunt.

»Kriminalpolizei Tübingen, Andreas Brander. Und Sie sind?«

»Ich bin die Niiiinaaah.« Sie grinste breit. Eine Alkoholfahne roch Brander nicht. Also wohl doch Drogen.

»Nina, und wie weiter?«

»Kooooohlhamma.«

»Sie sind eine Freundin von Herrn Lütz?«

»Ja … so … hin un' wieder …«

»Frau Kohlhammer, wir möchten gern mit Herrn Lütz sprechen.«

»Der Lütz, der Lütz, der is' fützt.« Sie kicherte rau. »Und der hat gesagt, ich darf nieman'en reinlassen.«

»Das heißt, Herr Lütz ist nicht zu Hause?«

»Sach ich doch: Der Lütz is' fützt.« Sie streckte den Arm schwungvoll von sich und kam leicht aus dem Gleichgewicht. Erneut kroch ein heiseres Kichern aus ihrer Kehle.

»Und wo ist der Herr Lütz?«

Sie zuckte die Achseln. »Weiß nich'. Hat gesagt, er müsst nochma' wech und ich soll niemand reinlassen. Kann ich jetz wieder vor die Glotze? Werbepause is' gleich rum.«

»Seit wann ist denn der Herr Lütz weg?«

»Is' das hier 'n Quiz? Keine Ahnung, irgendwann. War's das?« Sie wollte die Tür zuschlagen. Brander hielt dagegen.

»Wenn wir uns bitte kurz selbst davon überzeugen dürften, dass Herr Lütz nicht zu Hause ist.« Er schob die junge Frau zur Seite und marschierte in den Flur.

»Oh neeeee«, murrte die Frau. Sie schwankte hinter ihm her. »Mann, der is' nich' hier.«

Peppi blieb im Flur an der Wohnungstür stehen, während Brander flüchtig einen Blick in sämtliche Zimmer warf. Keine Spur von Martin Lütz. Auch nicht von Niko. Für eine eingehende Wohnungsdurchsuchung fehlten ihm die Zeit und die Genehmigung.

»Hat er gesagt, wann er wiederkommt?«

»Nö.«

»Frau Kohlhammer, sagen Sie Herrn Lütz, dass er sich umgehend bei uns melden soll. Können Sie sich das merken? Nein, vermutlich nicht«, gab er sich selbst eine Antwort. Er suchte in seiner Jacke nach Visitenkarte und Kuli, notierte die Nachricht darauf. »Legen Sie das auf den Wohnzimmertisch. Das ist wichtig. Haben Sie das verstanden?«

Sie nahm die Karte entgegen, nickte mit großen Augen. »Sach mal, ist die da eigentlich stumm?« Sie deutete auf Peppi.

Brander sah zu seiner Kollegin. »Nein, nur schüchtern.«

Wieder kicherte die junge Frau. »Du bis' ja süß.« Und es blieb ungewiss, wen von beiden sie damit meinte.

»Schon scheiße, was Crystal aus den Menschen macht«, meinte Peppi draußen auf der Straße. »Was hat der Lütz mit so 'nem Mädel zu schaffen? Ob der auch was nimmt?«

Brander zuckte die Achseln. »Mich würde mehr interessieren, wo der Kerl steckt.«

»Vielleicht versucht er, das Geld aufzutreiben?«

»Ja, vielleicht.« Aus der Dorfmitte schlug blechern eine Kirchturmglocke. Vier Uhr morgens. »Ich fahr zu Frau Stolze.«

»Nimm's mir nicht übel, aber ich versuch noch mal, ein Stündchen Schlaf zu bekommen. Mir brummt der Schädel.«

Brander nickte verstehend. »Fahr vorsichtig.«

# 15

Als er zwanzig Minuten später Entringen durchquerte, bog vor ihm ein dunkler Pick-up von der Gretchenstraße auf die Bundesstraße ein. Brander meinte zwei Personen, eine große und eine kleine, auf den vorderen Sitzen des Wagens zu erkennen. Hatte Selesta Fink doch beschlossen, ihren Mann auf seiner Tour zu begleiten?

Während der Pick-up zügig das Dorf in Richtung Autobahn verließ, bog Brander links in das Gewerbegebiet ab. Er parkte auf dem Hof der Werkstatt und sah durch das Wohnzimmerfenster mattes Licht schimmern. Alle anderen Räume lagen im Dunkeln. Weil er mit seinem Klingeln niemanden wecken wollte, rief er Cory auf ihrem Handy an.

»Kannst du mich reinlassen?«

»Hast du kein Zuhause mehr?«, fragte die Kollegin entgeistert, erbarmte sich aber und kam herunter, um die Tür zu öffnen. »Komm rein, kriegst 'nen Kaffee.«

Sie schlichen die Treppe hinauf. Amadeus Schätzle lag auf dem Sofa und schlief. Theodor Stolze war im Schlafzimmer. Lisa Stolze hatte sich mit Lukas in Nikos Kinderzimmer verkrochen, aber anscheinend schlief sie nicht. Sie hörten die junge Frau immer mal wieder leise mit ihrem Säugling reden.

»Wie geht es ihr?« Brander deutete mit dem Kopf in Richtung Kinderzimmer.

»Sie geht durch die Hölle. Mal ist sie ruhig, geradezu lethargisch, dann überkommt sie die Angst um Niko, und sie wird regelrecht hysterisch. Der Arzt war nochmal hier, aber sie weigert sich, irgendetwas einzunehmen. Sie will ihr Baby stillen und das kann sie nicht, wenn wir sie jetzt mit Beruhigungsmitteln vollpumpen.« Cory strich sich durch die roten Haare. »Ich weiß nicht, wie lange sie noch durchhält, bevor sie uns komplett zusammenklappt ...«

»Habt ihr noch irgendetwas aus ihr herauskriegen können?«

Cory schüttelte den Kopf. »Als die Techniker kamen, um die Telefonüberwachung zu installieren, ist sie ausgeflippt, dann hat sie sich in Nikos Zimmer verkrochen und ist seither nur herausgekommen, wenn sie zur Toilette musste. Theodor Stolze hat uns zum Glück gestattet, die Überwachung zu installieren.«

Brander sah auf die technischen Apparate. »Es wäre sinnvoller, Lütz' Telefon zu überwachen.«

»Nicht zu fassen, dass der schon wieder abgetaucht ist.« Corys Handy piepte, sie sah auf das Display. »Sofie. Wieso ist die wach? Sie muss morgen früh zur Schule.«

»Du meinst wohl eher heute.«

»Ja. Hoffentlich hat sie sich nicht wieder mit ihrem Vater gezofft. Ich muss sie geschwind zurückrufen. Bin gleich wieder da.« Sie verließ die Wohnung.

Brander ging zur Toilette, auf dem Rückweg drang Lisa Stolzes Stimme zu ihm in den Flur.

»Warum sind Sie hier?«

Er blieb stehen, ging die Schritte zur Kinderzimmertür zurück, drückte sie weiter auf. Lisa Stolze stand am Fenster, eingewickelt in einen dicken Morgenmantel. Sie hatte ihm den Rücken zugewandt und einen Moment lang fragte sich Brander, ob ihre Frage tatsächlich an ihn gerichtet war.

»Ich wollte schauen, wie es Ihnen geht«, erklärte er mit gedämpfter Stimme. Er war an der Türschwelle stehengeblieben.

»Wie soll es mir schon gehen?« Ihre Frage klang leer, kraftlos. »Haben Sie Neuigkeiten?«

»Wir suchen weiter nach Ihrem Jungen«

»Was heißt das?«

Was sollte er ihr sagen? Sollte er ihr sagen, dass sie Ziesemann observierten, dass sie Niko dort vermuteten, dass noch Hoffnung bestand, dass ihr Kind lebte? Aber was, wenn Stephan Klein sich irrte? Wenn Niko nicht dort war? Wenn das Kind bereits tot war?

»Genau das: Wir suchen nach Ihrem Jungen.«

Lisa Stolze starrte weiter aus dem Fenster. Er blieb stehen, wo er war, wartete, ob sie noch etwas sagen wollte.

»Ich fühle mich fremd im eigenen Haus«, erklärte sie irgendwann in die Stille.

Brander nickte mitfühlend. So viele fremde Menschen drangen in ihr Leben ein, kamen in ihr Haus, stellten Fragen, suchten nach Spuren, ließen keinen Platz mehr für Privatsphäre.

»Ich weiß manchmal nicht mehr, ob ich schlafe oder wach bin. Alles ist wie ein einziger böser Traum.« Ihre Stimme drohte zu kippen. »Ich höre Niko fröhlich im Hof spielen, aber wenn ich aus dem Fenster sehe, ist er nicht da. Ich höre ihn im Wohnzimmer rascheln, und dann komme ich rein, und da sind Ihre Leute und stecken irgendwelche Kabel in mein Telefon. Ich höre die Haustür zuschnappen und denke, jetzt kommt Felix mit Niko nach Hause und dann stehen Sie hier …« Sie hielt inne, lehnte die Stirn an die kühle Scheibe. »Warum sind Sie hier – jetzt, mitten in der Nacht?«

Die Situation driftete wieder ins Surreale. Er spürte einen leichten Schwindel, als hätte er Wasser im Gehörgang, als würde er tauchen. Durch den Schlafmangel war sein Gehirn so dumpf, als wäre es in waberndes Gelee gepackt. Die Stille um ihn herum war erdrückend. Er konzentrierte sich auf die Frau, die ihm noch immer den Rücken zugewandt hatte. Er musste behutsam vorgehen, um sie nicht gleich wieder zu verlieren. »Wir brauchen mehr Informationen.«

»Was für Informationen?« Sie wandte sich um, zog den Morgenmantel enger um sich und sah ihn an. Das Licht der Nachttischlampe beleuchtete matt ihr Gesicht.

Wo sollte er ansetzen? »Sie heißen mit Mädchennamen Römer.«

Sie hob die Augenbrauen, was kleine Fältchen auf ihrer Stirn entstehen ließ.

»Warum haben Sie keinen Kontakt mehr zu Ihren Eltern?«

Das Blau ihrer Augen war im Schatten nur zu erahnen. Sie musterte ihn aufmerksam, während sie nach der Antwort suchte.

»Weil ich nicht bereit war, ihren Glauben anzunehmen.«

»Ihren Glauben?« Gehörten ihre Eltern einer Sekte an? Scientology kam ihm sofort in den Sinn. Aber das hätte Tobias Richter sicherlich erwähnt. Er selbst gehörte keiner Kirche an, und doch, in manchen Situationen, da hatte auch er schon den Blick zum Himmel gerichtet und auf ein Wunder gehofft.

»Sie glauben an die unerschöpfliche Macht des Geldes.« Ihre Mundwinkel verzogen sich zynisch nach unten. »Sieht so aus, als hätten sie Recht behalten.«

Die unerschöpfliche Macht des Geldes. Wer strebte nicht nach einem gesicherten Einkommen? Aber das war wohl etwas anderes, als aus einer millionenschweren Unternehmerfamilie zu stammen.

»Warum haben Sie Ihren Schwager um Geld gebeten und nicht Ihre Eltern? Ich denke, für sie wäre es leichter ...«

Sie hob wieder die Augenbrauen. »Wer sagt Ihnen denn, dass ich es nicht getan habe?«

»Und?«

Sie sah ihn noch einen Moment lang an, dann wandte sie ihr Gesicht zur Seite. Eine Antwort erhielt er nicht.

Er durfte jetzt nicht zu forsch vorgehen, nicht zu direkt fragen. Mal lethargisch, mal hysterisch, hatte Cory gesagt. Er musste ruhig bleiben, damit sie ruhig blieb.

»Erzählen Sie mir ein wenig von Ihrem Leben?«

»Mein Leben ... Warum wollen Sie das wissen?« Sie schnaufte leise. »Ich war ein aufmüpfiges Kind. Ich habe meine Eltern ziemlich tyrannisiert. Die typische verzogene Göre reicher Eltern, die immer alles will und alles kriegt ...« Sie löste sich vom Fenster, sank auf die Bettkante, streichelte zärtlich über die Bettdecke, unter der kein Kind lag. »Niko ist ganz anders. Er kommt nach Felix.« Ein kurzes, wehmütiges Lächeln huschte über ihr Gesicht. »Er ist ein kleiner Lausbub, aber er ist so lieb dabei, anschmiegsam, zutraulich.« Sie presste die Lippen zusammen, schluckte trocken. »Was waren Sie für ein Kind?«

»Ich? Oh ... ganz normal, würde ich sagen«, erwiderte Brander, überrumpelt von der Gegenfrage.

»Normal ...« Ihre Augen waren auf die Bettdecke geheftet. »Ich bin nach dem Abitur von zu Hause fort. Hab ein wenig gejobbt. Mein Vater hat mich dafür gehasst. Die Tochter von Römer Baumaschinen als Aushilfe in einer Bäckerei! Ich habe seinen Mitarbeitern belegte Brötchen verkauft und Kaffee in Pappbechern serviert. Mein Vater hat dem Ladeninhaber Druck gemacht, damit sie mich entlassen. Ich bin dann weg aus Albstadt. Ich wollte nicht, dass meine Eltern mich wiederfinden. Sie würden immer versuchen, mich in ihr Leben zu pressen. Ich habe mir eine Ausbildungsstelle gesucht, nebenbei ein bisschen gekellnert und währenddessen habe ich Felix kennengelernt. Er war Kfz-Mechaniker. Er träumte schon damals von einer eigenen Werkstatt.«

»Weiß Ihr Mann, aus welcher Familie Sie kommen?«

»Ja.« Sie hob das Gesicht zu ihm. Ihr Blick wirkte jetzt etwas entspannter. »Ich habe es ihm gesagt, weil ich nicht wollte, dass es irgendwann durch einen dummen Zufall herauskommt. Am Anfang hat er versucht, zwischen mir und meinen Eltern zu vermitteln. Ich traf mich sogar einmal mit meinem Vater. Er bot mir Geld, damit ich Felix verlasse und wieder in den Schoß der Familie zurückkehre. Daraufhin habe ich Felix geheiratet. Seither habe ich sie nicht mehr gesehen.«

»Kennt Herr Lütz Ihre Vergangenheit?«

Lisa Stolze hob die Schultern. »Einen Teil sicher. Felix und Martin kannten sich ja damals schon.«

»Ich verstehe seine Rolle nicht ...«, hob Brander behutsam an.

Sie neigte den Kopf leicht zur Seite. »Welche Rolle?«

»Bei dem, was hier geschehen ist. Welche Rolle spielt Herr Lütz?«

»Er ist Felix' Partner, sein Freund.«

»Mögen Sie ihn?«

Ihr Oberkörper wich zurück. »Warum fragen Sie das?«

Er durfte nicht zu schnell, nicht zu forsch fragen. Sie war schon wieder dabei, sich in ihren Kokon zurückzuziehen. Er suchte nach den richtigen Worten, den richtigen Fragen.

Sie kam ihm zuvor: »Glauben Sie, dass Niko noch lebt?«

»Ich weiß es nicht«, erwiderte er ehrlich. »Hatten Sie Kontakt zu Sascha Ziesemann?«

»Wie denn?« Sie hob resigniert die Hände.

»Er ist doch ein Kunde. Haben Sie keine Adresse? Keine Telefonnummer?«

»Nein, er … er ist kein Kunde.«

»Was dann?«

Sie schüttelte stumm den Kopf.

»Woher weiß Herr Lütz, dass Niko bei ihm ist?« Brander sprach sanft, behutsam, versuchte jeglichen Vorwurf, jegliches berufliche Drängen in seiner Stimme zu vermeiden. Doch sie war schon wieder auf der Hut, antwortete nicht.

»Woher kennen Sie Leute wie Sascha Ziesemann?«, versuchte er einen anderen Weg.

Keine Antwort.

»War er häufig hier?«

»Hören Sie auf«, bat sie kraftlos.

»Frau Stolze, weiß Herr Ziesemann, dass Sie die Tochter der Familie Römer sind?«

Sie deutete erneut ein Kopfschütteln an, aber Brander war sich nicht sicher, ob es ein »Nein« war, oder ob sie einfach keine Fragen mehr beantworten wollte.

»Denken Sie, dass er sich mit diesen fünfhunderttausend Euro zufriedengeben wird?«

»Er bekommt sein Geld und ich …« Sie geriet ins Stocken, schon wieder traten ihr Tränen in die Augen. »Alles, was ich will, ist, meinen kleinen Jungen wiederzuhaben, verstehen Sie das denn nicht?«

»Doch, das verstehe ich.«

Hatte sie eine Ahnung, mit was für Leuten sie es zu tun hatte? Kannte die behütet aufgewachsene Millionenerbin das Milieu, in dem sich Sascha Ziesemann bewegte? Er erinnerte sich an Richters Bericht über die Drohung, die Lisas Eltern bekommen hatten, als sie noch ein junges Mädchen gewesen war.

»Wir wollen Ihnen helfen.«

In ihrem Gesicht vollzog sich mit einem Mal eine Wandlung, als wäre ihr ein Gedanke gekommen. Ein ungeheuerlicher Gedanke. Ihre Augen wurden groß bei der Erkenntnis. »Sie wissen, wo Sascha ist. Ist ... Ist Niko bei ihm?«

Verdammt! Brander sog die Luft ein.

Lisa Stolze kam auf ihn zu. »Wo ist Niko? Ist er bei Sascha? Lebt er?« Sie war vor ihm, ergriff seinen Jackenaufschlag. »Bitte, Sie müssen es mir sagen! Wo ist Niko? Wo ist mein Kind?« Sie wurde laut.

Er fasste ihre Handgelenke. »Bitte, Frau Stolze ...«

»Sie wissen, wo mein Kind ist! Warum sagt es mir niemand? Warum redet denn niemand mit mir?« Sie schrie jetzt. »Bitte! Mein Kind! Bitte!«

Sein Herz begann zu rasen, Schweiß trat ihm aus den Poren. Er zog ihre Hände von seiner Jacke. »Bitte beruhigen Sie sich wieder ...«

»Ich will zu meinem Kind! Sie müssen mich zu ihm bringen! Niko! Wo ist Niko?«

Sie entwickelte ungeahnte Kräfte. Er musste ihre Handgelenke fest umschließen, um sie zu halten.

»Mein Kind!«

Theodor Stolze kam aus dem Schlafzimmer, nur mit T-Shirt und Slip bekleidet, und dröhnte verschlafen dazwischen. »Was ist passiert? Was ist mit Niko?«

»Sie wollen mir nicht sagen, wo Niko ist!« Ihre Stimme grenzte ans Hysterische. »Warum sagen Sie es mir nicht?«

Brander wollte ihr nicht wehtun, aber sie wand sich unter seinem Griff, wollte sich losreißen, auf ihn einschlagen. Vor Angst, vor Sorge, vor Verzweiflung.

»Frau Stolze, schauen Sie mich an! Schauen Sie mich an«, forderte er, eindringlich, bestimmt, obwohl in ihm alles in Aufruhr war. »Beruhigen Sie sich wieder.«

Cory kam aus dem Treppenhaus in den Flur gestürmt, schob sich zwischen Brander und Lisa Stolze. Sie drängte die junge Mutter von ihm weg, zurück ins Kinderzimmer. »Es ist gut, Lisa. Schauen Sie mich an, Lisa, Sie müssen sich beruhigen. Atmen Sie …« Sie redete unaufhörlich auf die Frau ein, die verzweifelt nach ihrem Kind schrie.

Brander lehnte sich gegen die Wand und rang nach Luft.

Theodor Stolze blickte erschüttert auf die Szene. Seine Augen waren glasig. »Lisa«, wisperte er hilflos. »Lisa …«

Auch Schätzle, der aus dem Wohnzimmer hinzugekommen war, sah betroffen in die Runde.

Corys Stimme wurde milder, sie wiederholte ihre Worte wie bei einer Meditation: »Pscht, ganz ruhig. Atmen. Gut so.« Ihr Handy klingelte. Sie ignorierte es.

Umgehend meldete sich Branders Telefon. Er räusperte sich, nahm das Gespräch entgegen. »Ja?«

»Ich erreiche Cory nicht«, meldete sich Hendrik nervös.

»Ich bin bei ihr. Wir …« Brander wandte sich ab, ging den Flur entlang zur Tür, damit Lisa und Theodor Stolze nicht mithörten. »Sie kann gerade nicht ans Telefon. Was gibt's?«

»Deine Leute von der K4 haben sich gemeldet. Sie haben Niko in Ziesemanns Wohnung gesehen.«

Brander zwickte es brutal in den Magen. Er schluckte trocken. »Und?«

»Er lebt. Das SEK ist unterwegs.«

Mehr brauchte Hendrik nicht zu sagen. Der Führungsstab hatte den Zugriff beschlossen. Sie würden die Wohnung stürmen.

Brander blieb am Ende des Flurs stehen und versuchte, den Aufruhr in seinem Inneren unter Kontrolle zu bringen. Der Angriff von Lisa Stolze hatte ihn erschüttert. Er musste ruhig bleiben, die Nerven behalten. Aber er meinte, innerlich zu vibrieren. Die Anspannung und der Schlafmangel der letzten Tage machten ihn dünnhäutig. Niko Stolze war bei Sascha Ziesemann. Er lebte. Das SEK war unterwegs, gemeinsam mit dem Führungsstab und den Kollegen von der K4 würde der Zugriff vorbereitet werden. Er kannte die Szenarien von früheren Einsätzen. Straßenpläne, Haus- und Wohnungsgrundrisse würden studiert, mögliche Fluchtwege besetzt und das Gebiet weiträumig unauffällig abgesperrt werden. Man würde Scharfschützen positionieren. Krankenwagen stünden bereit, Psychologen und Ärzte wären da, um das Opfer so schnell wie möglich zu versorgen. Und das alles musste innerhalb kürzester Zeit organisiert werden. Jede Minute, die verstrich, barg die Gefahr, dass der Täter unerwartet seinen Standort wechselte oder – was schlimmer war – sie bemerkte. Vermutlich würde der Zugriff noch in den frühen Morgenstunden stattfinden, wenn es im Haus ruhig war, die Menschen noch schliefen. Vielleicht schlief auch Sascha Ziesemann. Wenn alles gut ging, könnte der Überraschungsmoment genutzt, das Kind befreit und zurück zu seiner Mutter gebracht werden. Aber wenn es nicht gut ging … Wenn sie etwas übersahen, wenn irgendein kleiner Fehler geschah … Er spürte einen Kloß im Hals, kämpfte gegen die aufsteigenden Emotionen. Was, wenn der Zugriff misslang? Er schloss die Augen. Ruhe bewahren. Lisa Stolze durfte nichts von seinem inneren Aufruhr bemerken.

Sie konnten nur warten.

Das Warten war das Schlimmste.

Schließlich hatte er die Kraft, zu den anderen zurückzukehren. Theodor Stolze saß im Kinderzimmer neben seiner Schwägerin. Cory versuchte noch immer, sie mit Hilfe von Atemübungen zu beruhigen.

»Ich bin im Wohnzimmer«, erklärte Brander. »Wenn es Ihnen etwas besser geht, kommen Sie bitte rüber. Wir müssen uns unterhalten.«

Cory sah fragend zu ihm und er versuchte, zuversichtlich auszusehen. Er ging in die Küche, nahm ein Glas und füllte es mit Leitungswasser. Seine Hand zitterte.

»Sind Sie in Ordnung?« Schätzle war ihm gefolgt.

Brander deutete ein Nicken an.

»Sie dürfen Frau Stolzes Verhalten nicht persönlich nehmen. Sie ist am Limit.«

Brander wusste, dass er den Vorfall nicht persönlich nehmen durfte, dennoch war er betroffen. Er war ein Mensch und keine Maschine. Diese Verzweiflung der jungen Mutter, die sich ein Ventil gesucht und sich an ihm entladen hatte. Er wollte dieser Frau kein Leid zufügen, er wollte ihr helfen. Aber wie konnte er ihr helfen? Konnte, sollte er ihr von dem bevorstehenden SEK-Einsatz erzählen? Was, wenn sie die Information an Martin Lütz weitergab? Was, wenn Lütz Ziesemann warnte? Wenn die ganze Aktion dadurch fehlschlug? Es zerriss ihn innerlich. Wie gern hätte er Lisa Stolze gesagt, dass sie ihr Kind in wenigen Stunden wieder in den Armen halten würde. Aber sie wussten zu wenig über die tatsächliche Situation.

»Wir hätten schon weiter sein können ... viel weiter«, murmelte er erschöpft vor sich hin. Er sprach mehr zu sich als zu Schätzle, versuchte, das Glas an seine Lippen zu heben, ohne das Wasser zu verschütten. Seine Bewegungen waren verkrampft. Er stand noch immer unter Strom. Bitte, Gott, wenn es dich gibt, beschütze dieses Kind, hörte er sich stumm in seinem Kopf beten.

Schätzle zauberte einen kleinen roten Ball hervor, ließ ihn über seine Ärmel wandern, durch die Luft schweben, ließ zwei daraus werden, jonglierte ein wenig herum, dann waren plötzlich beide Bälle verschwunden. »Voilà.« Der Mann grinste. »Und ist der Puls jetzt etwas ruhiger?«

Brander sah verdutzt auf seine Hand, die nicht mehr zitterte, auch das innere Vibrieren hatte nachgelassen. Die Ablenkung durch das kleine Kunststück hatte ihn ein wenig zur Ruhe kommen lassen. Er lächelte schwach. »Danke.«

Lisa Stolzes Gesicht war gezeichnet von ihrem Ausbruch und der Ungewissheit der letzten Tage. Sie weinte nicht mehr, aber in ihren Augen lag noch immer ein verzweifeltes Flehen, als sie Brander gegenüber auf dem Sofa saß. Ihre Finger waren ineinander verschränkt, als dürften sie sich nie wieder voneinander lösen. Ihr Schwager saß neben ihr, den Arm um ihre Schultern gelegt. Cory hatte die beiden ins Wohnzimmer geleitet, war aber an der Türschwelle stehen geblieben. Schätzle hatte auf einem der Barhocker am Tresen hinter Branders Sessel Platz genommen.

»Sagen Sie mir, wo Niko ist?«

Was sollte er tun? Welche Antworten konnte er ihr geben? Unschlüssig musterte Brander die Frau vor sich. Er musste sie vorbereiten und gleichzeitig durfte er den SEK-Einsatz und damit das Leben ihres Kindes nicht gefährden.

»Frau Stolze, es wurde ein polizeilicher Führungsstab eingerichtet, der Polizeipräsident …«

»Was … was heißt das?«, unterbrach sie ihn.

Einfache Worte. Er brauchte simple Erklärungen, damit sie nicht das Gefühl bekam, dass er ihr Wissen vorenthielt, sie verwirren wollte. »Das bedeutet, dass sehr viele, sehr fähige Männer und Frauen sich darum bemühen, Ihr Kind zu retten.«

»Bemühen? Ich will mein Kind!«

Brander biss die Zähne zusammen. Wer spielte denn die ganze Zeit mit verdeckten Karten? »Frau Stolze, Sie müssen offen und ehrlich zu uns sein. Wenn wir nicht wissen, was zwischen Ihnen und Sascha Ziesemann vereinbart wurde, dann können wir nicht handeln.«

»Aber ich habe Ihnen doch alles gesagt.«

»Das haben Sie nicht. Sie haben unsere Leute hier tage- und nächtelang suchen lassen, obwohl sie bereits wussten, dass ihr Kind entführt wurde!« Er konnte sich diesen Rüffel nicht verkneifen.

Cory warf ihm einen mahnenden Blick zu. Bleib ruhig, bleib sachlich.

»Martin hat gesagt …« Sie verstummte, zupfte an ihrem Morgenmantel herum.

»Was hat Martin gesagt?«

Sie zupfte weiter an dem Stoff. Schweigend wartete er, ob Lisa Stolze noch etwas sagen würde, schließlich hob sie ihren

Blick, sah Brander mit einer Mischung aus Trotz und Resignation an. »Ich vertraue Ihnen nicht.«

Ich Ihnen auch nicht, dachte Brander bei sich, aber er nickte nur. Er ließ ein paar Sekunden verstreichen, nahm jeglichen Vorwurf aus seiner Stimme, als er in ruhigem Ton erwiderte: »Das kann ich sogar verstehen. Sie haben Angst, dass alles, was Sie uns sagen, Ihr Kind in Gefahr bringt.« Er beugte sich vor, legte die Unterarme auf den Oberschenkeln ab, sein Blick blieb auf Lisa Stolzes Gesicht geheftet. »Paradoxerweise ist es aber auch umgekehrt: Alles, was Sie uns nicht sagen, kann das Leben Ihres Kindes ebenfalls gefährden. Jede Information, die wir bekommen, und scheint sie noch so unwichtig, hilft uns, unsere Arbeit gezielter auszurichten und damit das Leben Ihres Kindes zu schützen.«

»Niko lebt«, wisperte sie und Hoffnung flammte in ihren Augen auf.

»Ja, und um Ihr Kind zu retten, müssen wir zusammenarbeiten. Verstehen Sie das? Wir wissen, was wir tun. Ich bin seit mehr als zwanzig Jahren bei der Polizei und dies ist nicht mein erster Entführungsfall.« Er ließ einige Sekunden verstreichen, dann wiederholte er seine Frage. »Was hat Martin gesagt?«

Sie hatte aufgehört, an ihrem Morgenmantel zu zupfen, und verschränkte die Finger wieder ineinander. »Niko lebt«, wiederholte sie, so leise, dass man die Worte nur ahnen konnte.

»Bitte, Frau Stolze, wir brauchen Informationen. Was hat Herr Lütz Ihnen gesagt?«

Ihre Stimme war nur unwesentlich lauter, als sie sich entschloss, Brander zu antworten. »Er meint, es wäre besser so … wenn niemand davon weiß …«

Sie hatten die Polizei an der Nase herumgeführt. Brander dachte an den durchnässten Teddybär, den sie bei der Biogasanlage gefunden hatten. Was für ein Entsetzen, was für Sorgen hatten sich die Kollegen und Kolleginnen gemacht. Lisa Stolze hatte sofort gewusst, dass es nicht das Stofftier ihres

Sohnes war. Deswegen hatte sie es auch gar nicht ansehen müssen. Mit Mühe hielt er seine Wut im Zaum. Sie hatte es nicht aus niederträchtigen Gründen getan. Sie wollte ihr Kind schützen.

»Wenn wir das Geld bezahlen, dann bekomme ich Niko wieder.«

»Der Kontakt läuft ausschließlich über Herrn Lütz?«

Sie nickte.

»Hat Herr Lütz eine Telefonnummer oder Adresse von Sascha Ziesemann?«

»Das weiß ich nicht.«

»Hat er Ihnen gesagt, wann genau die Übergabe stattfinden soll?«

»Nein. Wir versuchen, das Geld zusammenzubekommen, und dann wird Sascha uns sagen, wie es weitergeht.«

»Woher weiß Sascha denn, dass Sie das Geld zusammenhaben?«

»Er … er ruft Martin morgen wieder an.«

»Wann?«

Lisa Stolze hob die Schultern. »Ich weiß es nicht, irgendwann im Laufe des Vormittags, vermute ich. Ich muss doch erst noch mit den Banken sprechen …«

Das war gut. Es gab ihnen mehr Zeit.

»Wie ist Ihre finanzielle Situation?«

Sie hob die Mundwinkel zu einem freudlosen Lächeln. »Angespannt. Wir haben Schulden, Hypotheken, Kredite … Am Anfang gab es oft Durststrecken …«

»Und Sascha Ziesemann hat Ihnen Geld geliehen?«

»Nein, nicht direkt, das …«

»Lisa, das tut jetzt nichts zur Sache«, unterbrach Theodor seine Schwägerin.

»Das lassen Sie doch besser uns beurteilen«, wies Brander den Mann zurecht. Musste der Kerl ihm dazwischenfunken? Diese ganze Geheimniskrämerei ging Brander gegen den Strich. Seit wann wusste Theodor Stolze von der Entführung? War seine Unwissenheit über das, was in der Firma seines Bruders vor sich ging, nur gespielt gewesen? »Frau Stolze, hat Sascha Ziesemann Ihnen damals mit dem Geld ausgeholfen?«

Sie knetete unwohl ihre Hände, konnte sich zu keiner Antwort durchringen.

»Es ist nicht unbedingt illegal, jemandem Geld zu leihen«, sagte er, um ihr die Unsicherheit zu nehmen.

»Das war … ich weiß auch nicht … bitte, reden Sie mit Martin.«

»Das würden wir ja gern, nur leider erreichen wir Ihren Kompagnon nirgendwo. Wissen Sie, wo er sein könnte?«

»Er versucht, Geld aufzutreiben.«

»Sonntagnacht? Wo?«

Sie hob die Schultern. »Ich weiß es nicht. Er kennt viele Leute.«

»Leute wie Sascha Ziesemann?«

Lisa Stolze deutete ein resigniertes Nicken an.

Sollte er sie bitten, Lütz anzurufen und nach Entringen in die Werkstatt zu bestellen? Würde der Mann misstrauisch werden? Würde er Ziesemann irgendeinen Hinweis geben? Es war zu riskant.

»Kennen Sie eine Nina Kohlhammer?«

Sie zog fragend die Augenbrauen zusammen. »Was hat Nina mit Niko zu tun?«

»Vermutlich nichts. Wir haben sie heute in der Wohnung von Martin Lütz angetroffen.«

»Nina?«

»Ja, was wissen Sie über die Frau?«

»Sie war mal mit Martin zusammen. Ich kenne sie kaum …«

»Was wissen Sie von Sascha? Ist er gewalttätig? Unbeherrscht?«

»Er … nein, er … eigentlich ist er immer sehr nett …« Ihr Blick schweifte ab. »Einmal, da ist er wütend geworden. Er hatte Felix am Kragen gepackt, aber er ließ ihn sofort los, als ich in die Werkstatt kam, klopfte ihm noch auf die Schultern, als wäre es nicht böse gemeint.«

»Wann war das?«

»Vor drei, vier Monaten.«

»Haben Sie Ihren Mann gefragt, was los war?«

»Ja, aber er hat nur abgewunken, ein Missverständnis. Ich war schwanger, er wollte nicht, dass ich mir Sorgen mache. Und ich … ich wollte mir auch keine Sorgen machen …«

»Hat Herr Ziesemann eine Waffe?«

Sie sah ihn mit großen Augen an. »Das weiß ich nicht.«

Brander war hinausgegangen, stand im dunklen Hof. Die Nachtluft drang mit feuchtkalten Klauen unter seine Kleidung. Er fror. Die Nächte im April waren noch immer empfindlich kühl.

Er hatte mit Hendrik telefoniert, ihm die wenigen Informationen gegeben, die er von Lisa Stolze bekommen hatte. Er versuchte, sich einen Reim darauf zu machen, wie alles zusammenhing. Stolze & Lütz waren in finanziellen Schwierigkeiten. Irgendwie kamen sie in Kontakt mit Sascha Ziesemann, der ihnen Geld lieh. Geld, das sie anscheinend nicht zurückzahlen konnten. Irgendwann reißt Ziesemann der Geduldsfaden, er entführt Niko, verlangt statt hunderttausend mit einem Mal fünfhunderttausend Euro. Ergab das einen Sinn? Er wusste doch, dass die Leute kein Geld hatten. Und was war mit Felix Stolze? War er gestolpert oder hatte ihn jemand in die Grube gestoßen?

Der Anruf kam um halb sechs.

* * *

*Ein Knall riss ihn aus dem Schlaf. Er fiel vom Sofa, rappelte sich benommen hoch. Er sah kaum etwas, stürzte blindlings ins nächste Zimmer. Der Junge kauerte verschreckt auf dem Bett.*

*»Niko!« Er wollte sich schützend über das Kind werfen, wurde zu Boden gerissen. Jemand rammte ihm das Knie in*

*den Rücken, riss seine Arme zurück. Er zappelte, wollte sich befreien. Der Mann über ihm gab ihm kaum Raum zum Atmen. Die Panik ließ das Blut durch seine Adern schießen. Überall waren Menschen, schwarze, vermummte Gestalten mit schweren Stiefeln und Pistolen. Sie schrien abgehackte, einzelne Worte, hielten ihn bäuchlings auf den Boden gedrückt. Fesselten seine Hände, die Handrücken aneinandergepresst. Ein Reißen zog durch seine Schulter. Er verstand nicht, wer die Männer waren.*

*»Bitte, nicht den Jungen«, flehte er. »Bitte, lasst ihn …«*

*Sie drückten seinen Kopf auf den Boden. Er war benommen von dem Sturz, von dem nächtlichen Überfall. Alles war ein Tohuwabohu. Wenige Sekunden. Eine Ewigkeit. Jemand schaltete das Licht ein. Erst da bemerkte er, dass seine Wohnung voller Polizisten war. Spezialeinheit. SEK. Sein Herz schlug ihm bis zum Hals. Jemand zerrte ihn auf die Knie. Ein anderer hatte den Jungen hochgehoben. Das Kind weinte, streckte die kleinen Ärmchen nach ihm aus.*

*»Alles gut, Kleiner. Hab keine Angst«, stieß er atemlos hervor. Seine Stimme zitterte, seine Knie zitterten. Zwei Männer zogen ihn auf die Füße, nahmen ihn in ihre Mitte. Seine Wohnung war ein einziges Chaos. Jemand war auf die Autorennbahn getreten. Eine Schiene war gebrochen.*

# 16

Im Nachhinein kamen Brander die vergangenen neunzig Minuten wie ein Albtraum vor. Hendrik hatte angerufen und ihm mitgeteilt, dass der Zugriff kurz bevorstand.

»Macht euch auf den Weg. Ich will, dass die Mutter so schnell wie möglich bei ihrem Kind ist.«

Er konnte sich kaum erinnern, wie sie nach Esslingen gekommen waren. Cory hatte Lisa Stolze aufgefordert, sich anzukleiden und Lukas für eine Autofahrt vorzubereiten. Sie gaben ihr so wenig Informationen wie möglich, wollten keine Hoffnung wecken, aber auch ihre Ängste nicht verstärken. Niemand wusste, wie der Einsatz ausgehen würde. Sie fuhren mit zwei Wagen. Brander hatte Cory und Lisa Stolze mit ihrem Baby im Auto, Schätzle folgte mit Theodor Stolze.

Sie hatten die Raststätte Schönbuch passiert, als der zweite Anruf erfolgte. Brander sah im Rückspiegel, wie Lisa Stolze in sich zusammensackte, ihre Schultern begannen zu zittern. Cory drehte sich zu ihr. Er schaltete das Martinshorn ein und beschleunigte.

Hendrik hatte sie direkt zum Klinikum Esslingen bestellt. Sie stürmten durch den Eingang der Kinderklinik. Ein Beamter wies ihnen den Weg. Das Warten auf den Fahrstuhl erschien ihnen endlos. Sie fuhren in die zweite Etage, öffneten die Tür zum Spielzimmer, das zu dieser frühen Stunde offiziell noch geschlossen war.

Hendrik saß auf dem Boden, den Rücken an die Wand gelehnt, das Kind auf seinem Schoß. Das kleine Gesichtchen war tränennass. Bauklötze waren um sie verteilt. Niko hatte vertrauensvoll sein Köpfchen an die Brust des Polizisten gelehnt. Als er seine Mutter hereinkommen sah, sprang er auf und stürmte auf sie zu. »Mami!«

»Niko!« Lisa Stolze stolperte in das Zimmer, fiel auf die Knie, schloss ihr Kind in die Arme.

Hendrik erhob sich ungelenk, kam steif auf Brander und Cory zu. »Der Einsatz hat ihn erschreckt«, erklärte er leise mit heiserer Stimme. »Er wollte sich nicht untersuchen lassen. Ich habe gesagt, wir warten, bis seine Mutter hier ist.«

Der Kleine löste sich aus der Umklammerung seiner Mutter, wischte ihr mit seiner kleinen Hand über die Wange. »Warum weinst du?«

Sie schüttelte den Kopf, brachte kein Wort hervor.

»Der Sascha hat gesagt, du bist krank. Bist du schlimm krank?«

»Nein … nein …«, brachte sie mühsam hervor. »Jetzt nicht mehr. Jetzt nicht mehr.« Sie zog ihn wieder in ihre Arme, flüsterte zärtlich seinen Namen. »Bist du in Ordnung, mein kleiner Schatz? Hat er dir wehgetan?«

»Nee, aber da kamen so Männer. Die waren voll umheimlich. Die haben den Sascha voll auf den Boden geworfen. So …« Er drückte sich von seiner Mutter weg und ahmte die Situation nach, die er erlebt hatte, tat so, als würde er jemanden zu Boden stoßen. »Die waren soooo groß.« Er hob die Arme, so weit er konnte. »Das waren Riesen. Und die haben den Sascha gefesselt. So …« Er streckte die kleinen Ärmchen vor, legte die Handrücken aneinander. »Aber so … auf dem Rücken.«

Der Kleine hatte alles genau beobachtet. Hendrik presste die Lippen fest zusammen, schluckte trocken.

»Der Sascha hat gesagt, ich brauch keine Angst haben …« Niko senkte den Blick auf den Boden. »Aber ein bisschen Angst hatte ich wohl.«

»Du bist so ein tapferer, großer Junge.« Lisa Stolze lächelte unter Tränen und bedeckte das Gesicht ihres Kindes mit Küssen.

»So wie es aussieht, ist er unverletzt. Aber er sollte trotzdem untersucht werden«, erklärte Hendrik den Kollegen. Seine Stimme klang noch immer belegt.

Cory legte ihre Hand auf seinen Oberarm, drückte ihn kurz. »Ich bleibe hier und kümmere mich darum.«

»Danke.«

Hendrik wollte aus dem Zimmer, als der Kleine ihn rief.

»Hennig!«

Er drehte sich um, lächelte angestrengt. »Ja?«

»Wo gehst du hin?«

»Ich muss jetzt mit Sascha reden.«

»Kommst du wieder?«

»Deine Mama ist jetzt da. Sie möchte bestimmt nachher mit dir nach Hause fahren.«

Niko biss sich auf die Lippe. Etwas lag ihm noch auf dem Herzen.

»Was ist, kleiner Mann?«

»Bringst du mir die Autobahn? Die hat Sascha mir doch geschenkt.«

Hendrik nickte. »Die kriegst du noch. Ich bring sie dir vorbei.« Er hob die Mundwinkel mühsam zu einem zuversichtlichen Lächeln und verließ eilig den Raum.

* * *

Brander fand Hendrik draußen vor dem Gebäude. Er stand abseits, das Gesicht zum Himmel gereckt, und rang um seine Fassung. Brander ahnte, was in dem Kollegen vor sich ging. Der Druck der letzten zweiundsiebzig Stunden hatte sich zu einer unerträglichen Anspannung aufgebaut und war dann mit einem Mal von ihm abgefallen. Das Adrenalin, das sich aufgebaut hatte, war noch immer im Blut, ließ sämtliche Emotionen gleichzeitig hochkommen. Erleichterung über die geglückte Befreiung, maßlose Erschöpfung aufgrund der durchgearbeiteten Tage und Nächte, unterdrückte Ängste, die herauswollten, und immer noch die nagende Ungewissheit, ob man alles richtig gemacht, die richtigen Entscheidungen getroffen hatte. Brander hätte ihm gern gesagt, er solle nach Hause fahren, zu Anne, zu seinen Kindern, sich richtig ausschlafen, runterkommen. Einen Tag »happy family«, wie es sein Neffe ausgedrückt hätte. Aber dafür war noch keine Zeit. Der Haftantrag musste vorbereitet werden, damit Sascha Ziesemann dem Haftrichter vorgeführt werden konnte.

»Was gäbe ich jetzt für eine Zigarette«, stöhnte Hendrik, ohne die Augen vom Himmel abzuwenden, als Brander an seine Seite trat.

»Da kann ich leider nicht mit dienen.«

»Anne killt mich, wenn ich wieder anfange zu rauchen.« Hendrik ließ die Schultern kreisen, drehte den Kopf, um den verspannten Nacken zu dehnen, und sah zu Brander. »Wir haben das Kind.« Er stieß die Luft laut aus, schluckte trocken, seine Augen funkelten verdächtig.

Brander wünschte sich, er könnte einen von Amadeus Schätzles Zaubertricks aus dem Ärmel schütteln, um den Kollegen von seinem inneren Kampf abzulenken. Aber er war kein Zauberer. Eine Weile standen sie schweigend nebeneinander. Von irgendwoher hörte Brander fröhliches Geplauder von zwei Frauen – Ärztinnen oder Krankenschwestern auf dem Weg zum Dienst. Ein Taxi fuhr vor. Das Piepsen eines rückwärtsfahrenden Lastwagens drang an ihre Ohren.

»Du hattest von Anfang an den richtigen Riecher«, durchbrach Hendrik das Schweigen.

Brander zuckte die Achseln. »Das Kind lebt. Es ist wieder bei seiner Mutter. Das ist das Einzige, was zählt.«

»Für die Statistik vielleicht.«

»Für uns.«

Hendrik sah ihn an, kämpfte noch immer mit sich, mit seinen inneren Zweifeln.

»Du hast das Richtige getan. Wir mussten in alle Richtungen ermitteln und einer allein kann nicht alles im Blick haben«, erklärte Brander. »Es hätte genauso gut sein können, dass Niko hilflos umherirrt. Wir wussten doch nicht, was überhaupt geschehen war.«

»Hm …«, gab Hendrik wenig überzeugt von sich.

»Wie ist die Aktion gelaufen?«, fragte Brander.

»Mustergültig, soweit ich das beurteilen kann. Wir waren ja nur am äußeren Ring und haben die Aktion über Funk verfolgt. Die haben die Tür aufgehebelt, sind rein, und das Ganze war innerhalb weniger Sekunden erledigt. Das SEK hat dem Kleinen einen mordsmäßigen Schrecken eingejagt. Aber es ist niemand ernsthaft zu Schaden gekommen.«

»Wo ist Ziesemann?«

»Bei euch im Polizeigewahrsam.« Hendrik rieb sich über den Nacken. »Ich brauch 'ne Massage, ich brauch 'nen Kaffee und ich brauch mindestens zwanzig Stunden Schlaf.«

»Mit einem Kaffee könnte ich bei uns in der Dienststelle dienen. Der schmeckt sogar.«

»Das ist mal ein Anfang.«

»Cory bleibt bei Frau Stolze im Krankenhaus. Hast du ein Auto hier?«

»Ja.« Hendrik zögerte. »Ich hab Angst, dass ich dem Ziesemann eins in die Fresse schlag, wenn der mir gleich bei der Vernehmung blöd kommt.«

»Das kann ich verstehen.«

»Kannst du mich bitte davon abhalten?«

Brander hob den Mundwinkel zu einem freundschaftlichen Lächeln. »Das kriegen wir hin.«

In der Dienststelle herrschte bereits Hochbetrieb. Brander lotste Hendrik die Treppe hinauf in die erste Etage. Kollegen, die ihnen auf dem Gang begegneten, nickten anerkennend. Der Ausgang der Entführung hatte sich bereits herumgesprochen. Brander schloss die Tür hinter sich, nachdem sie eingetreten waren.

»Nett«, stellte Hendrik fest.

Das Büro, das Brander sich wie schon in Tübingen mit Peppi teilte, war funktional eingerichtet: zwei weiß furnierte Schreibtische, die sich gegenüberstanden, an der Wand Aktenschränke, eine kleine Garderobe. Die Bürostühle waren neu, der graue Teppich sauber.

»Wie ich sehe, hat Peppi immer noch diesen Tick.« Hendrik nahm den Plüschhasen vom Schreibtisch der Kollegin, drückte auf einen Knopf und stellte es zurück. Das Tier hockte sich auf die Hinterpfoten und begann im Takt einer fürchterlichen, blechernen Melodie mit den plumpen Hüften zu wackeln.

»Was denkst du, warum ich mir über Ostern freigenommen hatte?«

Die Männer grinsten sich an. Die Verbundenheit aus alten Zeiten war wieder da.

»Wo steckt sie eigentlich?« Hendrik sah sich suchend um.

»Sie ist unterwegs hierher. Sie war ziemlich k. o. und brauchte eine Pause, nachdem wir bei Lütz waren.«

Hendrik nickte ernst. »Ich glaube, die Trennung nimmt sie ganz schön mit.«

Trennung? Nur weil er sich beim LKA beworben hatte, musste man ja nicht gleich von Trennung sprechen. Sie waren doch kein altes Ehepaar. Und überhaupt – wieso wusste Hendrik davon?

»Da ist das letzte Wort ja noch nicht gesprochen …«, murmelte Brander. Wer wusste eigentlich noch alles von seiner Bewerbung? Hatte Ekki eine Rundmail losgeschickt, damit er sich keinen Rückzug mehr leisten konnte?

»Meinst du?« Der Kollege zog zweifelnd die Stirn in Falten. »Sie hat immerhin seinen Heiratsantrag abgelehnt.«

»Heirats…?« Brander blieb das Wort im Hals stecken.

»Du wusstest es gar nicht«, stellte Hendrik überrascht fest.

»Willst du sagen, Marco hat ihr einen Heiratsantrag gemacht?«

»Wer sonst?«

»Und sie hat ihm einen Korb gegeben?«

Hendrik nickte. »Marco hat sie letzte Woche gefragt, an Ostern. Anne hatte ihm geholfen, ihre Ringgröße herauszufinden. Marco hat ein Osternest mit Schokohasen und Ring für sie versteckt. Und sie sagt nein. Versteh einer die Frauen.« So, wie er es sagte, bezog er sich nicht nur auf Peppi. Auch in seiner Beziehung zu Anne Dobler gab es immer mal wieder Differenzen. Hendrik sah aus dem Fenster. Der Blick ging in den Innenhof. Ein gepflasterter Platz mit Gartenlaube, damit die Raucher sich bei schlechtem Wetter zur Raucherlunge nicht auch noch eine Lungenentzündung holten.

Brander erinnerte sich daran, wie Peppi den Ring bei der Schmiedin betrachtet hatte. Persephone Schmid. Nun ja, sie hätte ja ihren Mädchennamen behalten können.

Hendrik drehte sich zu ihm und grinste schief. »Schluss mit dem Bürotratsch. Kümmern wir uns mal um den Ziesemann, oder?«

»Erzähl mir noch ein paar mehr Details von dem Einsatz«, bat Brander. Er setzte sich an seinen Schreibtisch und deutete mit der Hand auf Peppis freien Stuhl.

»Ziesemann war im Wohnzimmer. Zu unserem Glück hat er keine Vorhänge vor den Fenstern und die Jalousien waren nicht runtergezogen. Er muss sich ziemlich sicher gefühlt haben. Die Kollegen konnten von der Schule aus hervorragend in seine Wohnung schauen – zumindest in den Teil, der der Schule zugewandt war. Das SEK hat die Tür aufgebrochen, ist rein. Ziesemann wollte ins Schlafzimmer, in dem das Kind lag. An der Tür haben sie ihn geschnappt, zu Boden gebracht, die Wohnung gesichert und Niko geholt. Es war sonst niemand in der Wohnung. Die ganze Aktion hat keine Minute gedauert. Sie haben Niko zum Rettungswagen gebracht. Der Kleine hat fürchterlich geweint, er hatte schreckliche Angst und hat nach Sascha gerufen.« Hendriks Blick ging nachdenklich zum Fenster. »Er hat ihm vertraut.«

»Das ist nicht ungewöhnlich«, erwiderte Brander. Es gab das Stockholmsyndrom, bei dem die Entführungsopfer aus Überlebenstrieb eine positive Beziehung zu den Tätern aufbauten. »Hat der Junge dir irgendwas verraten? Hatte Ziesemann ihn eingesperrt, gefesselt …?«

»Nein. Andi, Niko hatte keine Angst vor ihm. Er hat mich gefragt, warum die Männer ihm so wehgetan haben. Ob Sascha etwas Böses getan hätte.«

Das war ein interessanter Aspekt. Brander hätte gern vor der Befragung von Ziesemann mit dem Kind gesprochen, um mehr über den Ablauf der Entführung zu erfahren. Aber dazu fehlte ihnen die Zeit. Sie mussten Ziesemann vernehmen, damit der Staatsanwalt den Haftantrag so schnell wie möglich vorbereiten konnte.

Doch bevor Sascha Ziesemann zur Vernehmung gebracht wurde, beehrte sie noch ein anderer. Und es war sofort klar, wer der Mann war, der, ohne nach dem Anklopfen das »Herein« abzuwarten, in Branders Büro stiefelte. Er sah einen Moment von einem zum anderen, blieb dann mit verwundertem Grinsen an Branders Gesicht hängen. »Du bist der Andreas.« Es war eine verblüffte Feststellung. »Dich hab mir ganz anders vorgestellt.«

Ich mir dich auch, dachte Brander bei sich. Der Mann war knapp zwei Meter groß, bullig wie der große Hulk, nur nicht so grün, allerdings anscheinend großflächig tätowiert. Die Unterarme zierten diverse Bildchen und Muster und unter dem dunklen Hemd, dessen obere Knöpfe offen standen, lugten weitere Tätowierungen hervor. Seinen Kopf zierten graue, leicht gewellte Haare, die länger keinen Friseur mehr gesehen hatten und sein Alter auf über fünfzig schätzen ließen. Auch das faltige, verlebte Gesicht sprach dafür. Im Kontrast dazu leuchteten seine stahlblauen Augen munter und sein breites Grinsen wirkte sympathisch. Ein Pitbull mit einem Lausbubenlächeln, eine Kombination, die irritierte.

»Hätte eher gedacht, du wärst so ein Anzugträger mit akkuratem Seitenscheitel und jetzt hab ich hier Bruce Willis vor mir.«

Und ich dachte, du bist ein kleiner, selbstgefälliger Schnösel frisch von der Polizeiakademie. Die Stimme klang viel zu jungenhaft für so einen Koloss. Laut sagte Brander lediglich: »So kann man sich irren.«

Stephan Klein lachte und wandte sich an Hendrik. »Dem Kleinen geht's gut?«

»Ja.«

»Es war gut, dass du so schnell am RTW warst. Ich hätte den Jungen nur noch mehr erschreckt.« Er nickte anerkennend. »Du kannst gut mit Kindern.«

Hendrik zuckte die Achseln. Er liebte seine beiden Kinder heiß und innig und Niko war nur wenig älter als Louis.

»Na, dann lasst uns mal unser weiteres Vorgehen besprechen.« Er zog sich einen Stuhl heran, drehte ihn herum und setzte sich im Reitersitz darauf, die kräftigen Oberarme auf der Rücklehne verschränkt. Es fehlten noch die Sporen an den Cowboystiefeln. »Wo ist denn eigentlich die Pachatourides?«

»Hier.« Die Tür hatte sich im selben Moment hinter ihm geöffnet.

Klein drehte sich herum und musterte sie interessiert. »Dich hab ich doch schon mal gesehen.«

»Gut möglich, ich arbeite hier.«

Stephan Klein grinste. Ihm schien zu gefallen, wen er vor sich hatte.

»Und du bist also der Klein.«

»Yes, Ma'am, aber für dich bin ich der Stephan, darfst mich auch Steffi nennen.«

Peppi bedachte ihn mit einem abschätzenden Blick. »Ich weiß nicht, ob ich dich leiden kann.«

»Kommt schon noch.«

Hendrik wollte aufstehen, um den Platz an Peppis Schreibtisch freizugeben. Die Kollegin winkte ab. »Jemand Kaffee?«

Drei Arme gingen in die Luft und Peppi verließ den Raum.

»Die ist ja Zucker.«

Brander warf ihm einen mahnenden Blick zu. »Ich will nicht, dass du so über unsere Kollegin sprichst.«

Klein schmunzelte. »Guter Mann.« Als Branders Blick daraufhin noch finsterer wurde, hob er entschuldigend die Hände. »Botschaft ist angekommen.«

»Andi und ich wollen uns gleich den Ziesemann vornehmen«, brachte Hendrik das Gespräch wieder auf das dringlichste Anliegen.

»Deswegen bin ich hier.«

»Wir machen das zu zweit«, stellte Hendrik klar.

Klein nickte. »Wie es sich gehört. Wir müssen uns trotzdem vorher unterhalten. Wir müssen Rozanowski aus der Sache raushalten.«

»Nicht, wenn er etwas mit der Sache zu tun hat«, widersprach Brander.

»Pass auf, eure Werkstatt in Kleinkleckersdorf taucht bisher in unseren Ermittlungen nicht auf. Das ist Saschas Geschichte, da hat der Gunnar nichts mit zu schaffen.«

»Das sei mal noch dahingestellt.«

Kleins Unterarme spannten sich an.

»Jetzt pass du mal auf«, fuhr Brander den Kollegen an. Dessen schnodderiges Gerede ging ihm gegen den Strich. »Dein Sascha hat angeblich Unfallautos in die Werkstatt gebracht – zum Ausschlachten? Wir wissen es nicht. Noch nicht. Von wem hatte er denn diese Autos? Hat er ein Abschleppunternehmen? Kauft er die bei eBay? Oder bekommt er die vielleicht von seinem Onkel?«

Klein presste grübelnd die Lippen zusammen.

Peppi kam mit den Getränken. Hendrik stand nun doch auf, um ihren Platz am Schreibtisch freizugeben. Sie ließ sich auf den Stuhl nieder und sah von einem zum anderen. »Vorhin schien mir die Stimmung irgendwie entspannter.« Sie nippte an ihrer Tasse. »Was ist los, Jungs?«

Klein raufte sich die Haare, stand auf, ging ein paar Schritte hin und her. Er war ein beachtlicher Koloss und Brander hätte ihm ohne weiteres abgenommen, dass er ein Mitglied der Hells Angels wäre. Schließlich wandte er sich Brander zu, stützte sich mit beiden Händen auf der Schreibtischkante ab. »Okay, Andreas, können wir uns darauf einigen, dass ihr euch zunächst auf die Entführungsgeschichte konzentriert? Versuch, den möglichen Zusammenhang mit Gunnar und Autoschiebereien erst mal außen vor zu lassen. Ich muss mit meinen Leuten sprechen. Das ist jetzt heikel. Verstehste?«

Brander deutete wortlos mit dem Zeigefinger auf Hendrik. Er war der Ermittlungsleiter.

»Wir konzentrieren uns auf die Kindesentführung«, lenkte dieser ein.

»Gut. Wir sprechen uns später.« Klein stürzte den heißen Kaffee in seinen Rachen. »Danke, Pachatourides.«

Sascha Ziesemann war ein unscheinbares Bürschchen. Er war einsfünfundsiebzig groß, wog dabei knappe siebzig Kilo, die blonden Haare waren zerzaust, dazwischen lugten rotschimmernd die Ohren hervor. Sein Gesicht zierte ein flaumiger Dreitagebart. Er sah müde aus, als er wenig später auf dem Platz saß, auf dem kurz zuvor noch der große Hulk gesessen hatte.

»Herr Ziesemann, man hat Ihnen Ihre Rechte vorgelesen?«, fragte Brander. Er hatte mit Hendrik vereinbart, dass er die Befragung eröffnen sollte.

»Ja, aber machen Sie's doch nochmal, falls ich was vergessen hab.« Er grinste, als wäre die ganze Situation nur ein lockerer Spaß.

Nichts Ungewöhnliches. Nichts, was ihm Angst einflößte. Er war dreiundzwanzig Jahre alt. Hatte er eine Ahnung, welche Gefängnisstrafe ihm für die Entführung drohte?

Brander verlas ihm seine Rechte. »Sie wissen, welche Anschuldigungen gegen Sie erhoben werden?«, fragte er, nachdem er geendet hatte. »Kindesentführung, Erpressung, Körperverletzung …«

»Alles Unsinn.«

»Ist das so?«

»Ich hab dem Kleinen nichts getan!«

»Sie haben ihn entführt.«

»Hab ich nicht.«

»Wie würden Sie es denn nennen?«

»Niko war zu Besuch.«

»Und dieses Wochenende kostet die Eltern mal eben locker fünfhunderttausend Euro«, kam es zynisch von Hendrik.

»Weiß nicht, wovon Sie sprechen.«

»Sie haben von der Firma Stolze & Lütz für die Freilassung von Niko fünfhunderttausend Euro Lösegeld gefordert«, wurde Hendrik konkreter.

Ziesemann zog die Augenbrauen zusammen. »Klar.«

»Sie geben es also zu?«

»Gar nix geb ich zu! Fünfhunderttausend! Was soll 'n der Scheiß?«

»Was ist mit Felix Stolze?«, fragte Brander.

»He?«

»Er liegt schwer verletzt im Krankenhaus.«

Ziesemann richtete sich auf. »Ey, was wollt ihr mir denn jetzt anhängen?«

Brander musterte sein Gegenüber. War die Unwissenheit echt oder gespielt? Die Pupillen waren geweitet, glitten unruhig zwischen den beiden Beamten hin und her. Die vorgetäuschte Coolness war kaum noch vorhanden.

»Ey, ich will 'nen Anwalt. Ihr wollt mir irgendeine Scheiße anhängen. Ich hab nix gemacht. Ihr könnt mir gar nichts.« Er wartete auf eine Reaktion, aber Brander und Hendrik schwiegen. »Ich sag nix mehr, ich will jetzt meinen Anwalt.« Er lehnte sich zurück, verschränkte die Arme vor der Brust und kreuzte die Füße.

»Gut«, übernahm Brander wieder. »Haben Sie einen Anwalt oder sollen wir Ihnen jemanden besorgen?«

»Mein Onkel besorgt mir einen.«

»Das heißt, wir sollen Ihren Onkel informieren? Wie heißt Ihr Onkel?«

Brander meinte, so etwas wie ein triumphierendes Flackern in Ziesemanns Augen zu sehen. »Gunnar Rozanowski.«

Brander zeigte sich unbeeindruckt. »Haben Sie die Telefonnummer parat, oder muss ich die Auskunft anrufen?«

»Ihre Kollegen kennen ihn. Die Nummer kennt hier jeder.« Er sah zu Hendrik, der hob ahnungslos die Schultern. »Sorry, wir sind neu hier.«

Ziesemann grinste breit, als wähnte er sich bereits wieder in Freiheit. »Kann ich meinen Onkel jetzt anrufen?«

»Nein, das übernimmt ein Kollege. Wir werden Ihren Onkel informieren und ihn bitten, Ihnen einen Rechtsbeistand zu besorgen.«

»Okay.« Die Finger klopften unruhig auf seinen Oberschenkeln.

»Sie möchten uns sonst nichts mehr sagen?«, hakte Brander nach.

Er stellte seine Klopfmassage ein. »Ihre Kollegen haben meine Autorennbahn kaputtgemacht. Ich will, dass die ersetzt wird.«

»Niko sagte, Sie hätten ihm die Bahn geschenkt«, sagte Hendrik.

»Ja.«

»Warum? Damit er nicht verrät, was Sie mit ihm gemacht haben?«

Ziesemann riss die Augen auf. »Ey, tickst du noch? Was soll 'n der Scheiß jetzt?«

»Sie haben den Jungen entführt. Er war zwei Tage und drei Nächte in Ihrer Gewalt. Wir wissen noch nicht, was Sie dem Kind alles angetan haben.«

»Ey, gar nichts! Dem ging's gut bei mir. Fragen Sie ihn doch! Ich hab dem gar nichts getan.«

»Eine Entführung würde ich nicht als ›nichts‹ bezeichnen«, stellte Brander fest.

Hendriks Handy meldete sich. Er sah auf das Display. »Bin gleich wieder da.« Er ließ Brander mit Ziesemann allein.

»Warum haben Sie den Jungen entführt?«

»Ich hab den nicht entführt.«

»Wie war es dann?«

»Der hat mich besucht und Ihre bekloppten SEK-Leute haben den Kleinen voll erschreckt.«

»Wie kommt es dann, dass das Kind vermisst gemeldet wurde? Ist Niko heimlich mit der Bahn zu Ihnen gefahren und Sie haben sich gedacht, er wird seinen Eltern schon gesagt haben, dass er mal übers Wochenende einen Kumpel besucht?«

»Woher sollte ich wissen, dass der vermisst wird?«

»Woher wusste Niko denn, wo Sie wohnen, wenn es nicht einmal seine Eltern wussten?«

Ziesemann suchte nach einer Antwort.

Brander fixierte ihn mit seinem Blick. »Wieso haben Sie Herrn Lütz nicht gesagt, dass Niko zu Besuch bei Ihnen ist? Sie haben in den letzten Tagen doch mehrfach mit ihm telefoniert.«

»Wer sagt das?«

»Der Einzelverbindungsnachweis Ihres Telefons.« Er pokerte. Er hatte keine Ahnung, ob Ziesemann tatsächlich mit Lütz telefoniert hatte und von welchem Apparat. Würden die Auswertungen der Kollegen seine Worte belegen können?

»Ich hab ihm doch gesagt, dass Niko bei mir ist.«

Brander triumphierte innerlich, damit hatte Ziesemann zumindest die Telefongespräche zugegeben. »Und bei der Gelegenheit haben Sie ihm mitgeteilt, dass die Eltern ihr Kind nur lebend wiedersehen, wenn sie eine halbe Million Euro zahlen.«

In Ziesemanns Kopf arbeiteten die Gehirnzellen auf Hochtouren. Er schien zu ahnen, dass er sich mit seiner Aussage keinen Gefallen getan hatte.

»Wer hat den Schuh am Steinbruch deponiert? Sollte das eine Warnung für die Eltern sein?«

»Ey, ich hab den Kleinen nicht entführt.« Ziesemann lehnte sich wieder zurück. »Was ist? Krieg ich jetzt bald mal meinen Anwalt, oder was?«

# 17

Sie hatten Sascha Ziesemann wieder in die Zelle bringen lassen und das Gebäude verlassen. Hendrik saß auf einer der Bänke gegenüber dem Polizeigebäude mit Blick auf den Roßneckarkanal, der das Wasser des Neckars durch das Zentrum lenkte. Esslingen war von Kanälen durchzogen, die einst Gewerbe und Handel zur Energiegewinnung dienten. Heute gaben sie der Innenstadt an sonnigen Tagen einen Hauch von Klein-Venedig. Die Lage der Polizeidirektion so nah zur Einkaufsmeile war praktisch, allerdings sorgte dies auch für Parkplatzprobleme. Punkt zwei auf der Liste der Dinge, die Brander an seinem neuen Arbeitsplatz störten. Jetzt hatte er die günstige Lage jedoch genutzt und ein paar belegte Brötchen von einer nahen Bäckerei besorgt. Er setzte sich zu seinem Kollegen und reichte ihm ein Brötchen.

»Da ist ein Reiher.« Hendrik deutete auf einen der Segmentbögen der Alten Agnesbrücke zu ihrer Linken, unter der ein langbeiniger Vogel still verharrte. »Cory hat vorhin angerufen«, berichtete Hendrik, nachdem er den ersten Bissen gegessen hatte. »Niko geht es so weit gut, die Ärzte konnten keine Gewalteinwirkungen feststellen. Er scheint weder gefesselt noch geknebelt worden zu sein, er wurde auch nicht geschlagen. Einer Blutuntersuchung hat Lisa Stolze nicht zugestimmt. Niko hatte Angst vor der Spritze. Wie er die ganze Sache psychisch verarbeitet, muss man schauen. Cory hat Frau Stolze Hilfe von unseren Polizeipsychologen angeboten. Die Stolze hat aber abgelehnt. Sie hat auch nicht erlaubt, dass wir Niko heute noch befragen.«

»Und Ziesemann streitet alles ab. Sein Anwalt wird ihm sicherlich nicht zu einer Aussage raten. Wenn's ganz dumm läuft, kommt er nicht mal in U-Haft.«

»Der hat ein Kind entführt!«

»Haben wir Beweise?«

Sie aßen schweigend weiter.

»Es gibt eine gute Nachricht«, ergriff Hendrik wieder das Wort. »Das Krankenhaus hat sich gemeldet. Felix Stolze ist aufgewacht. Er ist noch nicht vernehmungsfähig, aber die Ärzte sind zuversichtlich, dass sein Gehirn keinen Schaden erlitten hat.«

»Hoffentlich kann er etwas Licht in den Freitagabend bringen.« Brander wischte sich über die Mundwinkel und knüllte die Bäckertüte zusammen. »Was ist eigentlich mit dem Lütz? Haben wir von dem was gehört?«

»Nein.«

»Wir sollten jemanden zur Werkstatt schicken. Vielleicht ist er dort.«

»Ich schick mal 'ne Streife vorbei.« Hendrik erhob sich schwer seufzend. »Und jetzt wartet ein Berg Papierkram auf mich. Schmid sitzt wahrscheinlich schon auf heißen Kohlen und wartet auf meinen Bericht.«

Sie drehten sich herum und stießen mit dem Leiter der Kriminalinspektion 1 zusammen. »Herr Brander, Sie habe ich gesucht.« Er sah fragend zu Branders Begleiter.

»Das ist Kriminalhauptkommissar Hendrik Marquardt, Ermittlungsleiter aus Tübingen. Hendrik, Käpten Clewer.« Es war ihm herausgerutscht, ohne dass er es bemerkt hatte. Erst die verdutzten Gesichter der beiden Männer ließen ihn aufhorchen, was er gesagt hatte. Er sog die Luft zwischen den Zähnen ein. »Entschuldi…«.

»Eigentlich Kriminaloberrat«, unterbrach Clewer ihn und reichte Hendrik die Hand. »Gute Arbeit, Herr Marquardt. Ich bin froh, dass es für das Kind so glimpflich abgelaufen ist.«

»Danke, aber das war nicht allein mein Verdienst. Ich hatte die richtigen Leute in meinem Team.« Hendrik deutete mit dem Kopf auf Brander. Er wollte wohl dessen Fauxpas ein wenig ausmerzen.

»Ja.« Der Inspektionsleiter wandte sich an Brander. »Wir müssten uns mal unterhalten.«

Hans Ulrich Clewer hatte seinem Büro seinen ganz eigenen Stempel aufgedrückt. Statt eines simplen Büro-Drehstuhls stand ein bequemer Ledersessel hinter dem Schreibtisch. An den Wänden hingen zahllose Gipfelfotos. Der Achtundfünfzigjährige war passionierter Bergsteiger. Man sah ihm die Sportlichkeit an – lange, sehnige Muskeln, ausgezehrtes, aber immer leicht gebräuntes Gesicht mit energischen Zügen, die seine Willenskraft widerspiegelten.

»Setzen Sie sich.« Er deutete auf eine kleine Sitzecke, die er vermutlich aus eigenen Mitteln zusammengestellt hatte, denn die bunten Sessel und der niedrige Nierentisch waren definitiv kein Standard-Polizeidienststellenmobiliar.

Brander blieb stehen. »Herr Clewer, ich muss mich für gerade eben entschuldigen.«

Clewer winkte ab. »Denken Sie, ich kenne meinen Spitznamen nicht? Käpten Clewer war allerdings eine neue Variante, eigentlich Käpten Huc. Merken Sie sich das fürs nächste Mal.« Kein Lächeln, aber auch kein Grimmen.

Brander musterte sein Gegenüber. Er war unsicher, ob der Kriminaloberrat tatsächlich so locker mit dieser Respektlosigkeit umging.

»Jetzt setzen Sie sich. Ich habe drei Punkte auf meiner Liste und nicht den ganzen Tag Zeit. Wollen Sie was trinken?« Ohne eine Antwort abzuwarten, drehte er zwei Gläser herum, die auf dem Tisch standen, und öffnete eine Flasche Wasser.

»Punkt eins: Ich will einen Bericht von Ihnen über den Entführungsfall. Kurze Zusammenfassung reicht. Wir werden uns mit der K4 abstimmen müssen, wenn ich das bisher richtig überblicke. Punkt zwei: Sie haben sich beim LKA beworben. Die wollen eine Beurteilung von mir haben. Punkt drei: Was kann ich tun, um Sie in meinem Team zu halten?«

Bei Punkt zwei hatte es Brander unangenehm in den Magen gezwickt. Er ließ sich auf einen der Sessel nieder. Clewers Geradlinigkeit war wohltuend, doch nach den letzten zweiundsiebzig Stunden überforderte sie ihn. »Könnten wir uns für heute auf Punkt eins beschränken?«

Clewer trank von seinem Wasser, bedachte Brander mit einem abschätzenden Blick, sah auf seine Uhr und nickte schließlich. »Die Zeit ist ohnehin knapp. Erzählen Sie, aber beginnen Sie nicht am Basislager, ich will nur die wichtigen Eckpunkte.«

Brander hatte dem Inspektionsleiter eine Zusammenfassung gegeben, als es klopfte und Stephan Klein hereinpolterte. »Hallo Hans Ulrich.«

»Hatten wir nicht eine Abmachung?«, fragte Clewer.

»Ich bin zehn Minuten zu früh, mein Gott.«

»Das meine ich nicht. Klopfen. Warten.«

»Jetzt mach mich hier nicht vor dem Kollegen rund.«

»Ich kann gehen …« Brander wollte sich erheben, wurde aber von Clewer gebremst. »Bleiben Sie, wir haben etwas zu besprechen. Ich ruf geschwind Ihre Kollegin hinzu.«

Clewer ging zu seinem Schreibtisch und beorderte Peppi zu ihrer Herrenrunde.

Brander lehnte sich zurück und beobachtete stumm das Geschehen. Klein und Clewer gingen miteinander um, als hätten sie gemeinsam schon mehr als einen Berg erklommen. Allerdings konnte sich Brander den kräftigen Ermittler nicht an einer Felswand vorstellen. Und irgendwie passten Clewers Korrektheit und Kleins Großspurigkeit für ihn nicht zueinander. Er strich sich unwohl über den Nacken, unterdrückte mit Mühe ein Gähnen.

»Alles klar, Andreas?« Klein ließ sich in einen Sessel fallen, der beängstigend ächzte. Er hatte die Ärmel seines Hemdes bis über die Ellenbogen hochgekrempelt. Die Haut war rundherum mit Tätowierungen bedeckt.

»Alles klar.« Brander hätte gern wenigstens ein Stündchen mal für sich gehabt, um in Ruhe darüber nachzudenken, was in den letzten Tagen geschehen war. Ganz abgesehen davon, dass er noch einige Berichte schreiben musste und er sich nicht erinnern konnte, wann er das letzte Mal geschlafen hatte. Überhaupt wollte sein Gehirn allmählich die Arbeit verweigern.

»Rozanowski ist am Rotieren«, berichtete Klein, nachdem Peppi zu ihnen gestoßen war. »Der will seinen Neffen so schnell wie möglich wieder draußen haben.«

»Sein Anwalt war gerade da«, wusste Peppi. »Er hat seinem Mandanten geraten, keine Aussage zu machen. Jetzt können wir nur hoffen, dass der Richter den Haftantrag nicht außer Vollzug setzt.«

Klein schüttelte den Kopf. »Kindesentführung ist kein Kavaliersdelikt. Allerdings befürchtet Gunnar vielleicht, dass sein Junge noch andere Dinge ausplaudern könnte.« Er wandte sich an Brander, sein Blick wurde eine Spur schärfer. »Du hast heut Morgen was von Abschleppdienst gesagt.«

»Eine Zeugin hält ihn für den Fahrer eines Wagens, der hin und wieder Unfallautos zur Werkstatt gebracht hat.«

Klein forderte mit einer Geste mehr Details.

Brander hob die Hände. »Das ist alles.«

»Das ist nichts!«

»Das ist ein Anfang«, widersprach Clewer.

Brander rieb sich mit der Hand über die Stirn, um seine Gedanken zu sortieren. Verdammt, er konnte sich kaum noch konzentrieren. »Gehen wir mal davon aus, dass Sascha Ziesemann im Auftrag seines Onkels Autos in die Werkstatt von Stolze & Lütz gebracht hat. Die Unfallautos werden ausgeschlachtet und verschrottet. Die Seriennummern und Papiere werden für seriengleiche gestohlene Wagen verwendet, um diese unauffällig außer Landes bringen zu können …«

»Ja, und?«, fragte Klein.

»Warum dann diese Entführung? Was sind das für Schulden, die Stolze & Lütz bei Ziesemann haben? Man sollte doch meinen, dass sie Geld dafür kriegen, wenn sie die Autos präparieren, oder?«

Klein öffnete den Mund, um etwas zu sagen, schloss ihn aber wieder und sah fragend zu Clewer.

»Martin Lütz«, begann dieser. »Sie hatten mich doch gefragt …« Er nahm einen Block und schlug ihn auf. »Ledig, keine Geschwister, wohnhaft in Tübingen-Hagelloch, gebürtig aus

Pfullingen, da leben seine Eltern auch noch. Lehre bei ATU, dann Meisterprüfung, seit drei Jahren selbstständig. Polizeilich liegt nichts gegen ihn vor, aber … warten Sie … hier hab ich's. Vor knapp anderthalb Jahren wurde ihm ein Auto gestohlen. Die Kiste wurde nach drei Tagen wieder gefunden.«

»Soweit ich weiß, fährt er einen ziemlich betagten Honda. Wer klaut denn so ein Auto?«, fragte Brander.

»Es war nicht sein Honda. Es handelte sich um einen Porsche 911 Carrera 4S, Erstzulassung 2013. Der Wagen wurde komplett ausgeschlachtet.«

»War der Lütz nicht versichert?«, fragte Peppi.

»Das ist die Krux. Er hat den Porsche an einem Freitagnachmittag gekauft, hat ihn auf einen Hänger geladen und in die heimische Garage gestellt. Am nächsten Morgen war der Wagen weg. Keine Versicherung. Er hatte zwar ein Online-Formular ausgefüllt, aber die Police griff noch nicht. Es gibt da manchmal so nette Klauseln im Kleingedruckten. Und die Hausrat zahlt da auch nicht.«

»Du lieber Himmel.«

Clewer nickte. »Stephan, du darfst.«

»Okay, jetzt passt mal auf: Der Lütz hat mit seiner Eigentumswohnung und dem Darlehen für die Werkstatt seinen Kreditrahmen ausgereizt. Der kriegt keinen Bankkredit für den Kauf von 'nem Porsche. Nicht heute und nicht vor anderthalb Jahren.«

»Vielleicht haben seine Elt…«

»Lass mich mal ausreden, Pachatourides.«

»Stephan!«, zischte Clewer tadelnd.

»Sie hat mir ihren Vornamen nicht verraten!« Klein mimte den zu Unrecht Bestraften. »Also, Kollegen, ich mach's mal kurz: Was denkt ihr, von wem der Lütz den Porsche auf Pump gekauft hat?«

Die Antwort lag auf der Hand. »Gunnar Rozanowski.«

»Guter Mann.« Klein schlug Brander auf die Schulter. »Und jetzt wird unsere Zusammenarbeit richtig interessant.«

Ihre Besprechung dauerte bis in den späten Nachmittag. Brander verschob die Berichte, die er noch zu schreiben hatte, auf den nächsten Tag und machte sich mit Peppi auf den Weg zur Soko-Sitzung mit Hendrik und den Tübinger Kollegen. Sie fuhren auf der Bundesstraße direkt in den Feierabendverkehr und kamen zwanzig Minuten zu spät.

»Wir haben Martin Lütz immer noch nicht angetroffen«, berichtete Hendrik. »Diese Nina Kohlhammer hat heute Morgen gegen acht Uhr seine Wohnung verlassen. Da wir Niko befreit hatten, wurde die Observierung von Lütz' Wohnung danach abgebrochen. Die Werkstatt war heute geschlossen. Dort ist er meines Wissens nicht aufgetaucht.«

»Lütz hat Schulden bei Rozanowski.« Brander gab den Kollegen einen Überblick über die Informationen, die sie in Esslingen erhalten hatten. »Es könnte sein, dass Rozanowski das nutzt, um von ihm kleine Gefälligkeiten zu erpressen.«

»Was für Gefälligkeiten?«, fragte Hendrik.

»Zum Beispiel das Ausschlachten von Unfallautos, unauffällige Abstellmöglichkeiten für gestohlene PKW, Präparieren von gestohlenen Wagen mit den Fahrzeug-Identifizierungsnummern der Unfallautos ...«, zählte Brander auf.

»Die Esslinger Kollegen von der K4 werden hier federführend übernehmen. Wir arbeiten nur zu«, erklärte Peppi. »Unser Kontakt ist Kriminalhauptkommissar Stephan Klein.«

»Was ist mit Ziesemann? Ist der Haftbefehl durch?«, fragte Brander.

»Ja, hat in Stammheim Quartier bezogen.« Hendrik verzog das Gesicht. »Die Beweislage ist allerdings ziemlich mau. Er leugnet die Tat, behauptet, Niko wäre zu Besuch bei ihm gewesen. Lisa Stolze hat noch keine offizielle Aussage gemacht und einer Befragung ihres Kindes widersprochen. Felix Stolze ist noch nicht vernehmungsfähig, Martin Lütz ist untergetaucht. Das einzig Greifbare, was wir haben, sind die Verbindungsnachweise von Ziesemanns Telefon. Er hat am Freitag zwei Mal mit Lütz telefoniert.«

»Das heißt, ein guter Anwalt wird ihn noch vor der Hauptverhandlung wieder aus der U-Haft herausholen, wenn wir der Staatsanwaltschaft keine hieb- und stichfesten Beweise bringen«, resümierte Peppi.

Hendrik nickte. »Andi, kannst du noch mal mit der Stolze sprechen? Du hast einen besseren Draht zu ihr als ich. Wir brauchen ihre Aussage und vor allem brauchen wir die Aussage ihres Kindes.«

»Ich versuch's.«

* * *

Branders Schädel brummte, als er abends mit der Ammertalbahn nach Hause fuhr. Peppi hatte ihm angeboten, ihn nach Entringen zu bringen, aber er hatte abgelehnt. Er wusste, dass sie am nächsten Tag als Zeugin vor Gericht aussagen musste, und nach den aufreibenden letzten Tagen wollte er, dass sie dort ausgeruht hinging. Der Fall Hofmann lag schon fast zwei Jahre zurück und war von dessen Anwalt neu aufgerollt worden. Peppi war damals verletzt worden, aber es war nicht nur die körperliche Verletzung, sie war auch psychisch angeschlagen gewesen. Er hoffte, dass die neuerliche Verhandlung nicht zu viele alte Wunden aufriss.

Er stieg aus der Bahn und schlug den Weg zur Werkstatt ein. Das Tor war verschlossen, aber im Büro brannte Licht. Brander sah durch das Fenster Lisa Stolze mit einem Mann diskutieren. Beide schienen aufgebracht. Er ging über den Seitenweg zur Haustür und klingelte.

»Ja?« Es war nicht die Stimme der Stolze, die ihm durch die Sprechanlage entgegenklang, sondern Selesta Fink, stellte Brander erstaunt fest. Hatte er sie nicht am Morgen mit ihrem Mann wegfahren sehen? Aber vielleicht hatte sie ihn nur zur Arbeit gebracht und den Wagen dann wieder mitgenommen, damit er nicht tagelang verlassen auf einem Parkplatz stand.

»Andreas Brander hier …«

»Oh, gut!«, kam es ihm erleichtert entgegen.

Der Türsummer wurde betätigt, Selesta Fink kam eilig die Treppen hinuntergehuscht. Aus dem Büro klang die wütende Stimme von Lisa Stolze, aber Brander verstand nicht, worum es bei dem Streit ging.

»Ihr Vater ist gekommen.« Frau Fink deutete mit dem Kopf zur Bürotür. »Sie streiten schlimm, schon halbe Stunde.«

»Wie geht es Niko?«

Ein besorgtes Lächeln breitete sich auf ihrem Gesicht aus. »Er versteht nicht, was passiert ist. Er macht sich Sorgen um diesen Sascha. Er hat erzählt, was Ihre Polizisten gemacht haben.«

»Hat er Ihnen verraten, was am Freitagabend geschehen ist?«

Sie schüttelte den Kopf, konnte ihm aber nicht in die Augen sehen.

»Frau Fink«, bedachte er sie mit liebevollem Tadel. »Sie wollen doch nicht einen Polizisten anschwindeln?«

»Oh, Sie!« Sie sah ihn trotzig an, über sich selbst verärgert, dass sie ihn nicht hatte täuschen können.

Er lächelte verzeihend.

Sie sah zur Wohnung hinauf und senkte ihre Stimme. »Sascha hat gesagt, dass seine Mama und Papa krank wären und er ein paar Tage bei ihm bleiben müsse, damit er sich nicht anste…«

Die Tür zum Büro wurde aufgerissen.

»Raus aus meinem Haus!«, schrie Lisa Stolze und erstarrte, als sie Brander und Selesta Fink erblickte. Sie sog bebend die Luft ein, sagte etwas ruhiger. »Ich will, dass du gehst!«

Der Mann, den Brander im Büro entdeckte, war wenig größer als Lisa Stolze, hatte einen Wohlstandsbauch, trug einen teuren, vermutlich maßgeschneiderten Anzug und war weiß vor Wut.

Er trat vor seine Tochter. »Nicht ohne die Kinder.«

»Nur über meine Leiche.« Sie hielt zornig dem Blick ihres Vaters stand. »Verschwinde und komm nie wieder.«

»Bis du das nächste Mal Geld brauchst, ja?«

Sie wandte den Kopf zur Seite, sodass Brander ihr Gesicht nicht mehr sehen konnte. »Geh.«

»Ich nehme die Kinder …«

»Herr Römer?«, sprach Brander den Mann an. »Ihre Tochter hat Sie gebeten, das Haus zu verlassen.«

Der Mann wandte sich erbost über die Einmischung ihm zu. »Was erlauben Sie sich?«

»Kriminalhauptkommissar Andreas Brander. Frau Stolze möchte, dass Sie gehen.«

»Du hast die Polizei gerufen?« Römer starrte seine Tochter ungläubig an.

Brander spürte, wie Selesta Fink hinter ihm Schutz suchte, als erwarte sie einen Schlag.

Römer baute sich vor Lisa Stolze auf, die noch immer den Blick von ihm abgewandt hielt. »Ich werde nicht zulassen, dass meine Enkelkinder in diesem kriminellen Milieu aufwachsen!« Als sie nicht reagierte, packte er sie am Kragen. »Schau mich an, wenn ich mit dir rede!«

Sie schlug seine Hände weg.

»Hey, hey, stopp!« Brander trat dazwischen, schob Franz Römer ein Stück von seiner Tochter fort, zur Tür.

»Fassen Sie mich nicht an!«

Brander stellte sich zwischen die beiden. »Entweder Sie gehen oder ich nehme Sie in Polizeigewahrsam wegen Hausfriedensbruchs. Frau Stolze hat Sie mehrfach gebeten, ihr Haus zu verlassen.«

»Das Haus der Bank, meinen Sie wohl.« Er sah an Brander vorbei. »Oder habt ihr das Geld auch von diesen Verbrechern bekommen? Ich gehe vor Gericht. Die Kinder kommen zu uns.« Wutschnaubend verließ er das Haus.

»Frau Fink, schauen Sie bitte nach den Kindern?« Brander wandte sich Lisa Stolze zu. Die schüttelte abwehrend den Kopf.

»Nein, lassen Sie mich. Ich kann jetzt nicht.«

»Frau Stolze, wir brauchen Ihre Aussage und die von Niko.«

»Nicht jetzt.« Sie kämpfte mit den Tränen – vor Zorn, vor hilfloser Wut. »Er will mir meine Kinder wegnehmen. Kann er das? Geht das so einfach?« Sie schluckte. »Nur weil er Geld hat? Dieses verfluchte Geld!«

Brander hatte Lisa Stolze nicht weiter bedrängt. Er wollte nicht, dass sie ihren Schutzwall gegen ihn wieder aufbaute. Wer war dieser Franz Römer? Dieser Vorzeige-Unternehmer aus dem Ländle. Brander fragte sich, ob er Lisa Stolze geschlagen hätte, wenn er nicht dazwischengegangen wäre. Er war außer sich gewesen vor Wut. Kriminelles Milieu. Verbrecher. Was wusste er von dem, was in den letzten Tagen geschehen war?

Cecilia war noch auf, als Brander schließlich nach Hause kam.

»Oh Gott, wie siehst du denn aus?«

»Wenn ich so aussehe, wie ich mich fühle, ziemlich erledigt.«

Sie schloss ihn in die Arme. »Niko ist wieder da.« Es war eine Feststellung, sie wusste es.

Er fragte sich, von wem sie die Nachricht bekommen hatte. Das schlechte Gewissen nagte an ihm. Sie hatte ihn die ganze Zeit unterstützt. Er hätte sie anrufen sollen.

»Ja, er ist wieder da und es geht ihm so weit ganz gut.«

Sie löste sich von ihm, sah ihm ins Gesicht. »Und du brauchst eine Pause.«

Sie gingen in die Küche. Als Brander das Brot aus dem Schrank nahm, schob Cecilia ihn zur Seite. »Lass mich das machen.«

Wenn sie so mütterlich mit ihm umging, musste er arg mitgenommen aussehen. Er ließ sich am Küchentisch nieder, beobachtete, wie seine Frau ihm ein Brot bereitete und Apfelschorle in ein Glas füllte. Gab es etwas Friedlicheres? Sein Blick fiel auf ein Formular auf dem Küchentisch. Nathalies Name war darin eingetragen.

»Was ist das?«

Ceci sah kurz auf. »Ein Aufnahmeantrag für die Jugendfeuerwehr Ammerbuch.«

»Ein …? Wie …?« Er war zu müde, um zu denken. »Nathalie?«

»Ich bin ja wohl schon etwas zu alt dafür«, erwiderte sie schmunzelnd.

»Nathalie will zur Jugendfeuerwehr?«, fragte er noch einmal begriffsstutzig. Er nahm das Formular. Das Mädchen hatte alles sorgfältig in Druckbuchstaben eingetragen.

»Ja, und dafür benötigt sie unsere Unterschrift.«

»Okay.«

»Okay?« Sie kam zu ihm, stellte Teller und Glas vor ihm ab. »Andi, wir sprechen von der Feuerwehr!«

»Ja, und?«

»Sie ist ein Mädchen.«

»Nehmen die keine Mädchen bei der Feuerwehr?«, fragte er scheinheilig.

»Doch, schon … aber …«

Brander legte den Zettel zurück auf den Tisch. »Das ist doch eine gute Sache. Sie lernt, was Kameradschaft und Verantwortung übernehmen heißt, und sie macht etwas Sinnvolles. Vielleicht kann sie ja irgendwann einmal, wenn sie alt genug ist, ein Löschfahrzeug fahren.«

»Das hat sie gleich als erstes Argument gebracht.«

Brander lächelte. Nathalie träumte davon, Lkw-Fahrerin zu werden. Er konnte sich das Mädchen lebhaft vorstellen, wie sie mit einem Feuerwehrwagen durch die Straßen raste. Er sah in das Gesicht seiner Frau, in dem sich die Sorge widerspiegelte, dass ihrem »kleinen« Mädchen etwas geschehen könnte, und nahm ihre Hand. »Nathalie interessiert sich zum ersten Mal aus eigener Initiative für eine gute Sache. Für etwas Sinnvolles. Da sollten wir ihr keine Steine in den Weg legen.«

»Du willst ihr das also tatsächlich erlauben?«

»Ja, natürlich.«

»Und was ist mit der Schule?«

Brander gab ihre Hand wieder frei, zog das Formular zu sich und setzte seine Unterschrift in die Spalte für Erziehungsberechtigte. »Guck dir meinen Schädel an, dann weißt du, was mit der Schule ist.«

Sie strich ihm liebevoll über die Glatze. »Ich will ja nur nicht, dass ihr etwas passiert. Mir reicht es schon, dass mein Mann so einen gefährlichen Job hat.«

Es tat gut, ihre Zuneigung zu spüren. Er neigte den Kopf ein Stück zur Seite. »Ich liebe dich.« Er küsste ihre Hand. »Und wenn ich nicht so verflucht müde wäre …« Er grinste verschmitzt und deutete mit den Augen hinauf zum Schlafzimmer. Cecilia erwiderte sein Lächeln. Er legte seine Hand in ihren Nacken und zog sie zu sich, verlor sich in einem innigen Kuss.

»Halbzeit, Leute.«

Ertappt zuckten sie auseinander.

»Solltest du nicht schlafen?«, fragte Brander, verärgert über die Störung.

»Hast du unterschrieben? Ceci sagt, sie müsste erst mit dir reden.«

»Ja.«

»Gut. Danke.« Nathalie nahm den Zettel vom Tisch. »Weitermachen.«

»Mach die Tür zu. Von außen.«

# 18

Acht Stunden Schlaf und er war ein neuer Mensch. Brander erwachte, als Nathalie die Haustür hinter sich zuzog. Er frühstückte gemütlich mit Cecilia und bekam zu seinem Glück auch den Wagen, sodass er nicht mit der Bahn nach Esslingen fahren musste. Der Tag hätte nicht besser beginnen können.

Als er wenig später im Wagen saß, beschloss er, zuerst noch einmal zu Lisa Stolze zu fahren. Vielleicht war sie heute bereit, eine Aussage zu machen. Das Hoftor stand offen und aus der Werkstatt drang Betriebsamkeit. Brander betrat durch das Tor die Halle.

»Herr Lütz«, sprach er den Kfz-Meister verwundert an.

Lütz war dabei, Räder von einem aufgebockten Wagen zu demontieren, und hielt inne. »Was wollen Sie?«

»Haben Sie unsere Anrufe nicht bekommen?« Brander trat näher zu dem Mann.

»Niko ist doch wieder da.«

»Was ist mit Ihrem Gesicht passiert?«

»Betrunken die Treppe runtergehagelt«, nuschelte Lütz und wandte sich zur Seite.

Brander hob skeptisch die Augenbrauen. »Solche Ausreden höre ich sonst eher von misshandelten Frauen oder Kindern.« Er gab dem Mann ein paar Sekunden Zeit, zu reagieren. Lütz zog es vor zu schweigen.

»Von wem haben Sie die Prügel bezogen? Gunnar Rozanowski?«

Lütz' Finger schnippten bereits wieder nervös. »Was wollen Sie von mir? Niko ist wieder da.«

»Ja, und alle sind glücklich und zufrieden.« Brander zog sein Handy hervor. »Hendrik? Ich brauche einen Streifenwagen zur Werkstatt. Herr Lütz ist jetzt hier und zur Aussage bereit. – Ja, schick die Ammerbucher Kollegen, die sind schneller hier.« Er legte auf.

»Ich bin zu gar nichts bereit!«, fuhr Martin Lütz ihn an. »Ich hab hier einen Haufen Arbeit, die muss erledigt werden. Ich bin allein hier. Sie erinnern sich vielleicht, dass mein Kompagnon im Krankenhaus liegt?«

»Je eher Sie uns unsere Fragen beantwortet haben, je eher sind Sie wieder zurück und können Autos reparieren und ausschlachten ...«

Lütz kniff misstrauisch die Augen zusammen – zumindest das Auge, das nicht geschwollen war. »Ich beantworte keine Fragen.«

»Wollen Sie wirklich, dass ich einen richterlichen Beschluss erwirke und Sie eine eidesstattliche Aussage machen müssen?«

»Wollen Sie mir etwa drohen?«

»Nein, ich ...«

»Martin, es geht schon«, erklang Lisa Stolzes Stimme hinter Brander. »Ich telefoniere mit den Kunden. Sie werden schon Verständnis haben, nach allem, was geschehen ist.«

Lütz schnaufte wütend, aber mit Lisa Stolzes Erscheinen schien er minimal geschrumpft zu sein. »Was dagegen, wenn ich mir die Hände wasche?«

»Wenn Sie nicht durchs Klofenster abhauen wollen.«

* * *

»Warum haben Sie sich nicht bei uns gemeldet?«, fragte Hendrik.

Sie saßen in seinem Büro: Hendrik am Schreibtisch, Brander ihm gegenüber, Lütz auf dem Besucherstuhl.

»Ich hatte keine Zeit.« Er verschränkte die Arme fest vor seinem Körper, die Nasenlöcher gebläht. Ein Stier bereit zum Kampf.

»Wo waren Sie in den letzten zwei Tagen?«

»Das geht Sie nichts an.«

»Frau Stolze sagte, Sie versuchten, Geld aufzutreiben. Wie viel Lösegeld war noch gleich gefordert worden?«

»Wovon sprechen Sie? Was für Lösegeld?«

»Sie haben Frau Stolze gesagt, Niko wäre bei Sascha«, mischte sich Brander ein.

»Ich hab gar nichts gesagt.«

»Sie wussten, dass das Kind entführt worden war. Sie wussten auch, von wem. Und Sie wussten, warum.«

Lütz schüttelte den Kopf.

»Sie schulden Gunnar Rozanowski Geld. Und weil Sie mit der Ratenzahlung in Verzug waren, hat er zu härteren Mitteln gegriffen.« Hendrik bedachte sein Gegenüber mit einem Blick, der besagte, dass er über alles Bescheid wusste.

»Ich kenne keinen Rozanowski.«

»Herr Lütz, Sie haben vor anderthalb Jahren ein Auto bei ihm gekauft. Sie vergessen den Namen des Mannes, dem Sie – ich weiß nicht – neunzigtausend, hunderttausend Euro schulden?« Nun war es an Brander, den Kopf zu schütteln. »Sascha Ziesemann ist übrigens sein Neffe. Das wussten Sie wahrscheinlich auch nicht, oder?« Er rieb sich abwartend über das Kinn. »Warum haben Sie uns gesagt, Sie wüssten nicht, wer der Kunde war, der am Freitagabend zu Ihnen in die Werkstatt kam?«

»Ich sagte doch, ich war in der Fahrzeuggrube. Muss ich alle Leute an ihren Schuhen erkennen?«

»Vielleicht an der Stimme? Wäre ja nicht das erste Mal, dass Sie mit ihm sprechen. Wissen Sie, was mich am meisten interessiert? Ob Herr Ziesemann Niko mitgenommen hat, als er gegen halb acht bei Ihnen in der Werkstatt war, oder ob er später noch einmal wiedergekommen ist und dabei gleich noch Felix Stolze in die Fahrzeuggrube gestoßen hat. Oder waren Sie das?«

»Was soll das?«, fuhr Lütz auf. »Niko wurde nicht entführt. Das war alles ein Missverständnis.«

»Und das Veilchen in Ihrem Gesicht, war das auch ein Missverständnis?«, fragte Hendrik.

»Sie haben in den letzten Tagen mehrfach mit Sascha Ziesemann telefoniert«, fuhr Brander fort.

»Und wenn?«

»Warum haben Sie uns nicht gesagt, dass Niko bei ihm ist? Dass es dem Kind gut geht? Dass wir die Suche einstellen können?«

»Ich … weil …«

»Warum?«

Lütz verstummte.

Hendrik sah zu Brander, setzte einen grübelnden Gesichtsausdruck auf. »Nur mal so nachgedacht … Könnte es nicht sein, dass Ziesemann nicht der Einzige war, dem es um das Geld ging?«

Ganz dünnes Eis. Brander sog leise die Luft ein.

»Immerhin weiß Herr Lütz ja«, fuhr Hendrik fort, als säße der Mann nicht mit ihnen im Raum, »dass Lisa Stolze die Erbin eines millionenschweren Unternehmers ist … Und da verfünffacht sich die Lösegeldforderung innerhalb einer Nacht auf schlappe fünfhunderttausend Euro. Zweihundertfünfzigtausend für jeden, wenn Ziesemann mitspielt. Aber vielleicht weiß der auch gar nichts davon.«

»Du meinst …?« Brander ließ die Frage unvollendet im Raum stehen.

Hendrik nickte.

»Dann müssten wir Herrn Lütz jetzt seine Rechte vorlesen.«

»Was-was-was-was?« Lütz' Stimme überschlug sich. »Was soll das? Ich habe Niko doch nicht entführt!«

»Sie nicht, aber Herr Ziesemann.«

»Nein! Das war alles nur ein Missverständnis. Verdammt noch mal ein Missverständnis! Geht das denn nicht in Ihren Kopf?«

Hendrik zog mit dem Zeigefinger auf Lütz' Gesicht deutend kleine Kreise. »War das Rozanowski selbst oder hat er seine Schläger geschickt?«

Lütz hatte Schweißflecken unter den Achseln und seine Stirn glänzte. »Ich bin gestürzt.«

»In eine Faust?«

»Er hat Angst.« Brander stand am Fenster und sah auf die Straße vor dem Polizeigebäude. Sie hatten Martin Lütz gehen lassen. Für Hendriks Verdächtigungen gab es nicht den Hauch eines Beweises. Selbst Brander mochte nicht daran glauben. Aber warum log Martin Lütz das Blaue vom Himmel herunter?

Hendrik stöhnte frustriert auf. »Manchmal fühl ich mich in meinem Job echt verarscht. Die holen uns, wenn sie nicht mehr weiterwissen und wenn es dann darum geht, so einen Scheißkerl dingfest zu machen, kneifen die den Arsch zusammen und wollen von nichts mehr etwas wissen. Es kotzt mich an!«

»Wir müssen mit dem Kind reden.«

»Die Stolze lässt das nicht zu.« Hendrik ließ die Hände klatschend auf den Schreibtisch fallen. »Und ich sag dir, wie's ist: Wenn wir die Stolze einbestellen, erzählt die uns denselben Scheiß wie der Lütz.«

»Das muss nicht sein.«

»Optimist. Du hast die hysterische Kuh doch erlebt.«

Brander wandte sich wieder dem Raum zu und musterte seinen Kollegen besorgt. Viel geschlafen hatte er in der letzten Nacht nicht. »Die letzten Tage waren eine absolute Ausnahmesituation für sie. Das Kind verschwunden, der Mann schwer verletzt, ganz abgesehen davon, dass sie gerade erst entbunden hatte. Du warst doch bei der Geburt deiner Kinder dabei, du weißt, dass das kein Spaziergang ist. Ich finde, dafür hat sie sich gut gehalten.«

»Die war von Anfang an in Opposition, die hat uns hingehalten! Die haben uns alle an der Nase herumgeführt.« Hendrik raufte sich die Haare. »Ein Missverständnis! Denkt der wirklich, der kommt damit durch?«

»Wen meinst du? Lütz oder Rozanowski?«

»Die stecken doch alle unter einer Decke.«

»Der Rozanowski will seinen Neffen aus dem Gefängnis haben.«

»Vielleicht sollten wir uns den mal vornehmen.«

Brander nickte nachdenklich. »Das müssen wir aber erst mit Stephan absprechen.«

Hendrik schnaufte entmutigt. »Hoffentlich schickt der Rozanowski seine Schläger nicht auch noch zu Lisa Stolze.«

Für einen winzigen Augenblick ertappte sich Brander bei dem Gedanken, dass es ihm lieber wäre, Lisa Stolze mit ihren Kindern in der Security-bewachten Villa von Franz Römer zu wissen.

* * *

Als Brander mittags in Esslingen eintraf, waren in der Tiefgarage unter der Polizeidirektion alle Parkplätze belegt. Er kurvte zehn Minuten durch die angrenzenden Straßen, bis er endlich einen freien Parkplatz fand. Statt in die Dienststelle ging er zum Marktplatz und setzte sich an einen Tisch vor »Kielmeyers Besen« neben dem alten Kielmeyer-Haus. Die Sonne kroch zwischen den Wolken hervor und wärmte die kühle Luft, dennoch war er der Einzige, der draußen vor und nicht drinnen im Restaurant saß. Er bestellte das schwäbische Nationalgericht, schloss die Augen und streckte sein Gesicht dem Himmel entgegen.

Ein Missverständnis. Wenn alle Beteiligten bei dieser Aussage blieben, würde am Ende eine Rüge herauskommen und sonst gar nichts. Sie mussten unbedingt mit dem Kind sprechen. Wenn einer die Wahrheit sagen würde, dann Niko.

»Wenn das nicht mein neuer Kumpel Andreas ist.«

Brander öffnete die Augen. Stephan Klein. Wer sonst? Ungefragt setzte sich der Mann auf den Stuhl ihm gegenüber.

»So allein? Wo ist denn die Pachatourides?«

»Gerichtsverhandlung.«

»Was hat sie angestellt?«

»Tätlicher Angriff gegen einen Polizeibeamten.«

»Die Pachatourides?« Klein feixte.

»Sie war das Opfer.«

»Oh, schlimm?«

Brander zuckte die Achseln. Es ging den Mann nichts an.

»Gibt's was Neues an der Front?«, wechselte Klein das Thema.

»Rozanowski hat Lütz eine Gesichtsmassage verpasst und der behauptet jetzt, die ganze Sache wäre einzig und allein ein großes Missverständnis.«

Das Lausbubengesicht wandelte sich zu einem Pitbullgrimmen. »Was sagt das Kind?«

»Nichts. Die Mutter hat einer Befragung nicht zugestimmt.«

»Und die behauptet auch, dass alles nur ein Missverständnis war?« Klein lehnte sich schnaufend zurück. »Zig Kripobeamte, Polizeihundertschaft, Hubschrauberstaffel, Suchhunde … Was meinste, kriegen wir die wegen Verschwendung von Steuergeldern dran?«

»Lass ihr etwas Zeit.«

Klein runzelte die faltige Stirn. »Bist 'n Frauenversteher, was?«

»Geh du mir jetzt nicht auf den Sack«, zischte Brander sein Gegenüber wütend an. »Wie lange observiert ihr die Bande schon? Sechs, sieben, acht Monate? Wem ist es denn durchgerauscht, dass da offensichtlich irgendetwas mit der Werkstatt Stolze & Lütz im Busch ist? Ziesemann ist ein kleines Licht? Ja, von wegen! Der hat sich schön still und leise um die geklauten Autos seines Onkels gekümmert. Und jetzt hat er mal eben ein Kind entführt. Spar dir deine blöden Sprüche und fang mal an zu arbeiten!«

Klein stützte seine Unterarme auf den Tisch, musterte ihn eine Weile stumm. Es war schwer einzuschätzen, was in ihm vorging. Begeistert war er von der Standpauke sicherlich nicht. Schließlich nickte er, als wäre er in seinem inneren Zwiegespräch zu einem Ergebnis gekommen. »Pass auf, es tut mir leid, dass das Kind entführt wurde. Fehler von uns, hätten wir vielleicht verhindern können, ich weiß es nicht.«

Die Worte klangen ehrlich. Brander schwieg.

»Die Sache ist die: Der Gunnar hält seinen Gebrauchtwagenhandel astrein sauber. Der hat sogar die Studenten offiziell angemeldet, die seine Autos auf Hochglanz polieren.« Er hielt inne, sah kurz auf, als die Bedienung einen Teller Linsen mit Spätzle und Saiten vor Brander auf den Tisch stellte.

»Bon Appetit.«

»Danke.« Brander schob sich eine Gabel in den Mund. »Wie wäre es mit einem Durchsuchungsbeschluss für Stolze & Lütz? Wenn die die Papiere von den Unfallautos, die sie ausgeschlachtet haben, behalten haben, müssen die ja irgendwo sein.«

»Wenn wir da jetzt hingehen und die Werkstatt hopsnehmen, dann sind Felix und Martin vielleicht dran, aber den Gunnar kriegen wir trotzdem nicht. Ist immer das Fußvolk, das du kriegst, aber nie den König. Die beiden Werkstatthansel kommen vermutlich mit 'ner Verwarnung oder allerhöchstens mit 'ner Bewährungsstrafe davon. Kannst denen ja nicht richtig was nachweisen, nur weil sie ein paar Fahrzeugbriefe zu viel haben. Wir brauchen jemanden, der bereit ist, gegen Rozanowski auszusagen. Jemanden mit Insiderwissen. Und das könnte jetzt unsere Chance sein. Also lass uns zusammenarbeiten.«

Nachdem Brander den Teller geleert hatte, hatte sich sein Groll etwas gelegt. »Warum habt ihr den Ziesemann nicht observiert?«

Klein verzog den Mund zu einem zynischen Lächeln. »Zu wenig Personal.«

Ohne Peppi fiel ihm im Büro die Decke auf den Kopf. Brander trat ans Fenster, sah Käpten Huc im Hof eine Zigarette rauchen. Man konnte seine Uhr danach stellen, zu jeder geraden Stunde kam Clewer in den Hof, um blauen Dunst in den Himmel zu blasen. Brander fragte sich, was einen Bergsteiger und Frischluftfanatiker dazu veranlasste, seine Lungen zu teeren? Nikotinsucht, gab er sich selbst die Antwort. Clewer schien seinen Blick zu spüren, er hob den Kopf, nickte grüßend. Fünf Minuten später stand er in seinem Büro.

»Was ist mit diesem Kindermädchen?«, fragte er, nachdem Brander ihm Bericht erstattet hatte.

»Frau Fink?« Brander zuckte die Achseln. »Die weiß von nichts.«

»Aber sie ist Ihre Schnittstelle.« Clewer hatte sich auf Peppis Platz gesetzt, nahm den Spielzeughasen vom Tisch und suchte den Einschaltknopf. »Sie vertraut Ihnen und sie ist ja anscheinend mehr oder weniger mit Lisa Stolze befreundet. Reden Sie mit ihr. Sie muss die Mutter überzeugen, dass sie Niko aussagen lässt.«

Brander seufzte stirnrunzelnd. Durfte er Selesta Fink so in diese Geschichte mit reinziehen? Aber sie steckte ja ohnehin schon irgendwie mittendrin.

Die scheppernde Melodie des Osterhasen schallte durch den Raum.

»Du lieber Himmel!« Fast hätte Clewer das Tier fallen lassen. »Jetzt versteh ich, warum Sie nach Stuttgart wollen. Möchten Sie ein eigenes Büro?«

»Nein.« Brander starrte auf den wackelnden Hasen. Mir würde was fehlen, ging es ihm durch den Kopf.

»Felix Stolze kann sich an nichts erinnern.«

Brander war zur abendlichen Soko-Sitzung nach Tübingen gefahren. Hendrik berichtete von seinem Besuch im Krankenhaus. »Er sagt, er wäre aus der Klinik gekommen, hätte mit Lütz gesprochen – aber auch da weiß er nicht mehr, worüber. Und das war es. Als er wieder zu sich kam, waren drei Tage vergangen und er lag im Krankenhaus.«

»Und wo war Niko, als er nach Hause kam?«, hakte Brander nach.

»Er weiß es nicht. Er kann nicht sagen, ob der Junge bei ihm war oder nicht.«

»Die Ärzte sagen, dass die Erinnerung an die letzten paar Minuten vermutlich komplett aus dem Kurzzeitgedächtnis gelöscht ist, fraglich, ob da je noch was wiederkommt«, ergänzte Cory den Bericht.

Die Frustration im Raum war greifbar.

Staatsanwalt Schmid rieb sich energisch das Gesicht. Dann nahm er seinen Tablet-PC und scrollte durch seine Notizen. »Was ist mit der zerschlagenen Sektflasche? Hat er dazu etwas gesagt?«

»Nein …«, antwortete Hendrik zögernd. »Ich hab ihn aber ehrlich gesagt auch nicht danach gefragt …«

Schmid sah zu Manfred Tropper. »Irgendwelche Spuren? Fingerabdrücke?«

»Einige, einen konnten wir Felix Stolze zuordnen.«

»Was ist mit Lütz?«

Tropper hob die leeren Hände. »Dazu bräuchten wir Vergleichsspuren. Und bevor Sie fragen: Wir sind noch nicht dazu gekommen, die gefundenen Abdrücke mit Ziesemanns Fingerabdrücken abzugleichen.«

Schmid verzog grübelnd das Gesicht.

»Was ist mit dem Schuh?«, wandte sich Brander an den Kollegen von der Kriminaltechnik.

»Sieht leider auch schlecht aus. Wir sind noch auf der Suche nach DNA-Spuren.«

Durch Hendrik ging ein Ruck, als hätte ein Stromschlag ihn erfasst. »Der Schuh …«

»Ja?«

»Niko hatte beide Schuhe bei sich. Das SEK hat seine Kleidung aus der Wohnung geholt. Ein linker, ein rechter Schuh. Da fehlte nichts. Es hätte doch nur ein einzelner Schuh da sein müssen, oder? Ziesemann wird das Kind ja nicht mitsamt Schuhschrank entführt haben.«

»Lisa Stolze hat den Schuh als Nikos Schuh identifiziert«, erinnerte sich Brander. Sie war außer sich gewesen, hatte gedacht, Niko wäre tot.

Und noch eine andere Erinnerung kam hoch. Ein einzelner Schuh, der im Treppenhaus auf dem Boden gelegen hatte, als er in der Freitagnacht, in der Nacht, in der Niko verschwand, zum ersten Mal das Haus betreten hatte. Später war der Schuh nicht mehr dort gewesen. Wann war er verschwunden? »Wir brauchen unbedingt den Schuh.« Er wandte sich an Hendrik. »Lass uns nochmal zu Lisa Stolze fahren.«

Die Werkstatt hatte bereits geschlossen, Martin Lütz schien trotz der vielen Arbeit keine Überstunden zu machen. Es war wieder Selesta Fink, die ihnen die Tür öffnete und sie in die Wohnung geleitete. Lisa Stolze saß im Wohnzimmer. Sie war nicht erfreut über den späten Besuch.

»Es geht um den Schuh, den wir am Sonntagmorgen am Steinbruch gefunden haben«, begann Hendrik.

»Mama!«, schallte es aus dem Kinderzimmer.

Frau Stolze strafte sie mit einem finsteren Blick. »Er war gerade eingeschlafen«, zischte sie und verließ das Zimmer.

»Wer ist das?«, fragte Niko.

»Zwei Polizisten sind gekommen.«

»Warum?«

Hendrik war der Mutter nach einem kurzen Zögern gefolgt. »Weil ich wissen wollte, wie es dir geht«, erklärte er munter.

»Hennig! Hast du die Bahn?«

»Oh, die Autorennbahn. Die muss erst noch repariert werden, weißt du. Aber sobald sie repariert ist, bringe ich sie dir. Versprochen.«

»Niko, der Mann muss wieder arbeiten und du musst jetzt schlafen.«

»Hennig, kommst du wieder?«

»Hab ich doch versprochen. Vielleicht magst du mich ja mal in der Polizeidienststelle besuchen kommen?«

»Au ja, Mama, darf ich?«

»Jetzt schläfst du erst mal, mein kleiner Prinz.«

Brander, der im Wohnzimmer geblieben war, konnte Lisa Stolzes Gesicht nicht sehen, aber vermutlich feuerten ihre Augen gerade kleine Giftpfeile auf Hendrik ab.

»Schüß Hennig.«

»Schlaf gut. Bis bald.«

Hendrik tat gut daran, Brander den weiteren Verlauf des Gesprächs zu überlassen. Lisa Stolze kochte vor Wut.

Brander hob das Asservatentütchen. »Sie haben diesen Schuh als Nikos Schuh identifiziert.«

Sie sah auf Branders Hand und zuckte die Achseln.

»Wo bewahren Sie Nikos Schuhe auf?«

»Unten im Schuhregal.«

»Dürften wir mal einen Blick darauf werfen?«

»Wozu soll das gut sein?«

»Wir suchen den rechten Gegenpart.«

Sie machte eine Geste, die ihnen zu verstehen gab, dass sie den Blick auf das Schuhregal gestattete. Gemeinsam stiegen sie die Treppe hinunter. Brander schob die Schuhe auseinander. Kein einzelner rechter kleiner Lederschuh. Etwas ratlos sah er auf das Regal, dann auf den Boden. War der Schuh, den sie gefunden hatten, das Exemplar gewesen, das er Freitagnacht hier hatte liegen sehen?

»Bewahren Sie sonst noch irgendwo Schuhe auf?«

»Warum ist dieser Schuh so wichtig?«

»Das kann ich Ihnen sagen, wenn wir ihn gefunden haben«, improvisierte Brander.

»Manchmal hat Niko oben in seinem Zimmer noch Schuhe.«

»Dann würden wir da gern nachsehen.«

»Nicht jetzt! Niko muss schlafen. Er muss in seinen Rhythmus zurückfinden.«

»Haben Sie mit Niko mal darüber geredet, was er in den Tagen, in denen er in der Gewalt seines Entführers war, erlebt hat?« Brander wählte mit Absicht diese Worte, beschönigte nichts.

»Das …« Ihre Gesichtszüge verhärteten sich. »Das war alles ein unglückliches Missverständnis.«

Brander bremste Hendriks aufkeimenden Wutausbruch und ergriff das Wort. »Frau Stolze, wie kommt Ihr Vater darauf, dass Sie sich in einem kriminellen Milieu bewegen?«

Sie biss die Zähne zusammen, ihre Augen glühten.

Er hielt ihrem Blick stand, versuchte ihr zu vermitteln, dass sie ihm, dass sie der Polizei vertrauen konnte. »Reden Sie mit uns. Wir können Ihnen helfen.«

»Wenn Sie keine weiteren Fragen mehr haben, wäre ich jetzt gern wieder allein.«

Brander nickte und sah sich suchend um. »Wo ist Ihr Schwager eigentlich?«

»Er ist im Hotel.«

»In einem Hotel?«

»Ja, es ist besser so, jetzt, wo Niko wieder da ist, hätte er auf dem Sofa schlafen müssen.«

»Wo können wir ihn finden?«, hakte Hendrik nach.

»›Hotel am Kupferhammer‹ in Tübingen.«

# 19

Brander saß allein in seinem Büro und arbeitete die ausstehenden Berichte und Protokolle ab. Peppi hatte ihn morgens angerufen und mitgeteilt, dass sie sich kurzfristig einen Tag freigenommen hatte. Er gönnte es ihr, aber er fühlte sich einsam, so allein in diesem Esslinger Büro. Er sehnte sich nach den Tübinger Zeiten, in denen er geschwind mal zu Manfred Tropper oder Hendrik rüber gegangen war, um über einen Fall zu sprechen oder einfach nur, um einen Kaffee zu trinken. Hier fühlte er sich selbst nach fast vier Monaten noch nicht heimisch. Umso überraschter war er, als mittags ein Kollege an seine Tür klopfte. Dunkle Haare, braune Augen, Kinnbart, südländische Herkunft.

»Bist du allein heute?«

»Ja«, erwiderte Brander, während er in seinem Gehirn nach dem Namen des Kollegen mit dem jungen Gesicht grub.

»Ich wollte mit Peter was essen. Gehst du mit?«

Allein Trübsal blasen oder endlich mal Kontakte mit Kollegen knüpfen? Brander gab sich einen Ruck. »Gern.«

Sie verließen das Polizeigebäude, gingen über die Agnesbrücke in die Fußgängerzone und kehrten am Roßmarkt im »La Gondola« ein. Das traditionsreiche Restaurant gab es bereits seit über dreißig Jahren in Esslingen. Es war ein beliebter Mittagstreff bei den Kollegen. Brander war zum ersten Mal hier. Sie fanden einen Fensterplatz und Brander studierte die Karte.

»Fabio, bestell schon mal für mich mit. Ich nehm die Calzone alla Gondola«, bat Peter und verschwand.

Fabio Esposito, fiel es Brander wieder ein. Der Kollege mit dem klangvollen Namen und der Hakennase. Er war irgendwas zwischen Anfang und Mitte dreißig, ebenso wie sein Kollege Peter Sänger.

Fabio sah seinem Kollegen kopfschüttelnd hinterher. »Immer dasselbe.«

»Wo geht er hin?«

Fabio hielt Zeige- und Mittelfinger vor die Lippen und mimte den Rauchenden. »Wär mir zu schade ums Geld.«

»Du rauchst nicht?«

»Ich hab andere Laster.« Auf Branders fragenden Blick fügte er hinzu: »Drei Bambini, kleine Grazien. Ich hatte gehofft, wenigstens das dritte würde ein Junge werden. Hast du Kinder?«

»Eine Pflegetochter.«

»Wie alt?«

»Sechzehn.«

»Meine sind sieben, fünf und zwei. Und alles Prinzessinnen.« Er grinste stolz über das ganze Gesicht. »Aus der Jüngsten mach ich aber eine Fußballerin.«

»Meine hat gerade beschlossen, Feuerwehrfrau zu werden.«

»Respekt.«

Die drei Männer verloren sich in Smalltalk über das Familienleben. Erst als sie zum Schluss einen Espresso tranken, kam das Gespräch wieder auf ihre Arbeit.

»Ihr hattet einen Entführungsfall am Wochenende?«, fragte Peter.

Brander nickte.

»Bei so was musst du uns anrufen«, forderte Fabio. »Wir wären sofort gekommen.«

»Es sah erst nach einer Vermisstensache aus.«

»Auch dann. Wenn ich mir vorstelle, eine von meinen kleinen Mäusen irrt irgendwo allein umher ...« Er fasste sich theatralisch an die Brust.

»Und was ist das jetzt mit dem Klein für 'ne Geschichte?«, hakte Peter nach.

»Es könnte sein, dass diese Entführung das Resultat eines Konflikts mit einer Autoschieberbande ist.«

»Der Klein ist gut«, erklärte Fabio überzeugt.

Brander hob die Augenbrauen.

»Echt. Hat lange Zeit undercover gearbeitet, irgendwo im Osten.«

»Was hat ihn hierherverschlagen?«

»Amore.« Fabio hob einen Mundwinkel zu einem verklärten Grinsen. »Die Liebe. Er hat sich in eine Opernsängerin verknallt.«

»Eine Opernsängerin?« Brander meinte, sich verhört zu haben. Er konnte sich Stephan Klein an einigen Orten vorstellen, aber ganz sicher nicht in einem Opernhaus.

»Ja, hatte ein Engagement hier in Stuttgart. Deswegen ist er hergekommen.«

Es klang nicht nach einem Happyend. Um nicht ganz dem Bürotratsch zu verfallen, fragte er nicht weiter.

* * *

Brander hatte seinen Bleistift gespitzt und ein großes Blatt vor sich ausgebreitet. Drei Kreise hatten ihren Weg bereits aufs Papier gefunden: ein Kreis für die Werkstatt in Entringen, ein kleinerer Kreis für Lütz' Wohnung in Hagelloch, ein dritter für den Gebrauchtwagenhändler Rozanowski in Mettingen. Es folgte ein weiterer für die Wohnung von Ziesemann in Esslingen und einer – etwas abseits des Quartetts – für Familie Römer in Albstadt. Er skizzierte einen Pick-up-Truck in Ziesemanns Kreis, dazu ein großes und ein kleines Strichmännchen. Rozanowski bekam den Porsche und eine Verbindungslinie zu Lütz. Die Werkstatt versah er mit einer Sektflasche und zwei Schraubenschlüsseln. An welcher Schraube musste er drehen, um die einzelnen Teile zusammenzufügen? Er skizzierte Lisa Stolzes Gesicht. Eine gewisse Strenge lag in ihrem Blick, energisch, entschlossen und dahinter Unsicherheit. Selesta Fink ist die Schnittstelle zu Lisa Stolze, hatte Clewer gesagt und lag damit sicher nicht falsch. Aber es widerstrebte Brander, das Vertrauen der jungen Russin für seine Belange einzuspannen. Brachte er sie damit in Gefahr? Aber welche Wahl hatten sie?

Er hatte sich in den letzten Jahren nicht mit Autoschieberei beschäftigt. Was für eine Klientel erwartete ihn? Was war Rozanowski für ein Mann? Wie gewalttätig war er? Zu welchen Mitteln würde er greifen, um seinen Neffen, um sein lukratives Geschäft zu schützen? Waren die Rückschlüsse, die sie bisher gezogen hatten, richtig? Eine Entführung – ein Missverständnis. Er dachte an Lütz' blaues Auge, die geschwollene Haut über dem Jochbein. Wie viele Prügel hatte er bezogen? Wann? Von wem? Wo? Was war mit Lisa Stolze? Brander hegte keinen Zweifel daran, dass man versuchen würde, sie ebenfalls einzuschüchtern.

»Andreas.«

Brander schrak zusammen.

Klein lachte vergnügt. »Hab ich dich geweckt?«

»Ich habe nachgedacht.«

»Guter Mann.« Er trat näher, betrachtete die Skizze. »Kreative Methode, hm?«

Brander zuckte die Achseln. Es war seine Art, seine Gedanken zu sortieren.

»Und?«

»Keine Ahnung. Stolze und Lütz sagen, alles war ein Missverständnis, und von Rozanowski weiß ich zu wenig.«

Klein nickte verstehend. »Bevor du gute Laune kriegst: Ziesemanns Anwalt arbeitet fleißig daran, seinen Schützling alsbald wieder rauszubekommen.«

»Damit war zu rechnen.«

Der Koloss ließ sich auf Peppis Stuhl fallen. »Ich hab nicht viel, aber ein bisschen: Sascha war Freitagabend vermutlich gegen neun bei seinem Onkel. Ein Zeuge sagt, es sah nach einem Streit zwischen den beiden aus.«

Neun Uhr. Wenn er gegen Viertel vor acht in Entringen weggefahren war, hätte er locker bis dahin in Mettingen sein können.

»Was heißt: bei seinem Onkel? Zu Hause? Im Geschäft?«

»Im Geschäft.«

»Hat dein Zeuge auch das Kind gesehen?«

»Nein, aber das muss ja nichts heißen. Der Kleine könnte im Auto gewesen sein. Es war dunkel. So viel kann man da nicht erkennen.«

»Aber Ziesemann und Rozanowski hat er erkannt?«

»Ja.«

»Und worüber haben die beiden gestritten?«

Klein hob die Schultern.

»Das ist wirklich nicht viel.« Brander sah auf seine Skizze, klopfte mit dem Bleistift ein paar Mal auf das Papier. »Erzähl mir mal, wie das heutzutage so funktioniert mit diesen Kfz-Verschiebungen. Ich bin da nicht so drin.«

»Wo fange ich da an?« Der Kollege ging kurz in sich. »Also, pass auf: Wir haben Verwertung von Komplettfahrzeugen und Verwertung von Fahrzeugteilen. Die organisierten Banden haben heute fachlich und organisatorisch Arbeitsteilung. Also, Beispiel: Du hast einen, der das Auto klaut – wie auch immer. Du hast einen, bei dem das Auto gelagert oder auch umgebaut oder ausgeschlachtet wird. Du hast den Hehler, der den Wagen an den Mann bringt. Du hast die Leute, die den Wagen transportieren und übergeben. Absatzgebiete Osteuropa, Niederlande, Afrika.«

»Rozanowski ist der Hehler?«

»Nach Stand der Dinge, ja. Vorzugsweise Nobelkarossen von BMW, Mercedes, Porsche, Verschiebung Richtung Polen, Litauen, Russland …«

Brander kratzte sich mit dem Bleistift im Nacken. »Was dagegen, wenn ich deinem Gunnar mal ein bisschen auf den Zahn fühle?«

»Solange du dich auf die Entführungsgeschichte beschränkst – no problem.« Klein suchte Zettel und Stift auf Peppis Schreibtisch, notierte eine Adresse und schob sie Brander zu.

Fabio Esposito begleitete Brander zum Gebrauchtwagenhandel Rozanowski. Brander gab dem jüngeren Kollegen einen Überblick über den Stand der Ermittlungen, während Fabio den Wagen über die Kreisstraße nach Mettingen chauffierte. Auf dem Hof des Händlers standen zahlreiche Autos verschiedenen Alters, viele Mittelklassewagen, ein paar wenige Luxuskarossen. Zum Hof gehörte ein kleiner Flachbau mit Büro und kleiner Werkstatt, in der man vermutlich nicht viel mehr als Nummernschilder an- und abschrauben konnte.

Ein Mann im beigen Anzug trat aus dem Gebäude, als Fabio den Wagen parkte. Er war etwas kleiner als Brander, einsfünfundsiebzig, maximal einsachtundsiebzig schätzte er, leicht untersetzt, ein grauer Haarkranz umrankte den runden Kopf mit dem gut gelaunten, braun gebrannten Verkäufergesicht. Danny DeVito in seinen besten Tagen, etwas schlanker, etwas größer als das Original, ging es Brander durch den Kopf. Mit vierundfünfzig Jahren war Rozanowski jünger als DeVito.

Sie stiegen aus und der Mann kam mit offenen Armen auf sie zu. »Vater und Sohn? Nein … Sie sind nicht verwandt … Oder doch? Mein Name ist Gunnar Rozanowski. Was kann ich für Sie tun? Oder möchten Sie sich erst einmal umschauen?«

»Papa, was meinste? Erst mal umschauen?«, feixte Fabio.

Brander zog seinen Dienstausweis hervor. »Kriminalpolizei Esslingen, Andreas Brander. Herr Rozanowski, wir hätten einige Fragen an Sie.«

Das Lächeln blieb auf dem Gesicht, aber es verließ die Augen. »Sie kommen wegen Sascha, nicht wahr?«

»Ja.«

»Kommen Sie mit, wir gehen rein. Möchten Sie einen Kaffee, Espresso?«

»Nein, danke.«

»Ja, gern einen Espresso, schwarz mit Zucker, bitte.«

Brander sah zu seinem Kollegen, der noch immer das Grinsen im Gesicht hatte. Vater und Sohn. So alt sah er ja wohl noch nicht aus!

Rozanowski führte sie in das Büro des Flachbaus. Es war einfach eingerichtet: ein Schreibtisch mit Computer und Telefonanlage, ein Aktenschrank, eine kleine Sitzecke. Ein Kaffeeautomat stand auf einem Sideboard. Zur Werkstatt hin gab es ein Schiebefenster.

Sie setzten sich auf die abgewetzten Lederimitat-Drehsessel, in denen man im Sommer vermutlich festklebte, während Rozanowski den Espresso für Fabio zubereitete. Eine Sekretärin gab es offensichtlich nicht – oder sie hatte heute ihren freien Tag.

Der Autohändler brachte die Getränke, zupfte die Hosenbeine zurecht und setzte sich. Seine Aufmerksamkeit galt Brander. »Der Sascha ist ein guter Junge, zugegeben, nicht ganz so helle …«, er zuckte bedauernd mit den Schultern, »aber ein guter Junge. Ich bin mir sicher, dass sich diese unschöne Geschichte ganz schnell klären wird. Er hat ja nichts Böses gewollt. Ein Missverständnis. So etwas kommt vor, nicht wahr?«

Brander hatte sich zurückgelehnt und ließ dem Wortschwall des anderen freien Lauf. Er sah sein Gegenüber unverwandt an, während Fabios Blicke durch Büro und aus dem Fenster zum Hof glitten, als wäre er ein kleiner Junge im Spieleparadies. Aufmerksam sog er alles in sich auf, was er entdecken konnte.

»Eine Entführung!«, sagte Rozanowski jetzt und lachte auf. »Also wirklich, mein Sascha entführt doch kein Kind.« Er wurde ernst. »Diese Aktion mit dem SEK allerdings … Also, Sie hätten einfach nur mal bei ihm klingeln müssen und alles hätte sich geklärt. Das war wirklich … mein lieber Mann.«

Redete er so viel, weil er nervös war, oder war das seine Art? Als Verkäufer war er vermutlich darin geschult, andere an die Wand zu reden, seinem Gegenüber keine Chance zu geben, über das Gesagte nachzudenken, und ihm dann einen Vertrag zur Unterschrift unter die Nase zu halten.

»Herr Ziesemann war am Freitagabend bei Ihnen?«, fragte Brander, ohne auf Rozanowskis Worte einzugehen.

Rozanowski hielt kurz inne. »Ja, das stimmt.«

»Wann?«

»Wenn ich das so genau wüsste. Gegen neun vielleicht. Ich bin abends oft noch spät im Büro – Buchhaltung und so, Sie wissen schon …«

»War Niko Stolze bei ihm?«

»Ich vermute es – gesehen habe ich den Kleinen nicht. Sascha hat mir nur kurz gesagt, dass er am Samstag nicht arbeiten kann. Er hilft manchmal ein bisschen aus, wissen Sie. Von Hartz IV kann ja auch keiner leben, nicht wahr? Er wäscht die Autos für ein Taschengeld. Wenn ich könnte, würde ich ihn fest einstellen, aber …« Er hob die Hände, als wäre er ein armer Tropf.

»Hatten Sie deswegen Streit mit ihm?«

»Weswegen?« So langsam zeichnete sich Irritation hinter der freundlichen Verkäufermiene ab. Es gefiel Rozanowski nicht, dass Brander so gar nicht auf ihn einging.

»Weil er am Samstag nicht kommen wollte.«

»Wie kommen Sie darauf, dass wir Streit hatten?«

»Na, wenn er so kurzfristig absagt … Hatten Sie Streit?«

»Ja.«

Einfach nur: Ja.

Branders Blick wurde eine Spur taxierender. »Hat er Ihnen gesagt, dass er ein Kind bei sich hat?«

»Ich weiß es gar nicht mehr. Ich war beschäftigt mit anderen Dingen.«

»Haben Sie Ihren Neffen an dem Wochenende dann noch mal gesehen?«

»Nein … ich glaube, wir haben zwischendurch mal telefoniert, aber wann …« Rozanowski hob die Schultern. »Sie wollen wirklich keinen Espresso?«

»Der ist gut«, meldete sich Fabio zu Wort. »Was für eine Marke ist das?«

»Tazza d'Oro aus Rom. Ein Freund bringt mir hin und wieder davon mit. Wenn Sie …?«

»Vielen Dank, nein. Sie wollen doch keinen Beamten bestechen, oder?« Fabio grinste so unschuldig wie ein Soldat der Cosa Nostra. Sein Schauspiel war völlig überzogen, aber es verfehlte seine Wirkung nicht.

Einen winzigen Augenblick lang veränderte sich Rozanowskis freundliches Verkäufergesicht zu einer kalten Grimasse, die er aber sofort wieder verbarg.

»Hat er bei Ihrem Telefongespräch etwas von dem Jungen gesagt?«

»Ich weiß nicht mehr. Kinder interessieren mich nicht.«

»Kinder sind Ihre Kunden von morgen«, gab Fabio fröhlich zu bedenken.

»Ja … ja«, nuschelte Rozanowski wenig begeistert. »Ich habe jetzt gleich noch einen Kunden für eine Probefahrt … Und das mit Sascha wird sich klären, da bin ich ganz zuversichtlich. Ein ganz bedauerliches Missverständnis. Es tut mir leid, dass mein Neffe Ihnen so viel Arbeit bereitet hat …« Er stand auf.

»Martin Lütz, das ist der Kompagnon vom Vater des Jungen, der hat mal bei Ihnen ein Auto gekauft …«, erwähnte Brander beiläufig, während sie zur Tür gingen.

»Ja, ist schon eine Weile her.«

»Anderthalb Jahre. Dumme Geschichte damals. Er hat ziemlich hohe Schulden bei Ihnen, nicht wahr?«

»Tja …« Rozanowski schlug die Hände zusammen. »Was soll ich sagen? Er hatte das Auto gekauft … es wurde vor seiner Haustür gestohlen. Dass der Wagen noch nicht versichert war …« Er hob die Handflächen zum Himmel. »Ich bin ein gutmütiger Mensch, aber was soll ich tun? Ich konnte doch nicht einen Versicherungsbetrug begehen und behaupten, der Wagen wäre mir vom Hof gestohlen worden, damit der Wagen bezahlt ist, verstehen Sie?«

»Ja, ich verstehe.« Brander nickte ihm zu und ging.

»Was ist das für eine verfluchte Schmierenkomödie?« Staatsanwalt Marco Schmid hatte sich zur Soko-Sitzung gesellt, und er war auf hundertachtzig. »Der Ziesemann ist morgen wieder draußen. Wir haben nichts. Ein verfluchtes Missverständnis. Wenn wir Pech haben, klagt der noch auf Schadensersatz wegen des SEK-Einsatzes in seiner Wohnung!« Er stieß die Luft laut aus den Lungen. Sein Blick wanderte zwischen Hendrik Marquardt und Brander hin und her. »Können Sie mir das erklären? Was ist an diesem Wochenende passiert? Ein Kind wurde vermisst gemeldet. Ja, nicht einmal das! Es war einfach nicht da. Die Umstände waren chaotisch. Wir starten eine Suchaktion mit immensen Ausmaßen und dann heißt es plötzlich, das Kind wurde entführt!«

»Es wurde auch entführt«, beharrte Brander.

Schmid wandte sich ihm zu. Er hatte sein Ventil gefunden. »Der Einzige, der ständig von einer Entführung gesprochen hat, waren Sie. Haben wir irgendeinen Beweis? Den klitzekleinen Hauch eines Beweises?«

»Frau Stolze sprach davon, dass sie fünfhunderttausend Euro aufbringen muss.«

»Und wofür? Hat sie von einem Entführer gesprochen? Sagte sie nicht …« Schmid sah in seine Unterlagen: »Niko ist bei Sascha. Das klingt für mich nicht nach Entführung! Allenfalls Kindesentzug. Ach, nicht einmal das! Sie haben sich da in etwas reingesteigert und uns alle verrückt gemacht!«

»Herr Schmid, das stimmt so nicht«, widersprach Corinna Tritschler. »Wir haben mehrfach mit Frau Stolze gesprochen und die Fakten sorgfältig abgewogen.«

»Fakten? Was für Fakten denn, bitteschön?«

»Schauen Sie doch in die Protokolle! Wofür schreiben wir die denn?«, fuhr Brander auf. »Es gibt mehrere Aussagen von Frau Stolze, die alle in die Richtung einer Entführung deuten!«

»Die Frau war verwirrt, stand unter Stress! Und wenn Sie dann kommen und ihr sagen, dass ihr Kind entführt wurde …«

»Der SEK-Einsatz war nicht Andis Vorschlag. Wir haben das im Führungsstab besprochen und entschieden«, ergriff Hendrik Partei für Brander.

»Und auf welcher Grundlage haben wir das entschieden?« Schmids Blick wanderte wieder zu Brander.

Der schüttelte nur den Kopf. Sollte er jetzt an den Pranger gestellt werden? Sah der Staatsanwalt denn nicht, dass die Familie eingeschüchtert wurde? Hatte er Martin Lütz' Veilchen übersehen?

»Was ist mit dem Schuh? Wie ist der zum Steinbruch gekommen?«, fragte Hendrik.

»Das weiß ich nicht. Und wissen Sie was? Es interessiert mich auch nicht mehr. Der Richter wird das Verfahren einstellen. Das war's. Die Sache ist erledigt.«

»Das ist sie nicht!« Brander konnte nicht glauben, was er da hörte.

»Das liegt wohl nicht in Ihrem Ermessen.«

»Geben Sie uns die Chance, wenigstens das Kind noch zu hören.«

»Frau Stolze hat dem widersprochen. Sie kennen die Rechtslage: Wir können sie nicht zwingen.«

»Geben Sie mir bis zum Ende der Woche. Wir bekommen die Aussage.«

Schmid funkelte ihn drohend an. »Wenn Sie diese Frau unter Druck setzen, dann bekommen Sie ganz gewaltige Schwierigkeiten.« Er ließ seinen Blick auf Brander haften. »Haben wir uns verstanden?«

Bis Ende der Woche. Ihm blieben zwei Tage.

* * *

Brander stand unschlüssig vor seinem Wagen. Er legte die Unterarme auf das Dach und starrte in die Dunkelheit. Nach dem sonnigen Tag sanken die Temperaturen wieder mit zunehmender Dunkelheit. Peppi hatte ihren freien Tag gut gewählt. Er hoffte, dass sie ihn nicht gebraucht hatte, um alte Wunden zu kitten, sondern um das Leben ein wenig zu genießen. Vielleicht saß sie jetzt mit einem Glas Rotwein auf ihrem Balkon, in eine Decke gehüllt, und ließ den Tag ausklingen. Hendriks Bürotratsch ging ihm durch den Kopf. Peppi hatte den Heiratsantrag von Marco Schmid abgelehnt. Wie gingen die zwei damit um? Mussten ihre Ermittlungen diese Beziehungsprobleme ausbaden? Brander schüttelte innerlich den Kopf. So unprofessionell würden beide nicht handeln. Vielleicht hatte Schmid ja recht? Vielleicht hatte er sich tatsächlich in etwas verrannt. Wenn man den Blick so fest auf eine Sache gerichtet hatte, übersah man schnell andere wichtige Hinweise. Aber welche andere Möglichkeit gab es denn in diesem Fall? Sascha Ziesemann gehörte doch ganz bestimmt nicht zu den Menschen, denen die Stolzes ihr Kind mal eben übers Wochenende anvertrauten. Wenn es ein Problem gegeben hätte, wäre Selesta Fink eingesprungen.

Er stieg ins Auto. Statt nach Hause fuhr er ins Französische Viertel, suchte eine Weile nach einem Parkplatz und nahm sein Handy. Nach dem dritten Klingeln war Peppi am Apparat.

»Kann ich kurz raufkommen?«

»Wo bist du?«

»Quasi vor deiner Haustür.«

Peppi sah nicht so aus, als hätte sie den Tag tatsächlich genossen. Die Haare waren nachlässig im Nacken zusammengesteckt, ihre Augen waren geschwollen. Sie hatte irgendwann geweint. Statt Rotwein standen ein Glas Wasser und Erdnüsse auf dem Tisch, im Fernsehen lief ein seichter ZDF-Abendfilm.

»Sorry, ich war nicht auf Besuch eingestellt.«

»Kein Problem.« Er ließ sich auf einem der weinroten Sessel nieder. »Wie ist es gestern gelaufen?«

»Wonach sieht's denn aus?« Sie setzte sich auf das Sofa, zog die Füße heran und massierte abwesend den Knöchel, den sie sich damals gebrochen hatte. »Mir wäre es recht, wenn wir jetzt nicht darüber reden. Was gibt's Neues im Fall Ziesemann?«

Brander berichtete ihr von den letzten zwei Tagen.

»Nimm's nicht persönlich. Marco steht gerade ziemlich unter Druck.«

»Wie wir alle.«

»Ja, wie wir alle …«

»Hat es was mit euren persönlichen Problemen zu tun?«

»Was?« Peppi stöhnte genervt auf. »Wer hat getratscht?«

»Warum hast du nichts gesagt?«

»Weil's niemanden was angeht.« Peppi presste wütend schnaufend die Lippen zusammen.

»Ich dachte, wir sind ...«

»Du sei mal schön still! Wer will mich denn allein sitzen lassen in Esslingen? Heimlich, still und leise? Ihr seid doch alle gleich!«

»Ein Heiratsantrag ist jetzt nicht unbedingt jemanden sitzen lassen ...«, gab Brander zu bedenken.

»Was will er denn von mir? Ich bin siebenundvierzig, er ist vierzig. Er kann sich locker eine Dreißigjährige suchen und mit ihr eine Familie gründen. Bei mir ist der Zug abgefahren.«

»Vielleicht geht es ihm einfach nur darum, mit dir zusammen zu sein?«

»Ach, hör doch auf! Wäre doch nicht das erste Mal.« Eine Scheidung hatte Peppi bereits hinter sich, weil ihr damaliger Ehemann mit einer anderen Frau ein Kind gezeugt hatte.

»Ich kann mir nicht vorstellen, dass Schmid nicht darüber nachgedacht hat, bevor er dir den Antrag gemacht hat.«

Peppi zuckte die Achseln.

»Man kann auch aus Liebe heiraten.«

»Romantiker.« Sie sah ihn mit so einer desillusionierten Bitterkeit an, dass es ihn schmerzte.

»Peppi ...«

Sie hob die Hand. »Thema durch. Willst du was trinken? Ich hab allerdings nicht viel im Haus.«

»Ein Glas Wasser?«

Peppi stand auf und verschwand in der Küche. Kurz darauf kehrte sie mit einem Glas Wasser und einer schmalen Flasche mit langem schlankem Hals und goldenem Inhalt zurück. Sie stellte beides vor ihn auf den Tisch. »Wollt ich dir eigentlich zu Ostern schenken. Aber ... na ja ...«

Er nahm das Fläschchen. Das Etikett war handgeschrieben: »Zaiser, Schwäbischer Whisky, Double Cask, Brennerei Zaiser, Köngen.« Köngen lag wenige Kilometer südöstlich von Esslingen. Er schmunzelte. Peppi wollte ihm den neuen Einsatzort anscheinend mit allen Mitteln schmackhaft machen.

»Ist nicht die Originalflasche. Freddy hat den Whisky gekauft und mir was abgefüllt. Der wurde im Oloroso-Fass und anschließend in einem Apfelmostfass gelagert, hat er mir erklärt. Ein richtiger Schwabe also.«

»Danke.« Mit dem teuren Geschenk brachte Peppi ihn in Verlegenheit. »Jetzt habe ich gar nichts für dich …«

»Dann darf ich mir was wünschen.«

Sie musste nicht aussprechen, was sie sich von ihm wünschte, und er konnte ihr nicht versprechen, dass er ihr diesen Wunsch erfüllen würde.

»Wie machen wir jetzt weiter?« Sie ließ sich wieder auf dem Sofa nieder. »Was ist mit Lisa Stolzes Vater? Sie hat ihn um Geld gebeten. Hat sie ihm gesagt, wofür sie es braucht?«

Brander zuckte die Achseln. »Das weiß ich nicht. Ich habe ihn nur an dem einen Abend bei ihr zu Hause erlebt.«

»Wir sollten mit ihm sprechen.«

»Er will seiner Tochter das Sorgerecht für die Kinder entziehen.«

»Dann muss er triftige Gründe haben.« Sie hielt inne, lauschte. »Dein Handy.«

Aus der Ferne erklang dumpf die Melodie. Brander ging in den Flur und zog das Telefon aus der Jackentasche.

»Ich habe auf deinen Bericht gewartet«, hörte er Stephan Kleins vorwurfsvolle Stimme.

»Ich hätte dir morgen die Kopie des Gesprächsprotokolls geschickt.«

»Ach, Protokolle … Mit wem warst du bei Rozanowski?«

»Fabio Espos…«

»Der Fabio«, unterbrach Klein ihn begeistert. »Hat er wieder seinen Mafiablick eingesetzt?«

»Hast du ihm gesagt, dass er das tun soll?«

»Ich hab ihm irgendwann mal gesagt, dass er das gut draufhat …« Kleins breites Grinsen war deutlich herauszuhören. »Hat Rozanowski gezittert?«

»Ich glaube, wir haben ihn ein bisschen nervös gemacht.« Brander gab ihm eine kurze Zusammenfassung.

»Gut, gut … macht unsere Arbeit natürlich nicht leichter. Der wird jetzt erst mal die Füße stillhalten, bis die Sache mit Saschi aus der Welt geräumt ist.«

»Das geht vermutlich schneller, als uns allen lieb ist.«

Klein horchte auf. »Wieso?«

Brander berichtete ihm von der Tübinger Soko-Sitzung. Es folgte ein langgezogenes »Hmm« vom anderen Ende der Leitung. Dann noch einmal: »Hmhm … hmhm …«

»Willst du mir jetzt ein Lied vorsummen, oder was?«

»Ein anderes Mal, Andreas. Pass auf … Ich hab da so eine Idee.«

»Und die wäre?«

»Wann machen die die Werkstatt normalerweise auf?«

»Gegen acht.«

»Okay, sei um zehn nach acht in der Werkstatt. Am besten in der Halle oder draußen. Und perfekt wäre es, wenn Lisa und Niko auch dort wären.«

»Was hast du vor?«, fragte Brander misstrauisch.

»Lass dich überraschen.«

»Stephan …«

»Zehn nach acht in Kleinkleckersdorf. Wir sehen uns.« Er legte auf.

In Branders Eingeweiden machte sich ein unheilahnendes Rumoren breit.

»Was hat er vor?«, fragte Peppi.

»Wenn ich das wüsste … Ich soll zehn nach acht in der Werkstatt sein.«

»Nicht meine Zeit, aber das will ich nicht verpassen. Ich hol dich ab.«

* * *

Es war wieder einmal viel zu spät, als Brander endlich sein Haus in Entringen betrat. Nathalie und Ceci lagen bereits in den Federn. Er schlich in die Küche, nahm ein Glas aus dem Schrank, zog eine wärmere Jacke an und setzte sich auf die Bank neben dem Hauseingang. Das Thermometer zeigte noch knapp sieben Grad. Er öffnete die Flasche, erhaschte eine leicht fruchtige Note. Lagerung im Apfelmostfass, hatte Peppi gesagt. Eine interessante Variante. Er füllte sein Glas, ließ den Whisky ein weiteres Mal an der Nase vorbeiziehen, hob das Glas Richtung Tübingen und prostete seiner Kollegin aus der Ferne zu. Der erste Schluck kribbelte ein wenig auf der Zunge, nicht ungewöhnlich für einen hochprozentigen Brand, der zweite war milder, breitete sich herb-süß und wärmend im Gaumen aus. Er hielt das Glas in den Händen, schwenkte es leicht hin und her, beobachtete die Bewegung der Flüssigkeit im matten Licht der Eingangslampe. Das Gespräch mit Peppi hatte gutgetan, dennoch nagten Schmids Vorwürfe an ihm. Der Staatsanwalt war eigentlich niemand, der jemanden vorschnell verurteilte.

Die Haustür wurde geöffnet. Cecilia schaute heraus. Sie hatte einen Bademantel über ihr Nachthemd gezogen. »Traust du dich nicht mehr herein?«

Er hob sein Glas. Sie nickte verstehend und huschte in Pantoffeln zu ihm. Als sie sich neben ihn auf die Bank setzen wollte, zog er sie auf seinen Schoß. Er lehnte den Kopf an ihre Schulter, sog den Duft ihres warmen Körpers ein.

»Du könntest dir mal angewöhnen, zwischendurch anzurufen. Ich weiß nie, wann du nach Hause kommst.«

Noch etwas, was er falsch gemacht hatte. »Tut mir leid, ich gelobe Besserung.«

»Es ist mir ernst. Ich hab keine Lust, hinter dir herzutelefonieren wie eine Glucke.«

»Tut mir leid«, wiederholte Brander lahm. »Wirklich.«

Sie verzog ärgerlich das Gesicht. »Du schaffst es, dass ich mir jetzt auch noch schlecht vorkomme, weil ich meinen armen, erschöpften Mann mit Vorwürfen begrüße.«

Er grinste. »Verzeihst du mir?«

»Was ist los?«

Er berichtete ihr von den Vorwürfen, die der Staatsanwalt gegen ihn erhoben hatte.

»Vielleicht ist Herr Schmid einfach nur so wütend, weil er hilflos diese Ungerechtigkeit mit ansehen muss?«, mutmaßte Ceci.

»Du meinst also nicht, dass ich auf der falschen Fährte bin?«

»Das weiß ich nicht, aber ich weiß, dass du ein guter Polizist bist und das Richtige tun wirst.«

»Derart schwammige Psychologen-Antworten sind wirklich hilfreich.«

»Ich versuche, dein Selbstbewusstsein aufzubauen. Du bist in letzter Zeit ziemlich von Zweifeln geplagt.«

»Peppi meint, ich steck in einer Krise.«

»Da hat sie recht. Du musst eine Entscheidung treffen.«

Er wusste, von welcher Entscheidung sie sprach. »Ich hab mich doch in Stuttgart beworben.«

»Weil dir nichts Besseres einfiel. Ist es wirklich das, was du willst?«

Brander wusste es nicht. Er leerte sein Glas.

»Was ist so schlimm in Esslingen? Die Arbeit? Die Kollegen? Das Gebäude?«

Nichts von alledem. Selbst Clewer entpuppte sich als akzeptabler Chef, der ihn in seinem Team halten wollte. Er zuckte ratlos die Achseln.

»Wenn nichts davon dich eigentlich stört, liegt's vielleicht nur an deiner eigenen Bockigkeit.«

»Bockigkeit?« Brander riss empört die Augen auf.

Ceci grinste. »Du wolltest doch kein schwammiges Psychologengeschwätz. Du weigerst dich einfach, Esslingen eine Chance zu geben.« Sie gab ihm einen Kuss. »Ich muss wieder ins Bett, mir wird kalt. Bringst du den Müll noch vor?«

»Nichts lieber als das.«

# 20

Punkt acht Uhr holte Peppi Brander zuhause ab, wenig später parkten sie auf dem Hof der Werkstatt. Im Büro und in der Halle brannte Licht. Geräusche von elektrischem Schrauber und Metallgeschepper drangen zu ihnen. Im Hintergrund lief ein Radio. Ganz normaler Arbeitsalltag. Sie gingen in die Halle. Martin Lütz bastelte an einem VW Golf, Niko stand daneben und reichte ihm mit der Gewissenhaftigkeit eines Fünfjährigen die gewünschten Werkzeuge. Wäre dies das Bild gewesen, das sich ihnen an dem verhängnisvollen Freitagabend geboten hätte? Ein entspannter Martin Lütz, der dem kleinen Niko geduldig erklärte, welches Werkzeug er gerade brauchte?

Lütz' Lockerheit verschwand abrupt, als er die Beamten entdeckte. »Was wollen Sie schon wieder?«

»Reden«, erwiderte Brander unbestimmt.

»Wo ist der Hennig?« Niko sah suchend an Brander und Peppi vorbei. Entweder hatte er einen Narren an dem Kripobeamten gefressen oder es ging ihm um seine Autorennbahn.

»Der ist in der Polizeidienststelle.«

»Warum?«

»Weil er arbeiten muss.«

Der Junge dachte über Branders Worte nach. »Und du musst nicht arbeiten?«

»Doch …«

»Und warum bist du hier und Hennig nicht?«

Das kleine Kerlchen war pfiffig. »Der Hendrik muss gerade etwas anderes arbeiten.«

»Hennig hat gesagt, ich darf ihn mal besuchen.«

»Da würde er sich bestimmt freuen. Aber deine Mutti muss das erst erlauben.«

Lütz starrte ihn grimmig an. »Hören Sie auf, das Kind zu manipulieren.«

»Ich habe nur Nikos Fragen beantwortet.« Brander wandte sich dem Jungen zu. »Musst du nicht in den Kindergarten?«

»Erst am Montag. Ich helf hier.« Er machte ein sehr ernstes Gesicht, als würde die Werkstatt ohne seine Mithilfe nicht auskommen.

Von draußen dröhnte der röhrende Motor eines Wagens, der auf den Hof fuhr. Nikos Augen begannen zu leuchten. »Kunschaft«, erklärte er mit einer Wichtigkeit, dass Brander nur mit Mühe das Lachen zurückhielt.

Der Kleine flitzte an ihnen vorbei aus der Werkstatt.

»Niko, warte.« Lütz wischte sich die Hände an einem Tuch ab. »Ich hab jetzt keine Zeit.« Er folgte dem Kind durch die Tür, Brander und Peppi begleiteten ihn.

Ein beeindruckender Dodge Ram stand im Hof, zweifarbig lackiert: oben schwarz, die unteren Teile glänzten silber-metallic. Getönte Scheiben, Alufelgen, Esslinger Kennzeichen.

Niko war wenige Meter von dem Wagen entfernt ehrfurchtsvoll stehengeblieben. Der Fahrer schaltete den Motor ab, öffnete die Tür, stieg aus. Cowboystiefel, Jeans, T-Shirt, die Arme bis zu den Handgelenken tätowiert.

Lisa Stolze kam aus dem Büro gelaufen.

»Na, Kleiner, willste mal hinters Steuer?« Eine freundliche, jungenhafte Stimme.

Niko nickte mit offenem Mund. Es war nicht klar, was ihn mehr beeindruckte – der Wagen oder der tätowierte Koloss, der freundlich lächelnd vor ihm stand.

»Komm her.«

Niko machte einen Schritt auf ihn zu.

»Niko, komm sofort zu mir!« Lisa Stolze eilte zu ihrem Kind, hielt es an den Schultern zurück. »Was wollen Sie?«

Stephan Klein hob überrascht die Hände, als hätte sie mit einer Waffe auf ihn gezielt. »Eigentlich suche ich ihn.« Er deutete mit dem Kopf zur Seite und es war nicht klar, ob er auf Brander oder Martin Lütz zeigte. Unwillkürlich spannten sich bei Lütz die Muskeln an.

»Andreas, bin ich zu spät?« Klein lächelte entschuldigend. »Sorry, Ma'am, den Bullen sieht man mir gar nicht an, oder? Darf der Kleine jetzt mal hinters Steuer?«

»Nein!« Lisa Stolze war kreidebleich geworden. »Sie verschwinden jetzt von meinem Hof. Sie und Sie und Sie!« Sie zeigte nacheinander auf die Beamten, nahm Nikos Hand und wandte sich ab.

Lütz warf Brander einen Blick zu, der schwer zu deuten war – Empörung, Unverständnis, vielleicht auch ein Hauch Triumph.

Brander hätte Klein am liebsten in den Boden gestampft. Wie konnte er die Frau so erschrecken? Zornbebend stampfte er zu seinem Kollegen.

Klein hob mahnend den Zeigefinger. »Frau Stolze?«

Sie blieb stehen.

»Wollen Sie den Rest Ihres Lebens Angst davor haben, dass Ihr Kind zu den falschen Leuten ins Auto steigen könnte?«

Sie sah über die Schulter zu ihm zurück. »Verschwinden Sie! Und kommen Sie nie wieder!«

»Das kann ich nicht versprechen«, murmelte Klein vor sich hin. »Andreas, können wir geschwind zu dir fahren?«

»Du kannst zur Hölle fahren!«, zischte Brander wütend.

»Schlecht geschlafen?«

Peppi legte eilends eine Hand auf Branders Arm, der gefährlich zuckte. »Fahr hinter mir her.«

Sie lotste Klein zu Branders Doppelhaushälfte am anderen Ende von Entringen.

Klein parkte in der Einfahrt, stieg aus, zwei Nummernschilder und einen Schraubenschlüssel in der Hand, und begann die Schilder auszuwechseln. Brander beobachtete es ungläubig.

»Ich fasse es nicht! Dafür müssten wir dich anzeigen«, schimpfte er, froh darum, dass Cecilia und Nathalie bereits aus dem Haus waren.

»Mit Stuttgarter Kennzeichen wäre die Aktion nur halb so effektiv gelaufen …«

»Effektiv? Willst du mich verarschen? Das war eine riesengroße Scheiße, die du da aufgeführt hast!«

Peppi hob beschwichtigend die Hände. »Andi …«

Klein hatte das Nummernschild am Heck ausgewechselt und richtete sich auf. »Andreas, ich geh mit dir jede Wette ein, spätestens morgen habt ihr die Aussage des Jungen.«

»Ach ja? Was hast du vor? Willst du heute Abend noch ein paar von deinen Kumpels bei ihr vorbeischicken, oder was?«

Er schüttelte den Kopf. »Die war ja jetzt schon leichenblass.«

Brander presste die Finger gegen seine Schläfen und wandte sich ab. Hatte er nicht schon genug Schwierigkeiten? Nicht nur, dass sich Lisa Stolze – zu Recht – jetzt bei seinem Vorgesetzten über ihn beschweren konnte. Schlimmer jedoch war, dass sie nach dieser Aktion garantiert niemals mehr einer Vernehmung ihres Kindes zustimmen würde.

»Was ist? Hast du Angst um deine Beförderung?«, fragte Klein. »Andreas, mein Freund, du musst unbedingt ein bisschen cooler werden.«

Brander drehte sich wieder zu ihm herum. »Cooler? Jetzt pass mal auf: Wenn du diese Nummer in deiner Zeit undercover mit deinen Kadetten abgezogen hast – bitte schön. Aber du bist gerade kein verdeckter Ermittler an der tschechischen Grenze, du bist ein stinknormaler Esslinger Kripobeamter. Wie wäre es denn mal mit Ermittlungstaktik? Mit vertrauensbildenden Maßnahmen, mit …«

»Du hörst dich an wie Hans Ulrich«, unterbrach Klein ihn unbeeindruckt. »Dein Ermittlungsgedöns dauert zu lang. Ich denk, du brauchst die Aussage des Kindes bis morgen?«

»Danke für deine grandiose Hilfe, bei Gelegenheit werde ich applaudieren«, knurrte Brander frustriert.

* * *

Peppi zockelte gemütlich über die B32 via Rottenburg und Hechingen nach Albstadt. Die Fahrt dauerte lange genug, sodass Brander seine Wut bändigen konnte und wieder einigermaßen im Lot war, als sie auf dem Firmengelände des Baumaschinenhandels Römer parkten.

Kleine und große Kräne, Bagger, Radlader, Gabelstapler und Walzen standen wie einsatzbereite Soldaten in Reih und Glied. Rechter Hand erstreckte sich eine große Wartungshalle, aus der die Arbeit der Mechaniker schallte, vor ihnen war ein doppelstöckiges Bürogebäude.

»Und, bereit?«, fragte Peppi, noch immer etwas besorgt über Branders Ausbruch nach Kleins Auftritt. »Wir machen jetzt ganz solide Ermittlungsarbeit, wie wir es gelernt haben.«

»Fang du auch noch an, mich zu verarschen.«

»Würd ich nie wagen.«

Sie betraten das Bürogebäude. Die Empfangsdame war gerade mit einem Telefonat beschäftigt, sodass ihnen Zeit blieb, sich in Ruhe umzusehen. Hinter dem Empfangstresen gingen vier Türen ab, links führte eine geschwungene Treppe zum offenen Obergeschoss. Von der Galerie zählte Brander drei abgehende Türen. Vermutlich war das Büro des Firmeninhabers etwas größer als die übrigen Büros. Er war einen Schritt zurückgetreten, um einen besseren Blick auf die Empore zu haben, als sich hinter ihm die Tür öffnete. Franz Römer betrat eiligen Schrittes das Gebäude. Er nickte den Besuchern kurz zu, ohne wahrzunehmen, wer da stand.

»Herr Römer«, sprach Brander ihn an.

Erst jetzt blieb der Mann stehen und sah genauer hin.

»Kriminalhauptkommissar Andreas Brander, Sie erinnern sich vielleicht?«

Der Blick des Mannes verfinsterte sich. »Natürlich erinnere ich mich.«

»Meine Kollegin Frau Pachatourides«, er deutete auf Peppi. »Entschuldigen Sie, dass wir hier so unangemeldet hereinplatzen …«

»Ich entschuldige gar nichts! Wenn Sie was von mir wollen, lassen Sie sich einen Termin geben.« Er deutete auf seine Empfangsdame.

»Eine richterliche Vorladung zur Befragung ist Ihnen lieber?«

Römer zog verärgert die Augenbrauen zusammen. »In welcher Angelegenheit?«

»In der Angelegenheit Ihres Enkels Niko Stolze.«

»Ich wüsste nicht ...« Er hielt inne. Die Frau am Empfang hatte aufgelegt. »Fünf Minuten, mehr Zeit habe ich nicht.« Mit einer unwirschen Kopfbewegung forderte er die beiden Beamten auf, ihm zu folgen.

Sie stiegen die Treppe hinauf und Römer führte sie durch die mittlere Tür in ein geräumiges Büro. Ein großer Schreibtisch mit bequemem Drehstuhl stand mitten im Raum, davor zwei elegante Besucherstühle. Eine Wand prägte ein beeindruckendes Panoramafoto des Firmengeländes, die andere Seite halbhohe Aktenschränke. Römer deutete auf die Stühle und nahm den Telefonhörer. »Maria, ich möchte jetzt nicht gestört werden. – Nein, keine Gespräche. Danke.« Er setzte sich. »Worum geht's?«

Fünf Minuten – da war keine Zeit für einen Kaffee oder den Austausch von Höflichkeiten. »Als wir uns das letzte Mal sahen, haben Sie Ihrer Tochter vorgeworfen, dass sie sich in einem kriminellen Milieu bewegt«, begann Brander.

»Ja.«

»Wie kommen Sie darauf?«

»Weil sich meine Tochter mit Verbrechern eingelassen hat.«

»Können Sie das ein wenig präzisieren?«, bat Peppi.

Franz Römer lehnte sich zurück, faltete die Finger vor seinem Bauch. Einen Moment lang unterzog er die Beamten einem prüfenden Blick. »Ich habe sechs Jahre lang kein einziges Wort von meiner Tochter gehört«, begann er. »Sie hat mir weder von ihrer Hochzeit noch von der Geburt ihrer Kinder erzählt.«

»Soweit ich weiß, waren Sie nicht unbedingt mit der Wahl des Ehemanns Ihrer Tochter einverstanden ...«, warf Brander ein.

Römer nickte. »Das stimmt. Man sieht ja auch, wohin es geführt hat. Sie hätte was Besseres kriegen können. Wie auch immer, letzten Sonntag bekomme ich morgens um sechs einen Anruf. Meine Tochter bittet mich um fünfhunderttausend Euro. Sie sagt mir, dass mein Enkel, den ich noch nie gesehen habe – von dessen Existenz ich nicht einmal etwas wusste –, entführt wurde und dass sie das Geld bis Montag bräuchte.«

»Hat sie tatsächlich gesagt, dass das Kind entführt wurde?«

»Ich kann es Ihnen vorspielen.«

»Wie? Sie haben das Gespräch aufgezeichnet?«

»Meine Familie wurde vor knapp zwanzig Jahren bedroht. Man wollte meine Tochter töten. Seither lasse ich alle Anrufe aufnehmen, die ich bekomme. Die Anrufe werden in der Regel umgehend wieder gelöscht, aber das war ein Anruf von Lisa.« Er tippte etwas in seinen Computer ein, klickte einige Male auf die Maustaste und lehnte sich wieder zurück.

»Papa? Ich bin es, Lisa«, erklang Lisa Stolzes brüchige Stimme, sie schien in Tränen aufgelöst.

»Lisa?«, fragte Franz Römer ungläubig. Die Ruppigkeit in der Stimme mochte darauf zurückzuführen sein, dass er gerade aus dem Schlaf gerissen worden war.

»Die haben mein Kind entführt. Meinen kleinen Niko. Ich ... ich weiß nicht, was ich machen soll. Die wollen fünfhunderttausend Euro. Papa ...«

»Was ...« Römer räusperte sich. »Was redest du da? Entführt? Was für ein Kind?«

»Meinen Niko. Papa, bitte ... Ich weiß nicht weiter ...« Sie weinte jetzt hemmungslos.

»Jetzt beruhig dich mal wieder«, kam es streng von Franz Römer. Er wartete, bis das Schluchzen leiser wurde. »Woher soll ich wissen, dass du tatsächlich Lisa bist?«

»Papa, bitte!«

»Du rufst nach all den Jahren einfach an ... Ich weiß nichts davon, dass du ein Kind hast.«

»Du wirst doch wohl noch deine eigene Tochter kennen«, kam es verzweifelt aus der Leitung. »Ich habe einen Sohn, Niko, er ist fünf Jahre alt. Er wurde entführt und die wollen fünfhunderttausend Euro von mir.«

»Wenn dein Kind entführt wurde, ruf die Polizei.«

Lisa Stolze schnaufte fassungslos. »Einmal, ein einziges Mal bitte ich dich um deine Hilfe, um dein beschissenes Geld!« Das Gespräch brach ab.

Brander sah zu dem Mann auf der anderen Seite des Schreibtisches. »Haben Sie aufgelegt?«

Er schüttelte den Kopf. »Ich habe meine Frau geweckt und mit ihr gesprochen. Dann haben wir Lisa zurückgerufen. Ich will ganz ehrlich sein: Wäre es nur um Lisa gegangen, ich hätte sie nicht zurückgerufen. Aber es ging um das Leben eines Kindes, meines Enkels.«

»Gibt es von dem zweiten Anruf auch eine Aufzeichnung?«

»Nein.« Er lehnte sich zurück, verschränkte die Arme vor der Brust. »Sie hatte sich etwas beruhigt. Ich habe ihr gesagt, dass wir ihr helfen würden, aber dass das nicht so schnell ginge.« Er schüttelte den Kopf bei der Erinnerung. »Sie fragte, ob wir nicht eine Anzahlung leisten könnten. Eine Anzahlung auf ein Lösegeld!«

»Teilzahlungen sind bei Entführungen nicht unbedingt unüblich«, erklärte Brander. »Die verlangten Summen in der Kürze der Zeit aufzutreiben, ist ja nicht so einfach.«

»Ich wurde da jedenfalls hellhörig. Die haben Schulden bei irgend so einem Kredithai oder was weiß ich, mit was für Verbrechern die sich eingelassen haben. Wenn Lisa sich mit diesen Leuten einlässt – bitte. Aber meine Enkelkinder werde ich da rausholen!«

* * *

Hans Ulrich Clewer fing sie im Treppenhaus ab, als sie am späten Nachmittag ihre Esslinger Dienststelle erreichten. »Frau Pachatourides, Herr Brander, kommen Sie bitte gleich in mein Büro.«

Die beiden tauschten einen Blick miteinander. Anscheinend hatte Lisa Stolze sich bereits über die morgendliche Aktion beschwert.

Clewer bot ihnen wieder Plätze in seiner Sitzecke, verteilte ungefragt Wasser an alle. Die erwartete Standpauke blieb aus, stattdessen erklärte er: »Die U-Haft für Sascha Ziesemann wurde bis zur Hauptverhandlung außer Vollzug gesetzt. Er befindet sich bereits wieder auf freiem Fuß. Zurzeit wird geprüft, ob das Verfahren überhaupt eröffnet wird. Sie wissen, warum?«

»Weil laut Aussage der Betroffenen alles nur ein bedauerliches Missverständnis war«, erwiderte Brander.

Clewer nickte. Sein Blick wanderte zwischen den beiden hin und her. »Und war es das tatsächlich?«

»Nein«, erklärte Peppi überzeugt. »Franz Römer, der Vater von Lisa Stolze, hat uns die Aufzeichnung eines Telefonats vorgespielt, in dem Frau Stolze eindeutig von einer Entführung spricht.«

»Wusste Frau Stolze, dass das Gespräch aufgezeichnet wurde?«

Peppi hob die Schultern.

»Also als Beweismittel vor Gericht vermutlich nicht verwertbar.« Clewer spreizte die Finger und klopfte die Fingerkuppen aneinander. »Was machen wir?«

»Wir brauchen Aussagen, aber offensichtlich wurden Martin Lütz und Lisa Stolze eingeschüchtert«, erwiderte Brander.

»Was ist mit dem Schwager? Wie hieß der …?«

»Theodor Stolze«, half Peppi aus.

»Er ist zurzeit noch in einem Hotel in Tübingen. Hendrik Marquardt hat mit ihm gesprochen«, ergänzte Brander. »Er wusste, dass Lisa Stolze Geld brauchte, aber sie hat in seiner Gegenwart anscheinend nicht von einer Entführung gesprochen. Sie brauchte Geld, weil sie Schulden haben.«

Clewer stand auf. »Gehen wir noch mal drei Schritte zurück.« Er trat tatsächlich drei Schritte vom Tisch zurück. »Alles beginnt anscheinend damit, dass Martin Lütz ein teures Auto kauft, das ihm gestohlen wird, die Versicherung zahlt nicht. Stolze und Lütz sind mit der Werkstatt so hoch verschuldet, dass Lütz nicht weiß, wie er diese Schulden abzahlen soll.« Er trat einen Schritt vor, hob einen Zeigefinger. »Aha!«

»Aha?« Peppi hob fragend die Augenbrauen.

»Er hätte dieses Geld doch auch nicht gehabt, wenn der Wagen nicht gestohlen worden wäre. Gestohlen oder nicht. Er hätte den Kaufpreis so oder so abzahlen müssen. Oder? Übersehe ich da was?«

»Ich glaube, dem Rozanowski ist die Schufa-Auskunft ziemlich egal«, gab Peppi zu bedenken. »Der vertickt seine Autos, und wenn der Kunde nicht zahlen kann, schickt er ihm seinen privaten Geldeintreiber vorbei …«

»Oder die haben auf die Versicherungssumme spekuliert«, überlegte Brander. »Aber das würde bedeuten, dass sie damals schon gemeinsame Sache gemacht haben.«

Clewer nickte energisch. »Da wollte ich hin. Doch der Plan ging nicht auf. Die Versicherung zahlt nicht. Die Schulden sind da, aber keine Sicherheiten mehr. Da setzen wir an. Nehmen Sie sich den Lütz nochmal vor. Und wir müssen herausfinden, was genau die für Rozanowski in der Werkstatt gemacht haben. Aber das übernimmt die K4.«

»Sollten wir das nicht erst einmal mit dem Staatsanwalt und dem Tübinger Ermittlungsleiter absprechen?«, bremste Brander den Eifer seines Vorgesetzten.

»Ich werde sie informieren. Wenn man es genau betrachtet, handelt es sich bei unserem Schritt eins ja eher um Zuarbeiten für die Kollegen von der K4, nicht wahr?« Er rieb tatkräftig die Hände aneinander. »Nun ja, wir müssen einfach alle gut zusammenarbeiten.« Er lächelte zuversichtlich. »Und dann werden wir nach und nach dieses konfuse Geflecht entwirren.«

* * *

Cecilia war nicht da, als Brander nach Hause kam, stattdessen traf er Karsten Beckmann an, der mit Nathalie in der Küche saß und Englisch paukte.

»Lasst euch nicht stören.« Er ging zum Kühlschrank und nahm sich einen Joghurt heraus.

»Doch, bitte stör uns. Ich hab keinen Bock mehr«, kam es gequält von seinem Pflegekind. »Wozu muss ich diese Scheiße lernen?«

»Honey, say it in English, please«, bat Karsten.

»Ich dachte, du willst nach Amerika und mit einem richtigen Truck über die Highways donnern?«, erinnerte Brander sie an ihren großen Traum. Er setzte sich zu den beiden an den Tisch. »Was macht ihr denn gerade? Oje, Grammatik. Da hatte ich auch nie Bock drauf.«

»Das ist jetzt sehr hilfreich.« Beckmann verzog genervt das Gesicht.

Brander grinste und sah auf Nathalies Zettel. »Simple Present, Simple Past, Past Perfect Simple – bitte was? Past Perfect Simple? Das gab's zu meiner Zeit noch nicht.«

»Natürlich gab's das schon! Schon mal was von Plusquamperfekt gehört?«

Brander bedachte seinen Kumpel mit einem irritierten Blick. »Wie kommt's, dass aus so einem Streber wie dir ein Krimineller geworden ist?«

Beckmann lehnte sich mit verschränkten Armen zurück. »Ich hatte im Knast Zeit zu lernen. Wär doch schön, wenn Nathalie ihren Schulabschluss außerhalb von Gefängnismauern bekommt, oder?«

»Hey!«, kam es empört von dem Mädchen.

Beckmann wuschelte ihr durch die Haare. »Pack zusammen. Wir machen nächste Woche weiter.«

Sie ballte die Hand zur Faust. »Yes! Thank you, Sir!« Eilig schob sie ihre Schulsachen zusammen und verschwand.

»Habt ihr schon wieder eine Wette laufen oder weshalb sabotierst du meine Nachhilfeversuche?«

»Sie muss auch manchmal das Gefühl haben, dass wir ihr Freiräume lassen. Wo ist Ceci eigentlich?«

Branders Gegenüber hob amüsiert die Augenbrauen. »Bin ich ihr Ehemann oder du?« Das Lächeln wurde noch süffisanter. »Ein Mann war vorhin hier und hat sie spontan zum Essen eingeladen.«

»Ein Mann?«

»Hübscher Kerl. Ich glaube, er heißt Sebastian …«

Brander biss die Zähne zusammen. Da war er einmal abends früher zu Hause und seine Frau ging mit diesem Lackaffen essen. Er war kein eifersüchtiger Mensch und es war ganz sicher kein Thema in seiner Ehe. Aber dieser Sebastian, der immer mal wieder aus dem Nichts auftauchte und seine Frau in beste Laune versetzte, bereitete ihm jedes Mal aufs Neue Magenschmerzen.

»Er ist ein Kollege, Andi. Du gehst mit Peppi doch auch essen.«

»Das ist doch was ganz anderes.«

»Ist es das?« Beckmann stand auf. »Da wir zwei einsame Männer sind – was hältst du von einem Glendalough draußen auf der Bank?«

»Kein schlechter Plan.«

Sie hatten den ersten Schluck noch nicht getrunken, als Brander eine Person im Dämmerlicht den Weg entlangkommen sah. Energische Schritte, die wenige Meter vor seinem Haus abrupt stoppten. Die Frau drehte wieder ab.

Brander sprang auf, war in wenigen Schritten an der Straße: »Frau Fink?«

Die Frau zögerte.

»Frau Fink? Wollten Sie zu mir?«

Sie wandte sich ihm zu. »Ja … Nein … Ich weiß nicht.« Die Ratlosigkeit stand ihr ins Gesicht geschrieben.

»Was haben Sie auf dem Herzen?«

Sie kam die paar Schritte zu ihm, einen Ausdruck im Blick, als wäre er schuld an ihrer Unschlüssigkeit. »Ich weiß nichts. Ich weiß gar nichts mehr. Alles ist …« Sie wedelte mit den Armen.

»Geht es um Frau Stolze?«

»Ja.« Sie stieß ihm mit dem Finger vor die Brust. »Warum haben Sie das getan? Ich rede mit ihr. Ich sage ihr, Sie sind ein guter Mensch. Ich sage ihr, Sie muss Ihnen vertrauen. Und dann … Ich verstehe nicht.«

Brander wusste nicht, zum wievielten Mal an diesem Tag er Stephan Klein verfluchte. »Ich …«

Sie schüttelte energisch den Kopf. »Sie hat Angst. Sie weiß nicht und ich weiß auch nicht. Das ist alles zu viel.«

»Frau Fink, was heute Morgen passiert ist, tut mir leid. Aber …« Er seufzte schwer. »Zu solch einer Situation kann es jederzeit wieder kommen und dann ist es vermutlich nicht einer meiner Kollegen. Was dann? Wir können nur helfen, wenn Frau Stolze uns mit Niko reden lässt, wenn Sie selbst eine offene, ehrliche Aussage macht.«

»Warum Niko? Warum müssen Sie ein Kind verhören?«

»Wir verhören ihn nicht. Wir stellen ihm ein paar Fragen. Es gibt ein ganz schönes buntes Zimmer in der Polizeidirektion. Mit einem bunten Sofa, mit Spielsachen und …« Brander suchte nach den richtigen Worten. »Es ist kindgerecht … Ein Kollege wird mit ihm sprechen. Wir gehen ganz behutsam vor. Seine Mutter darf dabei sein. Wir können einen Psychologen dazu holen … Wir wollen Niko doch keine Angst machen, wir wollen ihm helfen. Aber dazu müssen wir wissen, was geschehen ist.«

Selesta Fink verschränkte die Arme vor der Brust und dachte eine Weile nach. »Es ist alles schlimm«, sagte sie schließlich. Sie sah zu Karsten Beckmann, der auf der Bank saß. »Es tut mir leid. Ich wollte nicht stören.«

»Sie stören nicht. Frau Fink, wenn etwas ist, können Sie jederzeit zu mir kommen. Jederzeit. Haben Sie verstanden?«

»Ja. Jetzt muss ich gehen.«

Beckmann war aufgestanden, als Brander zur Bank kam. Er reichte ihm sein Glas. »Die ist ja süß.«

»Ja«, murmelte Brander und sah abwesend in die Dunkelheit, in die Selesta Fink verschwunden war.

Beckmann verpasste ihm einen Nackenschlag. »Wenn ich das sage, ist das okay. Aber du bist ein verheirateter Hetero.«

»Ja, und?«

»Ich will nur, dass das auch so bleibt.«

Sie setzten sich und stießen an.

»Sag mal, wo bewahrst du den Whiskey eigentlich auf, damit Nathalie ihn nicht findet? Sonst bringst du ihn doch immer zu mir.«

»Im Waffenschrank.« Eigentlich hätte er Nathalie gern vertraut, aber was den Umgang mit Alkohol betraf, war er sich nicht sicher, wie gefestigt das Mädchen inzwischen war.

»Im …? Du hast einen Waffenschrank?«

»Ja, klar. Ich hab 'ne Dienstwaffe, meinst du, die bewahre ich in der Nachttischschublade auf? Es gibt Vorschriften, und die sind nicht nur für die anderen gemacht.«

Brander schluckte. Klein hatte recht. Er hörte sich wirklich an wie Käpten Huc.

* * *

*Onkel Gunnar hatte die Tür reparieren lassen, aber in seiner Wohnung herrschte Chaos. Die Scheißbullen hatten alles durchsucht. Die Autorennbahn stand noch im Wohnzimmer. Dabei hatte er dem Glatzkopf doch gesagt, dass er die Niko bringen sollte. Statt aufzuräumen, setzte er sich auf den Boden und sah sich den Schaden an. Zwei Elemente würde er austauschen müssen, aber der Rest der Bahn war noch heil.*

*»Du hältst die Klappe, ich kümmere mich um alles«, hatte Onkel Gunnar gesagt. Er hatte mit niemandem geredet, hatte in seiner Scheißzelle gelegen und von einem besseren Leben geträumt: am Strand liegen, Bierchen trinken, Sonnenbrand holen, Mädels in Bikinis angucken.*

*Die Wirklichkeit sah anders aus: graue Wände, grauer Boden, graues Bett, selbst der Himmel, den er durch das kleine vergitterte Fenster sehen konnte, war grau gewesen. Und die ganze Zeit hämmerte sein Herz wie bekloppt.*

*Er nahm die kaputten Schienen heraus, verkleinerte den Kreis. Das Auto sauste über die Bahn. Ob er die Bahn einpacken und sie Niko bringen sollte? Er hatte sie ihm doch versprochen.*

# 21

Die Frauen waren aus dem Haus – Nathalie auf dem Weg zur Schule, Ceci hatte einen frühen Termin in ihrer Tübinger Praxis. Sie hatten es Brander überlassen, die Küche aufzuräumen. Er hatte gerade das Frühstücksgeschirr in die Spülmaschine sortiert, als sein Handy sich meldete. Rufnummer unterdrückt.

»Herr Brander«, erklang Selesta Finks Stimme. »Lisa erlaubt Nikos Aussage.«

Das kam unerwartet. »Sind Sie bei ihr?«

»Ja.«

»Bleiben Sie bitte dort. Ich leite alles in die Wege. Es wird sich in Kürze jemand bei Frau Stolze melden. Ach, Frau Fink?«

»Ja?«

»Danke.«

Niko Stolze saß auf dem Sofa, wackelte mit den Beinchen und sah zu Hendrik Marquardt auf. Er hatte ihn in der Polizeidirektion herumgeführt und war nun im kindgerechten Vernehmungszimmer gelandet. Hendrik hatte ihm erklärt, dass sie über das letzte Wochenende sprechen müssten.

»Hast du eine Pistole?«, lenkte Niko ab.

»Ja.«

»Wo?«

»Die hab ich eingeschlossen in einen Safe. Weißt du, was ein Safe ist?«

Der Junge nickte ernst. »Aber dann kannst du ja niemanden erschießen.«

Hendrik lächelte. »Ich will auch niemanden erschießen.«

»Die Männer da ... die hatten alle richtige Gewehre. So groß.« Er streckte die Arme weit auseinander. »Das waren ganz viele, bestimmt hundert. Und die haben ganz laut geschrien. Das war gemein.« Auf dem kleinen Kindergesicht zeichnete sich bei der Erinnerung trotzige Empörung ab.

»Die müssen halt gegen böse Menschen kämpfen.«

»Der Sascha ist nicht böse.«

»Na ja, der hat dich ja einfach mitgenommen.«

Niko senkte den Blick, nahm eines der Spielzeugautos und fuhr damit auf dem Sofa im Halbkreis hin und her.

»Hast du Angst gehabt?«, fragte Hendrik behutsam.

Der Kleine schüttelte den Kopf und spielte weiter mit dem Auto. »Warum waren die so gemein zu Sascha?«

»Weil er etwas Böses getan hatte.«

Niko hob den Kopf, Unverständnis im Gesicht. »Was denn?«

Er verstand nicht, dass Sascha Ziesemann ihn entführt hatte. Oder verdrängte er es? Was war in den Tagen passiert, in denen das Kind in der Gewalt des Mannes gewesen war?

Brander, der mit Nikos Mutter und dem Staatsanwalt im Nebenzimmer das Gespräch über einen Monitor verfolgte, erkannte deutlich, wie Hendrik nach den richtigen Worten suchte.

»Du bist doch in Saschas Auto mitgefahren …«

Niko riss erbost die Augen auf. »Das hab ich doch nicht extra gemacht!«

»Genau. Das wissen wir ja.«

Wieder legte sich völliges Unverständnis in Nikos Blick. »Aber der Sascha hat gesagt, der tut mich nicht verraten.«

Hendrik stutzte. »Was sollte er nicht verraten?«

»Na …« Er zog eine schuldbewusste Miene, konzentrierte sich wieder auf sein Spielzeug. »Darf ich nicht sagen, dann schimpft die Mama.«

»Deine Mama schimpft nicht, die weiß doch, dass du das nicht extra gemacht hast«, beschwichtigte Hendrik das Kind. »Hat Sascha gesagt, du dürftest eine Runde mitfahren? Dass er das niemandem verrät?«

Niko schüttelte den Kopf, kämpfte mit sich und seinem kleinen schlechten Gewissen. Wieder sauste das Spielzeug über das Sofa. Dieses Mal ließ er es los. Kurz bevor es über die Kante rollte, sprang er auf, um den Absturz des Gefährts zu verhindern.

»Ich war doch schon in dem Auto«, nuschelte er. Er hockte sich auf den Boden, spielte da weiter. »Weil, die Tür war auf und dann kam der Sascha und dann hab ich mich versteckt.«

»In dem Auto?«

Niko nickte.

Hendrik hob den Blick zur verspiegelten Tür. Das war eine Option, an die sie zwar gedacht, sie aber für zu abwegig gehalten hatten. Der Kleine war schon im Auto. Und dann?

»Du bist ganz allein in das Auto gestiegen?«, hakte Hendrik nach. »Kannst du denn schon die schwere Tür aufmachen?«

»Die war doch a-auf!«

»Und dein Papa, wo war der?«

»Der war bei Mama.«

»Dann war der Martin da?«

Wieder nickte Niko. »Aber Onkel Martin war in der Werkstatt. Die haben gesagt, ich soll rausgehen ...«

»Die?«

»Der Martin und der Sascha. Ist doch logisch!« Er schüttelte neunmalklug den Kopf, als wäre Hendrik begriffsstutzig.

»Und dann bist du in das Auto, und als der Sascha kam, hast du dich versteckt und der Sascha ist losgefahren?«

»Ja, aber das wollte ich doch gar nicht.«

»Du konntest ja nicht wissen, dass der gleich losfährt.«

Niko nickte.

»Und wann hat Sascha gemerkt, dass du im Auto bist?«

»Weiß nicht. Der ist gefahren und dann ist der stehen geblieben und hat sich umgedreht. Und dann hat er was Schlimmes gesagt.«

Brander bemerkte, wie sowohl Lisa Stolze als auch der Staatsanwalt den Atem anhielten.

»Was hat er denn gesagt?«

Niko schielte zu der Tür, durch die seine Mutter gegangen war, und wisperte: »Ach du Scheiße.« Er presste schnell die kleinen Hände auf den Mund.

Hendrik hob in gespieltem Entsetzen die Augenbrauen. »So etwas sagt man auch nicht.«

Niko nickte ernst.

»Und was hat Sascha dann gemacht?«

»Der ist ausgesteigt und dann so rumgelaufen.«

»Und du bist im Auto geblieben?«

»Ja.«

»Und dann kam er wieder zu dir?«

»Der hat gesagt, dass er die Mama angerufen hat. Mama war im Krankenhaus, weißt du? Die hat ein Baby gekriegt. Das war in ihrem Bauch.«

»Den kleinen Lukas, deinen Bruder.«

Niko nickte. »Aber der ist blöd. Mit dem kann man gar nicht spielen.«

»Der ist auch noch ganz klein. Warum hat der Sascha dich dann nicht nach Hause gebracht?«

»Der hat gesagt, Mama ist schlimm krank und Papa auch und ich darf ein paar Tage bei ihm bleiben. Und wir würden ganz viel Auto fahren.«

»Hat der Sascha dir mal wehgetan?«

»Nein, aber ich hab Med... Medzin gekriegt, damit ich nicht auch krank werde.«

»Medizin?«

»Ja, die hat voll müde gemacht. So.« Er ließ sich mit dem Oberkörper auf das Sofa plumpsen. »Aber ich bin nicht krank geworden.« Er grinste und sah zu Hendrik auf. »Der Sascha ist gar nicht böse. Der ist nämlich mein Freund.«

Medizin. Vermutlich hatte Sascha Ziesemann dem Kind irgendein Schlafmittel gegeben, um es ruhigzustellen. Lisa Stolze hatte der Blutentnahme im Esslinger Krankenhaus nach Nikos Befreiung nicht zugestimmt. Sie würden es nicht mehr beweisen können.

»Was für einen Tatbestand haben wir, wenn Niko heimlich in den Wagen geklettert ist?«, fragte Hendrik etwas ratlos. Das Team hatte sich im Sitzungsraum zusammengefunden.

»Zumindest Kindesentzug«, befand der Staatsanwalt. »Ziesemann hat ihn nicht umgehend zu seinen Eltern zurückgebracht. Wenn ich mir die Verbindungsnachweise ansehe, hat er sie nicht einmal informiert. Es gab zwei Telefonverbindungen zu Martin Lütz' Handy, einmal am Freitag gegen zwanzig Uhr sieben, dann ein weiteres Mal um zweiundzwanzig Uhr dreiundvierzig. Das war's. Ein paar andere Telefonate, aber kein Anruf bei Lisa oder Felix Stolze, weder privat noch mobil noch über das Firmentelefon. Hinzu kommen die Informationen, die Herr Brander und Peppi gestern von Franz Römer bekommen haben.«

»Kurz nach acht«, überlegte Brander laut. »Das heißt, Lütz wusste, wo Niko ist, als Felix Stolze aus der Klinik kam. Er beichtet es seinem Kompagnon, es könnte zu einem Streit gekommen sein.«

»Bei dem Stolze in die Grube stürzt«, vollendete Hendrik den Gedankengang. »Wir müssen uns den Lütz nochmal zur Brust nehmen.«

Martin Lütz weigerte sich, ohne richterliche Vorladung mit den Beamten zu sprechen. Schmid versprach, sein Bestes zu tun, war aber wenig optimistisch, dass die blanken Vermutungen der Beamten ausreichen würden. Brander und Peppi machten sich auf den Weg nach Esslingen. Es warteten noch zahlreiche Protokolle und Akten darauf, abgearbeitet zu werden. Brander war noch nicht einmal dazu gekommen, die E-Mails zu sichten, die er während seines Urlaubs erhalten hatte. Sie arbeiteten stillschweigend vor sich hin, als sie Besuch bekamen.

Stephan Klein marschierte mit breitem Grinsen im Gesicht ins Büro. Kein Wort kam über seine Lippen – da war nur dieses Was-habe-ich-dir-versprochen-Grinsen. Er sah von einem zum anderen, setzte sich rücklings auf den Besucherstuhl und verschränkte die Arme auf der Rücklehne, grinste weiter wie ein tätowiertes Honigkuchenpferd.

Brander und Peppi sahen sich an und richteten einträchtig die Blicke wieder auf ihre Monitore.

»Danke, lieber Stephan, ohne deine Hilfe wären wir echt am Arsch«, lobte der sich selbst. Er stand auf und verließ das Büro.

»Ach menno, so herzlos kann ich doch nicht sein.« Peppi sprang auf und lief zur Tür. »Stephan, willst 'n Kaffee?«

»Das wird eine richtig verzwickte Geschichte«, resümierte Klein, nachdem Brander und Peppi ihm alles berichtet hatten. »Sascha entführt das Kind. Martin haut ab, sein Kompagnon landet in der Fahrzeuggrube … Alle drei stecken irgendwie mit unserer Autoschieberbande unter einer Decke, wobei der Martin bei einem der Drahtzieher Schulden hat, weil da was nicht so richtig geklappt hat. Und dann haben wir noch unsere Millionenerbin, die ihren Papa um eine halbe Million Euro anpumpt.«

»Und der jetzt versucht, ihr das Sorgerecht für ihre Kinder zu entziehen«, ergänzte Brander.

Klein rieb sich gedankenverloren über seinen Dreitagebart. »Das ist ein interessanter Aspekt …«

Brander spürte sofort wieder ein unwohles Grummeln in seinen Eingeweiden. »Ich weiß nicht, worüber du nachdenkst, aber denk gar nicht weiter drüber nach.«

Sein Gegenüber hob eine Augenbraue. »Dann hättest du mal besser die Klappe gehalten, Andreas. Hast du morgen schon was vor?«

»Ausschlafen, Joggen gehen, Rasen mähen …«

»Denkst du, deine Frau gibt dir ein Stündchen frei, wenn ich ihr ein paar Blumen mitbringe?«

»Vergiss es.«

Klein feixte. »Ich ruf dich an.«

»Und das Unheil nahm seinen Lauf«, prophezeite Peppi, als sie wieder allein waren.

Brander sah zum Fenster. »Gibt's hier irgendwo einen Blumenladen in der Nähe?«

# 22

Stephan Klein meldete sich am frühen Nachmittag. Tatsächlich kam es Brander nicht ungelegen, da seine Frauen ihn schmählich im Stich gelassen hatten. Cecilia traf sich mit einer Freundin in Stuttgart, Nathalie wollte bei einer Feuerwehrübung zusehen.

Klein hupte, als er vor Branders Haus stand. Dieses Mal nicht mit einem geliehenen Dodge Ram, sondern einem dunkelgrünen Fünfer-BMW. Brander erkannte die Esslinger Nummernschilder, die vor ein paar Tagen kurzzeitig am Dodge gehangen hatten.

»Alles klar an der Front?«

»Bestens. Und was für einen grandiosen Plan hast du dir heute ausgedacht?«

»Hör ich da Sarkasmus?« Klein wendete den Wagen und fuhr zurück auf die B28. »Wenn du zur OK nach Stuttgart willst, solltest du unbedingt ein bisschen lockerer werden.«

»Woher weißt du das denn?«

»Weißt du, die OK Esslingen und die Kollegen vom LKA Stuttgart, die schwätzen manchmal miteinander. Ich hab Ekki gestern getroffen, um ein paar Infos auszutauschen. Kurzer Dienstweg, verstehste? Tja, und als ich deinen Namen erwähnte, wurde er hellhörig.«

Ekki, dieses Tratschweib! Bei Gelegenheit würde er ihn sich mal zur Brust nehmen, nahm Brander sich vor.

Klein sah kurz zu ihm. »Jetzt, da wir gerade anfangen, Freunde zu werden, fände ich es schade, wenn du uns so schnell wieder verlässt. Bist 'n guter Mann.«

Lisa Stolze war alles andere als begeistert, als sie die beiden Beamten vor ihrer Tür stehen sah. »Was wollen Sie denn noch von mir?«

»Mit Ihnen reden, Frau Stolze«, erklärte Klein mit einer sachlichen Freundlichkeit, die Brander seinem Kollegen nicht zugetraut hätte. »Dürften wir vielleicht einen Moment reinkommen?«

»Ich weiß aber nicht, wo der ist!«, drang Nikos wütende Stimme laut zu ihnen herunter.

»Aber du kannst nicht nur mit ein…«

»Aber ich find den doch nicht! Den hat der blöde Lukas versteckt!«

Selesta Finks herzliches Lachen erklang. »Das kann das Baby nicht. Komm, wir schauen, so können wir nicht raus…« Die Stimmen verloren sich in der Wohnung.

»Da ist Leben in der Bude.« Klein grinste verständnisvoll.

Lisa Stolze seufzte angestrengt und sah unschlüssig auf die beiden Beamten vor sich. Schließlich gab sie sich einen Ruck. »Ins Büro«, erklärte sie und ließ die Kommissare vor sich durch den Flur gehen.

»Wie geht es Niko?«, erkundigte sich Brander.

Sie brachte ein gequältes Lächeln zustande. »Für ihn war das gestern alles ein großes Abenteuer.«

»Und wie geht es Ihnen?«

Ihr Blick war Antwort genug. Das Lächeln war verschwunden. »Also, was wollen Sie?« Sie blieb mit verschränkten Armen an der verschlossenen Tür stehen.

Stephan Klein marschierte durch das Büro und sah sich um, Brander lehnte sich an die Ladentheke. »Uns fehlt noch Ihre Aussage«, erklärte er.

Sie schüttelte den Kopf. »Sie haben meine Aussage.«

»Dass alles ein Missverständnis war? Als Sie mit Ihrem Vater telefonierten, sprachen Sie noch von einer Entführung …«

»Sie haben mit meinem Vater gesprochen?« Sie konnte den Schreck nicht verbergen.

Brander hob Hände und Schultern, als hätte sie ihm keine andere Wahl gelassen. »Die Vorwürfe, die er gegen Sie erhoben hat, sind nicht ganz unerheblich.«

»Mein Vater ist paranoid!«

Erst jetzt richtete Stephan Klein seine Aufmerksamkeit auf die Geschäftsfrau. »Wie geht es Ihrem Mann?«

»Die Prognosen der Ärzte sind gut. Aber es wird dauern, bis er wieder arbeiten kann.«

Klein nickte mitfühlend. »Frau Stolze, ich möchte Ihnen eine kleine Geschichte erzählen.« Er deutete auf einen Stuhl, setzte sich selbst auf den anderen Stuhl ihrem Schreibtisch gegenüber. »Setzen Sie sich, bitte.«

Er wartete, bis sie Platz genommen hatte, ließ noch zwei, drei Sekunden verstreichen, um sich ihrer vollen Aufmerksamkeit sicher zu sein. »Ich kannte mal einen Mann, der hatte eine kleine Autowerkstatt. Er war sehr fleißig, aber er kam nur mehr schlecht als recht über die Runden, hatte Schulden, konnte sich nichts leisten ...« Er machte eine raumgreifende Bewegung. »Sie wissen ja, wie das ist.« Es folgte eine kurze Pause. »Dann kam ein anderer Mann und machte ihm einen Vorschlag, wie er einen Teil seiner Sorgen loswerden könnte. Ein kleiner Versicherungsbetrug, niemand käme wirklich zu Schaden ... Ja, und dieser andere, der wusste auch schon, wie man das bewerkstelligen sollte.«

Lisa Stolzes Augenschlitze verengten sich.

Klein fuhr fort: »Gesagt, getan. Nun kam aber dieser Mann mit der tollen Idee zu dem Mann mit der Werkstatt und sagte: ›Mein Freund, ich weiß, was du getan hast und das hat doch alles gut geklappt. Warum machen wir so etwas nicht öfter zusammen? Die Versicherung hat Geld, wir tun niemandem weh ...‹«

Die Stolze schüttelte den Kopf.

»Wenn man da einmal drinhängt, kommt man ganz schlecht wieder raus. Eins kommt zum anderen und dann ...«, er klatschte kurz in die Hände, nicht laut, eher als geschähe es aus Versehen, »geht irgendwann mal irgendetwas schief und die Schulden sind größer als zuvor ...«

Schweigen.

Die rote Cadillac-Uhr tickte leise vor sich hin. Über ihnen erklang das Getrappel eines rennenden Kindes. Brander musterte die Frau vor sich. Die Finger waren ineinander verkrampft, die Atmung flach, die Pupillen groß und schwarz.

Seit über einer Woche beherrschte die Angst ihr Leben, obwohl sie sich doch eigentlich mit ihrem Mann über die Geburt ihres Babys freuen sollte.

Als das Schweigen unerträglich zu werden schien, stand Klein auf. »Es gibt Zeugenschutzprogramme. Ich kann Ihnen das gern mal genauer erklären, wenn Sie Interesse haben. Niemand würde Ihren Aufenthaltsort ohne Ihre Erlaubnis erfahren … Denken Sie mal drüber nach.« Er sah ihr in die Augen und wusste, dass das Körnchen auf fruchtbaren Boden gefallen war. Nun mussten sie nur noch warten, dass die Saat aufging. »Andreas, ich glaube, wir müssen los, oder?« Er zog eine Visitenkarte aus seiner Weste und legte sie auf den Schreibtisch. »Ich bin immer im Dienst.«

»Grenzwertig?«, fragte Klein, als sie wieder im Auto saßen.

»Subtiler, als ich es von dir erwartet hätte.« Brander legte den Sicherheitsgurt an, musterte den Mann neben sich. »Du würdest wirklich versuchen, die Familie in ein Zeugenschutzprogramm aufnehmen zu lassen?«

Klein ließ die Schultern kreisen und atmete tief durch, als müsste er eine hohe Hürde nehmen. »Andreas, pass auf, wir reden hier nicht von kleinen Autodiebstählen. Der Gunnar ist dick im Geschäft. Wenn die Lisa Insiderwissen hat, uns Namen geben könnte, Infos über Arbeitsweisen und womöglich bereit wäre, als Zeugin auszusagen – das wäre ein kleiner Jackpot. Eure kleine Entführungssache ist da nur noch Nebenschauplatz, quasi ein Kollateralschaden.«

Eine Kindesentführung als Kollateralschaden zu bezeichnen, ging Brander gegen den Strich. »Ich wüsste gern ein bisschen mehr über deine Ermittlungen gegen Gunnar Rozanowski.«

»Okay, lass uns einen Spaziergang machen.«

Sie fuhren hinauf ins Wildgehege und Brander lotste Klein auf seine Joggingstrecke hinauf zur Königlichen Jagdhütte.

»Deine Anspielung mit dem Versicherungsbetrug – damit meintest du die Sache mit Lütz' Porsche, oder?«

»Ja. Pass auf, Martin kauft den Porsche, vermutlich zu einem Freundschaftspreis, versichert die Kiste. Das Auto wird geklaut und ausgeschlachtet, alles, was geht, wird abgebaut. Dann wird die Karosserie irgendwo abgelegt, wo man sie schnell findet. Soll ja nicht anfangen zu rosten. Martin kassiert die Versicherungsprämie, die, wenn möglich, noch über dem Kaufpreis liegt. Er zahlt Rozanowski aus, darf den Rest behalten. Die Versicherung erhält das Eigentum an der Karosserie, verkauft die zum Schrottpreis. Käufer ist ein Strohmann von Rozanowski. Der hat dann die Karosserie und die dazu passenden Teile und noch wichtiger: die Originalpapiere. Die Kiste wird wieder zusammengebaut und noch einmal teuer vertickt mit ganz legalen Fahrzeugpapieren. Das ist eine Variante, ein Auto zweimal zu verkaufen, wenn man den Wagen nicht unbedingt gleich nach Litauen oder Polen bringen will.«

»Aber der Lütz kann ja nicht ständig irgendwelche Autos kaufen, die ihm geklaut werden.«

»Zumal er zu dämlich ist, die Kiste rechtzeitig zu versichern.« Klein lachte. »Nee, der muss auch nicht immer kaufen. Ich hab mir mal die Diebstahlstatistik hier in der Region angeschaut. In den letzten zwei Jahren verschwanden unter anderem auch ein Porsche Cayenne, drei neue BMW-Luxusmodelle und zwei hochklassige, neuwertige Mercedes-Limousinen. Mindestens bei zweien dasselbe Spiel: Auto verschwindet, Karosserie wird gefunden, von der Versicherung wieder verkauft. Wir haben die Fahrzeugidentifikationsnummern überprüft, der Porsche und ein BMW wurden mittlerweile wieder neu zugelassen. Einmal Frankfurt, einmal Magdeburg. Die anderen Kisten sind vermutlich direkt ins Ausland verbracht worden. Ich hab mit zwei Geschädigten gesprochen. Beide hatten ihre Autos in der Werkstatt Stolze & Lütz wegen irgendeiner Kleinigkeit.«

»Und die Autos sind dort gestohlen worden?«

»Andreas!« Klein schüttelte nachsichtig den Kopf. »Natürlich nicht. Der Diebstahl fand ein paar Wochen nach dem

Werkstattaufenthalt statt. Die Täter hatten höchstwahrscheinlich nachgemachte Originalschlüssel für die Kisten – spart eine Menge Zeit und Arbeit. Mit 'nem Polenschlüssel kommste ja heutzutage bei den Nobelkarossen mit Alarmanlage und Sicherheitstechnik nicht mehr weit. Und wer hätte eine bessere Gelegenheit, unauffällig einen Nachschlüssel erstellen zu lassen oder die Sicherheitstechnik zu manipulieren?« Eine rhetorische Frage. »Und auf auffälliges Homejacking kannste auch verzichten, verstehste?« Damit meinte er den Einbruch in eine Wohnung, um an die Autoschlüssel zu kommen. »Die großen Autoschieberbanden sind heutzutage verdammt gut organisiert. Die haben auf allen Ebenen Fachleute. Da gibt's die Späher, die durch die noblen Wohngebiete fahren und nach hochwertigen Autos Ausschau halten. Die haben IT-Experten, die mit ihren Tools die Sicherheitstechnik hacken und die komplette Fahrzeugsoftware neu programmieren. Die haben Werkstätten, in denen sie die gestohlenen Kisten ausschlachten, umbauen, zusammenbauen, was auch immer.«

»Aber die teureren Autos sind doch heutzutage häufig mit Ortungssystemen ausgestattet. Kann man die Autos damit nicht aufspüren?«, überlegte Brander.

»Theoretisch ja, aber nehmen wir zum Beispiel den Manager, der für ein paar Tage auf Dienstreise geht. Als er zurückkommt, stellt er fest, dass sein Auto gestohlen wurde. Mittlerweile sind mehrere Tage vergangen, genug Zeit, das Auto in Ruhe auszuschlachten oder über die Grenze zu bringen, in ein Land, in dem Korruption und Bestechung kein Tabuthema sind, verstehste? Wenn so eine Kiste via Container nach Afrika verschifft wird, was willste da machen? Und ganz ehrlich – da ist's dem Besitzer lieber, er kassiert die Versicherungsprämie und kauft sich ein neues Spielzeug, als dass er das Auto irgendwann in desolatem Zustand wieder zurückbekommt.«

Eine Weile liefen sie schweigend über den Waldweg, bis sie den Höhenrücken mit dem alten Blockhaus erreichten. An diesem Tag waren sie fast allein hier oben. Lediglich ein Jogger trabte mit großen Schritten an ihnen vorbei.

Klein blieb stehen. »Du hast mir erzählt, dass unser kleiner Sascha laut Zeugin Unfallautos zur Werkstatt gebracht hat. Das waren vermutlich Karosserien, die die beiden wieder aufgebaut oder ausgeschlachtet haben. Kräht ja kein Hahn danach, wenn in einer Autowerkstatt ein Auto zerlegt wird. Schon gar nicht in diesem beschaulichen Kleinkleckersdorf.«

»Entringen.«

»Ja, Entringen. Netter Ort.«

Sie machten sich auf den Rückweg. Brander schlug einen Pfad ein, der sie über einen Höhenweg Richtung Ausflugslokal Hohenentringen führte.

»Das Gute an deinem Entringen ist übrigens die günstige Lage zur Autobahn, da kannst du schnell die Autos unauffällig hinbringen und abtransportieren. Bist sofort auf der Bundesstraße, kein Ort dazwischen, keine Polizei, maximal ein mobiler Blitzer«, fuhr Klein fort. »Ich würd gern mal einen Blick in die Auftragsbücher der Werkstatt werfen, möchte wetten, dass die häufiger Luxuslimousinen und Sportwagen reparieren. Viele, die sich diese teuren Kisten kaufen, können sich den Werkstattservice nämlich nicht leisten. Da greift man gern auf eine freie Werkstatt mit gutem Ruf zurück.«

»Und Stolze & Lütz haben einen guten Ruf?«

»Schau dich mal auf den einschlägigen Internetportalen um, dann weißt du's.« Klein blieb erneut stehen und sah mit Genugtuung zu Brander. »Will mir ja nicht noch mal vorwerfen lassen, ich würde meine Hausaufgaben nicht machen.«

An der Stelle, an der sie stehengeblieben waren, lichtete sich der Wald und gab den Blick über die frühlingserwachende Landschaft frei. Klein sog die Luft tief in seine Lungen.

Brander zeigte auf eine Kapelle, die sich in der Ferne auf einem Hügel erhob. »Das ist die Wurmlinger Kapelle, und wenn du weiter schaust, kannst du ganz hinten noch die Silhouette der Burg Hohenzollern erkennen.«

Klein beschirmte seine Augen mit der Hand und suchte den Horizont ab. »Du solltest jetzt nicht mit mir hier rumspazieren, sondern mit deiner Frau.«

»Dito.«

Klein presste kurz die Lippen zusammen. »Meine Frau ist tot.«

Es hatte nicht nach Happyend geklungen, als Fabio von Klein erzählt hatte. Er hätte nachhaken sollen, dann wäre er jetzt nicht so ins Fettnäpfchen getreten, schalt Brander sich innerlich. »Das tut mir leid.«

»Ja, mir auch.«

Ein betretenes Schweigen stellte sich ein, während sie ihren Weg fortsetzten.

»Sie fehlt mir«, durchbrach Klein nach einer Weile die Stille. »Sie starb vor zwei Jahren. Plötzlicher Herzstillstand vermutlich aufgrund einer nicht ausgeheilten Herzmuskelentzündung. Die hatten mich unter Verdacht, dass ich sie umgebracht hätte. Ich hatte versucht, sie wiederzubeleben, und ihr dabei ein paar Rippen gebrochen.« Er zog sein Smartphone aus der Weste. »Das ist sie. War Sängerin an der Oper.« Stolz schwang in der Stimme mit.

Auf dem Foto, das er Brander zeigte, lächelte ihm eine zierliche Frau entgegen. Dunkle Haare, Mandelaugen, großer Mund. Sie war hübsch und zart und passte überhaupt nicht zu diesem Haudegen neben ihm.

»Habt ihr Kinder?«

»Dafür waren wir zu alt, als wir uns kennenlernten. Du hast ein Pflegekind?«

»Ja.«

»Ich hab ihre Akte gelesen.«

Gerade eben war er noch voll Mitgefühl für den Kollegen gewesen, nun wollte gleich wieder Ärger in ihm aufsteigen. »Wieso liest du die Akte von meiner Pflegetochter?«

»Wollt wissen, was du für 'n Typ bist. Und, kriegt ihr das Mädel wieder hin?«

»Ich denke schon. Sie hat gerade beschlossen, Feuerwehrfrau zu werden.«

Klein lachte auf. »Klingt gut.«

* * *

Brander erwachte in der Nacht zum Montag. »Der Schuh!«, stöhnte er auf.

»Was für ein Schuh?«, murmelte Cecilia verschlafen.

»Der Kleine hat nach dem zweiten Schuh gesucht.«

»Was?«

»Nichts, schlaf weiter.« Er küsste ihre Stirn und schlich sich aus dem Schlafzimmer. Es war halb vier morgens. Unmöglich, jetzt bei Selesta Fink anzurufen und sie zu fragen. Er versuchte, sich den genauen Wortlaut des Disputs zwischen Niko und seinem Kindermädchen in Erinnerung zu rufen. Konnte das sein? Aber was bedeutete es dann, wenn das Pendant noch im Hause Stolze war? Wer hatte den anderen Schuh zum Steinbruch gebracht?

* * *

Um acht Uhr morgens klingelte Brander an Selesta Finks Wohnungstür. Sie hatte sich anscheinend eilends einen Jogginganzug übergezogen und sah ihn müde an. »Ist nicht schon wieder etwas passiert, ja?«

»Nein, Frau Fink, bitte entschuldigen Sie, ich brauche nur eine Information von Ihnen.«

»Kommen Sie rein.« Sie führte ihn in die Küche, in der er vor gut einer Woche zum ersten Mal gesessen hatte. Es kam ihm vor, als lägen Monate dazwischen.

»Sie möchten Kaffee?«

»Nein, danke, ich habe nicht viel Zeit. Sind Sie allein?«

»Boris kommt Freitag wieder. Fährt große Tour.«

»Frau Fink, ich war am Samstag mit einem Kollegen bei Frau Stolze. Sie waren oben mit den Kindern.«

»Ja, sie war ganz …« Sie suchte nach dem richtigen Wort. »Ich weiß nicht. Sie guckte nur so …« Selesta Fink blickte mit starren Augen an die Wand. »Immerzu. Ich fragte: Was ist geschehen? Aber sie hat nicht gesagt.« Sie sah fragend zu Brander, ob er es ihr erklären könnte.

»Das ist eine sehr komplizierte Geschichte.«

»Ist wegen illegale Geschäfte?«

»Was wissen Sie darüber?«, fragte Brander alarmiert.

»Ich weiß nichts, aber immer Polizei, immer Fragen, immer Angst.« Sie verschränkte die Arme. »So. Sie wollten fragen.«

»Ähm, ja … Niko hat am Samstag irgendetwas gesucht, als wir zu Frau Stolze kamen.«

»Niko sucht immer. Ist ein Kind …«

»Was wollten Sie gerade machen, als wir kamen?«

Sie überlegte eine Weile. »Wir wollten in den Garten.« Ihr Gesicht hellte sich auf. »Er hat einen Schuh gesucht.«

Ja! Brander zog einen Ausdruck hervor. Es war ein Foto des Schuhs, der am Steinbruch gefunden worden war. »War es dieser Schuh?«

Sie sah auf das Bild. »Ja, dass … Oje, ich habe nicht gedacht! Ich hätte Ihnen gesagt …« Sie hob den Blick wieder zu Brander. »Aber … ich verstehe nicht.«

»Ich im Moment auch noch nicht.«

Peppi wartete bereits vor dem Haus. Während sie Richtung Esslingen fuhren, versuchte Brander Hendrik zu erreichen und hatte kurz darauf Cory am Apparat.

»Hendrik kommt heute nicht. Die ganze Familie ist ausgeknockt – Magen-Darm-Infekt.«

»Und jetzt hältst du die Stellung?«

»Ich versuch's. Was wolltest du von ihm?«

Brander berichtete von dem Gespräch mit Selesta Fink. »Ich würd mir den Ziesemann gern nochmal vornehmen.«

»Mach das. Halt mich auf dem Laufenden …« Im Hintergrund hörte Brander ein Telefon klingeln. »Verdammt, es ist Montagmorgen und ich dreh jetzt schon durch. Ich brauch 'nen Sekretär«, schimpfte Cory. »Wir reden später, okay?«

Sascha Ziesemanns Wohnung lag in der zweiten Etage eines Mehrfamilienhauses, sechziger Jahre, tippte Brander. Die Fenster hatten noch Holzrahmen, der beige Putz schien irgendwann einmal neu gestrichen worden zu sein, den Hauseingang hatte man ausgespart. Die hölzerne Haustür war zerkratzt, die Klingelleiste wirkte nicht besonders funktionstüchtig und mehrere Briefkästen quollen über mit Anzeigenblättern und Werbung. Nach dem dritten Klingeln erklang Ziesemanns Stimme knarzend durch die Gegensprechanlage. Nur widerwillig gewährte er Brander und Peppi Einlass.

Er öffnete die Wohnungstür ein Stück weit, lehnte sich mit der Schulter gegen die Kante. »Was gibt's?«

»Dürfen wir kurz reinkommen?«, fragte Brander.

»Wollen Sie hier wieder alles verwüsten? Das war echt 'ne Riesenschweinerei, was Sie hier angestellt haben. Worum geht's?«

»Um Niko Stolze.«

»Und?«

Der junge Mann machte keine Anstalten, die beiden Beamten in seine Wohnung zu lassen. Stephan Klein wäre vermutlich einfach längst hineingepoltert, mutmaßte Brander.

»Niko hat ausgesagt, dass er sich in Ihrem Auto versteckt hatte und Sie ihn erst bemerkt haben, nachdem Sie einige Zeit gefahren waren.«

Ziesemann grinste schief. »Da schau her.«

»Sie hätten dann angehalten und mit jemandem telefoniert, angeblich mit seiner Mutter – was, wie wir ja alle wissen, nicht stimmt.«

Ziesemann grinste noch immer, äußerte sich aber nicht dazu.

»Es steht der Verdacht im Raum, dass Sie den Jungen mit Barbituraten betäubt haben.«

»Mit was?«

»Barbiturate, Betäubungsmittel, Schlafmittel …«

Eine Tür auf der anderen Seite des Flurs öffnete sich.

»Grüß Gott, Frau Lange«, grüßte Ziesemann mit gespielter Höflichkeit. Er verzog das Gesicht, nachdem sich die Tür wieder geschlossen hatte. »Die spitzt auch schon wieder die Ohren. Ich hab jetzt keine Zeit mehr.«

»Wo hatten Sie eigentlich Nikos Schuh her?«, fragte Peppi.

»He?«

»Der Schuh, den Sie am Steinbruch deponiert haben.«

»Was für einen Schuh an was für einem beschissenen Steinbruch?«

»War das eine kleine Warnung, damit die fünfhunderttausend Euro Lösegeld nicht so lange auf sich warten lassen?«, hakte Brander nach.

»Was soll 'n das jetzt? Ich habe keinen Schuh an irgendeinem Steinbruch deponiert! Und ich hab auch keine beschissenen fünfhunderttausend Euro Lösegeld verlangt. Wieso denkt ihr euch so eine Scheiße aus? Was wollt ihr mir eigentlich anhängen, Mann? Verficktes Bullenpack!« Die Tür flog zu.

Peppi sah konsterniert zu Brander. »Haben wir das jetzt überhört oder kommt da Beamtenbeleidigung noch hinzu?«

* * *

Brander nahm seine Skizze, hob sie hoch und drehte sie hin und her.

»Was soll das werden, Picasso?«, fragte Peppi spöttisch.

»Ich suche einen Ansatz.«

»Wie wäre es damit: Warum weiß Ziesemann nichts von den Fünfhunderttausend?«

»Theater.«

»Und wenn nicht?«

»Alzheimer?«

Peppi verzog genervt das Gesicht.

Brander legte die Skizze zurück auf seinen Schreibtisch. »Okay, ernsthaft. Der Kontakt lief ja anscheinend nur zwischen Lütz und Ziesemann. Was, wenn Lütz von sich aus die

Summe erhöht hat? Vielleicht sind diese Porsche-Schulden ja nicht die einzigen Schulden, die er hat …«

Ein Klopfen unterbrach ihn. »Ja?«

Fabio Esposito kam herein, einen Papierausdruck in der Hand. »Andi, ich hab mir nach dem Gespräch mit dem Rozanowski die Einzelverbindungsnachweise mal angesehen. Er hat an dem Wochenende zwei Mal mit seinem Neffen telefoniert.« Fabio trat an Branders Schreibtisch, legte die Listen vor ihn auf den Tisch. Der junge Kollege hatte in akribischer Feinarbeit jeden einzelnen Anruf geprüft. Jede Nummer war mit Kürzeln versehen. »Rozanowski hat Samstagmittag um zwölf Uhr vier und sonntags um neun Uhr fünfzehn mit ihm telefoniert. Die Gespräche waren beide Male ziemlich kurz. Aber seine Gespräche sind meistens kurz. Hier, guck, meistens kaum eine Minute.« Er deutete auf die anderen Verbindungen.

»Wer ist N. K.?«, fragte Brander.

»Nina Kohlhammer.«

»Wie bitte?« Brander richtete sich auf und warf einen genaueren Blick auf die Liste. Von Samstagmorgen bis Sonntagabend drei Telefonate. Peppi kam zu ihm herüber. Er griff nach dem Apparat, stellte den Lautsprecher ein, damit die Kollegen mithören konnten, und wählte Kleins Nummer. »Was weißt du über Nina Kohlhammer?«

»Die Nina? Wie kommst 'n jetzt auf die?«

»Sie hat Kontakt zu Rozanowski.«

»Erzähl mir was Neues.«

»Sie war Sonntagnacht bei Lütz.«

»Ach was?« Nun war Klein doch überrascht. »Okay, pass auf, die Nina kommt aus Stuttgart, achtundzwanzig, Single, dröhnt sich gern mal zu und macht für Geld so ziemlich alles, verstehste?«

»Alles? Na, so hübsch ist die ja nun auch wieder nicht«, kam es von Peppi.

»Muss nicht immer um Sex gehen, manchmal sind's auch andere Gefälligkeiten. Im Übrigen – wenn sie nicht gerade drauf ist, ist sie ganz niedlich, bisschen naiv vielleicht.«

»Die Stolze sagt, sie wäre Lütz' Freundin gewesen. Warum taucht die ausgerechnet jetzt bei ihm wieder auf?«

»Frag nicht mich, Andreas, frag den Martin«, schlug Klein vor. »Und am besten machste das, wenn die Lisa in der Nähe ist. Wir müssen den Druck ein bisschen erhöhen, das könnte so manchen Denkprozess beschleunigen. Und mach's so, wie du's von mir gelernt hast: subtil.«

# 23

Brander hatte beschlossen, Kleins Ratschlag zu beherzigen und Martin Lütz in der Werkstatt zu befragen, sodass die Möglichkeit bestand, dass Lisa Stolze Zeugin des Gesprächs wurde. Aus der Werkstatt drangen bereits vertraute Arbeitsgeräusche, als Brander mit Peppi in den Hof kam. Sie gingen direkt in die Halle. Lütz war allein – Niko war anscheinend wieder im Kindergarten. Sie nickten im Vorübergehen Lisa Stolze durch die offene Tür zu. Sie saß im Büro und telefonierte.

»Herr Lütz, können Sie bitte eine kurze Pause machen?«, begann Brander.

Der Mann schnaufte genervt, nahm aber das Werkzeug herunter und trat von dem aufgebockten Wagen weg.

»Wir haben mit Herrn Ziesemann über die Entführung gesprochen …«

»Es war ein Missverständnis.«

Hinter Brander erklangen Schritte aus dem Büro.

»Ja, das scheint so«, stimmte Brander zu. »Beim Lösegeld waren Sie sich wohl nicht so ganz einig. Herr Ziesemann wusste nichts von fünfhunderttausend Euro.«

»Ich sagte doch: Es war ein Missverständnis.« Sein Blick huschte flüchtig an den Kommissaren vorbei, zu Lisa Stolze.

»Inwiefern? Wollte Ziesemann nur, dass Sie Ihre Schulden bezahlen? Und Sie haben die Gunst der Stunde genutzt …?«

»Was …«

»Immerhin wissen Sie ja, dass Frau Stolze die Tochter des Großunternehmers Römer ist. Da ist Geld zu holen.«

»Martin?«, hauchte Lisa Stolze entsetzt.

Lütz riss die Augen auf, die Muskeln unter dem Blaumann spannten sich an. »Was … was reden Sie da?«

»Herr Ziesemann weiß auch nichts von einem Schuh, der am Reustener Steinbruch deponiert wurde. Interessanterweise hatte Niko ein komplettes Paar Schuhe dabei, als wir ihn fanden. Und wissen Sie, was noch interessanter ist? Das Pendant zu dem Schuh, der am Steinbruch lag, ist hier im Haus.« Branders Blick wanderte von Lütz zu Lisa Stolze und zurück. »Da liegt die Vermutung nahe, dass ihn jemand mitgenommen hat, der jederzeit kommen und gehen konnte, wie er wollte.«

Die Temperatur in der Werkstatthalle war angenehm, nicht zu kühl, nicht zu warm, dennoch bildeten sich Schweißperlen auf Lütz' Stirn.

Lisa Stolze schüttelte den Kopf, ihr Mund bewegte sich, als wollte sie etwas sagen, aber kein Wort kam über ihre Lippen.

»Ich habe damit nichts zu tun.« Die unruhig schnippenden Finger straften ihn Lügen.

»In welcher Beziehung stehen Sie zu Nina Kohlhammer?«

»Das geht Sie nichts an.«

»Sie ist eine Freundin von Gunnar Rozanowski.«

Lütz nahm einen Lappen, wischte sich die Hände ab und versuchte seine innere Aufruhr zu verbergen, aber sein Blick war erneut an Brander vorbei zu Lisa Stolze gewandert.

»Sie kennt ihn von früher. Sie ist aber nicht seine Freundin«, entschloss sich Lütz zu einer Antwort, die eher an die Frau seines Kompagnons gerichtet war.

Brander hob zweifelnd die Augenbrauen. »Wo waren Sie in der Sonntagnacht, in der der Schuh am Steinbruch deponiert wurde? In Ihrer Wohnung haben wir nur Frau Kohlhammer angetroffen.«

»Ich habe versucht Geld aufzutreiben, damit wir ...« Er stockte.

»Damit Sie das Lösegeld zahlen können«, vollendete Brander den Satz.

Lütz schüttelte den Kopf. »Es war ein Missverständnis. Es war alles ein verfluchtes Missverständnis ...«

»Können Sie mir das mal genauer erklären?«, fragte Peppi. »Wie ist denn dieses Missverständnis zustande gekommen?«

Lütz zögerte, warf wieder einen besorgten Blick auf Lisa Stolze. »Niko hat Ihnen doch gesagt, dass er sich in Saschas Auto versteckt hatte. Als Sascha es bemerkte, rief er mich an. Er versprach, ihn zurückzubringen. Felix war inzwischen aus der Klinik zurückgekommen. Ich erklärte es ihm und ging. Dann verunglückte Felix, hier wimmelte es von Polizei und Sascha hielt es für vernünftiger, Niko von dem Geschehen fernzuhalten, und nahm ihn mit zu sich nach Hause.«

»Und er hielt es nicht für nötig, Sie oder Frau Stolze zu informieren?«

Lütz zerquetschte den Lappen zwischen seinen Händen. »Er hatte mir auf den AB gesprochen. Ich hab's nicht abgehört. Es war meine Schuld. Tut mir leid, dass ich so viel Unruhe verbreitet habe. Niko ist wieder da und alles ist gut.«

Brander sah zu Lisa Stolze. »Stimmt das?«

Die Frau hatte den Anstand, beschämt zu Boden zu schauen, während sie ein leises »Ja« hauchte.

»Ich bin jetzt mehr als zwanzig Jahre im Dienst, aber so eine hanebüchene Story hat mir selten einer präsentiert.« Brander klatschte zwei Mal in die Hände und verließ das Theater.

»Wir hätten die Stolze auch gleich nochmal in die Mangel nehmen sollen«, befand Peppi, während sie nach Tübingen fuhren.

»Subtil, hat Stephan doch gesagt.« Er spürte eine matte Resignation in sich aufsteigen. Für wie blöd hielten die Leute die Polizei eigentlich?

»Beherzigst du jetzt schon seine Tipps, damit du gut vorbereitet bist, wenn du nach Stuttgart gehst?«

»Peppi.«

»Irgendwann müssen wir darüber reden.«

»Aber nicht jetzt.«

»Du sagst mir hoffentlich Bescheid, bevor du gehst. Damit ich nicht völlig blöd aus der Wäsche gucke, wenn eines Tages plötzlich jemand anderes an deinem Schreibtisch sitzt.«

»Würde es dir nicht schon auffallen, wenn wir morgens nicht zusammen zur Arbeit fahren?«

Sie warf ihm einen Seitenblick zu. »Ha ha.«

Sie fuhren durch den Schlossbergtunnel und der Blick auf den hohen Kasten der Tübinger Polizei ließ Branders Sehnsucht nach vergangenen Tagen wieder aufsteigen. Die blöde Reform hatte ihn aus der Bahn geworfen. Du musst eine Entscheidung treffen, hatte Cecilia gesagt, aber er wusste nicht, welche.

»Jetzt schau dir die zwei an.« Peppi war in die Konrad-Adenauer-Straße eingebogen und deutete mit dem Kopf auf das »Il Centro« zu ihrer Linken.

Cory und Hendrik saßen an einem Tisch vor dem Bistro in der Frühlingssonne. Ein Kinderwagen stand neben ihnen. Peppi parkte den Wagen am Straßenrand und sie gesellten sich dazu. Hendrik war noch ziemlich blass im Gesicht.

Brander sah auf seine Tasse. »Kamillentee?«

»Pfefferminz.«

»Bist du noch ansteckend?«

»Ich geb dir lieber nicht die Hand. Anne ist mit Louis beim Arzt und Vivian und ich brauchten frische Luft.« Er schaute in den Kinderwagen, in dem das Baby friedlich schlummerte.

»Darf ich dich zu einem zweiten Frühstück einladen?«, wandte sich Brander an Peppi.

»Du hast doch erst nächsten Monat Geburtstag.« Sie musterte ihn misstrauisch von der Seite. »Oder wird das ein Abschiedsfrühstück?«

»Ich hatte eigentlich auf Versöhnung gehofft.«

Hendrik und Cory warfen ihnen fragende Blicke zu.

»Cappuccino und ein Schoko-Croissant.«

Brander versorgte auch den Rest der Mannschaft mit Heißgetränken und sie berichteten von den neuesten Erkenntnissen.

»Könnte die Theorie nicht doch greifen, dass Lütz versucht hat, Kapital aus der Geschichte zu schlagen?«, überlegte Hendrik.

»Aber wenn er da mit drinsteckt, warum ist er dann in der Sonntagnacht unterwegs, um Geld aufzutreiben?«, warf Brander ein.

Cory lehnte sich mit verschränkten Armen zurück. »Wir müssen den Blickwinkel ändern. Warum taucht Nina Kohlhammer ausgerechnet an dem Wochenende der Entführung bei Lütz auf? Was will sie von ihm?« Sie beugte sich wieder zu den Kollegen vor. »Wenn ich eines gelernt habe, dann, dass diese Frauen sich prostituieren, weil sie entweder dazu gezwungen werden oder weil es ihnen um die Kohle geht. Bei der Kohlhammer würde ich nach deiner Beschreibung auf Letzteres tippen.« Corinna Tritschler war vor der Reform in Tübingen im Bereich Prostitutionsüberwachung zuständig gewesen. »Und in welche Kategorie fällt der Lütz? Kohle oder Kloppe?«

»Weder noch, würde ich vermuten«, erwiderte Brander.

Lütz war zwar aufbrausend, aber als Lisa Stolze ihn attackierte, hatte er sich nicht gewehrt. Auch der Angriff gegen Brander war eher hilflos als gezielt gewesen. Als großspurig hatte Höschele ihn beschrieben – große Klappe, wenig dahinter.

»Aber der Rozanowski vermutlich in beide«, überlegte Peppi.

Brander nickte nachdenklich. Den Blickwinkel ändern. Nina Kohlhammer hatte Kontakt zu Rozanowski, es gab mehrere Anrufe an dem Wochenende. »Er könnte die Kohlhammer bezahlen. Er hat sie zu ihm geschickt.«

»Und warum?«, fragte Peppi.

»Damit er mit Lütz über das Lösegeld sprechen kann, ohne dass in diesem Fall ein direkter Kontakt zwischen ihnen nachweisbar ist. Er ruft Nina an, sie gibt die Nachricht an Lütz weiter … Wären wir nicht zufällig nachts bei ihm vorbeigekommen, wüssten wir nicht, dass die Kohlhammer bei ihm war …«

»Du meinst, der Rozanowski hat sich da eingeklinkt und mal geschwind die Lösegeldforderung raufgesetzt?«, hakte Hendrik nach.

»Ohne es seinem Neffen zu erzählen?« Peppi hob skeptisch die Augenbrauen.

»Das müssen wir noch herausfinden.«

* * *

Stephan Klein war alles andere als angetan von dieser Option. »Der Martin hat Schulden bei ihm, die er kaum bezahlen kann. Und dann verlangt Gunnar mal eben das Fünffache innerhalb von drei Tagen? Nee, Andreas.«

»Vielleicht hat er herausgefunden, dass Lisa Stolze Tochter reicher Leute ist.«

Klein lief in Branders Büro ruhelos auf und ab. »Und jetzt willste den Gunnar wegen der Entführung hopsnehmen? Verdammt … bis gerade eben konnte ich dich noch echt gut leiden. Ich hab gedacht, du schaffst mir die Zeugen ran, die ich brauch, und jetzt kommst du mir so.« Er blieb stehen. »Haben wir Beweise?«

»Außer dem Nachweis über die Telefongespräche – deren Inhalt wir nicht kennen – eigentlich alles nur Indizien.«

»Weißt du, worauf das hinausläuft? Auf einen ewig langen Indizienprozess, bei dem am Ende maximal ein paar läppische Bewährungsstrafen bei rumkommen.« Er sah zu Peppi. »Was sagst 'n du dazu, Pachatourides?«

»Ich schlage vor, dass du dich wieder beruhigst, wir uns zusammensetzen und schauen, was wir tatsächlich haben. Wir müssen einfach noch einmal alles in Ruhe durchgehen.«

»Hm«, schnaufte Klein. Er dachte über Peppis Vorschlag nach und nickte schließlich. »Okay.«

Brander sah lächelnd zu seiner Kollegin. Peppi war genau die richtige Partnerin für ihn. Wollte er das wirklich aufgeben?

* * *

Sie hatten sich bis zum Ende der Woche stoisch durch die Aktenberge gearbeitet, Protokolle, Berichte und Notizen gelesen, bis die Augen brannten, aber es lief immer wieder auf dasselbe hinaus: Sie hatten nur Indizien für die Entführung.

»Tja, vergessen wir dieses ganze Entführungs-Missverständnis doch einfach«, schlug Stephan Klein vor, »und konzentrieren uns auf die Bandenkriminalität. Wir lullen alle Beteiligten in Sicherheit, observieren fleißig weiter und dann, in gar nicht ferner Zukunft«, Klein klatschte in die Hände, »kriegen wir irgendwie den König samt Gefolge am Arsch.«

»Also Feierabend?«, fragte Peppi.

»Für euch schon. Ich muss meine Leute neu aufstellen.«

Sie packten zusammen und verließen gemeinsam das Büro. Als sie aus dem Gebäude traten, stießen Sie mit Staatsanwalt Schmid zusammen.

»Ich hatte in der Gegend zu tun«, erklärte er, obwohl er keine Rechenschaft schuldig war. »Peppi, hast du fünf Minuten?«

»Andi ist mit mir ... Wir wollten eigentlich gerade ...«

»Kein Problem, ich hab's nicht eilig. Ich hol mir noch ein Eis ...«, fiel Brander ihr in den Rücken.

Ihre Augen sprühten Funken. Schmid nickte dankbar und dirigierte Peppi die Stufen hinunter zum Kanal.

»Die Pachatourides und der Schmid?«, fragte Klein baff. Er begleitete Brander ungefragt zu der Eisdiele am Markthaus. »Und ich hatte mir schon Hoffnungen gemacht.«

Brander grinste mitleidig. »Da müsstest du dir erst mal einen Anzug kaufen.«

»Ich hab 'nen Anzug. Und ich seh verdammt gut damit aus.«

Sie hatten die Eisdiele noch nicht erreicht, als sich Branders Handy meldete. Nummer unterdrückt. »Ja?«

»Herr Brander?« Lisa Stolze.

»Am Apparat.«

»Ich ...« Sie zögerte. »Ich werde aussagen ... aber ich möchte erst mit Ihnen reden. Könnten Sie zu mir kommen ... bitte?« Sie klang gefasst, erschöpft, wie jemand, der eine Entscheidung getroffen hatte, noch nicht endgültig, aber vielleicht gelang es ihm, ihre letzten Zweifel auszuräumen.

»Sind Sie zuhause?«

»Ja.«

»Wir sind unterwegs.«

Brander sah zurück, entdeckte Peppi am Kanal, die gerade dem Staatsanwalt einen Vogel zeigte. Er wandte sich an Klein. »Heut Abend schon was vor?«

»Brauchst 'n Taxi?«

»Lisa Stolze ist vielleicht zu einer Aussage bereit.«

Ein Schild hing am Tor zur Werkstatt: »Wegen Krankheit vorübergehend geschlossen.« Brander ging mit Klein zum Seiteneingang. Selesta Fink öffnete ihnen. Sie wirkte mindestens so erschöpft, wie Lisa Stolze am Telefon geklungen hatte. Vermutlich war der Anruf zum großen Teil ihr zu verdanken. Sie führte die Kommissare ins Wohnzimmer und verzog sich zu Niko ins Kinderzimmer.

Lisa Stolze saß am Wohnzimmertisch. Papiere lagen vor ihr, sie hielt ein Schreiben in der Hand. Ihr Blick verriet, dass sie gehofft hatte, Brander würde allein kommen. Aber sie forderte Klein nicht auf, zu gehen.

»Der Anwalt meines Vaters.« Sie ließ das Dokument zwischen ihren Fingern auf und ab wippen. »Ich hätte damals nein sagen müssen, aber jetzt ist es zu spät. Wir sind da reingerutscht … wir werden die Werkstatt schließen … Wir …«

»Frau Stolze, langsam, eins nach dem anderen.« Brander setzte sich ihr gegenüber. »Sie haben ein Schreiben vom Anwalt Ihres Vaters bekommen?«

»Ja. Er will meine Kinder.« Sie sog bebend die Luft ein. »Mein Vater hat recht. Ich bewege mich in einem kriminellen Milieu.« Sie sagte es mit so einer Bitterkeit, als wollte sie sich mit den Worten selbst ohrfeigen. »Wir müssen da raus, sonst verliere ich meine Kinder. Ich liebe meine Kinder! Ich will nicht, dass sie …« Sie kämpfte mit den Tränen. »Keinen Schritt durfte ich allein gehen. Und jetzt will er meine Kinder in diesen Käfig sperren.«

»Von welchem kriminellen Milieu sprechen Sie denn?«, fragte Brander, obwohl er es bereits wusste.

»Was passiert, wenn ich mit Ihnen rede?« Sie hob den Blick zu den Männern vor sich. »Bringen die uns dann um?«

Die Befürchtung war vermutlich nicht ganz abwegig, je nachdem, wie groß diese Organisation war.

»Haben Sie Insiderinformationen?«, mischte sich Klein in das Gespräch. Mit seiner jungenhaften Stimme brachte er es trotz seiner imposanten Erscheinung fertig, vertrauenserweckend zu wirken.

Lisa Stolze deutete ein flüchtiges Nicken an, konzentrierte sich dann wieder auf Brander. »Selesta sagt, ich soll Ihnen vertrauen. Aber können Sie uns schützen? Können Sie meine Kinder schützen?«

»Wir können Sie erst einmal an einen sicheren Ort bringen. Sie werden eine Menge Fragen beantworten müssen. Vielleicht kann man Sie und Ihre Familie in ein Zeugenschutzprogramm nehmen, das kann ich Ihnen aber im Moment nicht versprechen … Es kommt darauf an …« Er durfte ihr keine falschen Versprechungen machen.

Sie sah auf das Schreiben in ihrer Hand. »Wenn wir in ein Zeugenschutzprogramm kämen … heißt das, dass man auch meinem Vater meinen Aufenthaltsort nicht verraten dürfte?«

Stephan Kleins Rettungsring. Niemand würde ihren Aufenthaltsort ohne ihre Erlaubnis erfahren, hatte Klein zugesichert – auch nicht ihr Vater.

»Nicht ohne Ihre Zustimmung«, erklärte Klein. »Erzählen Sie uns, in was für Geschäfte Sie verstrickt sind, und ich schaue, was ich für Sie tun kann.«

Sie schloss die Augen, sammelte Kraft und Mut, schließlich stand sie auf, verließ das Zimmer und kehrte mit einem Ordner wieder zurück. Sie legte ihn auf den Tisch vor die Kommissare.

»Darf ich?«, fragte Klein.

Sie nickte. »Ich habe geahnt, dass es nicht ewig gutgehen würde. Ich habe alles dokumentiert.«

Brander starrte überrascht auf die Akte, die Stephan Klein langsam durchblätterte. Fotos von Luxuskarossen,

Fahrzeugbriefe, Namen, Nummern, Listen. Es würde dauern, das alles zu sichten und zu verstehen.

»Weiß Ihr Mann, dass Sie uns gerufen haben?«, erkundigte sich Brander.

Sie nickte.

»Und er wäre ebenfalls zu einer Aussage bereit?«

»Ja.« Es war dahingehaucht, kraftlos, resigniert, ein Funken Erleichterung, dass nun eine Entscheidung getroffen war.

»Was ist mit Ihrem Kompagnon?«, fragte Klein.

»Er weiß nicht, dass ich mit Ihnen spreche. Ich …« Sie schluckte hart. »Ich vertraue ihm nicht mehr.«

»In Ordnung.« Klein schlug den Aktenordner zu. »Ich muss ein paar Telefonate führen. Packen Sie ein paar Sachen zusammen. Wir haben ein langes Wochenende vor uns.«

Sie riss die Augen auf. »Was ist mit meinen Kindern? Was ist mit meinem Mann?«

»Ihre Kinder nehmen Sie mit. Wir bringen Sie an einen sicheren Ort, wo wir uns in aller Ruhe unterhalten können, und für Ihren Mann beordern wir Polizeischutz.«

Lisa Stolze verließ das Zimmer und Klein zückte das Telefon. »Meinste, ich kann den Schmid anrufen, oder stör ich die zwei beim Versöhnungssex?«

»Schmid ist dafür nicht zuständig. Das hier«, Brander klopfte auf die Akte, »ist eure Bandenkriminalität. Ihr habt doch wohl einen eigenen Staatsanwalt, oder?«

# 24

»Lisa Stolze hat sich ihr ganzes schlechtes Gewissen von der Seele geredet. Seit zwei Jahren sind sie mit Rozanowski im Geschäft. Erst kleine Gefälligkeiten, um ein paar Euros extra zu verdienen und sich mal was leisten zu können – ein paar neue Klamotten, einen schicken Fernseher … Dann kamen die Deals mit den Autoschlüsseln, schließlich der missglückte Versicherungsbetrug. Der Kontakt kam über Nina Kohlhammer zustande. Sie tauchte irgendwann als Kundin in der Werkstatt auf und hat sich an den Martin rangemacht. Vermutlich hatte Rozanowski sie auf ihn angesetzt«, berichtete Klein, als er montagmorgens Brander und Peppi in ihrem Büro beehrte. »Haftbefehl für Martin Lütz ist beantragt. Die Kollegen sind schon unterwegs, um ihn festzunehmen. Wenn ihr ihn nochmal wegen der Entführungsgeschichte befragen wollt, wäre heute ein guter Zeitpunkt.«

»Was ist mit Ziesemann und Rozanowski?«, fragte Peppi.

»Pachatourides, gut siehst du aus. Schönes Wochenende gehabt?«

Peppi lehnte sich wortlos zurück und blies sich grimmig eine Haarsträhne aus dem Gesicht.

Klein grinste. »Erhöht das meine Chance, dass du meine Einladung zu einem Essen annimmst, Pachatourides?«

»Die Pachatourides heißt Peppi«, erklärte diese genervt.

Kleins Grinsen wurde breiter. »Ich wusste doch, dass das mit uns zweien noch was wird.«

»Könnt ihr euer Geplänkel bitte auf den Feierabend verschieben?« Es gefiel Brander überhaupt nicht, was da vor seinen Augen geschah. Peppi war mit ihrem Staatsanwalt doch glücklich gewesen.

»Klar.« Klein grinste noch immer. »Pass auf, ich will gleich zum Sascha. Andreas, da hätte ich dich gern dabei. Um Gunnar kümmern wir uns später.«

Sie hatten Glück und trafen Sascha Ziesemann zu Hause an. Wie bei Branders letztem Besuch blieb er wieder im Türrahmen stehen und verwehrte den Beamten den Zutritt.

»Was ist? Nicht aufgeräumt, oder was?«, flachste Klein. »Lass uns mal rein, da können wir uns in Ruhe unterhalten. Hier haben die Wände doch Ohren.« Er deutete mit einem Kopfnicken auf die Nachbartür.

Widerwillig gab Ziesemann den Weg frei und ging ihnen voran ins Wohnzimmer. Die Wohnung war schlicht eingerichtet. Eine typische Junggesellenwohnung mit großem Flachbildschirmfernseher, einer halb vertrockneten Yuccapalme und keinerlei dekorativem Schnickschnack. Die Autorennbahn war abgebaut und in einem Karton verstaut. Das Foto einer Frau stand im Regal. Für Ziesemanns Freundin zu alt, vermutlich eine Erinnerung an seine verstorbene Mutter.

Ziesemann fläzte sich aufs Sofa. »Und?«

Ein geöffnetes Fenster hätte der abgestandenen Luft nicht geschadet. Brander setzte sich auf den einzigen Sessel, während Klein neben Ziesemann Platz nahm und sich ihm väterlich zuwandte.

»Sagen wir mal so: Du hast 'ne Menge Schwierigkeiten.«

Der junge Mann richtete sich unter Kleins Blick nervös auf, rutschte ein Stück von ihm weg. »Was soll 'n das jetzt?«

»Du hast ein Kind entführt und fünfhunderttausend Euro Lösegeld verlangt – da fängt's schon mal an.«

»Jetzt kommt der auch noch mit diesen Fünfhunderttausend.« Ziesemann sah hilfesuchend zu Brander. »Der Martin schuldet meinem Onkel hunderttausend Euro. Das hat nix mit Lösegeld zu tun!«

»Wenn man einen kleinen …«, setzte Klein an.

»Der ist doch zu mir ins Auto gestiegen. Ich wusste das doch gar nicht!«

»Hattest es aber auch nicht eilig damit, das Kind wieder zu seiner Mutter zu bringen.« Stephan Klein sah zu Brander. »Ist schon traurig, es erwischt immer die Kleinen … Der Gunnar, weißte, dem können wir ja nix. Was der wohl mit der Kohle vorhatte?«

»Wieso 'n jetzt Onkel Gunnar?«

»Nun, wenn Sie die Fünfhunderttausend nicht verlangt haben, bleibt doch nur noch Ihr Onkel, oder?«, erklärte Brander.

Ziesemanns Augen huschten unruhig umher, während er über Branders Worte nachdachte. »Warum haben Sie Niko nicht die Autorennbahn gebracht? Hatte ich Ihnen doch gesagt.«

»Weil das seine Mutter immer wieder an die schrecklichsten Stunden in ihrem Leben erinnern würde. Was würde Ihre Mutter sagen, wenn sie wüsste, was Sie getan haben? Lisa Stolze dachte, ihr Kind läge tot in einem See, als wir den Schuh dort gefunden haben.«

»Was denn für ein verdammter Schuh?«

»Jetzt spielt er schon wieder den Ahnungslosen.« Klein seufzte enttäuscht.

»Aber ich weiß nichts von einem Schuh!«

»Dann erzähl uns doch mal, was du weißt, und dann sehen wir weiter.«

Ziesemanns Blick glitt zu dem Foto auf dem Regal. Er senkte die Augenlider, starrte auf die Hände in seinem Schoß.

»Niko ist ohne Ihr Wissen in Ihr Auto gestiegen. Die Tat war nicht geplant, das kann der Richter zu Ihren Gunsten werten«, erklärte Brander. »Was haben Sie gemacht, nachdem Sie Niko entdeckt hatten?«

»Ich wusste nicht, was ich machen sollte«, begann Ziesemann zögernd. »Ich mein, da sitzt der Kleine plötzlich bei mir im Auto. Ich hab Martin angerufen und dann … na ja … ich dachte, jetzt mach ich mal richtig Druck, hab irgend so was gesagt, wie dass er die Kohle zusammenkriegen soll, sonst würd er den Kleinen nicht wiedersehen. Aber, ey, ehrlich, das hab ich einfach nur so gesagt, ich hätt Niko doch nie was getan!« Verständnissuchend sah er zu Brander, der mit einer Geste eine Fortsetzung verlangte.

»Ich bin dann zu Onkel Gunnar. Der hat mir eine geballert und gesagt, ich soll das Kind sofort zurückbringen. Ich also wieder nach Entringen und dann waren da überall Bullen.« Er sah ratlos zu den Beamten. »Was hätte ich denn tun sollen? Mir ging voll die Düse. Ich bin nach Hause, hab versucht, den Martin anzurufen, aber ich hab den nicht gekriegt. Also hab ich Onkel Gunnar angerufen. Er hat gesagt, er würde sich um alles kümmern.«

Ziesemann schien sich keiner Schuld bewusst zu sein.

»Niko sagt, Sie haben ihm Medizin gegeben?«

»Eine Schlaftablette, aber nur am Freitag. Ich wusst ja nicht, ob der Kleine ruhig bleibt. Aber der war voll lieb. Wir haben Autorennen gespielt …«

Die Naivität des jungen Mannes war herzerweichend.

»Und warum haben Sie dann die Geldforderung erhöht?«, fuhr Brander fort.

»Hab ich nicht! Ich hab hier gesessen und gewartet, dass mein Onkel anruft und ich Niko wieder zurückbringen kann. Und dann stürmen Sie mit 'm SEK meine Bude …«

»Und die Sache mit dem Schuh?«

Ziesemann hob die Hände. »Was denn für ein Schuh?«

Er schien wirklich nichts davon zu wissen.

Klein lehnte sich zurück, zog eine Mundharmonika hervor und spielte die ersten Takte von »Spiel mir das Lied vom Tod«. Brander bedachte ihn mit einem Stirnrunzeln. Was war das jetzt wieder für eine Nummer?

»Kennste das?«, fragte Klein.

Sascha schüttelte irritiert den Kopf.

»Von nix 'ne Ahnung, die Jugend. Tja, Sascha, jetzt haben wir schon das nächste Problem.«

»Was 'n noch?«

Klein steckte das Instrument wieder in die Jackentasche und zog einen Umschlag hervor. »Ein neuer Haftbefehl: Autodiebstahl, Urkundenfälschung, Versicherungsbetrug, Hehlerei … Da kommt ganz schön was zusammen.«

»Ich geh kaputt …«

* * *

Der Nächste, den sie an diesem Tag in die Mangel nahmen, war Martin Lütz. Stephan Klein hatte ihn in die Esslinger Polizeidirektion bringen lassen. Die Schwellungen in seinem Gesicht waren zurückgegangen und aus dem Blauschwarz an Schläfe und Auge war ein dezenteres Gelbgrün geworden.

»Herr Lütz, Ihre Rechte hat man Ihnen erklärt. Sie wissen, warum man Sie verhaftet hat?«, begann Klein die Vernehmung.

»Ja, und mein Anwalt wird Ihnen erklären, dass nichts davon stimmt.«

»Ah, ja.« Klein musterte sein Gegenüber ein paar Sekunden schweigend. »Wir haben Zeugen, wir haben Unterlagen, wir haben Fotos.«

Lütz wurde blass.

»Aber was mich im Moment ganz besonders interessiert: Warum haben Sie Ihren Partner so hintergangen?«

»Was?«

»Sascha Ziesemann versicherte glaubhaft, dass es ihm bei der Entführung von Niko Stolze lediglich um die einhunderttausend Euro ging, die Sie seinem Onkel – dem Gebrauchtwagenhändler Gunnar Rozanowski – noch für den Kauf eines Porsche 911 Carrera schulden«, übernahm Brander. »Sie haben der Mutter des Kindes gesagt, Ziesemann hätte fünfhunderttausend Euro gefordert. Da ergibt sich für mich eine Differenz von vierhunderttausend Euro.« Er sah sein Gegenüber fragend an. »Sie wussten, dass Lisa Stolze aus vermögendem Hause kommt …«

Lütz strich sich mit den Händen durch die Locken. Sein Blick ging zum Fenster.

»Lässt sich a) nicht öffnen und b) erste Etage. Da brechen Sie sich 'n Bein, wenn Sie da rausspringen«, erklärte Klein.

»Denken Sie tatsächlich, ich hätte Lisa so beschissen? Denkt Lisa das? Sie ist doch Ihre Zeugin, oder?«

In Kleins Gesicht regte sich nichts.

»Ich hab Niko in der ganzen Werkstatt gesucht und dann rief Sascha an. Hunderttausend und ihm würde nichts passieren. Felix war dabei. Er ist ausgeflippt, hat mich verflucht und rausgeschmissen. Ich hab ihm versprochen, dass ich versuche, das Geld irgendwie aufzutreiben. Ich war die ganze Nacht unterwegs. Und als ich nach Hause komme, stehen Ihre Kollegen vor meiner Tür und sacken mich ein …«

»Haben Sie Felix Stolze in die Grube gestoßen?«, fragte Brander.

»Nein! Er war so wütend. Wenn's nicht Rozanowskis Leute waren, ist er vermutlich da reingestolpert. Mann, ich hätte ihn doch nicht einfach so da liegen lassen! Er ist mein Freund!«

»Wie ging es weiter?«

»Ich hab versucht, das Geld aufzutreiben, und dann tauchte Nina auf.«

»Nina Kohlhammer?«

»Ja.«

»Und was wollte Frau Kohlhammer?«

»Gunnar schickt sie, wenn er mir etwas mitteilen will. Sie weiß nicht viel, vermute ich. Sie drückt mir immer nur ihr Telefon in die Hand und ich kriege …« Er verstummte.

»Und Sie kriegen die Anweisungen«, ergänzte Klein. »Keine Sorge, Sie haben sich nicht verplappert, das wussten wir schon. Aber erzählen Sie weiter.«

»Rozanowski wollte Fünfhunderttausend. Sonst würden wir Niko nicht wiedersehen.«

»Und das sollen wir Ihnen glauben?«

»Fragen Sie doch Nina! Die war dabei, als ich mit ihm gesprochen habe. Denken Sie, da bin ich ruhig geblieben? Die muss was mitgekriegt haben von dem Gespräch!«

»Bedauerlicherweise liegt die liebe Nina gerade auf den Balearen in der Sonne. Aber wir werden uns mit ihr unterhalten, sobald sie wieder im Lande ist.«

»So war es.« Lütz sah zu Brander. »Sagen Sie das bitte auch Lisa.«

»Was ist mit dem Schuh? Haben Sie den am Steinbruch deponiert?«

Lütz senkte betreten die Augen auf die Tischplatte.

»Warum haben Sie das getan? Ist Ihnen eigentlich klar, was Sie Lisa Stolze damit angetan haben?« Brander konnte nur den Kopf schütteln.

»Ich hab es nicht freiwillig getan, okay?«, fuhr Lütz auf. »Die haben … Durch Felix' Unfall, die viele Polizei überall, das ist alles aus dem Ruder gelaufen. Die sind nervös geworden. Ich musste das tun, um Niko zu retten …«

»Und uns auf eine falsche Fährte zu führen.«

»Ich würde jetzt gern mit meinem Anwalt sprechen.«

# 25

»Kleiner Gruß von der K4.« Stephan Klein platzte freitagabends mit einer Partypizza in Branders Büro.

»Ist das jetzt deine Einladung zum Essen?«, spottete Peppi.

»Ach was, pass auf, Prinzessin: Wenn ich dich zum Essen ausführe, zieh ich mir 'nen schicken Anzug an und dann geh'n wir in ein richtig feines Restaurant. Hab gehört, du stehst drauf.« Er warf Brander einen verschwörerischen Blick zu.

Peppis Gesichtszüge wurden hart. Sie richtete drohend den Zeigefinger auf Klein. »Nenn mich nie wieder Prinzessin, kapiert? Und du ...« Sie wandte sich Brander zu. »Du stehst sowieso schon auf meiner schwarzen Liste.«

Klein stellte die Pizzaschachtel ab, legte die Hände aneinander und deutete eine Verneigung an. »Ich bitte vielmals um Vergebung.« Er lächelte versöhnlich: »Jetzt guck nicht so böse, sonst krieg ich Angst. Leute, wir haben euren Entführungsfall gelöst und wir haben eine Kronzeugin. Haftbefehl gegen Gunnar ist beantragt. Offiziell erst mal wegen der Beteiligung an der Entführung von Niko Stolze. Hab ich mit Hendrik und Marco so ausgekaspert. Unser Staatsanwalt braucht noch 'n bisschen für seinen Haftbefehl – da wird die Anklageschrift etwas umfangreicher. Die Lisa ist ein Lottogewinn. Die hatte Namen von zwei weiteren Werkstätten hier in der Region, einem Logistikunternehmen, einem Schrotthändler und einem Partner in den Niederlanden, die wir noch nicht auf unserer Liste hatten. Die werden wir alle demnächst hochnehmen. Ganz großes Ding.«

Auch Felix Stolze hatte sich zu einer Aussage bereit erklärt. Sein Unfall in der Werkstatthalle blieb jedoch ein Rätsel. Hier fehlte ihm jegliche Erinnerung. Die Kriminaltechniker hatten die Fingerabdrücke von der Sektflasche abgeglichen, aber es gab weder mit denen von Lütz noch von Ziesemann Übereinstimmungen. »Ich denke, wir können davon ausgehen, dass Felix Stolze in seiner Wut die Flasche durch den Raum geschleudert hat«, war Troppers finale Überlegung. »Vielleicht ist er dabei im Schwung über die Sicherheitsleiste gestolpert und in die Grube gestürzt. Es gibt keinen einzigen Hinweis auf Fremdeinwirkung.« Durch die Bergung des Mannes aus der Fahrzeuggrube und die anschließende Suchaktion nach Niko waren zu viele Spuren vernichtet worden, sodass es für die Techniker unmöglich war, die genaue Situation zu rekonstruieren.

Hans Ulrich Clewer und Fabio Esposito gesellten sich zu ihrer Runde.

»Du hast uns herbestellt … Oh, Pizza.« Fabio öffnete den Karton.

Clewer zauberte eine Flasche Kessler-Sekt und Gläser hervor. »Wer von Ihnen muss noch fahren?«

Peppi hob die Hand.

»Kannst bei mir übernachten.« Klein zwinkerte ihr zu.

»Träum weiter.«

»Ich kann fahren, das Prickelwasser ist eh nix für mich«, bot Brander an.

»Prickelwasser?«, empörte sich Clewer. »Herr Brander, die Esslinger Kellerei Kessler ist die älteste Sektkellerei Deutschlands. Flaschengärung, handgedreht aus allerbesten Weinen. Den rück ich nicht bei jeder Gelegenheit raus.«

»Überredet.« Peppi warf Brander ihren Autoschlüssel zu.

Clewer ließ den Sektkorken knallen und sie fielen über die Pizza her. Der Duft lockte die anderen Kollegen aus der Kriminalinspektion 1 an, die man gnädig am Essen teilhaben ließ.

»Hätte ich nicht in akribischer Kleinarbeit jeden einzelnen Anruf ausgewertet – der Fall wäre noch längst nicht gelöst«, verkündete Fabio mit Gewissheit.

»Du bist mein ganz persönlicher Held«, stichelte Klein.

»Das war Intuition. Ich hab den sechsten Sinn …«

»Du hast nach was ganz anderem gesucht. Der Andreas hat's gecheckt.«

»Aber ohne meine Vorarbeit …«

Das Geplänkel ging zum Amüsement der Kollegen noch eine Weile zwischen den beiden hin und her.

Die einträchtige Stimmung erinnerte Brander an Tübinger Zeiten. Die Kollegen waren eigentlich gar nicht so übel, dachte er, selbst der Klein mit seinen Marotten war irgendwie ein »guter Mann«.

Mittendrin erklang die Melodie von Branders Handy. Er sah aufs Display, zögerte, lehnte das Gespräch ab. Stephan Klein sah zu ihm, als wüsste er, wer am anderen Ende der Leitung gesessen hatte. Er deutete ein Nicken an.

Brander ließ seinen Blick über die Gesichter der Kollegen gleiten. Er würde eine Entscheidung treffen müssen.

# Epilog

Branders Geburtstag fiel auf einen Freitag im Mai. Die Sonne beschenkte ihn mit einem warmen Sommertag. Er hatte sich frei genommen. Seine Eltern waren zu Besuch, gemeinsam mit Julian und Branders Bruder Daniel. Zu Branders Bedauern schien sich Julians Befürchtung über die Ehe seiner Eltern zu bewahrheiten. Aber an diesem Tag wollte er nicht darüber nachdenken. Nathalie hatte eine verunglückte Sachertorte gebacken, die mit viel Spott und Genuss verspeist wurde. Am späten Nachmittag gesellten sich Peppi und Hendrik mit Anne und Kindern zu ihrer Runde.

Es dämmerte, als Brander sich mit Beckmann auf die Bank vor seinem Haus verzog.

»Und? Bereust du deine Entscheidung?«, fragte Beckmann.

»Nein.« Er legte den Kopf in den Nacken und sah in den Himmel. Seit er seinen Entschluss gefasst hatte, fühlte er sich besser, war wieder ruhiger und ausgeglichener. Aus dem Garten drangen Gitarrenklänge zu ihnen. Manuel spielte ein paar Folksongs. Brander schloss zufrieden die Augen. Ein perfekter Tag.

»Wir haben vielleicht ein Haus in Aussicht«, berichtete Beckmann.

»Wo?«

»In Unterjesingen.«

»Das überleg dir gut. Bei dem Verkehr …«

Das Dröhnen eines Motors kam näher, erstarb auf dem Weg vor ihnen. Eine Autotür schlug zu.

»Wer ist denn das?«, fragte Beckmann.

Brander öffnete träge die Augen.

»Hallo Andreas.«

»Kommst du dienstlich oder privat?«

Cecilia würde ihn lynchen, wenn er jetzt arbeiten müsste.

»Die Peppi hat mir verraten, dass du heut Geburtstag hast. Ich hab auf deine Einladung gewartet.«

»Wer kommt, der kommt«, erwiderte Brander lapidar.

»Ich hab dir auch ein Geschenk mitgebracht.« Klein streckte ihm eine schwarze Schachtel entgegen. Auf Geschenkpapier und Schleife hatte er verzichtet. In der Verpackung war ein Ledaig, zehn Jahre, Single Malt Scotch Whisky von der Isle of Mull.

»Bist du verrückt? Du kannst mir doch nicht einfach einen teuren Whisky schenken!«

»Siehst doch, dass ich das kann, oder? Ist auch nicht nur zum Geburtstag. Ich hab heut mit Ekki gesprochen.« Klein grinste zufrieden. »Er hat mir seinen neuen Mitarbeiter vorgestellt.« Er wandte sich Beckmann zu. »Stephan.«

»Karsten. Schöne Tattoos.« Beckmann musterte den Mann mit einem interessierten Blick, bei dem manche Frau errötet wäre. »Ich hol mal Gläser. Den lass ich mir nicht entgehen.« Er lächelte lüstern und stand auf.

Klein sah ihm hinterher. »Ist der schwul?«

»Wäre das ein Problem für dich?«

»Nö ...«

»Dann darfst du bleiben. Keine Sorge, er ist schon vergeben.«

»Erst die Peppi, jetzt der Karsten, ich hab aber auch immer ein Pech.« Klein ließ sich seufzend auf den frei gewordenen Platz nieder. »Ich find's gut, dass du bei uns bleibst. Der Ekki natürlich nicht. Hast du's Peppi schon gesagt?«

»Ja.«

Vor einer Woche, als sie auf dem Weg von der Dienststelle zum Auto waren, hatte er es beiläufig erwähnt: »Ich hab meine Bewerbung zurückgezogen.«

»Im Ernst?« Peppi war stehen geblieben.

»Damit mach ich sicher keine Scherze.«

Sie hatte ihn glücklich angestrahlt.

»Und was macht deine Entscheidungsfindung?«, hatte er zu fragen gewagt.

Peppi hob die Schultern, schaute etwas betreten aus der Wäsche. »Er sagt, wenn meine einzige Sorge ist, dass er mit einer anderen Frau Kinder zeugt, würde er sich sterilisieren lassen.«

Brander fiel die Kinnlade runter.

»Ja, genau. Ich hab ihm einen Vogel gezeigt und ihm dann vorgeschlagen, dass wir vielleicht erst einmal zusammenziehen sollten und schauen, wohin uns das bringt …«

Karsten kehrte mit den Gläsern zurück und Brander verteilte den Scotch.

Torfrauch stieg ihm in die Nase, gepaart mit einer Nuance Zitrone. Köstlich. Schon der erste Schluck legte sich sanft in seinen Gaumen, fügte sich zu einer perfekten Komposition des rauchigen Aromas verbunden mit einer karamelligen Süße des Getreides zusammen. Der lang anhaltende Nachklang wurde passend von einer leichten Windbrise begleitet, als säße er an einem milden Sommerabend an der Küste der schottischen Insel.

»Gute Wahl«, lobte Beckmann.

»Warum gehen wir nicht zu deinen Leuten?« Klein deutete mit dem Kopf Richtung Garten.

Beckmann, der noch vor ihnen stand, zeigte auf die Türschwelle. »Da ist die Null-Promille-Grenze.«

»Die was?«

»Kein Alkohol im Hause Brander.«

»Das heißt, wir machen die Flasche jetzt hier leer?«

»Sicher nicht«, erwiderte Brander. »Zwei, maximal drei Gläser, dann kriegt Karsten die Flasche zur Verwahrung.«

»Moment, ich schenk dir einen Whisky und er nimmt ihn mit nach Hause?«

»Ist besser so.«

Klein sah Brander prüfend an. »Klär mich mal auf, hast du ein Alkoholproblem?«

»Ich nicht.«

Klein brauchte einen Moment, bis er verstand. Er hatte Nathalies Akte gelesen, und auch wenn darin nichts von dem Drama stand, das sich im Hause Brander zugetragen hatte, konnte er doch eins und eins zusammenzählen.

Branders Blick fiel auf die Straße. »Sag mal, du bist doch mit dem Auto da, oder?«

»Ja, warum?«

»Du trinkst gerade Whisky.«

»Jetzt, wo du's sagst …« Er sah fast überrascht auf das Glas in seinen Händen.

»Hast du deine Mundharmonika dabei?«

»Die habe ich immer im Gepäck.«

»Dann komm mit in den Garten. Kannst Manu auf der Klampfe begleiten und dafür kriegste hier ein warmes Plätzchen zum Schlafen.«

»Klingt nach einem guten Deal.«

Karsten Beckmann verstaute die Whiskyflasche wieder im Karton. »Ledaig«, sinnierte er, »bedeutet so viel wie ›sicherer Hafen‹.« Er sah zu Brander. »Scheint so, als wärst du angekommen.«

»Ja.« Brander nickte. Und eigentlich fühlte es sich ganz gut an.

# Branders Spirituosen

Folgende Whisk(e)ys begleiteten Kriminalhauptkommissar Andreas Brander bei seinem 6. Fall:

**anConc 2000**
Single Malt Scotch Whisky (Highland-Whisky)
14 Jahre, 46 Vol.%
Knockdhu Distillery, Knock, Aberdeenshire

**Craigellachie**
Single Malt Scotch Whisky (Speyside-Whisky)
17 Jahre, 46 Vol.%
Craigellachie Distillery, Craigellachie, Moray

**Ledaig**
Single Malt Scotch Whisky (Island-Whisky)
10 Jahre, 46,3 Vol.%
Tobermory Distillery, Tobermory, Isle of Mull

**Glendalough**
Single Malt Irish Whiskey
13 Jahre, 46 Vol.%
Glendalough Irish Whiskey, Wicklow, Ireland

**Zaiser**
Schwäbischer Whisky, Double Cask
3 Jahre, 40 Vol.%
Brennerei Zaiser, Köngen

Whisk(e)y ist ein Genussmittel. Bitte trinken Sie verantwortungsvoll.

# Danke!

Wie in meinen Krimis zuvor standen mir auch dieses Mal bei Branders Ermittlungen zahlreiche kompetente Fachleute zur Seite. Ich möchte an dieser Stelle allen für ihre Unterstützung ganz herzlich danken.

Kriminalpolizeilich beraten und bei meinen Ermittlungen unterstützt wurde ich von den Kommissaren Josef Hönes von der Polizeidirektion Reutlingen sowie Hans Georg Pohl und Claus-Dieter Sitter von der Kriminalpolizei in Esslingen. Weitere fachliche Hilfe erhielt ich von Oberstaatsanwalt a. D. Robert Bechthold. Ihnen allen mein ganz herzlicher Dank! (Bitte verzeihen Sie mir, wenn die dargestellte Vorgehensweise nicht so ganz der realen polizeilichen Vorgehensweise entspricht …)

Für die medizinische Beratung bedanke ich mich erneut bei Dr. Frank Wehner vom Institut für gerichtliche Medizin der Universität Tübingen.

Für Einblicke in den Autowerkstatt-Alltag danke ich Kfz-Meister Jürgen Schröter – dessen Tübinger Kfz-Meisterbetrieb natürlich nicht in dubiose Geschäfte verwickelt ist.

Ebenfalls danken möchte ich Patrick Hocker vom Fischereiverein Böblingen, der mir mit Auskünften zum See am Reustener Steinbruch schnell Hilfe leistete.

Des Weiteren gilt mein Dank Ulrike Ascheberg und Michael Steffens für viele gute Tipps und Rückmeldungen zum Manuskript.

Für nette Begegnungen bei meinen Recherchen in Esslingen danke ich dem Falschparker mit dem schlechten Gewissen (er hielt mich für eine Ordnungshüterin, als ich neben seinem Wagen stand und mir Notizen zur Umgebung machte) und dem netten älteren Herrn in Pliensau, der sich nach dem zu erwartenden Wetter erkundigte. Ich hoffe, er ist noch trocken zu seiner Verabredung gekommen.

Ich danke auch ganz besonders meinem Mann, der mich all die Jahre begleitet und unterstützt und mir immer, wenn es eng wird, den Rücken frei hält.

Und auch dieses Mal ein herzlicher Dank an das Team des Silberburg-Verlags!

Ein Hinweis noch: In Ammerbuch-Entringen werden Sie weder die Autowerkstatt Stolze & Lütz noch die Goldschmiedin Vera Hefele finden. Und da bis zum Druck noch kein Spatenstich für das geplante neue Bildungszentrum getan war, habe ich diese Baustelle »ob dem Bahnhof« bei der Suchaktion außen vor gelassen.